EX LIBRIS

黑白双塔

THE TWO TOWERS

[英]
J.R.R. 托尔金 著
辛红娟 译

人民文学出版社

J.R.R.Tolkien

Volume 2: The Two Towers

THE LORD OF THE RINGS

图书在版编目（CIP）数据

魔戒.2，黑白双塔/（英）J.R.R.托尔金著；辛红娟译.-- 北京：人民文学出版社，2024
ISBN 978-7-02-018431-6

Ⅰ.①魔… Ⅱ.①J…②辛… Ⅲ.①长篇小说－英国－现代 Ⅳ.①I561.45

中国国家版本馆 CIP 数据核字（2024）第 008202 号

责任编辑	冯　娅　翟　灿
装帧设计	陶　雷
责任印制	王重艺

出版发行	人民文学出版社
社　　址	北京市朝内大街166号
邮政编码	100705
印　　刷	天津善印科技有限公司
经　　销	全国新华书店等
字　　数	1008千字
开　　本	880毫米×1230毫米　1/32
印　　张	51.375　插页12
印　　数	1—10000
版　　次	2024年5月北京第1版
印　　次	2024年5月第1次印刷
书　　号	978-7-02-018431-6
定　　价	248.00元（全三册）

如有印装质量问题，请与本社图书销售中心调换。电话：010-65233595

目录

卷 三

第一章　波洛米尔之死　003
　　　　The Departure of Boromir

第二章　洛汗骑兵　015
　　　　The Riders of Rohan

第三章　乌鲁克人　047
　　　　The Uruk-hai

第四章　老恩特树须　071
　　　　Treebeard

第五章　白袍骑士　109
　　　　The White Rider

第六章　金色宫殿之王　135
　　　　The King of the Golden Hall

第七章　海尔姆深谷　163
　　　　Helm's Deep

第八章　艾森加德之路　187
　　　　The Road to Isengard

第九章　水淹石城　211
　　　　Flotsam and Jetsam

第十章　萨鲁曼的声音　233
　　　　The Voice of Saruman

第十一章　帕蓝提尔晶石　251
　　　　The Palantír

卷四

第一章　收服斯密戈　273
　　　　The Taming of Sméagol

第二章　沼泽密径　299
　　　　The Passage of the Marshes

第三章　黑门紧闭　321
　　　　The Black Gate is Closed

第四章　香草炖野兔　339
　　　　Of Herbs and Stewed Rabbit

第五章　落日飞瀑　361
　　　　The Window on the West

第六章　禁忌之潭　391
　　　　The Forbidden Pool

第七章　前往十字路口　409
　　　　Journey to the Cross-roads

第八章　奇立斯温格尔阶梯　423
　　　　 The Stairs of Cirith Ungol

第九章　希洛布的巢窠　443
　　　　 Shelob's Lair

第十章　山姆怀斯的抉择　459
　　　　 The Choices of Master Samwise

卷三

第一章
波洛米尔之死
THE DEPARTURE OF BOROMIR

—————— 大河带走了德内梭尔之子波洛米尔,米那斯提力斯再也见不到他的身影,见不到他清晨站在白塔上的身影。

阿拉贡向山顶奔去，不时俯身察看地面。霍比特人脚步轻、脚印浅，即便受过特别训练的人都很难发现。然而，快到山顶的地方有一条山溪流过小路，让他看清了泥地上的印子。

"这些脚印不会有错，"他心中想着，"弗罗多到过山上。不知他在山上看见了什么，促使他沿着原路折返下山？"

阿拉贡十分纠结。他很想亲自到山顶平地去探个究竟，可时间有限。他突然纵身一跃，奔向山顶，横穿过大石板路，跑上台阶。他坐在山顶平地上远眺。此时太阳光线暗了下去，四周模糊一片。他从北看到南，又从南看到北，除了远山，什么也看不清。要不是隔得太远，他准能看到空中一只像老鹰一样的鸟，绕着大圈盘旋，缓缓降落。

他凝神远眺的时候，耳中敏锐地捕捉到山下树林里传来的声音。声音从大河西边传来，奥克的阵阵刺耳吼叫让他惊骇不已。随着一声大喊，突然迸发出嘹亮的号角声，响彻天地，在群山中回荡，恢宏的声响盖过了瀑布的喧嚷声。

"是波洛米尔吹的！"阿拉贡喊道，"他需要援助！"他一跃跑下台阶，跳到小路上，"唉！今天真倒霉，似乎样样都不顺。山姆不知去哪儿了？"

他一路跑着，叫嚷声越来越大，但号角声却越来越弱，越来越急促。随着奥克凶狠暴戾的吼叫，号角声突然停了下来。阿拉贡冲下最后一道山坡，等他赶到山脚的时候，声响却变小了。他循着声响朝左

005

面追去,但声音越来越小,最后完全听不到了。他拔出闪亮的长剑,冲进树林,高声喊着:"埃兰迪尔!埃兰迪尔!"

阿拉贡在距离帕斯嘉兰大约一哩的湖边空地上找到了波洛米尔。他背靠大树坐着,仿佛是在休息。阿拉贡发现他身上扎满无数黑羽箭,手里虽然握着剑,但剑柄已断,身旁的号角也被劈成了两半。他的四周和脚前,躺着很多奥克的尸体。

阿拉贡在他身旁跪下来。波洛米尔睁开眼睛,挣扎着想要讲话。终于,他断断续续地说道:"我想把魔戒从弗罗多手中夺过来。对不起。我遭到了报应。"他的目光扫过倒毙在地的敌手,不下二十个,"他们走了。半身人走了。奥克把他们抓走了。我想他们还活着。奥克把他们掳走了。"波洛米尔停下来,虚弱地闭上眼睛。过了一会儿,他又开口,道:

"永别了,阿拉贡!到米那斯提力斯去,救救我的子民!我失败了。"

"不!"阿拉贡叫道,握住他的手,亲吻着他的额头,"你没有失败。没几个人能取得像你这样的胜利。你放心吧!米那斯提力斯不会有事!"

波洛米尔脸上露出微笑。

"他们往哪个方向走了?弗罗多也被抓了吗?"阿拉贡问。

但波洛米尔再也没能开口回答他的问题。

"唉!"阿拉贡叹道,"一代守卫之塔领主德内梭尔的继承人,就这样殒身了!太悲惨了!现在,远征队彻底毁了。我才是真正的失败者。我对不起甘道夫的托付。我该怎么办?波洛米尔请我前往米那斯提力斯,那正是我心之所往,但魔戒和持戒人在哪里?我怎么才能找到他们,怎么才能挽救这场灾难?"

他久久地跪在那里,流着泪,攥着波洛米尔的手。莱戈拉斯与吉姆利赶来时,见到的正是这幅景象。他们从山的西坡过来,仿佛在狩猎一般,没发出一丝声响。吉姆利手中握着斧子,莱戈拉斯握着长刀(他的箭用光了)。他们来到这片空地,见状惊骇不已、呆立原地。他们悲痛地垂下头,不消开口就明白了眼前发生的一切。

"嗐!"莱戈拉斯叹息着走到阿拉贡身边,"我们在树林中追杀了很多奥克,但显然更应该来这里。一听见号角声,我们就赶过来了,看起来还是晚了一步。我担心是您受了重伤。"

"波洛米尔没了!"阿拉贡说,"我毫发无损,我当时在山顶,没跟他在一起。他为了保护霍比特人而死。"

"霍比特人!"吉姆利叫道,"他们去哪儿了?弗罗多呢?"

"不知道。"阿拉贡疲惫地答道,"波洛米尔临终前告诉我,奥克绑走了霍比特人。他认为他们还活着。我派他去跟着梅里和皮平,忘记问弗罗多和山姆有没有跟他在一起,等到我想起要问的时候已经太晚了。今天似乎每一件事情都不顺。现在该怎么办?"

"首先,我们必须安葬亡者。"莱戈拉斯说,"我们不能让他躺在这儿,任由他跟这群可恶的奥克一起腐烂。"

"咱们动作要快。"吉姆利说,"他肯定不希望我们因为他而耽搁时间。我们得赶紧去追赶奥克,也许被抓走的远征军中还有幸存的。"

"可我们不清楚持戒人是不是跟他们在一起。"阿拉贡说,"我们要弃持戒人于不顾吗?难道不该先找到持戒人?真是个痛苦的选择!"

"嗐,我们先做该做的事情吧。"莱戈拉斯说,"我们没时间,也没合适的工具来妥善安葬战友,更无法为他立一座坟茔。要不给他堆个石冢吧。"

"太耗时费力了。只有去河边才能找到合用的石头。"吉姆利说。

"那咱们把他放到小船中,用他的武器和他所杀敌人的武器做陪葬。"阿拉贡说,"我们把他抬到拉乌洛斯大瀑布,将他托付给安度因河。刚铎的母亲河至少能护佑他的尸骨免遭邪魔侵损。"

三人快速从奥克尸体上搜出剑、残破头盔和盾牌,堆在一堆。

"快来看!"阿拉贡叫道,"我有发现!"他从那堆残缺不齐的武器中找出两把尖刃刀,刀身上有金色、红色纹饰。接着,他又找到镶着小红宝石的黑剑鞘。"这些可不是奥克的兵器!"他叫道,"是霍比特人随身携带的。显然,奥克抢走了他们身上的物品,但又不敢保留这些刀。他们知道刀的由来:这些刀是西方之地的杰作,通体带有会给魔多带去灾难的咒语。眼下,即便还活着,我们的霍比特朋友身上也都毫无兵器。我会带上这些东西,衷心希望,能够让它们物归原主。"

莱戈拉斯说:"我箭袋空了,让我把找到的箭矢都带上吧。"他在那堆武器以及周围地上找了好一会儿,发现不少完好无损的箭矢,箭杆比奥克使用的更长。他紧紧盯着这些箭。

阿拉贡察看尸体后说:"很多都不是魔多的奥克。凭我对奥克及奥克族群的了解,其中几个来自北方的迷雾山脉。还有几个认不出来。看装备不像奥克!"

四个身形魁梧、肤色黝黑、眯缝眼、腿粗手大的士兵与其他奥克不同。他们携带的不是奥克常用的弯刀,是宽刃短刀,他们用的紫杉木弓,长度、形状酷似人类使用的弓。黑铸铁盾牌正中央有一个白色小手,铁头盔正面镶了一个白金属铸造的S形如尼文符号。

"我头一回见到这些东西。"阿拉贡说,"这都代表着什么?"

"S代表索隆。"吉姆利说,"一看就知道啊。"

"不对!"莱戈拉斯反驳道,"索隆从来不用精灵的如尼文。"

"他也从来不用自己的真名,更不准别人拼出来或说出来。"阿拉贡说,"而且他也不用白色。为巴拉督尔效力的奥克会用红眼睛的徽标。"他站在那里,陷入沉思。"我猜,S代表萨鲁曼。"末了,他开口道,"邪恶势力正在艾森加德活动,西部也不安全了。甘道夫之前一直担心——叛徒萨鲁曼通过某种手段打探到我们的前进路线。他很有可能也知道甘道夫已经殒没。从墨瑞亚出来的追兵很可能逃过了罗里恩的警戒，也有可能他们避开罗里恩，走其他路线抵达了艾森加德。奥克行进速度快。但萨鲁曼打探消息的路子很广。你们还记得那些鸟吗？"

"得了，咱们可没有工夫破猜谜团。"吉姆利催促道，"当务之急是把波洛米尔抬走！"

"但要想选择正确的道路，这些谜团就一定得破猜。"阿拉贡答道。

吉姆利应声说："或许根本没有什么正确的选择。"

说完，矮人吉姆利抄起斧头砍下几根树枝。他们用弓弦将这些树枝捆在一起，把斗篷摊开在树枝上。他们用这个简易担架把同伴的尸体抬到河边，担架上放着他们选来陪葬的战利品。波洛米尔身形高大健壮，到河边的路很短，却把他们三个累得够呛。

到了河边，阿拉贡留下看守担架，莱戈拉斯和吉姆利快速赶往一哩开外的帕斯嘉兰。过了一阵子，只见他们沿河岸快速划回两条船。

"出了件怪事！"莱戈拉斯说，"岸上只剩两条船了。另外一条船踪迹全无。"

"奥克去过吗？"阿拉贡问。

"没发现他们的踪迹。"吉姆利说，"奥克如果去过，要么会把三条船偷走，要么会毁掉三条船和里面的行李。"

"等回到那里，我再察看一下地面。"阿拉贡说。

他们将波洛米尔放在那只即将载他离去的小船中央。他们把灰色连帽精灵斗篷折好，垫在他的头下方。他们梳理他黑色的长发，顺在他的肩膀上。罗里恩的金色腰带在他腰间闪闪发光。他们把头盔放在他身旁，将被劈开的号角、剑柄以及断剑的碎片横放在他大腿上，把敌人的陪葬兵器放在他脚下。他们把船头系在另一条船尾上，拉入水中。他们沿河岸划行，心情悲痛，转过水流湍急的河道，经过帕斯嘉兰。午后的太阳照在托尔布兰迪尔的峭壁上，金光灿灿。他们向南划，拉乌洛斯大瀑布的水雾在前方腾起，一片金光。大瀑布的水流与轰鸣声，震得一丝风都没有的空气颤动起来。

他们怀着悲痛的心情解开葬船：波洛米尔躺在船上，平静、安详。流水将小船拥入了怀抱。他们用桨撑住，让自己的船原地不动。河水带走了波洛米尔。他从他们旁边漂过，小船渐渐远去，在漫天的金光中逐渐变成一个小黑点，到最后什么也看不见了。拉乌洛斯大瀑布咆哮着，似乎什么都没有发生过。大河带走了德内梭尔之子波洛米尔，米那斯提力斯再也见不到他的身影，见不到他清晨站在白塔上的身影。从此以后，刚铎一直流传着这样的传说：精灵船顺着瀑布，漂过水沫四溅的河床，载着他经过欧斯吉利亚斯，经过安度因河的众多河口，在繁星满空的夜晚驶入大海。

三位同伴默默望着他离去，半晌谁也没有说话。最后，阿拉贡开口打破了沉静："他们会去白塔寻找他的身影，可他再也不会从高山大海回还。"说完，他缓声唱道：

洛汗之原兮草木深，
西风缓吹兮遍城垣，
问西风可有音讯传，
波洛米尔可曾夜现？
我见英雄兮涉七川，
我见英雄兮行旷野，
我见英雄兮入北原。
英雄殒故兮我心悲，
北风呜咽兮角声寒！

思接英雄兮登高墙，
旷野之地兮无人还！

莱戈拉斯接着唱道：

南风起意兮漫礁洋，
海鸥呜咽兮欲断肠，
问南风嗫嚅欲何言？
波洛米尔可曾回还？
英雄迟归兮心忧烦。
未见英雄兮我迷茫，
风暴河滩兮陈白骨，
枯骨随波兮入海流。
北风怜见兮把信传，
海水汤汤兮伴云天，
海鸥悲鸣兮英魂散。

阿拉贡接着又唱道：

双王之门兮北风吹，
飞瀑奔涌兮角声寒，
北风威冽可有信传？
英雄迟归可留片言？
阿蒙汉山兮闻嘶喊，
以寡敌众兮英雄胆。
残盾断剑兮永相伴，

伟岸刚毅兮卧水畔，
飞瀑流金兮英魂眠。
守护之塔兮望北乡，
绵绵无绝兮至世殇。

唱罢，他们掉转船头，全速逆流而上，回到帕斯嘉兰。

"你们把东风的哀歌留给了我，"吉姆利说，"但我啥也唱不出。"

"东风确实唱不出啥。"阿拉贡说，"在米那斯提力斯，人们忍受东风，却从不问讯东风。如今，波洛米尔选择了自己的道路，我们也必须尽快选定自己的道路。"

他不时俯身察看地面，快速打量草地。"奥克没来过，"他说，"千真万确没来过。我们所有人的脚印都还在，往返来回的脚印都在。目前不确定的是，从寻找弗罗多开始，其他霍比特人有没有回来过。"他又回到离安度因河支流汇入处不远的河岸边。"这里的脚印很清晰。"他说，"有个霍比特人从这里下到水里，又回到岸上。但不好判断具体时间。"

"这个谜团，你怎么解？"吉姆利问。

阿拉贡没有立刻回答，而是走回营地查看行李。"少了两个背包，"他说，"一个肯定是山姆的，他的包又大又沉。谜团的答案是：弗罗多坐船走了，他的仆人跟他一块走了。我们都不在的时候，他肯定回来过。我上山时碰到过山姆，叫他跟上我，但他显然没听。他猜透了主人的心思，赶在他动身前回到这里。而弗罗多也知道，要抛下山姆绝非易事！"

"为什么他不留一句话就抛下我们？"吉姆利问，"太奇怪了！"

"太勇敢了。"阿拉贡说，"我想，山姆猜对了。弗罗多不愿意让任何朋友陪他去魔多送命。但他知道自己必须去魔多。他离开我们之后发生的事情，使他克服了恐惧和疑虑。"

"也许是遇见追杀他的奥克，吓得逃走了。"莱戈拉斯说。

"逃走了，这一点毫无疑问，"阿拉贡说，"但我认为不是为了躲避奥克。"阿拉贡了然弗罗多这番决心与离开的真正原因，但他不能说。他不会向人透露波洛米尔的临终托付。

"好吧，至少弄清楚了两件事情。"莱戈拉斯说，"其一，既然弗罗多不在河的这一岸，咱们的船肯定是被他划走的。其二，山姆跟他在一起，因为只有山姆才会背走那件行李。"

古姆利说："我们只有两个选择：要么走水路乘船追赶弗罗多，要么走陆路去追赶奥克。追上两者的可能性都不大。我们已经耽搁了不少时间。"

"别急，让我想想！"阿拉贡说，"但愿我能做出正确的选择，改变这一整天的厄运！"他站在那里，一言不发，好一阵子才开口说道，"我要去追奥克。我本应该带领弗罗多前往魔多，陪他走到最后。但我如果现在去荒原找他，就得任由被俘虏的同伴遭受折磨和死亡。我完全想通了：持戒人的命运不在我掌握中了。远征队的使命业已完成。只要一息尚存，我就不能抛下同伴。快！立刻动身。不需要的东西全部留下。接下来，我们必须星夜兼程。"

他们把船拖上岸，抬到树林里。把用不上的、带不走的东西，全都放在倒扣的船底，然后离开了帕斯嘉兰。他们回到波洛米尔殒命的空地时，暮色已经降临。他们没费什么力气就找到了奥克留下的踪迹。

"奥克是作践植物的高手。"莱戈拉斯说，"他们似乎以糟蹋为乐，连那些没有挡他们路的植物都不放过。"

"这么一路糟蹋东西，竟然不影响速度，而且还不知疲倦。"阿拉贡说，"等到了那些没长植物的荒原上，我们就得仔细辨别道路了。"

"好,去追他们!"吉姆利说,"矮人跑得也很快,体力不比奥克差。不过得费些时间,奥克离开很久了。"

"没错。"阿拉贡说,"我们全都要拿出矮人的耐力。快点!不管有没有希望,我们都要去追赶敌兵。如果我们速度比他们快,那他们可就要倒霉了!我们要让这次追击成为精灵、矮人和人类三界的奇迹。出发!"

他像鹿一样跃了出去,在树林间疾奔。他终于坚定了内心,带领大家不知疲倦地向前奔跑。湖边的树林被抛在身后,他们爬过一道道山岗,黑黢黢的山坡上映着落日的余晖。夜幕降临。他们一路向前,灰色的身影投在岩石地面上。

第二章
洛汗骑兵

THE RIDERS OF ROHAN

"过去如何判断,现在就如何判断。"阿拉贡说,"从古至今,善恶未曾改变。精灵、矮人,还是人类,判断善恶的标准也并无不同。管他是在金色森林还是在自家小院,人类有责任甄辨善恶。"

暮色四沉，天空澄澈。三人身后的安度因河岸与岸边的树林里笼罩着一层薄雾。星星显露出来。一弯上弦月挂在西边天空，岩石的影子黑乎乎连成一片。他们来到石质丘陵山下，速度慢了下来，地上的痕迹不像之前那么容易辨认。埃敏穆伊丘陵在此分成南北走向的两条山脊。山脊西麓十分陡峭险峻，东麓相对平缓一些，遍布溪谷与山沟。三位同伴彻夜攀行，终于爬上第一道，也是最高的一道山脊，继而隐入山麓另一侧蜿蜒、黝黑的山谷中。

　　趁着天快亮的时候，他们在河谷里稍作休息。月亮早就落下去了，繁星在头顶闪烁，黎明的第一道曙光尚未爬过他们身后的山脊。阿拉贡心中一片茫然：奥克的踪迹下到山谷里，之后就消失了。

　　"你觉得，他们会往哪个方向走？"莱戈拉斯问，"往北取直道去艾森加德，或去你猜测的目的地范贡森林？还是往南去了恩特泽河？"

　　"无论他们的目的地是哪里，都不会往恩特泽河方向走。"阿拉贡说，"除非洛汗出了什么事情，而萨鲁曼实力激增，否则他们一定会抄最短的路穿过洛希尔人[1]的土地。我们往北追吧！"

　　山谷夹在山脊中间，宛若一条遍布石头的水槽，淙淙溪水流经大大小小的石头。右边是嶙峋的峭壁，左边是灰黛色的缓坡，在夜色中

1　洛希尔人在刚铎以"洛汗的驭马者"闻名，是洛汗骑在马背上的战士。

影影绰绰。他们朝北继续走了一两哩。阿拉贡不时俯身察看地面,在通往西边山脊的沟壑和溪谷中不断搜寻。精灵莱戈拉斯走在前头,突然叫起来,阿拉贡和吉姆利赶紧朝他奔过去。

"我们已经赶上我们要追的敌人了。"他嚷道,"你们看!"随着他手指的方向,三人发现山坡底部起先被当作巨石的,竟然是一堆尸骨。五个奥克的尸体,都是被乱刀砍死的,其中两个脑袋被砍掉了,尸首异处。地上一摊黑乎乎的血。

"又是一个谜!"吉姆利说,"不过解谜得等到天亮,我们可等不起。"

"不管你怎么解,这似乎都意味着希望。"莱戈拉斯说,"奥克的敌人,很可能是我们的朋友。这一带山区有住民吗?"

"没有。"阿拉贡说,"这儿离米那斯提力斯很远,洛希尔人几乎不会来。另外一种可能,是人类出于某种原因来此猎寻。但我觉得不像。"

"你觉得像什么?"吉姆利说。

"我觉得像是敌人内部出现分化。"阿拉贡说,"这些是来自遥远北地的奥克。这五个中没有一个是佩戴奇怪徽章、体形巨大的奥克。我猜,他们起了争执。在这些邪恶种族中,起争执是稀松平常的事情。也许是因为选道路有分歧。"

"也许是在对待俘虏问题上有分歧。"吉姆利说,"但愿那些俘虏都还活着。"

阿拉贡扩大了搜索范围,但别处并未找到打斗痕迹。他们继续前进。东方天际出现了鱼肚白,晨星消失不见了,天空渐渐变得灰亮起来。又往北走了一小段,他们来到一道山洼里,有条细细的小溪从高处蜿蜒冲下,水流在岩石间冲刷出一条到山谷的小径。小溪中长着一些灌木丛,溪两侧有些草丛。

"找到了!"阿拉贡叫道,"终于发现踪迹了!沿着这条山溪向上:奥克发生冲突后,准是走了这条路。"

三位同伴立刻调整方向,沿着新道路向前进。仿佛休息了一整夜,他们在山石间跳跃疾行。终于,他们爬到灰黛色山脊的顶峰。一股冷风迎面吹来,吹乱了他们的头发,吹得斗篷都跟着翻动起来。

他们转过身,只见大河对岸的远山披上了一层金红色。天已大亮。太阳的霞光洒在山脊上。西方世界就在眼前,灰蒙蒙一片,万籁俱寂。就在他们注视的当口,夜幕渐渐退去,睡醒了的大地恢复了色彩:宽阔的洛汗河谷碧水如带,河面薄雾缥缈;左侧三十多里格[1]开外的地方,白色山脉呈现出蓝和紫色,直插云霄,山顶白雪皑皑,同玫瑰色的旭日交相辉映,熠熠闪耀。

"刚铎!刚铎!"阿拉贡高声喊道,"等我大捷的时候再来看你!现在,我要沿着你浩瀚的河水继续南下。

   刚铎,刚铎!海岳之国!
   西风揽拂,旧庭御苑,
   葳蕤银树,漫洒甘霖。
   巍巍高墙,皓皓双塔,
   翼然羽冠,宝座金灿。
   刚铎,刚铎!
   思服银树,何日回还?
   西风猎猎,海岳山川。"

"走吧!"他说着,从南方收回目光,望向西方与北方——那里

---

[1] 里格(league),是欧洲和拉丁美洲一个古老的长度单位,在英语世界通常定义为3英里,约4.828公里。

是他该去的地方。

他们脚下是陡峭的山崖。山崖下方三四十米的地方,有一处崎岖不平的坡地,伸向悬崖边——这就是洛汗国土的东面山障。埃敏穆伊丘陵到此为止,再过去,就是洛希尔人一望无际的绿色草原。

"你们快看!"莱戈拉斯指着头顶灰白色的天空,"那只鹰又出现了!飞得真高!它好像正准备飞走,飞回北方去。飞得真快!快看!"

"快别看了,我的好莱戈拉斯,我根本看不见。"阿拉贡说,"它肯定飞得极高。倘若真是我先前见到过的那只鹰,就得弄清楚它是否在执行什么任务。不过,眼下近处能看见的东西要紧迫得多,下面平原上有什么东西在移动!"

"数量不少!"莱戈拉斯说,"一支大部队,靠脚力步行,再多的信息我可就说不出了。也看不出他们可能是什么种族。他们离这儿很远,我猜,有十二里格。不过,草原太辽阔,也有可能估测不准。"

"我想,不管怎么着,我们都不再需要寻找踪迹决定前进方向了。"吉姆利说,"咱们尽快找条路下到平原去吧。"

阿拉贡表示反对:"我想,你不可能找到一条比奥克所选路线更快的捷径。"

天已完全放亮,他们继续沿着敌人的踪迹向前。那群奥克似乎在竭尽全力赶路。沿途不时能发现他们掉下或丢下的东西:食品袋、干硬餐包的碎屑、破烂的黑斗篷、在石头上踢烂的铁钉鞋。那些踪迹指引他们沿着崖顶一路向北,走到一条幽深的大裂谷前。水流冲刷着裂谷,发出巨大的声响。裂谷的罅缝中有一条陡峭的小路,像天梯一样通往下面的平原。

下到大裂谷底部,他们倏地坠入洛汗草地的怀抱。这片绿色的海洋,一直延伸到埃敏穆伊山麓。飞流而下的溪水隐入郁郁葱葱的水芹和水生植物中，只听得一路水声淙淙，顺着绵长的缓坡流向远方的恩特浅滩。冬天已随着山岭被抛在背后。这里的空气温暖和煦，伴着淡淡的香气，俨然一派草木葱茏、春意盎然的景象。莱戈拉斯深深地吸了口气，好像一个在荒脊之地饱受干渴的人开怀畅饮了一番。

"啊！青草的香味！"他叫道，"这比饱睡一觉还管用。咱们跑起来吧！"

"咱们的鞋轻便，能跑得更快。"阿拉贡说，"或许能比穿铁钉鞋的奥克快。这下子，我们有机会赶上他们了！"

三人排成单行，像追踪强烈气味的猎犬那样，眼中闪着热切的光芒，一路狂奔。奥克行进时践踏出来的大片狼藉一路向西，所过之处，洛汗丰美的草原被踩躏得伤痕累累。突然，阿拉贡大叫一声，向另一个方向奔去。

"站着别动！"他高喊道，"先别跟着我！"他离开主路，朝右边快速跑去，他看见一双没有穿鞋的小脚印偏离其他踪迹朝那个方向过去。不过，那些小脚印没走多远，就被主路上包抄过来的奥克脚印踏过。小脚印折回来，消失在杂乱的踩踏中。在小脚印消失的地方，阿拉贡弯腰从草丛里捡起一样东西，快速跑回来。

"没错，"他说，"可以确信是霍比特人的脚印。我猜，是皮平的脚印。他个头比别人都小。再看看这个！"他举起一样东西，在阳光下发着光，看起来像一片山毛榉树叶芽，在这片没有树的草原上，漂亮而又格格不入。

"精灵斗篷的别针！"莱戈拉斯和吉姆利齐声叫道。

"罗里恩的树叶可不会随意掉落。"阿拉贡说，"不是意外掉进草丛中的，是刻意丢下，留给后面的人做记号的。我想，皮平就是为了这个才偏离主路的。"

"这么说，至少他还活着！"吉姆利说，"他善用急智，也善用脚力。太让人激动了！我们一路追赶，没有白费。"

"但愿他没有为这个莽撞之举付出代价。"莱戈拉斯说，"快！咱们抓紧时间！一想到这些可爱的小家伙像牲口一般被驱赶，我心里就像着了火。"

太阳过了头顶，开始慢慢西沉。远处，从南方海面上飘来的薄云被微风吹散。太阳落下去了。影子在身后越拖越长，像是从东边刺出的长手臂。三位同伴不知疲倦地向前赶路。波洛米尔殒命到现在，过去整整一天了，而奥克依然遥遥领先。辽阔的草原上，丝毫不见踪影。

夜幕降临时，阿拉贡停下脚步。一整天，他们仅仅短暂歇过两次脚。从早上离开山障，他们奔行了十二里格。

"接下来我们要做个艰难的决定。"他说，"是停下来休整一夜，还是一鼓作气地赶夜路？"

"要是我们停下来休整，敌人却不休息，那就会把我们甩得更远。"莱戈拉斯说。

"就算是奥克，行军时肯定也要停下来休息吧？"吉姆利说。

"奥克极少白天在没有遮挡的地方赶路，然而这些奥克却那么做了。"莱戈拉斯说，"他们夜里更不会停下休息啦。"

"可是如果赶夜路的话，我们没法跟踪他们。"吉姆利说。

"据我目力所及，他们走的路是笔直朝前，不存在左转、右转。"莱戈拉斯说。

"也许，我可以带领大家摸黑向前走，不偏离主路，"阿拉贡说，"但是，万一我们途中走岔道了，抑或他们中途转向，等天亮重新找到正路可能要耽搁不少时间。"

"还有一点，"吉姆利说，"只有白天，我们才能发现是否有溜号的。如果有俘虏逃往或被劫往东边，比如魔多方向的大河，我们会在不知不觉中，错过那些迹象。"

"没错。"阿拉贡说，"不过，如果之前那些迹象我都猜得没错的话，白掌奥克打赢了，整队人马正朝艾森加德赶去。他们目前的路线全都证实了我的猜测。"

"如此言之凿凿，难免失之偏颇。"吉姆利说，"万一有逃跑的呢？要是在黑夜前进，我们就会错过那些指引你发现别针的迹象。"

"从那之后，奥克肯定加强了警戒，俘虏也都日益疲惫。"莱戈拉斯说，"如果咱们不去策划营救，应该不会再发生逃跑的事了。凡事不能仅靠猜测臆断，咱们当务之急是要赶上他们。"

"我算是矮人中最能吃苦耐劳的，可即便常年跋涉，我也无法脚不停步一鼓作气直奔到艾森加德。"吉姆利说，"我内心也焦急万分，也希望能尽快出发，可现在我必须休息一下，才能跑得更快。而如果决定要休息，那么黑夜就是个绝佳的机会。"

"我说过，这是个艰难的决定。"阿拉贡说，"咱们到底如何抉择？"

吉姆利说："你是我们的领队，追踪经验丰富。你做主吧。"

"我内心是想要继续前进。但我们要精诚团结。"莱戈拉斯说，"我服从你的决定。"

"你们俩竟然把选择权交给一位蹩脚决策者。"阿拉贡说，"一出了阿戈那斯，我的选择就不灵了。"他紧紧地盯着北方和西方，好一阵子没说话。夜色更深了。

终于，他开口说道："咱们夜里不赶路了。我觉得，偏离正路、错失逃走或加入的迹象，带来的危险更大。要是月亮能帮得上忙，倒也好，可惜，月亮升得早，且还是不亮堂的上弦月。"

"今晚月亮还躲起来了。"吉姆利咕哝道，"女主人要是把她送给弗罗多的光送给我们就好了！"

"光只送给更需要它的人。"阿拉贡说,"弗罗多肩负着真正的使命。在如今的风云变幻中,我们承担的是一件很小的任务。这场至今无果的追踪,桩桩件件都不是我所能控制的。好了,既然咱们已经做了抉择,那就充分利用时间,抓紧休息吧!"

他往地上一倒,立刻睡熟了。自从在托尔布兰迪尔山北麓过夜之后,他就再没有合过眼。黎明前,他醒来起身时,吉姆利还在呼呼大睡,莱戈拉斯早已站在那里,望着北方的夜空,像一棵小树在无风的夜里,若有所思,一动不动。

"他们已经走得很远、很远了。"他面带愁容,转向阿拉贡,"我知道,他们夜里不会休息的。现在,只有老鹰才能追得上他们。"

"不管怎么说,我们都要尽力追赶。"阿拉贡说着,俯身摇醒矮人吉姆利,"快起来!我们得动身了。猎物的气味要散掉了。"

"天还黑着呢!"吉姆利嚷道,"太阳不出来,就算莱戈拉斯爬到山顶也看不见他们。"

"不管是爬上山顶还是站在平原,是趁着月光还是阳光,恐怕他们早就超出我能看见的范围了。"莱戈拉斯说。

"眼睛看不见,大地也许能给耳朵捎点音信。"阿拉贡说,"他们的铁蹄践踏必会让大地呻吟。"他伸展四肢趴到地上,耳朵紧紧贴在草皮上。他趴在那里一动不动,好一阵子,吉姆利简直怀疑他晕过去了,或者重新睡过去了。天已破晓,晨光渐渐浮现。终于,阿拉贡从地上爬起来,莱戈拉斯和吉姆利发现他脸色苍白憔悴,神情忧虑。

"大地捎来的音信十分微弱,却又十分令人迷惑。"他说,"我们周围方圆数里都没有脚步声。敌人的脚步声出现在很远的地方,很微弱。但能听到很大的马蹄声。这让我想起,我之前躺在草地上睡着的时候,梦里听到马蹄声从西边传来。现在马蹄声是朝远离我们的方向,向北前进。真不知道这片土地上出了什么事情！"

"咱们赶紧出发吧！"莱戈拉斯说。

第三天的追赶开始了。白天多云，阳光适宜，他们一整天几乎没有休息，时而疾行，时而奔跑，内心燃烧的火似乎让他们不知疲倦。大家很少开口说话。他们穿过广阔寂寥的原野，身上的精灵斗篷与灰绿色的草地融为一体。即便正午阳光好的时候，恐怕也只有近处的精灵才能发现他们。他们心中时常感谢罗里恩的女主人赠送的精灵饼干兰巴斯[1]，让他们不仅能够边跑边吃，还能获得新的力量。

白天，他们循着敌人的踪迹，一直向西北方向挺进。傍晚的时候，来到一个大长坡。坡上没有树，地势一直向上升，与前方绵延起伏的开阔丘陵连成一片。奥克朝北向拐去之后，因为地面变得坚硬，草变得低矮，踪迹更难辨认了。左边远处的恩特泽河，蜿蜒流过绿色的原野，宛若一条银白色的带子。没有发现任何移动物体。没有任何动物或人类的迹象，阿拉贡不免感到奇怪。绝大多数洛希尔人居住在往南数里格的地方，在此刻被云雾遮住了的林木茂盛的白色山脉。从前，马领主在国土东部地区，也就是东埃姆内特牧养马群，住在帐篷里的牧马人常会在那一带游荡，冬天的时候也不例外。可现在草地上什么都看不到，静悄悄的，但似乎并不平静。

夜幕降临，他们再次停下来休整。他们在洛汗平原上奔行了二十四里格，埃敏穆伊丘陵早已消隐在遥远的东方。天空中笼罩着一层雾，上弦月时隐时现，星星一个都看不见。

---

[1] 精灵饼干兰巴斯（Lembas）是在不死之地以某种谷物制造，作为长途旅行的食粮，因此也被称为"行路面包"。它的种子内蕴藏着不死之地的旺盛生命力，并将这种能力传递给合法的食用者，所以又被称为"生命食粮"。

"一路追赶，顶数这会儿最不该停下来休整。"莱戈拉斯说，"奥克在前方疾奔，好像被索隆的鞭子抽打着。恐怕他们这会儿早就到了森林和黑黢黢的山中，也许正奔行在树林中。"

吉姆利咬牙说道："对于咱们的希望和跋涉，这可是个痛苦的结局！"

"对希望而言，这也许痛苦；对跋涉而言，可不是。"阿拉贡说，"我们不该走回头路。然而我觉得很疲惫。"他扭过头，望着黑暗中的来路，接着说，"我总觉得这里十分蹊跷。这种平静令我觉得蹊跷，甚至这月亮都让我觉得蹊跷。星星也都看不见，我很少有过这种疲惫感，追赶的时候有迹可循，游侠可不会觉得疲惫。有一股力量给我们设置了无形的障碍，却又在助力我们的敌人：这种疲惫感不是生理上的感觉，而是来自心底某个地方。"

"没错！打从埃敏穆伊丘陵下来，我就有这种感觉。那是一股在前面牵制我们，而非从后面支撑我们的力量。"莱戈拉斯指着西边月牙下黑黢黢的洛汗大地。

"是萨鲁曼！"阿拉贡喃喃说道，"但他休想让我们折返！我们必须就地休整！你们看，就连月亮都躲到云层后面去了。休息好了，我们白天才能在北方的大地上驰骋。"

照例，莱戈拉斯又是第一个起来的（如果他当真睡过的话）。"醒醒！快醒醒！"他喊道，"漫天的红霞！森林边一定有什么奇怪的事在等待我们。是吉是凶，不好说，但我们受到了召唤。快醒醒！"

阿拉贡与吉姆利一跃而起，不一会儿就上路了。开阔的丘陵地越来越近。赶到丘陵时，离正午还有一小时。绿色的山坡向上爬升，山脊寸草不生，绵延向北。此刻他们脚下的地面干燥，草皮低矮，在他们与大河之间有一片十余哩宽的沉积地带。大河蜿蜒，河畔水草肥美。在最南面山坡的西侧，有一大圈草皮被践踏得狼藉不堪。此后，奥克的踪迹再次消失——他们沿着山边干硬的地面向北前进。阿拉贡停下来费力地察看着痕迹。

"他们在这里休息过,"他说,"但就连最明显的痕迹看起来都相当陈旧。莱戈拉斯,恐怕你的直觉是对的。奥克在此处停留估计是一天半以前的事情。按照他们之前的速度,昨天傍晚就已经抵达范贡森林边界了。"

"无论是北边还是西边,我都只能看见云雾掩映的草地。"吉姆利说,"如果爬到山上去,能看见森林吗?"

"那还远得很。"阿拉贡说,"如果我没记错的话,这片丘陵向北延伸八里格以上,然后,从那里拐往西北方向,到恩特泽河发源处还得有十五里格。"

"好吧,那就继续赶路。"吉姆利说,"我的腿不在乎有多少路程!只要心情不沉重,走多远,腿都没有问题。"

当他们终于走出丘陵地时,太阳已经下山了。他们一刻不停地走了好几个钟头。现在前进的速度慢了下来,吉姆利开始弓着背。矮人部族不畏艰辛,不惧跋涉,然而这场无休无止的追赶让他内心的希望破灭了。阿拉贡走在吉姆利身后,神情凝重,一言不发,不时弯腰察看地面上留下的痕迹。只有莱戈拉斯依旧步履轻灵,几乎脚不沾草,落脚无痕。他从精灵的行路面包中汲取了所需的营养,他甚至还可以用精灵特有的方式休息:白天一边睁着眼睛走路一边睡觉(假使人类能把这称为睡觉的话)。

"咱们爬到这座草山顶上去吧!"他提议道。其余二人没精打采地跟着他爬上漫长的山坡,来到山顶。这座草山位于丘陵最北面,孑然一处,除了平坦的草皮,再无其他植物。太阳完全落下去了,夜幕降临。三人孤零零地立在偌大的天地间,周遭灰蒙蒙一片。就着最后一丝光亮,能够看到遥远的西北方向矗立着黑乎乎的山影:迷雾山脉和山麓的森林。

"看不到任何有指引性的标记。"吉姆利说,"不过,我们反正也要停下来休整过夜了。变冷了。"

"风是从北方雪地吹来。"阿拉贡说。

"天亮前会吹到东方。"莱戈拉斯说,"如果要休息,那就抓紧时间休息。但还不到放弃希望的时候。明天是个未知数。太阳升起的时候常常能揭开谜底。"

"这一路太阳升起过三次,可什么谜底也没有揭开。"吉姆利嘟囔着。

夜里,天气变得越来越冷。阿拉贡和吉姆利很快就睡着了,他们每次醒过来的时候,都能看见莱戈拉斯要么站在他们旁边,要么来回踱步,用精灵语轻声哼唱着。星光闪耀在他头顶的漆黑苍穹里。夜晚退去。他们望着天空,曙光渐渐浮现,天上没有一丝云,太阳终于出来了。天气晴朗、清寒。寒风把雾气一同吹到东方。阴冷的阳光下,广袤的大地毫无遮拦。

东面正前方,他们见到了多日前曾在安度因河畔看到过的洛汗荒原,那里常年疾风劲吹。西北方十里格开外的地方赫然就是范贡森林了,森林尽头的山坡隐入一片黛色之中。更远处闪着荧光的是迷雾山脉的最后一座山峰——白雪皑皑的梅塞德拉斯峰,仿佛浮在云层中。恩特泽河从森林中流出,河面狭窄,水流湍急,两岸像被刀劈出来一样。奥克离开丘陵后,奔此而来。

阿拉贡目光犀利,从路面到河面,再从河面到森林,他看见远处草地中有一团飞快移动的模糊黑影。他快速趴到地上,专注地听。站在他旁边的莱戈拉斯,用修长的手遮在明亮的精灵双眼上方:他看见的不是黑影,不是模糊一团,而是一群骑兵的身影,数不清的骑兵,清晨的阳光落在长矛的尖端,宛若星辰灿烂。当然,人类的眼睛看不到这些。骑兵身后，升腾起一股青烟。

空旷的原野上一片寂静，吉姆利只听见风吹过草叶的声音。

"骑兵！"阿拉贡叫道，一跃而起，"很多骑兵，正骑着快马朝我们奔来！"

"没错，"莱戈拉斯说，"一共一百零五个。头发金黄，长矛雪亮。为首的那个非常高大。"

阿拉贡笑着说："精灵的眼力着实厉害！"

"算不上厉害！骑兵离我们只有五里格。"莱戈拉斯说。

"不管是五里格还是一里格，在这种毫无遮挡的地方，我们都避不开他们。"吉姆利说，"我们是在这里等他们，还是继续赶我们的路？"

"在这里等等吧。"阿拉贡说，"我累了，我们的追赶失败了。至少被别人抢先了。这些骑兵是顺着奥克的踪迹返回来的。我们也许能向他们打探一下。"

"没准是被他们打击一下。"吉姆利说。

"有三匹马空着马鞍，没看见霍比特人。"莱戈拉斯说。

"我也没笃定会是好消息。"阿拉贡说，"但无论吉凶，我们等一会儿就能知道。"

站在山顶太抢眼了，三个伙伴从山顶沿着北坡慢慢下来。快到山脚的时候，他们停下来，裹紧斗篷，挤在草地上。时间一分钟一分钟过得很慢。风不大但是刺骨。吉姆利十分不安。

"阿拉贡，你了解这些骑兵吗？"他问道，"我们该不是坐在这里等死吧？"

"我跟他们打过交道。"阿拉贡回答道，"他们骄傲而又自负，但行为处事真诚而又大度，勇猛但不血腥，聪明却没受过教化，不擅长书写，但会唱很多歌，像人类先民教化之前那样。但我不清楚最近这里发生过什么，也不知道如今洛希尔人在叛徒萨鲁曼和索隆的威胁之间，做了何种取舍。他们和刚铎人虽非同族，但一向交好。很久很久以前，久到谁也记不清的岁月里，年少的埃奥尔率领骑兵离开了北方。其实，他们跟河谷邦的巴德一族、森林中的贝奥恩一族都有很近的亲缘关系。那两族中至今仍能见到许多高大英俊的金发男人，就跟洛汗骑兵一样。无论如何，至少，他们不会喜欢奥克。"

"但甘道夫提起过，有传闻说他们给魔多进贡。"吉姆利说。

"我跟波洛米尔一样，不相信这个说法。"阿拉贡回答道。

"你们很快就会知道真相了。"莱戈拉斯说，"他们就快到了。"

终于，吉姆利也听见了远处传来的马蹄声。骑兵循着奥克留下的踪迹，从河边掉转头，向丘陵方向奔来，风驰电掣一般。

原野上传来清晰有力的呼喝声。转眼间，他们迅雷般疾奔而至。领头的骑手猛地一扯缰绳，从山脚下带着大队人马沿丘陵西侧向南而去。他身后跟着长长一队身披铠甲的男子，身手矫捷，甲胄锃亮，英俊骁勇。

他们骑的马匹高大强壮，四肢匀称，通体油亮的灰色骏马，长长的尾巴，俊美脖颈上的鬃毛在风中飞扬。骑兵与马匹人马合一、威风凛凛：体形高大、四肢修长，浅色帽盔下淡黄色发辫飘在身后。他们面容刚毅热切，手握白蜡木长矛，身挎彩绘盾牌，腰挂长剑，铮亮的铠甲覆到膝盖。

骑兵两人一排，纵队前进。虽然不时有人从马镫上立起身向前方和左右张望，却显然没有人发觉三个陌生人静坐一旁，注视着他们。大队人马即将过完，阿拉贡突然起身，朗声问道：

"洛汗的骑士，北方可有什么消息？"

骑兵们用惊人的速度和骑术勒住坐骑，拨转马头，策马围了上来。

三个伙伴立刻被疾驰的骑兵团团围在中央,从他们身后的山坡到丘陵,一圈圈围拢过来。阿拉贡站在原地没说话,另外二人坐着一动不动,静观事态发展。

未发一语也未出一声,骑兵们骤然停住。亮锃锃的长矛同时指向三个陌生人。有些骑兵摘弓在手,搭箭开弓。接着,一个身形比其他人都高大的骑兵纵马上前,头盔顶上装饰的白马尾在风中飞动。他骑马上前,长矛在离阿拉贡胸口不足一呎的地方停下。阿拉贡纹丝不动。

"什么人?来这里做什么?"骑士用西部通用语问,说话的语气、语调酷似来自刚铎的波洛米尔。

"人称'神行客'。"阿拉贡说,"来自北方,正在追猎奥克。"

骑兵一跃下马,将长矛递给在他身旁下马的另一个人。他拔出剑,与阿拉贡面对面站着,仔细打量着,满是不解。终于,他开口说道:

"我起先把你们当成奥克了,"他说,"现在看来并非如此。你们这个样子去追猎奥克,实在是不了解他们啊。奥克行动迅速,装备齐全,人数众多。假使你们真能追上他们,多半会从猎手变成猎物。不过,神行客,你这人有些奇怪。"他目光如炬,盯着游侠阿拉贡,"你的这个名字不像人类的名字,你这副行头也很奇怪。你们是从草里头蹦出来的吗?你们又是怎么躲过、没被我们发现的?你是不是精灵族人?"

"不是。"阿拉贡说,"我们当中只有莱戈拉斯一个是精灵族,来自遥远的幽暗森林。我们途经罗里恩,带着罗里恩女主人的礼物与馈赠。"

骑士打量着他们,更加惊异,眼神变得犀利起来。"如此说来,真如古老的神话所言,金色森林里住着一位女主人!"他说,"据说,很少有人逃得出她的罗网。传得很邪乎。但你刚才说带着女主人的馈赠,也许你们就是织网者和施术师。"他目光冷峻地扫了莱戈拉斯和吉姆利一眼,诘问道,"你们俩为什么一直不开口?"

吉姆利起身，两腿稳稳叉开，一手紧握斧柄，黑眼睛里精光一现："骑马的勇士，报上你的姓名，我就让你听听我的名号。再跟你聊聊别的。"

骑士低头盯着矮人说："按规矩，陌生人理当先报名号。不过，我乃伊奥蒙德之子伊奥梅尔，人称里德马克第三元帅。"

"那么，伊奥蒙德之子伊奥梅尔、里德马克第三元帅，就让格罗因之子、矮人吉姆利警告你别再说蠢话。如此大言不惭，我只能归结于你头脑简单。"

伊奥梅尔双眼喷火。他的洛汗兄弟嘴里愤愤骂着，端紧长矛，围上前来。"矮人大爷，你那颗脑袋但凡离地再高一点点，我就会连胡子带脑袋一起砍掉。"伊奥梅尔说。

"他可不是孤立无援！"莱戈拉斯说，以迅雷不及掩耳之势拉弓搭箭，"等不到出手，你就完蛋了。"

伊奥梅尔举起了剑，正当剑拔弩张之际，阿拉贡一跃挡在双方之间，举手调停。"请见谅，伊奥梅尔！"他叫道，"等咱们把话都说明白了，你会理解为啥我的同伴这么生气。我们无意冒犯洛汗，对这里的居民——无论是人还是马——都没有恶意。动手之前，你难道不先听我们说说吗？"

"好吧。"伊奥梅尔说，放下手中的剑，"如今世道不稳，想要在里德马克混，最好识相一点。先告诉我你的真实姓名。"

"请先告诉我，你为谁效力？"阿拉贡问道，"你是魔多黑暗大地之王索隆的朋友还是敌人？"

"我只为马克之王、森格尔之子希奥顿效力。"伊奥梅尔答道，"我们不为远方黑暗之地的力量效力，但也不与他们为敌。如果你们是从他那里逃出来的，最好离开这片土地。现今我们边境全线都有麻烦，全线受到威胁；但我们只渴望自由，希望像过去那样生活，洁身自好，不效力任何外邦君主,管他是好人还是坏蛋。以往太平年月里,我们很好客,但眼下对于不速之客我们必须严格盘查。快说!你是谁?你又为谁效力?奉谁的命令,到我们的地界追猎奥克?"

"我不为任何人效力,"阿拉贡说,"只在一路追赶索隆的仆人。凡人中没多少人比我更了解奥克,但我也不是因此追猎他们。只是因为这群奥克俘虏了我的两个朋友。解救朋友,刻不容缓。没有马可骑,他只能步行;不效力于任何人,自然不用跟谁去告假来追踪;除了一柄剑,他也不会在意敌人的数量。有武器就行!"

阿拉贡将斗篷往后一甩,握紧精灵剑鞘,拔出安督利尔[1]圣剑。剑鞘闪闪发光,宝剑出鞘犹如一道倏然腾起的烈焰。"埃兰迪尔在上!"他喊道,"我是阿拉松之子阿拉贡,又被称为'精灵宝石'埃莱萨、杜内丹,我乃刚铎的埃兰迪尔之子伊希尔杜的后人。这就是那重铸的断剑!你准备帮助我还是阻拦我?快快选择!"

吉姆利和莱戈拉斯惊异地看着这位同伴,他们从未见过他这副阵势。他的身形似乎骤然拔高了,而伊奥梅尔却身形一顿,矮小了不少。他们似乎在他英气勃发的脸上,捕捉到石雕王者的力量与威势。有一刹那,莱戈拉斯看到阿拉贡额上闪耀着一环白焰,宛若一顶耀眼的王冠。

伊奥梅尔向后退,眼中充满敬畏。他垂下眼睑。"这些日子真是太奇怪了。"他喃喃说道,"梦和传说从草地里蹦出来,变成真的了。"

"那么,请您告诉我,您为何前来此地?"他问道,"您刚才说的那些话是什么意思?很久之前,德内梭尔之子波洛米尔为了寻找真相离开了这里,后来,我们借给他的骏马独自回到此处。您从北方带来了什么命运?"

"我带来的是做出抉择的命运。"阿拉贡说,"请转告森格尔之子

---

[1] 安督利尔(Andúril),意为"西方之焰",原名纳熙尔(Narsil)。

希奥顿：战事摆在他面前——对抗索隆还是归顺索隆？如今没有谁还能像过去那样生活，也没多少人还能'洁身自好'。这些重大问题，我们以后再说。以后有机会，我会亲自去见你们的国王。现在情况紧急，我需要你的帮助，至少需要你提供讯息。你已经知道我们在追击一伙绑走我们朋友的奥克。你有他们的消息吗？"

"你们不必再追了。"伊奥梅尔说，"那伙奥克已经被消灭了。"

"那我们的朋友呢？"

"除了奥克，没有发现别的人。"

"那就太奇怪了。"阿拉贡说，"你们查看尸体了吗？除了那些奥克模样的，没有别的尸体了？他们个头很小——在你看来，小孩子那样大的身形——光脚，穿灰色衣服。"

"现场既没有矮人，也没有孩子。"伊奥梅尔说，"我们清点了所有尸体，除掉他们的装备，按照我们的风俗，把尸体堆起来烧掉了。灰烬还在冒烟呢。"

"我们说的不是矮人也不是孩子。"吉姆利说，"我们的朋友是霍比特人。"

"霍比特人？"伊奥梅尔说，"这是什么族类？名字真奇怪。"

"有奇怪名字的奇怪族类。"吉姆利说，"但他们是我们的好朋友。你们似乎在洛汗听说过那些困扰米那斯提力斯的话。其中提到了半身人，而霍比特人就是半身人。"

"半身人！"那个站在伊奥梅尔身边的骑兵大笑起来，"半身人！那可只是北方古老歌谣和童话中才有的小人族。我们到底是进了传奇故事，还是好端端白天站在绿色大地上啊？"

"两者都是。"阿拉贡说，"我们这个时代的传奇，后人一定会撰写。至于绿色大地？那可是传奇中不可或缺的部分，尽管你如今在日光下踩踏着它！"

"时间紧迫，"骑兵完全不理会阿拉贡的话，"大人，我们得向南赶路了。别管这几个胡言乱语的家伙了。要么就把他们绑了，带去见国王。"

"住嘴，伊奥泰因！"伊奥梅尔用本地话说道，"你先过去。叫伊奥雷德[1]的兵士们在路上集合，做好准备，向恩特浅滩开拔。"

伊奥泰因嘟囔着退下，向其他人喊话。骑兵们立刻后退，只剩下伊奥梅尔与阿拉贡一行三人。

"阿拉贡，你的话没头没脑。"他说，"我知道你没有撒谎，这一点毋庸置疑——马克人从不撒谎，因此也不容易上当。不过你的话没有说全。现在，你愿不愿意把你们的任务说得详细一点，我好判断该怎么做？"

"很多星期以前，我从诗篇里称作伊姆拉德里斯的地方出发。"阿拉贡说，"德内梭尔之子米那斯提力斯的波洛米尔与我同行。我的任务是跟他一起去米那斯提力斯，帮助他的人民对抗索隆。不过，我的远征军还负有其他任务。具体任务，我现在不能说。灰袍甘道夫是我们的领头人。"

"甘道夫！"伊奥梅尔叫道，"灰袍甘道夫在马克人中很有名。但我得提前告诉你，这个名字现在不受国王待见。人们记得他曾多次来这里做客，自由出入，有时候一个季节来一回，有时候好几年来一回。他每次来了之后总有怪事发生：有人说，他是邪恶使者。

"的确，自从他夏天来过之后，一切都乱套了。我们跟萨鲁曼有了嫌隙。此前我们一直把萨鲁曼当朋友，然而甘道夫来了，警告我们

---

[1] 伊奥雷德（éored），是洛希尔人最基本的骑兵单元，由一位领主的家庭或聚居点还有向他宣誓效忠的人组成，由一位贵族或受人尊敬的武士带领，其规模取决于聚居地的规模。

说艾森加德正在准备开战。他说自己曾被囚禁在欧尔桑克,历经艰险逃出来请求援助。但希奥顿不愿意听信他的话,他只好离开了。千万别在希奥顿面前提甘道夫的名字!国王现在怒不可遏,因为甘道夫拐走了他那匹名叫捷影的骏马,它可是国王所有坐骑中最宝贵的一匹,是美亚拉斯马群的首领,只有马克王才配得上它。这种骏马的血统承自埃奥尔那匹能通人语的神驹。一个星期前,捷影回来了,但国王的怒气并未平息,因为捷影变得桀骜不驯,不容任何人驾驭它。"

"这么说,捷影独自从遥远的北方回来了。"阿拉贡说,"它与甘道夫就是在那里分开的。唉!甘道夫再也不能骑马了。他跌入了墨瑞亚矿坑的无尽深渊,再也回不来了。"

"这个消息太沉重了!"伊奥梅尔说,"至少我,还有许多人,都这么觉得。但不是所有人都这么想,等你见到国王,就会知道了。"

"这片土地上暂时不会有人意识到这个消息的悲痛程度,然而,用不了一年人们就会遭受到它的严重影响。"阿拉贡说,"但是,伟人已然倒下,常人必须担当。我担起了责任,带领远征军从墨瑞亚继续前进。我们穿越罗里恩——你该好好了解一下那个地方——从那里沿大河而下,长途跋涉,一直挺进到拉乌洛斯大瀑布。在那里,你们消灭的那群奥克杀害了波洛米尔。"

"你带来的全都是噩耗!"伊奥梅尔无比沮丧,"他的死对米那斯提力斯、对我们所有人来说,都是巨大的损失。他是个了不起的英雄!人人都称赞他。他很少到马克来,常年在东部边境上作战。我曾经见到过他。我觉得,他更像骁勇机敏的埃奥尔子孙,不像严肃古板的刚铎人类。如果有机会,他很可能成为子民们最伟大的统帅。不过,我们还没从刚铎收到这个噩耗。他是什么时候亡故的?"

"今天是他遇害的第四天。"阿拉贡答道,"他殒身的当天夜晚,我们就从托尔布兰迪尔山麓动身。"

"步行？"伊奥梅尔惊叫道。

"没错，如你所见。"

伊奥梅尔眼中无比诧异。"阿拉松之子，神行客这名字实在配不上你。"他说，"我会叫你'飞毛腿'。你们三人的伟大事迹，值得在殿堂中广为传颂。不到四天的时间，你们竟然奔行了四十五里格！埃兰迪尔族绝世威武！

"但是，现在您想让我怎么做？我必须尽快赶回希奥顿那里去。我刚才当着骑兵的面不便透露。我们确实还没有跟黑暗之地公开宣战，然而国王身边有些近臣净出些懦弱的馊主意。战争实则已经迫近。我跟所有支持我的人都说过：我们不会抛弃往昔与刚铎立下的盟约，一旦他们那里发生战事，我们必当援助。东马克是第三元帅的领地，由我负责管辖。我已经将所有牲畜和牧民都撤迁到恩特泽河以外的地方。只留下骑兵与斥候。"

"这么说，你们没有归顺索隆？"吉姆利问。

"我们现在没归顺，也从来没有归顺过。"伊奥梅尔说，眼中闪过怒火，"不过我也听到过这种传言。数年之前，黑暗之地的君主想用重金向我们买马，被我们拒绝了，因为他买马是为了干邪恶的勾当。于是，他派出恶棍奥克肆意劫掠，总挑我们的黑骏马抢——导致现在黑马所剩无几。我们因此跟奥克结下了深仇。

"眼下我们最主要的顾虑是萨鲁曼，他已经在这片土地上称王。双方已激战数月。他招抚奥克、狼骑兵与邪恶人类为他效力，还封锁了洛汗豁口不让我们通过，致使我们东西两面受夹击。

"萨鲁曼很难对付：狡诈多端而又精通幻术，善于各种伪装。很多人说，他装扮成身披斗篷、头戴兜帽的老人四处行走，容貌酷似甘道夫。天上地下都是为他效力的密探和不祥之鸟。我不知道最终的结局，但内心忧虑万分。似乎跟他交好的人并不仅限于艾森加德一地。

如果您前往王宫,可以亲自看个究竟。不一起去吗？我认为,上天在我有困惑与需要时,差您来襄助我的。我的希望不会落空吧？"

"有机会一定去。"阿拉贡说。

"现在就去吧！"伊奥梅尔说,"在这个危难时期,埃兰迪尔的后人绝对会是埃奥尔子孙的神奇助攻。现在就连西埃姆内特都开战了,形势恐怕对我们不利。

"事实上,这次向北挺进,我并未获得国王允准,因为我若是不在,王宫守卫力量就相当薄弱。但斥候传讯给我,说四天前有一队奥克从东面山障过来。他们报告说,其中有些奥克佩戴着萨鲁曼的白色徽记。我怀疑这正是我最担心的情况——欧尔桑克与黑暗妖塔结盟,我赶紧召集自己家族的伊奥雷德骑兵出征。两天前的夜里,我们在恩特森林边界附近追上了那帮奥克。我们包围了他们,昨天拂晓时发动了攻击。唉！我损失了十五个兵士,十二匹战马。奥克的数量比我们预计的要多。有其他从东边渡过大河而来的奥克与他们会合——从这里再往北一点,就可以明显看见他们的踪迹。另外还有一些奥克从森林里出来。这些佩戴艾森加德的白掌徽记的高大奥克更彪悍,也更残暴。

"即便如此,我们还是把他们杀得一个也不剩。但我们也耽搁了不少时间。南部和西部都需要我们。您不跟我们一起吗？您瞧,我们有多余的马匹。您的剑也会派上用场。当然,我们也会让吉姆利的神斧和莱戈拉斯的神箭派上用场,不过,要首先恳请他们原谅我刚才对森林女主人出言不逊。我们这里的人轻慢惯了,请给我机会改正。"

"谢谢你这番肺腑之言,"阿拉贡说,"我也很希望能够与你同去。但只要有一丝希望,我都不会放弃找寻我的朋友。"

"一丝希望都没有了。"伊奥梅尔说,"北部边界上找不到你的朋友。"

"但我的朋友并不在后方。我们在离东面山障不远处,曾找到过一个确定无疑的证物,表明当时至少还有一人活着。而从东面山障到这片山岗,我们没有发现他们的任何踪迹,也没有任何他们往这里那里偏离的痕迹。除非我所有的追踪能力都消失了。"

"那么,你觉得他们可能出了什么事?"

"我不知道。有可能混在奥克当中被杀掉并毁尸了,但你一准会说不可能。我只能猜想,交战之前,或许在你们包围奥克之前,他们已经被带进森林里了。你能保证,没有人逃出你们的包围吗?"

"我能保证,打从被我们发现后,没有一个奥克逃脱。"伊奥梅尔说,"我们比他们先抵达森林边缘,在那之后如果有仟何生物突破我们的包围圈,肯定不是奥克,除非拥有某种精灵魔力。"

"我们的朋友装束跟我们一样,"阿拉贡说,"而你们大白天从我们旁边经过也视而不见。"

"您不说,我还真忘了这一点!"伊奥梅尔说,"发生了一连串的奇事,一切都变得不确定了。整个世界都变得神奇了!精灵和矮人同时出现在我们日常生活的原野上;见过森林女主人的族类至今还活着;我们的远祖驰来马克之前很久就已折断的铸剑,竟然重出江湖参战!在这样的时代,一个人该如何判断自己该做什么?"

"过去如何判断,现在就如何判断。"阿拉贡说,"从古至今,善恶未曾改变。精灵、矮人,还是人类,判断善恶的标准也并无不同。管他是在金色森林还是在自家小院,人类有责任甄辨善恶。"

"说得没错!"伊奥梅尔说,"我不怀疑你,也不怀疑自己本心要做的事。然而,我不能随心所欲。若无国王本人允准,擅自让陌生人在我们的土地上随意行走,就是违背律法,而如今危机四伏,律法会更加严苛。我恳请您与我一同回去,而您执意不肯。我不愿率百人之众围攻您区区三位。"

"我认为你们的律法并非为解决当下的境况而制定,"阿拉贡说,

"此外，我也不是陌生人。我曾经来过这片土地，来过不止一次。我也曾与洛希尔人的大军一同驰骋疆场，不过那时候我用的是另一个名字、另一副装扮。我没见过你，因为你还太年轻，但我曾与你父亲伊奥蒙德以及森格尔之子希奥顿相熟。若是在过去，这片土地上任何一位王侯将帅都不会强迫人放弃像我这样的使命。我的使命已说得十分清楚——继续向前。好了，伊奥蒙德之子，现在该你做决定了。要么帮助我们，最不济也要给我们放行。当然，你也可以执行你们的律法。一旦你执意如此，就不会有太多人能够活着返回战场或赶回王宫。"

伊奥梅尔沉默了片刻，开口说道："我们彼此都有急务。"他说，"我的人马急着要走，你的希望也在一点点消减。我已经做了决定：给你们放行，此外，我还要借马匹给你们。我唯一的请求是：一旦你们达成使命，抑或证实使命落空，请尽快骑马穿过恩特浅滩，回到埃多拉斯高山上希奥顿王宫所在地美杜塞尔德。这样您就可以向他证明，我没有误判。我将我自己，可能连同自己这条性命，都押在了对您的信任上。务请不要爽约。"

"决不会爽约。"阿拉贡承诺。

伊奥梅尔下令将多余的马匹借给陌生人时，骑兵们个个大为惊诧，许多人投来疑虑不满的目光。只有伊奥泰因斗胆开口质疑。

"把马匹借给这位自称是刚铎族的大人，或许还说得过去。"他说，"但是，有谁听说过把马克人的马匹借给矮人的？"

"谁也没听说过。"吉姆利说，"不必担心——将来也不会有谁听说。无论自愿还是被迫，我宁可走路也不愿意坐在那么个庞然大物身上。"

"必须骑马，不然你就会拖我们的后腿。"阿拉贡说。

"来吧，吉姆利伙计，你上来坐到我身后。"莱戈拉斯说，"这样问题就全解决了，你既不需要借马，也不用操心骑马。"

一匹灰黑色骏马被牵到阿拉贡面前,他翻身上马。"它叫哈苏费尔。"伊奥梅尔说,"它的主人加鲁尔夫战死了。愿它载着您驰骋征战,愿它助您神威!"

牵给莱戈拉斯的是一匹小灰马,性情暴烈,名叫阿罗德。但莱戈拉斯要他们卸掉马鞍和缰绳。"这些我都不需要。"他说着,轻轻一跃上马。众人惊讶地发现,阿罗德在他胯下温驯而又听话,只需莱戈拉斯一句话,阿罗德便乖顺听从——这便是精灵与所有良善动物的相处之道。吉姆利被拉上马背,坐在莱戈拉斯身后,紧紧抓住他的朋友,紧张程度跟山姆·甘姆吉坐船有的一比。

"再会,祝您得偿所愿!"伊奥梅尔喊道,"尽快赶回来,咱们一起并肩杀敌!"

"等着我。"阿拉贡说。

"也等着我!"吉姆利说,"加拉德瑞尔夫人的账,我还没跟你清算。我还得教教你言辞得体。"

"拭目以待!"伊奥梅尔说,"发生了这么多奇事!在矮人的神斧敲打下,学会赞美一位美丽的夫人,也不是什么了不起的难事儿。再会!"

他们就此别过。洛汗的马匹迅捷无比。只一会儿工夫,吉姆利回头望去,伊奥梅尔和他的骑兵团就已经变成远处的小点了。阿拉贡没有回头张望,他们疾驰前进时,他俯下身子将头贴在哈苏费尔颈旁,一直仔细盯着地面的踪迹。他们很快就来到恩特泽河边,发现了伊奥梅尔之前提到的、从东边北高原下来的另一道踪迹。

阿拉贡翻身下马,仔细察看地面,然后跃回马背,向东骑出一段距离,沿着道路的一侧骑行,小心不践踏到地上那些脚印。接着,他再次翻身下马,检查地面,在附近来来回回走动。

"没什么发现。"他回来后说,"主要的踪迹全都被那些返程的骑兵踩坏了。他们出发时的路线一定更靠近河边。但这条朝东的痕迹很新又很清晰。没有任何反向往安度因大河去的脚印。从现在开始，我们要骑慢一点，确认没有朝两边岔出去的踪迹或脚印。奥克到这里的时候，一定察觉到有人在追踪他们，他们很可能会试图在追兵到来之前转移俘虏。"

他们向前骑行的时候，天色暗了下来。低低的乌云飘过来，阴霾遮住了太阳。林木覆盖的范贡山坡就在眼前。随着太阳西沉，山坡也渐渐变暗。他们没发现朝左或朝右岔出去的痕迹，但不时见到单独倒毙在奔逃途中的奥克，背上或咽部插着灰羽箭矢。

终于，傍晚时分，他们来到了森林边缘，在林子外围空地上发现了那个巨大的焚尸堆，灰烬余热未散，有些地方还在冒烟。旁边是一大堆头盔、铠甲、劈裂的盾牌、断剑，还有弓、飞镖，以及其他战斗装备。中央立着的木桩上放着一颗硕大的奥克脑袋，依稀可见残破头盔上的白色徽记。前方，森林溪流入河口处，有一座新堆的坟茔，新土上覆盖着刚铲下来的草皮，周围插着十五支长矛。

阿拉贡和两位伙伴把战场周围到处搜索了一遍，但光线越来越暗，夜幕降临后，阴暗迷蒙。他们一直搜索到天黑，也没有发现梅里和皮平的任何踪迹。

"什么办法都想尽了。"吉姆利难过地说，"从托尔布兰迪尔开始，我们碰上过很多谜题，顶数这个最难破解。只能猜测，霍比特人的尸骨，已经跟这些奥克的尸骨混在一起了。如果弗罗多还活着，听说这个消息一定很难受，那位在幽谷[1]等待他们的老霍比特人也会难以承

---

1 幽谷（Rivendell），即精灵国王埃尔隆德（Elrond）所统领的一个精灵族分支居住的地方，意即"很深的裂谷"。

受。老国王埃尔隆德原本就不同意他们前来。"

"但甘道夫并没反对。"莱戈拉斯说。

"甘道夫选择亲自前来,却成了第一个陨落的。"吉姆利答道,"他的预见能力失灵了。"

"无论是为自己还是为他人,甘道夫的谋略,从不是基于安全与否的预判。"阿拉贡说,"有很多事情与其抗拒,不如迎难而上,哪怕明知道结局可能不妙。我还不想离开这个地方。无论如何,我们都要在此等到天亮。"

他们在离战场稍远的地方扎营,靠着一棵枝繁叶茂的大树:看着像棵板栗树,树上还挂着许多去年的褐色阔叶,好像张开长长手指的枯手,在晚风中发出呜呜的声响。

吉姆利打了个寒战。他们每人只带了一条毯子。"我们生堆火吧。"他说,"我不在乎有没有危险。就让奥克像夏天绕着烛光飞舞的蛾子那样,密密麻麻扑过来好了!"

"如果那两个不幸的霍比特人在森林里迷了路,火光或许能把他们引过来。"莱戈拉斯说。

"火光也可能招惹来其他东西,既不是霍比特人也不是奥克的东西。"阿拉贡说,"我们离叛徒萨鲁曼的山区很近,而且我们就在范贡森林边上,据说碰这片森林的树都会招致危险。"

"但洛希尔人昨天在这里烧了一场大火,"吉姆利说,"很显然,他们砍了森林里的树来烧。他们忙活完了,还在这儿安全过了一夜呢。"

"一则他们人数众多,"阿拉贡说,"再者,他们很少到这里来,也不进森林里去,所以他们不介意范贡的愤怒。但我们要走的路,很可能会把我们引到森林深处。所以,务必小心!千万别砍活的树!"

"没必要砍树。"吉姆利说,"洛汗骑兵留下了足够多的大树枝和碎木头，地上还有大量的枯木。"他去收集了一些柴料，然后忙碌着生火。阿拉贡背靠大树坐着，默不作声，陷入沉思。莱戈拉斯独自站在空地上，望着黝黑的森林，身体微微前倾，仿佛在聆听远方传来的呼唤。

等矮人生起一小堆熊熊燃烧的篝火，三个伙伴都靠拢过来，围坐在一起，戴着兜帽的身影遮住了火光。莱戈拉斯抬起头，望向上方的树枝。

"你们看！"他叫道，"这棵树也喜欢火！"

也许是晃动的光影迷惑了他们的眼睛，但三人似乎都感觉到：树枝交错着弯向火堆上方，上层的树枝也都向下弯垂，褐色的树叶变得挺括起来，互相摩擦着，好像许多冰冷皱裂的手揉搓着在取暖。

一时谁也没有说话。大家突然意识到近在咫尺的这座森林，黑暗未知，充满隐秘。过了好一会儿，莱戈拉斯开口了。

"凯勒博恩警告我们不要深入范贡森林。"他问道，"阿拉贡，你知道原因吗？波洛米尔听到过的关于森林的传说是什么？"

"我在刚铎和别的地方听到过许多传说，"阿拉贡说，"若非凯勒博恩那番警告，我会认为它们只是传说而已，是人类在真知消隐后杜撰出来的说辞。我本来还想问你，这究竟是怎么回事。若是连森林精灵都不知道，我一个人类又怎么回答得出？"

"你比我见多识广。"莱戈拉斯说，"我在自己的家乡从来没听过关于范贡森林的事情，只有歌谣中唱过，人类称为恩特的欧诺德民很久以前住在这里。歌谣里说，范贡森林十分古老，比精灵族都要古老。"

"是的，非常古老，跟坟岗旁边的树林一样古老，但面积要大得多。"阿拉贡说，"埃尔隆德说，这两座森林同宗同源，都是远古时代广袤森林的坚守者，那时'首生儿女'徜徉其间，而人类尚在沉睡。然而，范贡森林保守着自己的某个秘密。什么样的秘密，我无从知道。"

"我并不希望知道。"吉姆利说，"我也不希望住在范贡森林里的东西，因为我而受到干扰！"

他们抽签决定守哨的顺序，吉姆利抽中第一班哨。另外两人几乎一躺下就睡着了。"吉姆利！"阿拉贡迷迷糊糊地交代道，"记住，砍范贡森林的活树枝会有危险！宁可让火堆灭掉，也别走太远去捡枯枝！有需要记得叫醒我！"

话音刚落，他就睡过去了。莱戈拉斯早就躺着一动不动了，好看的双手交叠在胸前，眼睛圆睁，真实的夜晚与深沉的梦境融为一体，这就是精灵的睡眠。吉姆利弓着背坐在火堆边，若有所思地用大拇指来回蹭着斧刃。大树发出轻轻的摩擦声。周围一片沉寂。

吉姆利猛不丁地抬起头，只见一个老人佝偻着腰站在火光旁，倚着一根手杖，身上裹着一件大斗篷，宽边帽子压低遮住了双眼。吉姆利猛地跳起身，惊吓得完全发不出声音，脑子里闪过"被萨鲁曼活捉"的念头。阿拉贡和莱戈拉斯被他的突然举动惊醒，坐起身，瞪大了眼睛。老人既不开口说话，也没打任何手势。

"啊，前辈，能为您做些什么？"阿拉贡问道，同时跳起身，"您要是觉得冷，就过来取取暖吧！"他大步上前，但老人不见了。附近到处都找不到他的踪迹，而他们也不敢走远。月亮已经沉落，夜色漆黑一片。

突然，莱戈拉斯惊叫道："马！那两匹马！"

两匹马都不见了。它们拽脱了系缰绳的木桩，不见了。好一阵子，三人呆立在那里，谁也不说话，被这突如其来的厄运蒙住了。他们此时处在范贡森林边缘。在这片辽阔又危险的大地上，他们唯一的朋友洛汗的人类，距离他们数十里格开外。正在一筹莫展的当口，他们似乎听见遥远的暗夜中传来了马匹嘶鸣的声音。之后，一切再度归入沉寂，只有风声窸窸窣窣。

"唉，马跑走了。"阿拉贡终于开口道，"我们既无法去找，也无法把它们捉回来。如果它们不自己回来，我们只好步行。反正我们一开始就是靠步行，幸好脚都还在。"

"脚还在！"吉姆利说，"脚是能走路，但不能当饭吃。"他往火堆里扔了些柴，在旁边一屁股坐下来。

莱戈拉斯打趣道："没几个钟头前，你还不愿意坐在洛汗的马背上呢。看来有望成为一名骑兵。"

"现在看来，似乎不可能再有这种机会了。"吉姆利说。

"如果你们愿意知道我的想法，"过了一会儿，他再次开口道，"我认为刚才那人是萨鲁曼。还能有谁？记得伊奥梅尔说的吧：他装扮成身披斗篷、头戴兜帽的老人四处行走。原话就是这么说的。他拐跑了我们的马匹，也有可能是把马吓跑了，剩下我们在这里。还会有更多麻烦的，记住我这话吧！"

"我记住了。"阿拉贡说，"可是我也记得这个老人戴的是宽边帽，不是兜帽。不过，我仍然相信你猜得不错，也相信我们待在这里，白天黑夜都有危险。但是眼下我们除了休息，什么事也做不了，所以，趁能休息我们抓紧休息吧。吉姆利，现在我来守一阵哨。我需要的不是睡眠，而是思考。"

这一夜过得特别慢。阿拉贡之后是莱戈拉斯值哨，之后又轮到吉姆利，就这样三人轮流值着哨。但什么事情也没发生：老人没再出现，两匹马也没有自己回来。

第三章
乌鲁克人*

The Uruk-hai

———————— 两个霍比特人透过浓密的树影，望着下面的山坡：昏暗的光影中，两个小小的身影，宛若两个精灵孩童，透过古老的森林，望向无垠的洪荒，惊奇地看着生命中的第一个黎明。

* 乌鲁克人（Uruk-hai），奥克中比较高大强壮的族群，身高接近人类，不像其他奥克那样会因阳光变得虚弱，是索隆和萨鲁曼军队的重要部分。乌鲁克族认为自己更加高等，蔑称普通奥克为"斯那嘎"。

皮平做了一个可怕的噩梦。梦中他能听见自己微弱的声音回荡在漆黑的地道里，不停叫着弗罗多的名字。弗罗多没有出现，阴影中却冒出数百张狰狞的奥克面孔朝他咧嘴笑，几百条骇人的手臂从四面八方朝他抓来。梅里在哪里？

他醒过来。寒风吹在脸上。他仰面躺着。到了夜晚，天空暗了下来。他扭过头，发现真实的情况并不比梦境好多少。他的手腕、双腿和脚踝上都捆着绳索。梅里躺在他旁边，脸色苍白，额头上绑着一块脏兮兮的破布。他们四周坐着、站着一大群奥克。

皮平裂痛的脑袋渐渐从梦境中摆脱出来，想起了一些事情。当时的情形是：他跟梅里跑进了树林。他们中了什么邪？为什么冲得那么快，完全不顾老神行客的提醒？他们跑着、叫着——他记不清跑了多远，跑了多久。突然，他们撞上了一群奥克。那群奥克站在那儿专注地听着什么，似乎并没有注意到他俩，是他们自己径直撞到了奥克面前。这群奥克尖叫起来，接着又有几十个奥克从树林里蹿出来。梅里和皮平拔剑迎战，但奥克并不想打，只想活捉他们，甚至不顾梅里砍断了好几个奥克的手和胳膊。老梅里真是好样的！

接着，波洛米尔从树林中跳出来。奥克们不得不应战。波洛米尔手刃了许多奥克，其余的逃掉了。然而，他们三人返回时没走多远，就遭到至少上百个奥克的攻击，其中有些体形巨大。他们箭如雨下，专攻波洛米尔。波洛米尔吹响了他的大号角，整个树林都震动了。起先奥克惊慌撤退，但他们发现除了回声之外并没有援军赶来，又发起了更猛烈的射击。之后的事皮平记得不多。他最后的印象是波洛米尔靠在大树上，从身上拔出一支箭。接着他就眼前一黑。

"估计是脑袋被敲晕了。"他自忖，"不知道可怜的梅里伤得重吗？波洛米尔怎么样了？奥克为什么没杀我们？我们这是在哪里，要到哪里去？"

他答不出这些问题。浑身又冷又痛。"真巴不得甘道夫没能说服埃尔隆德让我们来！"他想，"路上要我有啥用？只干了些小事情：赶赶路，背背行李。现在被抓来，竟然变成了奥克的行李。我希望神行客或者其他什么人，快来把我们领回去！可是我该有这个念头吗？会不会打乱整个计划？那就希望我能自己逃走吧！"

他挣扎了几下，觉得只是徒劳。坐在附近的一个奥克大笑起来，用奥克那种难听的语言对同伴说了句话，然后用通用语对皮平说："能休息的时候就休息吧，蠢货！"他把通用语说得跟奥克语一样狰狞，"能休息的时候就休息！我们很快就会让你那两条腿派上用场。等我们到家，你就会巴望自己没长过腿！"

"要是依着我，你现在早就死了。"另一个奥克说，"你这可恶的小耗子，我会叫你吱吱叫个不停。"他朝皮平俯下身来，大黄色獠牙几乎碰到皮平脸上。他手里拎着一把锯齿刃黑色长刀，"老老实实躺着，不然我就拿这玩意儿给你挠挠痒。"他恫吓道，"别折腾，否则我可管不了那些命令。他娘的艾森加德人！*Uglúk u bagronk sha pushdug Saruman-glob búbhosh skai！*[1]"他用土话气呼呼地骂了一长串，骂着骂着就变成了嘟嘟囔囔、咬牙切齿。

---

1 本句为黑暗妖塔的士兵使用的更低级的黑语。

皮平骇怕极了，躺着一动也不动。手腕和脚踝疼得越来越厉害，身下的石头扎进背上的皮肉。为了转移注意力，他开始专注地听四周的各种声音。周围嘈杂的说话声，尽管奥克语原本听起来就像充满怒气与仇恨，但这会儿他们显然是在吵架，吵得不可开交。

皮平惊讶地发现，很多奥克说通用语，其中大部分内容他都听得懂。显然，在场的奥克来自两三个不同的部族，听不懂彼此的部族土话。他们在气恼地争论下一步的计划：该走哪条路，该怎么处置俘虏。

"没有时间好好宰了他们！"有一个说，"这趟路上没时间找乐子。"

"没办法，"另一个说，"可是为什么不快点宰了他们，现在就宰了吧？该死的累赘货！我们急着赶路。现在天快黑了，咱们趁着天黑宰了他们。"

"记住命令。"第三个低声咆哮道，"'除了半身人，余者格杀勿论！半身人必须留活口，尽快带回来。'这是我接到的命令。"

"要他们到底有什么用？"好几个声音发问，"为什么要留活口？留他们逗乐子？"

"不！我听说他们中有一个人身上带着个东西，战争需要的东西，精灵的阴谋还是什么。总之，要审问他们两个。"

"你知道的就这些？干吗不去搜他们的身，把东西找出来？没准能搜到点什么，咱们自己用用。"

"是个很风趣的提议。"一个声音冷笑道，声音比别的奥克柔和，听起来却更邪恶，"那我就只能如实上报了。'不得擅自对俘虏搜身，不得私吞俘虏物品。'这是我接到的命令。"

"我接到的命令也是这样。"那个低沉的声音说，"'抓住留活口，原样带回来。'这是我接到的命令。"

"我们没接到过这样的命令！"先前的一个声音说，"我们大老远从墨瑞亚矿坑跑来，为的是杀人，是要为我们的族人报仇。我巴望着赶紧杀人，杀完就回北方！"

"那你就继续巴望去吧！"咆哮的声音说，"我叫乌格鲁克。我说了算！我要走最短的路回艾森加德。"

"萨鲁曼是魔眼的主人吗？"那个邪恶的声音质问道，"我们应该立刻返回鲁格布尔兹。"

"要是能渡过大河，我们就回去了。"另一个声音说，"可我们人不多，不敢冒险从桥上过去。"

"我是渡河过来的。"那邪恶的声音说，"向北，在河东岸，长翅膀会飞的那兹古尔在等着我们。"

"好吧！好吧！这样你就能带着俘虏飞走，抢先去鲁格布尔兹领赏金和奖赏，丢下我们跑断腿穿过驭马佬的地盘。不行，我们必须结成一伙。这片地方很危险，到处都是反贼和劫匪。"

"对，必须结成一伙！"乌格鲁克咆哮道，"我不相信你们这些蠢猪猡。离开自家地盘，你们就吓断了肠子。要不是我们赶到，你们早就全都逃命去了。我们是战无不胜的乌鲁克族！是我们杀了那个大个子勇士。是我们抓到的俘虏！我们是白掌智者萨鲁曼忠实的仆人，他把人肉奖赏给我们吃。我们来自艾森加德，把你们带到这里，接下来会按照我们选择的路把你们带回艾森加德。我叫乌格鲁克，我刚才说过了！"

"你刚才说得太多了，乌格鲁克。"邪恶的声音嗤之以鼻，"我倒想知道，鲁格布尔兹的人听了这番话会怎么想。他们没准会认为乌格鲁克的肩膀扛不住肿胀的猪头了。他们没准想弄清楚乌格鲁克的奇怪念头是打哪儿来的。是萨鲁曼授意的吗？萨鲁曼以为他自己是谁啊？戴个肮脏的白色徽记就能称王？我格里什那赫可是鲁格布尔兹人信任的使者，他们没准会同意我的看法，在我格里什那赫看来：萨鲁曼是个蠢货，一个肮脏龌龊的蠢货。不过就是魔眼看中了他。

"猪猡？伙计们，你们愿意被肮脏小巫师的这群走狗唤作猪猡吗？我敢保证，他们吃的是奥克肉！"

随后响起一群半兽语的叫嚷声，夹杂着武器的撞击声。皮平小心翼翼地翻过身，想看看会发生什么事。看守他的奥克也去加入了争吵。在模糊不清的光线中，只见一个硕大黝黑的奥克，估计是那个乌格鲁克，正在跟格里什那赫对峙，后者个头矮小、罗圈腿，身板宽阔，两条长长的手臂快要耷到地上。四周围着许多矮小的奥克。皮平估计那些是从北方来的。他们都已拔出了刀剑，却迟疑着不敢向乌格鲁克下手。

乌格鲁克大吼一声，跑上来很多跟他差不多高大的奥克。乌格鲁克毫无征兆地一跃上前，唰唰砍下两个对手的脑袋。格里什那赫闪退到一旁，隐到阴影的地方。其他奥克纷纷让路，有一个倒退时绊倒在躺着的梅里身上，骂骂咧咧。但这一跌多半救了他一命——乌格鲁克的手下从他身上跃过，操着阔刃剑砍翻了另一个家伙，正是那个黄獠牙守卫。他的尸体压在皮平身上，手中还紧握着那把锯齿刀长刀。

"放下你们的武器！"乌格鲁克吼道，"别再啰唆！从这儿朝西直走，从梯阶上一直下到丘陵，然后沿河往森林走。白天黑夜不停歇。听清楚没有？"

"现在，"皮平暗想，"只要那个丑八怪再花点时间整顿队伍，我就有机会了！"他心中生起一丝希望。那把黑刀的利刃划破了他的手臂，掉落到他手腕上。他感觉到血一滴一滴流到了手上，同时也能感觉到冰冷的钢刀贴着皮肤。

奥克们都在准备继续赶路，但有些北方奥克始终不太情愿，艾森加德的奥克又出手杀了两个，才把其余的镇住。场面十分混乱，咒骂声不绝于耳。没人看管皮平。他的两条腿被捆得结结实实，但上身却只把手腕绑在身体前面。绳子虽然绑得紧，但两手能够同时移动。他把奥克的尸体推到一边，屏着呼吸将绑着手腕的绳结压在刀刃上，上下挪动。刀刃十分锋利,死尸手中的刀握得很紧。绳子割断了!皮平快速把绳子抓到手里,将它结成一个有两个环的绳圈,套到双手上,然后躺着一动不动。

"扛上那两个俘虏!"乌格鲁克吼道,"别打他们的主意!我们回去前,他们要是死了,就得有人偿命。"

一个奥克像拎麻布袋一样把皮平拎起来,把皮平绑着的双手往自己脑袋上一套,抓住两臂向下一拉,让皮平的脸奔在他脖子上,就这么背着他颠簸着往前跑。另一个奥克用同样的方式背起了梅里。奥克嶙峋的手爪像铁箍般钳着皮平的手臂,指甲抠进他的肉里。他闭上眼睛,又滑回了噩梦中。

他再次被猛地甩到石头地上。夜还不深,但细细的月牙已经西沉。他们在一座悬崖边上,仿佛置身云雾缥缈的大海边。附近有水流冲刷而下的声音。

"探子终于回来了。"旁边的一个奥克说。

"说,你们都发现了什么?"乌格鲁克吼道。

"只有一个骑马的人,往西跑了。现在周围没啥人了。"

"'现在'?!是多长时间之前的事情?你这个蠢货!就该把那个人射死。他会去报信的。不等到天亮,该死的驭马佬就会知道我们来了。我们现在得用双倍速度赶路。"

一个身影俯身察看皮平。是乌格鲁克。"坐起来!"他命令道,"我的伙计们扛你们扛烦了。我们现在要爬下去,你们必须自己爬!识相一点!不许叫出声,更别想着逃跑。我们对付玩花样的人,虽然不会要命,但也够你受的。"

他割断皮平腿上和脚踝上绑着的绳索,扯着他的头发把他拎起来站着。皮平跌倒了,乌格鲁克再次拽住头发把他扯起来。好几个奥克爆出粗野的笑声。乌格鲁克抓过一只长颈瓶塞进他嘴里，往喉咙里灌了一些热辣辣的液体。皮平感到全身流过一股灼热的水流。腿上和脚踝上的疼痛消失了。他能站住了。

"现在该另一个了！"乌格鲁克说。皮平见他走向躺在旁边的梅里，踢了一脚。梅里呻吟了一声。乌格鲁克粗暴地把他扯着坐起来，扯掉他额头上的绑带，从一只木盒里掏出点黑乎乎的东西给他抹在伤口上。梅里痛得大叫，拼命挣扎。

奥克拍手嚎笑。"还不愿意抹药！"他们讥笑道，"真不识好歹！哈！我们可有乐子了。"

此刻，乌格鲁克没心思寻乐子。他得加快赶路，同时还得迁就那些心存异见的奥克。他用奥克的方子给梅里治疗，见效很快。等他把长颈瓶中的液体强行灌进嘴里、割断腿上的皮索、扯他站起来时，梅里竟然站稳了。尽管脸色苍白，神情冷峻倔强，但精神不错。他额头上的伤口后来好了，但留下了一个终生未褪的深褐色疤痕。

"哈啰，皮平！"他嚷道，"这么说，你也来参加这场小小的远征啦？我们睡哪儿？早餐吃啥？"

"少啰唆！"乌格鲁克说，"少啰唆！给我闭嘴，不许说话。你们胆敢惹是生非，等到了地方报呈上去，自然会收拾你们。到时候就有地方睡、有早餐吃了，就怕吃撑了你。"

奥克开始沿着一道狭窄的沟壑向下爬，爬到下方那片迷雾笼罩的原野。梅里和皮平中间隔着十儿个奥克，跟着他们向卜爬。爬到山谷底部，踏上草地，霍比特人的希望又升腾起来。

"笔直向前走！"乌格鲁克吼道，"朝西边走，稍微偏北。跟上鲁格都什。"

"可是，太阳出来以后怎么办？"一些北方奥克问。

055

"不停脚,继续跑!"乌格鲁克说,"你想怎么样? 坐在草地上等那些白皮佬来一起野餐?"

"但是,我们怕太阳光,不能跑!"

"我会在后头赶着你们向前跑。"乌格鲁克说,"快跑! 不然你们就再也见不到你们亲爱的家人了。白掌在上! 派这些半吊子山里货跟着有什么用啊?! 该死的,快跑! 趁天还没完全放亮,快跑!"

于是,整个队伍开始跨着奥克的大步伐跑起来。毫无秩序,推推搡搡,咒骂不绝,但脚下速度一点儿也不慢。每个霍比特人都由三个奥克看守。皮平落在队伍最后头。以这种速度,他不知道自己还能撑多久,他从早上到现在都没吃过东西。看守他的一个奥克拿着鞭子。不过,之前那点儿奥克的液体在他体内还起着作用。他的神志还很清醒。

他脑中时常会不由自主地浮现出神行客那张精干的脸,看见他正俯身察看一条模糊不清的踪迹,跟在后面不停奔跑。但是,除了一堆混乱的奥克脚印,就算是他那样的游侠也发现不了什么。他和梅里的小脚印早就被前后左右的铁钉鞋给践踏得看不见了。

他们沿着峭壁跑出一哩地,发现地势开始向下倾斜,进入一片辽阔的浅洼地。那里地面柔软潮湿。西沉的浅淡月晕下,升腾着一层雾气。前方奥克的黑影变得模糊了,渐渐没入大雾中看不见了。

"喂! 现在开始跑慢一点。"压在阵后的乌格鲁克大声传令。

皮平脑海中闪过一个念头,立即付诸行动。他快速向右一闪,从抓着他的守卫手中挣脱,一头扎进大雾里。他扑倒在草地上。

"站住!"乌格鲁克尖声叫道。

队伍顿时骚乱起来。皮平跳起来继续向前跑。奥克在后面紧紧追赶。有几个奥克突然出现在他的正前方。

"看来逃不掉了!"皮平想,"不过,在这潮湿的地面上留下痕迹,很可能不会被破坏掉。"他被缚的双手在颈前摸索着,摘下斗篷上的别针。趁着几条长臂硬爪抓他的当口,把别针丢在草丛里。"恐怕它会在这儿一直待到地老天荒吧。"他想,"不知道自己这么干到底有什么意义。即便其他人成功逃脱,多半也会跟着弗罗多离开了。"

一条皮鞭抽上他的腿,他强忍着没叫出声来。

"够了!"乌格鲁克吼叫着跑过来,"他还得跑很长的路。让他们两个跑起来!抽一鞭子警告一下就行了。"

"这事还没完。"他咆哮着转向皮平,"这笔账,我给你记着呢!迟早会跟你算的!快点跑起来!"

这趟路途后来发生的事情,皮平和梅里都记不太清楚了。噩梦与恶毒的现实交织在一起,变成了无穷无尽的摧残,希望也变得越来越渺茫。他们不停地跑路,一直向前跑,奋力跟上奥克的速度,时不时会遭受残酷的鞭笞。要是停下来,或是绊倒了,就会被拎起来拖着向前跑。

奥克灌给他俩的液体,热力已经消退。皮平浑身又冷又痛。一个踉跄摔倒在草地上。几只指甲锋利的大爪子拎住他,把他举起来。他再次像个麻布袋一样被人扛起,周围漆黑一片:不知道是夜里,还是他眼睛看不见了。

他模模糊糊听到周围的嘈杂声。似乎有许多奥克要求停下来。乌格鲁克在大声吼叫。他感觉自己被摔到地上,一躺到地上,噩梦再次向他袭来。但没多久就痛醒了,一双冷酷无情的铁爪攫住了他。他就这样被颠来晃去,颠簸了很长时间,黑暗渐渐消散,他又清醒过来,发现到了早晨。有奥克在大声下令,他被粗鲁地摔在草地上。

他在那儿躺了很久,努力告诫自己不要绝望。他头昏脑涨,但从体内传来了一股热力,他猜自己又被灌了奥克的液体。有个奥克俯身看他,丢给他一块面包和一条生肉干。他大口吃掉那块灰硬的面包,没动那块肉。他饿得要命,但还没饿到要去吃奥克扔来的肉的地步,他不敢去想那到底是什么动物身上的肉。

他坐起来,四处张望。梅里离他不远,他们在一条狭窄、湍急的河流的岸边。前方矗立着高大的山脉,山峰顶上映着清晨的第一缕阳光。山峰下面的山坡上是一片黑暗模糊的森林。

奥克中又传来嘶喊咆哮声。似乎北方奥克与艾森加德奥克之间又要发生激烈的争吵。一些想要向南方撤退,一些想要去东方。

"别再吵了!"乌格鲁克说,"把他们交给我!不准杀,我早就告诉过你们。你们如果想要丢掉我们千辛万苦得来的东西,那就丢下来吧!我来负责。历来如此,征战的事情只能交给善战的乌鲁克人。你们要是害怕白皮佬,那就滚!快滚!那边有森林。"他指着前方咆哮道,"滚进森林里!躲着别出来。都给我滚!快点滚,再慢一点我就把你们脑袋敲掉,好让其他人长点记性!"

一片嘈杂的咒骂声中,绝大多数北方奥克都脱离队伍撒腿冲了出去,有一百多人。他们沿着河流向山里狂奔而去。两个霍比特人被甩给了艾森加德的奥克——这是一帮冷酷邪恶的家伙,至少有八十个体型巨大、肤色黝黑、吊梢眯缝眼的奥克,配着大弓和短柄阔刃剑。少数身形高大、敢于冒险的北方奥克,跟他们一道留了下来。

"接下来,我们来看看格里什那赫。"乌格鲁克说。然而,就连他自己的手下,有几个也开始不安地向南张望。

"我知道,"乌格鲁克咆哮说,"该死的驭马佬一定是得到风声了。斯那嘎,这都是你们的错!我要把你们这些斥候的耳朵全部剁掉!赶紧开始迎战吧。很快就能吃上一顿马肉,没准还能有更好的东西。"

就在那时,皮平明白了为什么刚才队伍中有些奥克指着东边。从那个方向传来了嘶喊声,格里什那赫又出现了,后面跟着好几十个跟他一样长臂、罗圈腿的奥克。他们的盾牌上绘着一只红眼睛。乌格鲁克迎上前去。

"你这是又回来了?"他揶揄道,"想明白了是吧?"

"我回来是要确保无人违背命令,是要确保俘虏安全。"格里什那赫答道。

"说得真好!"乌格鲁克说,"不过用不着你操心。我会确保无人违背命令。你回来到底还有什么事?之前仓促逃窜,是不是丢下什么东西了?"

"我丢下了一个蠢货。"格里什那赫怒道,"但跟他一起的还有几个强壮的伙计,我可舍不得丢下。我知道你会领着他们去丧命。我回来救他们了。"

"好极了!"乌格鲁克大笑道,"除非你有胆子打上一架,否则你就来错地方了。鲁格布尔兹才是你该去的地方。白皮佬就要来了。你的宝贝那兹古尔怎么啦?是不是又被人射啦?要是这些那兹古尔真有吹嘘的那么厉害的话——这会儿你要是把他带过来,没准能派上用场。"

"那兹古尔,那兹古尔。"格里什那赫喃喃说道,浑身发抖,舔着嘴唇,仿佛这个词散发着恶臭,令他难以下咽,"乌格鲁克,不要妄议你那浅薄心智理解不了的东西。"他说,"那兹古尔!啊!真有吹嘘的那么厉害!有朝一日你会后悔自己说过这话。蠢猴子!"他恨恨地骂道,"你要知道,他们最受魔眼器重。但是长翅膀会飞的那兹古尔——时候未到,时候未到。他还不愿意让那兹古尔们出现在大河上,现在还为时太早。他们是为大战准备的,他们另有任务。"

"看来你知道得还不少。"乌格鲁克讥笑说,"我猜,知道太多对你没好处。也许,鲁格布尔兹会有人疑心你是怎么知道的,为什么会知道。别忘了,来点阴险计谋,艾森加德的乌鲁克人也很擅长。别站在那里废话了!把你那帮杂碎兵集合起来!别的猪猡已经拔腿跑进森林里了。你还是跟我们走吧。别妄想活着回到大河对岸去了。门儿也没有。快点！我殿后。"

艾森加德的奥克再次抓起梅里和皮平，甩到后背上。接着，大部队就开拔了。他们向前跑了好几个钟头，不歇气地往前跑，偶尔停下来轮换着背霍比特俘虏。不知是因为艾森加德的奥克速度快、耐力好，还是因为格里什那赫另有计谋，艾森加德的奥克陆续超过了魔多的奥克，将格里什那赫的手下甩在后面。很快，他们缩短了跟前头北方奥克之间的距离。森林越来越近了。

皮平浑身瘀青，到处是伤，脑袋裂痛，被扛他的奥克肮脏的脸颊和毛茸茸的耳朵抵着蹭来蹭去。他只能看到眼前弓起的背，不知疲倦、起起落落的粗壮大腿，那些大腿简直像是铁线和兽角做的，起起落落，像一场没完没了的噩梦。

到了下午，乌格鲁克的手下完全超过了北方奥克。这些北方奥克在阳光下全都蔫耷耷的。尽管冬季灰冷天空中的太阳光线并不强，他们一个个耷拉着脑袋，伸着舌头。

"没用的蛆虫！"艾森加德的奥克嘲笑道，"被太阳烤熟了吧？白皮佬逮住你们正好吃掉。他们来了！"

格里什那赫发出的尖叫声，证明刚才那句不只是个笑话。的确出现了策马疾驰而来的骑兵！尽管还在后面很远的地方，却正快马加鞭朝奥克赶来，黑压压一片，就像潮水涌向正在流沙上游荡的人群。

艾森加德的奥克开始提起两倍的速度狂奔，像是疯狂的终点冲刺，皮平目瞪口呆。他看见太阳西沉到迷雾山脉背后，大地上逐渐暗了下来。魔多的奥克抬起头，也开始加快速度。森林黑影幢幢，就在眼前。他们已经进入了森林外围，地势开始往上升，越来越陡，但奥克没有停步。乌格鲁克和格里什那赫在拼命吼叫，鞭策他们竭尽全力。

"他们能成功。他们能逃掉。"皮平想。他竭力扭过头,一只眼睛越过肩膀向后方张望。他看见东边远处的骑兵驰过原野,赶上了奥克。落日给他们的长矛和头盔镀上一层金光,映得他们飞扬的浅金色头发闪闪发亮。他们将奥克围堵起来,防止散开,把奥克向河沿一带驱赶。

皮平很想知道来的是什么人。他真希望自己在幽谷的时候能多学些知识,多看看地图和其他东西。可是,那段日子里,他一直觉得,远征的计划是那些有谋略的贤者们的事情,从来都没想到有一天自己竟然会跟甘道夫、神行客,甚至弗罗多失散。关于洛汗他所有的记忆只有一个:甘道夫的坐骑捷影来自那片土地。这么想想,似乎又有了希望。

"他们要怎样才能知道我们不是奥克?"他暗暗着急,"我猜这里的人从来没听过霍比特人。这些禽兽般的奥克要被歼灭了,我肯定高兴,但我怎么才能救自己呢?"也许等不到洛汗的人类认出他们,他和梅里就被混在劫掠他们的人当中一并被杀死了。

有好几个骑兵显然是弓箭手,能在奔驰的马背上搭弓射箭。他们疾驰到射程范围内,搭箭射向落在队伍后头的奥克,好几个人中箭倒地。这些骑兵随即掉转马头,驰离敌人的射程。奥克一面疯狂射击,一面死命向前奔。双方如此交战若干回合,有一次箭矢射进了艾森加德的奥克队伍中。他们当中有一个,在皮平面前应声倒下,再也没能站起来。

夜幕降临,骑兵没有追过来继续攻打。奥克死了不少,不过,剩下的还有两百多。大刚擦黑,奥克来到一处小山包。森林边缘近在眼前,只剩下可能不到三弗朗[1]的距离,他们却再也无法前进。他们被骑兵包围住了。有一小队奥克不服乌格鲁克的命令,继续奔向森林,

---

1 弗朗(furlong),英国长度单位,约等于二百米。

结果只有三个生还。

"瞧瞧吧。"格里什那赫冷笑道,"英明的统帅!我希望伟大的乌格鲁克能再次带领我们冲出重围。"

"放下那两个半身人!"乌格鲁克下令,并不搭理格里什那赫,"鲁格都什,你去找两个人来好好看住他们!除非那些肮脏的白皮佬冲进来,否则不准杀他们。明白吗?只要我活着,就要留下他们。不准他们呼喊,也不能让人把他们救走。把他们的腿绑起来!"

他们俩的腿立刻被无情地捆绑起来。不过皮平发现,自己第一次和梅里挨得这么近。奥克闹出巨大的声响,咆哮吼叫声夹杂着兵器撞击声。两个霍比特人趁机低声合计起来。

"我没指望这么多。"梅里说,"我觉得自己快不行了。就算现在松了绑,恐怕我也爬不了多远。"

"兰巴斯!"皮平低声说,"精灵饼干兰巴斯!我这儿还有一些。你呢?他们只不过抢走了我们的剑而已。"

"有,我口袋里有一包,"梅里说,"但肯定都压成碎屑了。可我也没办法把嘴伸进口袋里啊!"

"用不着那样。我已经……"就在这时,皮平被狠狠踹了一脚。噪音渐渐小了,守卫十分警惕。

夜晚寒冷、寂静。在奥克聚集的小土丘四周,突然燃起了一簇簇烽火,在黑夜里散发出金红色的光,围成一个圆圈。烽火全都在长弓射程之内,但火光中并未见有骑兵的身影。乌格鲁克没来得及阻止,奥克就朝烽火滥射了许多箭矢。骑兵那一方静悄悄的。深夜,月亮从云雾后面跳出来后,才能偶尔见到他们的身影不时在月色中晃动,那是哨兵在值守。

"他娘的!他们在等日出。"有个守卫低声骂起来,"我们为什么不集合起来攻打他们？我很想知道，乌格鲁克老儿到底是怎么想的？"

"放心，我来说给你听听。"乌格鲁克咆哮着，从后面走上前来，"你意思是说我完全不用脑子，对吧？你他娘的！你跟那帮杂碎兵，那帮鲁格布尔兹的猴子、那帮无用的蛆虫一样混蛋。带这帮废物一起打仗没一点用！就只会尖叫着抱头鼠窜，而这些驭马佬人数众多，轻而易举就能把我们荡平。

"那些蛆虫只有一样本事——黑夜里能看得远。不过，我听说，这些白皮佬的夜视能力比大多数人类强，更别说他们还有马！听说，那些马连夜里的微风都能看得见。不过，有一件事情他们并不知道——萨鲁曼手下的毛胡尔和他手下的'兄弟们'已经埋伏在森林里，随时会出来增援。"

显然，乌格鲁克这番话能令艾森加德的奥克振奋，而其他奥克不仅丧气，还十分反感。奥克也布了一些岗哨，但大多数都趁着黑夜舒服地躺在地上休息。月亮西沉，躲进厚厚的云层里面，到处一片漆黑。皮平连几呎外的东西都看不见。烽火的光照不到小山丘上。然而，骑兵们并非单纯在等待黎明的到来，给敌人得以喘息的机会。小山丘东侧突然爆发出惨叫声，意味着大事不妙。似乎有几个人骑马靠近，下马潜到营地边上杀了几个奥克后快速消失了。乌格鲁克急忙赶过去防止奥克伺机逃散。

皮平和梅里坐起身。看守他俩的艾森加德奥克跟着乌格鲁克走了。即便这时两个霍比特人萌生出一丝逃跑的念头，也立刻被扼杀掉了。两条毛茸茸的长臂分别掐住两人的脖子，把他们拉在一起。昏暗中，他们看清夹在两人之间的正是格里什那赫的硕大脑袋和狰狞脸庞，他满口恶臭喷在他俩脸颊上。他开始在他们身上摸来摸去。冰冷刚硬的手指摸上皮平的后背，他止不住打了个寒战。

"哈，小家伙们！"格里什那赫轻声问道，"休息得舒服吗？不舒服？地方确实局促了点儿：一边放着刀剑和鞭子，一边摆着可怕的长矛！小东西就不该搅和大事情。"他的手指继续上下摸索。眼眸深处闪过一丝不易察觉的炽烈光芒。

刹那间有个念头闯进皮平的脑海，仿佛当场截获了敌人的急切心思："格里什那赫知道魔戒的事情！他趁乌格鲁克忙乱的机会，赶来找魔戒，很可能是想把魔戒据为己有。"皮平吓得浑身一冷，同时飞快地盘算着该如何利用格里什那赫的这个欲望。

"我觉得，你这样是无法找到它的。"他低声说，"很难找到。"

"找到它？"格里什那赫惊问。他手上的动作停下来，抓住皮平的肩膀，"找到什么？小东西，你在说什么？"

皮平沉默了一阵子。突然，他的喉咙在黑暗中发出一阵咕噜咕噜的声音。他接着开口说道："没什么，我的宝贝。"

两个霍比特人感觉到格里什那赫的手指抽搐了一下。"嗷！"奥克轻轻吸了口冷气，"原来他是这个意思，对吧？嗷！非常，非——常危险，小东西们。"

"也许是这样，"梅里突然警觉到皮平的猜测，"也许非常危险。不仅仅是对我们而言十分危险。不过，说心里话，你到底想不想要它？你打算拿什么来交换？"

"我想不想要它？我想不想要它？"格里什那赫说，仿佛十分困惑。他的手臂在颤抖，"我打算拿什么来换？你们什么意思？"

"我们的意思是，"皮平字斟句酌地说，"趁黑乱摸是找不到的。我们可以让你省时又省力。但你得先给我们把腿上的绳索松开，不然我们什么也做不了，什么也不会说。"

"我亲爱的小嫩傻瓜，"格里什那赫嘶声说道，"到时候，你们的每一样东西，你们知道的每一件事情，全部都会被挖出来，全部！到那个时候，你们会巴不得全都倒出来，讨好问讯官。肯定会的，用不了多久！我们也许不会很快审问。噢，也许不会！你们以为留你们活口做什么用？亲爱的小东西，请相信我，即便我说了，也绝不是出于好心。这个机会也不能算是乌格鲁克的失误。"

"我十分相信。"梅里说，"不过，你还没把猎物带回家呢。而且，眼下似乎不是朝着你家的方向走。我们要是去了艾森加德，伟大的格里什那赫可捞不到什么好处——萨鲁曼会悉数拿走。如果你想把什么东西据为己有，现在正是最佳交易机会。"

格里什那赫大为光火。萨鲁曼的名字似乎令他特别生气。过了一会儿，骚乱逐渐平息下来。乌格鲁克或艾森加德的奥克随时可能回来。他咆哮着问："那东西到底在谁身上？"

"咕噜，咕噜！"皮平说。

"给我们把腿上绑的绳索松开！"梅里说。

他们感觉到奥克的双臂在剧烈颤抖。"他娘的，你们这两个小杂碎！"他恨声说道，"给你们的腿松绑？我会给你们松松筋！别以为我不能把你们里里外外搜个遍？现在就搜！我会把你们剁成碎块。用不着你们自己动腿走路——我把你们剁碎了带走！"

突然，他一把抓起两人，臂力大得吓人。他将二人夹到腋下，狠狠箍在身上，两只大手紧紧捂住他们的嘴。他弓着身子向前疾奔，路上一句话也不说，快速跑到小山丘边缘，瞅准一处守卫的空当，像鬼魅一般消隐在夜色中，冲下斜坡，一路向西奔往流出森林的那条大河。河边的开阔地里燃着一个火堆。

他向前跑了十来码，突然停住，四下里窥听。没有发现周围异常，他继续潜行，背弓得更低，几乎贴在地面上。接着，他蹲下来，再次凝神窥听。突然，他霍地起身，似乎打算冒险冲出去。就在那时，一个骑兵的身影冷不防地出现在他面前。一匹马打着响鼻，前蹄腾空后蹄直立。黑暗中传来问话声。

格里什那赫立刻扑倒在地，把两个霍比特人压在身底，抽出短剑。他显然想把这两个俘虏杀了，以防二人逃走或被人营救。没承想却失算了。剑发出一声微响，在左侧火光映照下闪着幽光，一支箭旋即从黑暗中呼啸而来。如果不是因为弓箭手技艺高超，那就是受到命运的指引，利箭穿透了他的右手。他尖叫起来，剑掉到地上。一阵急促的马蹄声传来，格里什那赫急忙跳起身逃跑，被一根长矛刺穿，随即倒地。格里什那赫抽搐着发出瘆人的惨叫声，之后便一动不动了。

格里什那赫跳起身后，两个霍比特人仍旧趴在地上。又一个骑兵赶来驰援。不知是因为夜间眼力特别敏锐，还是因为某种其他知觉，那匹马抬起蹄子轻巧地从他们身上跃过。马上的骑兵没有看见身上罩着精灵斗篷的这两个人。梅里和皮平惊魂未定，吓得不敢动弹。

终于，梅里动了一下，压低声音说："总算有惊无险。不过，咱俩怎么才能彻底脱险？"

答案几乎立刻就来了。格里什那赫的惨叫声惊动了奥克。山丘那边传来叫喊声、怒骂声，两个霍比特人因此猜测，奥克准是发现他俩失踪了，说不定乌格鲁克还砍掉了几个奥克的脑袋。接着，右边传来回应奥克的叫喊声，来自烽火包围圈之外的山林方向。显然，毛胡尔赶来增援了，向围困者发起攻击。马蹄疾奔的声音响起来。骑兵冒着被奥克箭矢射中的危险，缩小对山丘的包围圈，防止奥克突围，另一队人马疾奔而去，迎战来增援的敌人。梅里和皮平突然意识到，他俩躺着完全没动，就已经脱身在包围圈之外了！再没有什么能阻碍他们逃跑。

"现在，"梅里说，"只要手脚松绑了，咱们就能逃掉。但我摸不到绳结，也没办法把它咬开。"

"不用摸到，也不用咬。"皮平说，"我之前正准备要告诉你，我的手已经设法松绑了。那些绳圈是用来迷惑奥克的。你最好先吃点精灵饼干兰巴斯。"

他把手腕上的绳索滑脱，探手掏出个袋子。饼干碎了，但还能吃，仍包在叶子里。两个人每人吃了两三片饼干。饼干的味道让他们回忆起往昔宁静岁月里的美丽面孔、欢笑和营养食品。好一会儿，他们坐在黑暗中嚼着饼干，陷入沉思，完全听不见附近战场上的厮杀声。皮平首先被拉回到现实中。

"我们必须离开这儿。"他说，"一刻也不能多留！"格里什那赫的剑就在手边，但太笨重，用起来不顺手。因此，他往前爬，找到格里什那赫的尸身，从刀鞘里拔出一把锋利的长刀。他用长刀迅速割断绑缚两人的绳索。

"妥啦！"他说，"稍微缓一缓，也许咱们就能够重新站起来走路了。但不管怎样，我们最好先爬着走。"

他们开始向前爬。地上的草又深又软，这对他们来说是个好事情，但爬行总归十分缓慢。他们远远地绕开烽火，一点点向前挪动，终于爬到河边。河堤很陡，黑黢黢的河水在深处淙淙流过。这时，他们才回头张望。

声音完全消失了。很显然，毛胡尔和他的"兄弟们"不是被杀，就是被赶跑了。骑兵们返回去静静地值守，夜色里弥漫着不祥的气息。这种宁静注定持续不了多久。夜已将尽，东方无云的天空开始露出鱼肚白。

"必须找地方躲起来，"皮平说，"否则我们会被发现。等到死了以后，那些骑兵意识到杀的不是奥克，对我们来说也算不上啥安慰。"他站起来，跺了跺脚，"那些绳子像铁丝一样箍进肉里，但是脚渐渐暖和起来。我现在可以慢慢走路了。你呢，梅里？"

梅里站起来。"可以，"他说，"我也可以了。精灵饼干兰巴斯功效不凡！让人觉得元气满满，比那个热辣辣的奥克液体好多了。不知道那个液体是用什么做的。不过，不知道也罢。我们下去弄点水喝，把那玩意儿冲掉！"

"别从这里下去，河堤太陡了。"皮平说，"先往前走吧！"

他们转过身，沿着河堤并肩向前走去。他们身后，东方天际渐渐泛亮。他们边走边聊，用霍比特人的达观，轻松地谈论着各自被俘以后的境遇。只听他们俩的谈话，没有人想象得到，他们曾遭受过极端的摧残折磨，沦落到生死无望的万难绝境；也没人猜得到即便现在，他们也很清楚重新找到朋友、重获安全的希望十分渺茫。

"你看来干得不错，图克少爷。"梅里说，"我如果真有机会向老比尔博汇报，你肯定能在他书里占上差不多一章内容。干得漂亮！尤其是你猜到那个恶棍毛贼的伎俩，还捉弄了他一把。不知道是否有人顺着你留下的踪迹，找到了那枚别针。我舍不得丢掉我的别针，也因此担心你的那个再也找不回来了。

"如果想要跟上你，我可得加快速度啦。你的白兰地鹿表兄现在要走在前面了！他大显身手的时候到了。我猜你应该不清楚我们所在的方位。我在幽谷的时候，可比你用功多了。我们此刻正沿着恩特泽河往西走，正前方是迷雾山脉的尾麓，还有范贡森林。"

说话的工夫，影影绰绰的森林已然横亘在他们面前。虽然已是黎明时分，夜色似乎还安然栖居在大树之下。

"那就往前带路吧，白兰地鹿少爷！"皮平说，"或者往后带路！我们被多次告诫不要进入范贡森林，像你这么博学的人，不会忘记吧。"

"当然没忘。"梅里答道，"不过，与向后走进战场相比，我更愿意走进森林。"

他在前头带路，走进了枝丫交错的森林。那些树古老得猜不出年代。大树上垂下无数像胡须一样的蔓藓，在风中飘动。两个霍比特人透过浓密的树影，望着下面的山坡：昏暗的光影中，两个小小的身影，宛若两个精灵孩童，透过古老的森林，望向无垠的洪荒，惊奇地看着生命中的第一个黎明。

在遥远的大河对岸，越过棕褐色原野，在无数里格开外，黎明来临，天边像着了火一般。人们吹响洪亮的狩猎号角迎接黎明。洛汗骑兵重新抖擞生机，角声满天。

在清晨的严寒中，梅里和皮平清楚地听见了战马的嘶鸣声和遽然响起的歌声。太阳升起来了，如同半弧形的火球，跃到了地平线上。紧接着，东边传来骑兵震天的呐喊声，旭日的光芒映在骑兵的盔甲和矛尖上。奥克尖叫着，射光了身上所有的箭矢。梅里和皮平看见有几个骑兵倒下了。但他们的队伍没乱，继续向山上挺进，绕过山头，再次发起进攻。侥幸活着的奥克四处逃窜，却都被一一追杀。然而，有一队奥克集结成三角形阵势，顽固地朝森林方向进发。他们冲上斜坡，往梅里和皮平所在的方向冲过来。他们越来越近了，砍杀了三名拦住去路的骑兵，他们显然是想要逃跑。

"咱们别再继续观战了。"梅里说，"来的是乌格鲁克！我不想再被他撞见。"两个霍比特人转身逃进森林深处。

因此，他们没看见最后的对决。乌格鲁克被追上了，在范贡森林边缘陷入绝境。马克的第三元帅伊奥梅尔下马，亲自与他对决，剑杀乌格鲁克。眼力超凡的洛汗骑兵驰骋在辽阔的原野上，悉数剿杀了几个侥幸逃跑的奥克。

骑兵们堆起坟冢，埋葬了阵亡的战友，颂唱着他们的英勇。之后，他们又燃起大火，焚烧敌人的尸体，并将灰烬扬散。一场袭击就此落下帷幕，没有任何消息传回魔多或艾森加德。但熊熊燃烧的浓烟直升天际，把消息传到了各地。

第四章
老恩特树须

TREEBEARD

———————— 你会觉得那是两口幽深的古井，装满了久远的记忆和漫长、深邃的思考。但它们的表面闪耀着现实的光辉，就像阳光洒在参天古树的外层树叶上，也像深湖表面泛起的涟漪。

而在光线阴暗、枝蔓缠绕的森林里,两个霍比特人竭力奔跑,逆着河流的方向一路向西。山势越来越高,范贡森林越来越深。他们对奥克的恐惧渐渐消退,因此放慢了速度。一种令人窒息的怪异感觉向他们袭来,仿佛空气稀薄,令人无法呼吸。

最后,梅里停了下来。"不能再走下去了。"他喘着气说,"我快透不过气了。"

"咱们怎么都得先去喝点水。"皮平说,"我渴死了。"他吃力地爬上一条伸进河水里的庞大、虬结的树根,弯下身子用双手捧水喝。河水清澈而冷冽,他连喝好几捧。梅里也学着他的样子喝了一些。河水令他们精神振奋,心情似乎也跟着愉快起来。他们坐在河边,把酸痛的腿脚泡在河水里,打量着四周那些静默伫立的树,一排排望不到尽头,消隐在灰蒙蒙的暮色中。

"嗨,咱们没有迷路吧?"皮平问,背靠在一棵巨大的树干上,"至少咱们还可以沿着这条河,恩特泽河还是啥的,原路返回到进来的地方。"

"没错。只要腿还走得动。只要还能呼吸到空气。"梅里说。

"是啊,这里阴暗而又憋闷。"皮平说,"不知为什么,这里总让我想起塔克自治镇的那些斯密奥[1]当中图克家族祖宅里的那个老房间:

---

[1] 斯密奥(Smial),霍比特语中"地洞""洞窟"的意思。霍比特人一般都在山坡、山脚的地方建洞窟。

那个房间很大，里面的家具历经数代都没挪动过，也没更换过。他们说老图克，盖伦修斯·图克，在里面住了很多很多年。随着房子和里面的家具一道变老。一百年前，他过世了，里面的东西就再也没有动过。老盖伦修斯是我高祖父，这么说就更好理解一点。不过跟这树林给人的感觉比起来，绝对算不上古老。你瞧，那些垂着、拖到地上的蔓藤！还有，大部分的树上，叶子有一半破烂干枯、经年不落的！看着很脏。无法想象，如果春天会光顾的话，这里会是怎么个景象，更无法想象这里怎么进行春季大扫除！"

"但太阳总能照进来一点吧。"梅里说，"这里给人的感觉一点都不像比尔博描述的幽暗森林。他描述的幽暗森林漆黑、邪恶，是黑暗、邪恶的滋生地，这里只是阴暗，林子密得吓人。完全没法想象会有动物栖居在这里，或在这里待很长时间。"

"是啊，霍比特人肯定办不到。"皮平说，"一想到要穿过这个森林我就发怵。我猜方圆一百哩都找不到吃的。咱们还有多少吃的？"

"不多。"梅里说，"我们逃的时候，什么也没带，就身上备着的几包兰巴斯。"他们清点了一下精灵饼干：所有碎屑加起来，勉强够吃五天，就这么多了。"也没有围巾或毯子。"梅里说，"不管往哪个方向去，我们今晚都要挨冻。"

"现在，咱们合计一下往哪儿走。"皮平说，"清晨总会到来的。"

突然，他们发现远处的森林里面出现一片黄色的光芒。阳光似乎突然穿透了森林的顶盖。

"哈啰！"梅里说，"我们之前在树底下赶路的时候，太阳一定是躲在云层里面去了，现在太阳跳出了云层，要不就是太阳升高了，能够透过空隙照射下来。那里看着不远，走，咱们过去瞧瞧！"

他们发现，那里比他们刚才想的要远。地势陡峭险峻，越来越多坚硬的大石头。随着他们向前进，光线越来越明亮。不久，他们便看见前方耸立着一座岩壁——可能是山的侧壁，也可能是遥远山脉陡然刺出来的一段"山根"。岩壁上没有树，太阳光直射在上面。岩壁底下的树木，树枝全都直挺挺地伸着，仿佛竭力伸出去获得太阳的温暖。之前看起来灰暗、破败的大树，油棕色的叶子此刻在阳光下闪烁着，灰黑色的树皮像油亮的皮革。树干焕发着嫩草一般的浅绿色光泽——他们有仿佛置身早春的感觉。

岩壁上似乎有一道阶梯，粗糙不平，很可能是天然形成的，由岩石风化破裂所致。岩壁上方高处，几乎与森林树冠平齐的地方，一片岩架突出在峭壁下方。岩架上光秃秃的，边缘长了些草，还有一截挂着两根弯树枝的老树干，像个皱巴巴的佝偻老头，站在晨光中眨着眼睛。

"爬上去！"梅里兴高采烈地说，"上去透透气，看看周围的风景！"

他们手脚并用地攀上了岩壁。那道阶梯要真是人工开凿而成的，就应该是为一些长腿、大脚的人凿的。他们太兴奋了，浑然不觉被俘时留下的伤口、瘀肿已经痊愈了，而他们也恢复了活力。他们终于爬到岩架边缘，几乎正对着老树桩底部下方。他们跃上岩架，转过身，背对着大山深深地吸了口气，向东面望去。他们发现自己不过往森林里走了三四哩而已。树冠沿山势向下，一直延伸到平原地带。森林边缘升腾起巨大的黑烟，朝他们这个方向飘来。

"风向变了，"梅里说，"现在吹的是东风。这上面冷起来了。"

"是啊。"皮平应道，"恐怕这光照一纵即逝，很快又会变得灰蒙蒙的。太可惜了！这破败的老森林在阳光下看起来景象迥然。我简直觉得自己要喜欢上这个地方了。"

"简直觉得你要喜欢上这块森林了！很好！你们可真是太友好了。"一个陌生的声音说道，"转过身来，让我看看你们的脸。我简直觉得自己要讨厌你们两个了，但告诫自己不宜着急。转过身来！"两只关节突出的大手搭上他们的肩膀，轻轻一把就把他们扳转过来。接着，两只大手把他们举起来。

他们发现眼前是一张极为独特的脸庞。这张脸长在一个巨人一般、几乎像山精一般的身体上：身高十四呎以上，魁梧健壮，脑袋巨长，几乎没有脖颈。很难说他浑身裹着用灰绿色树皮做的东西，还是本身就长成那样。但不管怎么说，离树干不远的两条手臂上没有褶皱，而是一层光滑的棕色外皮。两只大脚上都长着七个指头。长脸的下部长满浓密的灰色胡须，胡须根部粗硬得像细枝，尾端很细，还覆着苔藓。此刻，两个霍比特人只注意到他那双眼睛。那双幽深的眼睛此刻也在打量着他们，缓慢、严肃，极具穿透力。棕色的眼睛里散发着绿色的光芒。日后，皮平多次试图描述初见这双眼睛时的印象：

"你会觉得那是两口幽深的古井，装满了久远的记忆和漫长、深邃的思考。但它们的表面闪耀着现实的光辉，就像阳光洒在参天古树的外层树叶上，也像深湖表面泛起的涟漪。我也说不清楚，但那感觉就像某种长在地上的东西，或者某种存在根底和枝梢的东西，某种存在于天地之间的东西，睡着了，却在突然之间醒过来，用经年累月内省的洞察力，来琢磨你。"

"呼噜姆，呼姆。"那个声音咕哝道，声音低沉，像是大型木管乐器上发出来的音符，"的确很古怪！但凡事不宜着急，这是我的口头禅。不过，要是我听到你们声音之前，先看到你们的尊容，要是我先看见你们，而不是先听见你们的声音，我肯定会把你们当成奥克踩死，等发现错误也晚了。我喜欢你们的声音，柔和愉快的声音，让我想起了一些已经记不清楚的往事。你们的确长得古怪。根与枝在上，奇哉怪哉！"

尽管还十分惊讶，皮平却不觉得害怕了，在这双眼睛注视下，他感觉到无比好奇，却不再害怕。于是开口问道："请问，您是谁？您是什么人?"

一抹怪异的神色浮上那双古老的眼睛,戒备的神色将两口古井蒙上了。"哦,呼噜姆,"那声音答道,"呃,我是个恩特,他们是这么称呼我的。对,就是这个词,恩特。用你们的话说,我的名字叫恩特。有人叫我范贡,还有一些人叫我树须。你们叫我树须好了。"

"恩特?"梅里问道,"恩特是什么?你怎么称呼自己?你的真名叫什么?"

"呼,这个嘛!"树须回答说,"呼!听我慢慢说来!不宜着急。你们在我的地盘,应该由我来发问。我也很想知道,你们是什么人?我没法把你们对上号。似乎我年轻时学过的人种名单目录里头没有你们。不过那是很久、很久以前的事了,说不定他们已经列出了新的名录。让我想想!让我想想名录里头是怎么说的?

且听我把名录报!
四个种族逐一表:
小精灵族最古老,
矮人黑屋像地牢,
恩特垒上比山早,
凡俗人类驭马跑。

"唔,唔,唔……

海獭善筑坝,羚羊爱跑跳,
狗熊逐蜂蜜,野猪爱打闹,
猎狗腹中饥,野兔受煎熬……

"唔，唔……

> 雕居高崖上，牛群爱吃草，
> 牡鹿顶角冠，疾飞数鹰鹞，
> 天鹅羽如雪，蛇寒如冰窖……

"呼姆，唔，呼姆，唔，下面怎么唱的？噜姆—吐姆，噜姆—吐姆，噜姆踢—图姆—吐姆。那名单可长着呢。但是，你们跟哪个都对不上号！"

"古老名单，古老传说，似乎总会把我们给漏掉。"梅里说，"但我们在这世上已经好久啦。我们是霍比特人。"

"不如在名录里加上一行？"皮平建议道，

> 半身人住半山腰。

"把我们放在四个种族中，紧挨着人类（全身人），这样就行啦。"

"唔！不错，不错。"树须说，"这样好。这么说你们住在洞穴里喽？听起来非常合适。不过，是谁把你们称作霍比特人的？我觉得听起来没有精灵味道。所有的古老词汇都是精灵创造的，毕竟他们最古老。"

"不是谁把我们称作霍比特人，是我们自己这么称呼的。"皮平告诉他。

"呼姆，唔！等等！不宜着急！你们称自己霍比特人？这一点可不能再随便告诉别人。如果不小心，你们会把自己的真名都泄露出去。"

"我们不介意让人知道自己的真名。"梅里说，"我是白兰地鹿家的，名叫梅里阿道克·白兰地鹿，不过大多数人都叫我梅里。"

"我是图克家的,我叫佩里格林·图克,不过大家一般都叫我皮平,甚至还有叫我皮普的。"

"唔,我发现,你们是个性急的种族。"树须说,"很荣幸你们如此信任我,但还是不应该这么坦诚不设防。要知道,恩特跟恩特不一样,照你们的说法,有些是恩特,而有些只是看起来像恩特的东西。那我就叫你们梅里和皮平吧,名字真好听。但我不会告诉你们我的真名,至少现在不会。"他眼中绿光闪烁,浮现出一种似卖关子又似开玩笑的奇怪表情,"首先是因为太费时间,我的名字随着时间在变化,而我活了很长、很长时间,因此,我的名字就像一个故事。我的真名会告诉你们我的语言,就是你们所说的恩特语中存在的很多东西的故事。它是种优美的语言,不过要用它来说任何事情都得花费很长的时间,因为不值得花费很长的时间去说、去听的事情,我们就不用这种语言来说。"

"但是现在,"那双眼睛突然变得十分明亮而"现实",似乎变小了,变得十分锐利,"发生了什么事情?你们在这个事情里面扮演什么角色?我能看到、听到(闻到和感觉到)很多这个,这个,这个阿—唠啦—唠啦—噜姆巴—咔曼达—林德—欧尔—布噜米。不好意思,我们的语言是这么表述的,我不知道用旁的语言该怎么说。就是,天气晴朗的早上,我会站在这里,向外眺望,想着太阳,想着森林外的青草、骏马、云彩和世界的变化。发生了什么事情?甘道夫在干什么?还有这些——卟啦噜姆——"他突然发出一声低沉的咕噜声,像人风琴上发出的不和谐音符,"——这些奥克,还有下面艾森加德的小萨鲁曼,他们都在干什么?我喜欢听消息。但别说得太快。"

"发生的事情可多啦,"梅里说,"就算我们说得很快,都得花上很长时间才能说完。可是您又告诫我们不宜着急。我们适合这么着急告诉您吗？可不可以允许我们先问问：您打算对我们干什么？您支持哪一派别？您认识甘道夫吗？"

"认识，我绝对认识他。他是唯一真正关心树木的巫师。"树须说，"你们认识他吗？"

"认识，"皮平悲伤地说，"我们认识他。他曾经是一位了不起的朋友，曾经是我们的引路人。"

"我接着回答你们另外的问题。"树须说，"如果你是想问'拿你们怎么办'，没有你们的同意，我不打算对你们干什么。也许我们可以一起干什么。我不知道什么叫'派别'。我走自己的路，不过你们的路或许会有跟我重合的地方。还有，你们刚才说到甘道夫大师的时候，似乎他在一个已经终结的故事里。"

"是的。"皮平伤心说，"故事似乎还在继续，但恐怕甘道夫已经终结了。"

"呼，竟然这样！"树须说，"呼姆，唔，呃。"他停下来，久久地望着两个霍比特人，"呼姆，呃，我不知道该怎么说。竟然！"

"如果您还想多听听，"梅里说，"我们也会告诉您的。不过要花些时间。您可以把我们放下来吗？趁现在有太阳，我们一块儿坐在这儿晒晒太阳？您这样举着我们，一定会非常累。"

"唔，累？不，我不累。我不会累。我不坐。我不容易，唔，弯身。不过嘛，瞧，太阳就要进去了。咱们离开这个——你们刚才管这地方叫什么？"

"山丘？"皮平猜道。"岩架？梯阶？"梅里跟着猜。

树须若有所思地重复着这几个词。"山丘。对，就是这词。不过，要形容一个打从鸿蒙之初就挺立在这儿的东西，这个词还是太随意了。不过，就这样吧。咱们走，走吧。"

"我们去哪儿？"梅里问。

"去我家,到我的一个家里去。"树须答道。

"远吗?"

"我不知道。也许你们会觉得远。可这有什么关系?"

"哦,是这样,我们所有的行李都丢了。"梅里说,"我们的食物所剩不多了。"

"噢!唔!不用担心这个。"树须说,"我给你们一种饮料,喝了之后能保持精力充沛很长、很长时间。如果你们想要离开,我也可以送你们出去,送你们到想去的地方。我们走吧!"

树须轻轻抱起他们,抱得很稳,一只手臂抱一个。他先抬起一只大脚,继而迈出另一只脚,把他们抱到岩架边上,用树根似的脚趾抠住岩石,一步一步稳稳地走下梯阶,到了岩壁下面的森林里。

一下到地面,他就甩开大步穿行在林间,一直向森林深处走去。树须抱着他们,沿河流附近,稳稳朝山坡上爬去。许多树似乎在沉睡,或像根本没有察觉到他,好像他只是一个过路的其他生物。但有些树在抖动,还有些树会在他走近时抬高树枝让他通行。一路上,他一边大步行走,一边不停地自言自语,拖腔拖调像唱歌一样。

好一阵了,两个霍比特人谁也没开口说话。很神奇,他们都感到安全而又舒适。再者他们也有很多事情要想,很多事情要去琢磨。终于,皮平壮起胆子开口了。

"呃,树须,"他说,"我能问您个事儿吗? 为什么凯勒博恩警告我们不要进入您的森林? 他告诫我们,千万不要冒险闯进来。"

"唔,他如今还这么说?"树须瓮声问道,"要是你们去他那个方向,我大概也会说同样的话。千万不要冒险闯进劳瑞林多瑞南森林! 从前精灵是这么称呼它的,现在他们把名字缩短了,改叫洛斯罗里恩。也许名字缩短得有道理:那片森林如今不仅没有壮大,反而在缩小。

那里过去是'歌唱的黄金谷'[1]，而现在却变成了'梦中花'。哎呀！那是个古怪的地方！可不是什么人都能够进去的。我很吃惊你们居然走出来了，不过最吃惊的还是你们居然进得去——已经很多年没有陌生人进去过。那是个古怪的地方。

"这个地方也是。人们来这里出过很多事，是的，出事。Laurelindórenan lindelorendor malinornélion ornemalin，[2]"他自顾自哼唱起来，"我猜，他们那里已经远远落后于时代了。"他说，"无论是这里，还是金色森林之外的任何地方，都已经不是凯勒博恩年轻时的模样了。不过：

"*Taurelilómëa-tumbalemorna Tumbaletaurëa Lómëanor.*[3]
"他们以前就是这么说的。世界变了，但有些地方依然如故。"

"您指的是什么？"皮平问，"什么依然如故？"

"树木和恩特。"树须说，"我自己身上发生的事情，有些我也不能理解，所以没法解释给你听。我们有些还是从前那样的树人恩特，像从前那个时代一样活跃，但有很多变得困乏嗜睡，用你们的话说，就是更像树木了。当然，绝大多数的树木都只是树木。但有许多树木是半醒的，有些树木则相当清醒，还有少数，啊，嗯，变得越来越像树人恩特。这种变化始终都在发生。

"一旦起了这样的变化，你会发现其中有些心眼坏了。这跟他们的木头没关系，我不是说木头坏了。唉，我认识恩特泽沿岸的好心老柳树，很可惜他们早就死了！树干空得厉害，事实上，他们全都朽

---

[1] 劳瑞林多瑞南（Laurelindórenan），意思是"歌唱的黄金谷"（Land of the Valley of Singing Gold）；简称"罗瑞南德"（Lórinand），"黄金之谷"（Golden Valley）；又称"罗里恩"（Lórien）。洛汗语中称为"幽灵森林"（Dwimordene）。
[2] 精灵语，意为"金光中树木优美歌唱的山谷，音乐与梦之地，金色树林之地"。
[3] 精灵语，意为"有一股处于深谷中的黑暗阴影遮蔽了森林"。

成了碎片，但依然安静、甜美得像新生的叶芽。然而，山下河谷里有一些高大壮硕的树却坏透了。这种事情似乎越来越多。以前这片森林里有些十分危险的地方。现在也依然有不少地方十分邪恶。"

"您指的是，比如北面那片老林子？"梅里问。

"是啊，是啊，类似，但情况更糟糕。我相信，北面更远的地方笼罩着邪恶的阴影，而邪恶的记忆会传递。但这里有些谷地始终笼罩着邪恶，而那些树比我还要老。不过，我们还是会竭尽全力。我们不让陌生人和蛮汉靠近。我们训练加示范，我们行走兼除莠。

"我们这些古老的恩特是百树牧人。百树牧人所剩无几。人们说，羊会变得像牧羊人，牧羊人也会变得像羊，不过这种变化很慢，而这两者在世的时间都不长。这种变化在树和百树牧人恩特之间比较密切，也比较快，两者携手走过了漫长的岁月。可以说，恩特更像精灵——对自身的兴趣没有人类那么大，对其他事物更能耐心观察。然而，较之精灵，恩特像人类一样善变，也就是你们说的，更擅长察看颜色。然而，在恒久稳定和专注方面，恩特远胜人类和精灵。

"我的一些族人，如今看起来跟普通树木没什么区别，需要一些大事情去唤醒；他们说起话来低声细气。而我牧养的一些树却体姿轻盈柔软，有许多能跟我交谈。当然，这得归功于精灵，把树唤醒，教树说话，他们还学习树的语言。精灵总是想跟所有的东西说话，古时候的精灵乐此不疲地做着这些。可是，当大黑暗时代降临，有些精灵渡海远去，有些遁身遥远的山谷，吟诵着那不复回还的旧日时光。旧时不再。唉，唉，从前，打这儿往西，一直绵延到路恩山脉，是一整片森林。

"那是个辉煌年代！我整日行走、歌唱，空旷的山谷中只有我歌唱的声音在回荡。整个森林就像洛斯罗里恩森林一样，但比洛斯罗里恩更茂密、更蓬勃，也更有朝气。还有那空气的味道！我经常一整个星期什么都不干,尽情呼吸着空气的味道。"

说到这里,树须沉默下来,一言不发地大步向前奔,几乎听不到一丝脚步声。突然,他又开始哼唱起来,低声哼着优美的曲子。霍比特人渐渐意识到他是在唱给他们俩听:

　　塔萨瑞南,绿柳如烟,
　　春日行脚,吾复何言?
　　欧西瑞安,榆叶田田,
　　七河之夏,欲辩忘言。
　　尼尔多瑞,山毛榉酽,
　　金红胜火,秋意绵绵。
　　多松尼安,山岳之巅,
　　松傲风雪,其境如禅。
　　歌声潋滟,欲传九天。
　　吾今叹惋,地覆天翻。
　　渺渺难返,范贡成槛,
　　东升之地,暮色黯然。
　　范贡吾苑,根脉交缠,
　　枝盛叶繁,杳杳千年。

唱完,他没再说话,迈着大步向前走,森林里寂静无声。

天色已晚,暮色笼罩着森林。终于,霍比特人看见前方依稀浮现出黑色的山峦:他们来到了迷雾山麓最南端高峰梅塞德拉斯的青翠山脚下。从高处泉源冲跃而下的恩特泽河,喧闹着从山侧流过,奔跑着来迎接他们。河流的右侧是一片长满青草的绵长山坡,此刻笼罩在灰色的暮光之中。山坡上没长树，敞开在苍穹之下，天上群星闪烁，浮云流转。

树须大步走上山坡，脚下速度丝毫不减。霍比特人突然看见前方有个巨大的缺口，两侧各立着一棵巨大的树，像两根活的门柱。缺口处，除了勾缠交错的粗大枝条，并没有门。老恩特走近的时候，两棵巨树举起了树枝，所有树叶都微微颤动，发出沙沙的声音。这是两棵常青树，树叶墨绿光滑，在昏暗中熠熠闪动。穿过这两棵大树，来到一片宽阔的空地，地面光滑平坦，仿佛是从山坡中开凿的厅堂。空地两旁石壁随山势倾斜而上，高达五十多呎。两侧石壁前各长着一排树，越往里面走，树就越高。

空地尽头的石壁笔直陡峭，但底部有一片微微隆起的突出结构，上头覆盖着一个弧形的顶——是这个地方除了勾缠交错的树枝之外唯一的顶，遮住尽头岩壁之间的空地，仅在中间留了一条宽阔的入口通道。一条小溪离开山上泉源岔出主流，顺着陡峭的石壁倾泻流下，溅起的银色水珠宛如穹庐前的水帘。溅落的水汇集到树木之间的石质凹地，漫溢出去，从露天通道旁往下奔流，汇入恩特泽河，穿越整个森林。

"唔！我们到了！"树须打破长久的沉默，说道，"我抱着你们俩走了大约七万恩特步，不过，我不知道折合成你们的计量距离是多少。总之，咱们现在离迷雾山脉最南麓非常近。我们身处的这个地方，拿你们的语言来说，大概叫作'涌泉堂'。我喜欢这个名字。咱们今晚就住这儿。"他在树木间的草地上，把两人放了下来。他们跟在他身后，朝巨大的拱顶走去。梅里和皮平这时才注意到，树须走路时膝盖几乎不弯，两条腿劈开大大的步伐。两只脚都是大脚指头（名副其实的大脚趾，又大又粗）先着地，然后才落脚掌。

树须在飞泻而下的泉水雨帘中站了一会儿，深深地吸了口气。他大笑着，走进穹庐。里面摆着一张巨大的石桌，没有椅子。穹庐尽头，光线已经很暗了。树须搬起两只大容器，放在桌子上，里面似乎盛满了水，但当他将手拢上去，里面开始发光，一个散发着金色的光芒，另一个则散发出油绿色的光芒。两种光芒交织在一起，穹顶里顿时亮了起来，仿佛夏日的阳光透过嫩绿的树叶洒下来。霍比特人回头，看见院中的树也都开始发光，一开始很微弱，但渐渐地越来越明亮，直到后来每一片树叶的边缘都发着光：绿色的、金色的，还有赤铜色的。而树干看起来宛若发光的玉柱。

"这下子，咱们可以接着聊啦。"树须说，"我想，你们渴了吧，说不定也累了。喝点这个！"他走到穹庐深处，他俩看见那里立着好几个高大的石坛，盖着沉重的盖子。他挪开一个盖子，把长柄大勺伸进去舀了一大碗、两小碗出来。

"这是我们恩特的家，"他说，"恐怕没有座位。不过，你们可以坐在桌子上。"他把两个霍比特人抱起来，放到大石板桌上。石板离地六呎，他们坐在桌沿上，晃悠着腿，小口喝着饮料。

那饮料喝起来像水，酷似他们之前在森林边缘喝的恩特泽河水。不过，这水里有一种说不出来的香味或味道：淡淡的，让他们想起夜晚的凉风吹来的远方森林的气息。饮料的效果自脚指头起，一直向上，贯通全身每一处经脉，直达发梢，所经之处顿觉焕然一新，充满活力。两个霍比特人真切地感觉到头顶的头发竖立起来，摇摆着，卷曲着，生长着。树须先去穹庐外的石槽里冲洗了双脚，接着，一口气喝光了那一大碗饮料。那一口，无比悠长，两个霍比特人差点以为他不会停下来了。

终于，他又把碗放下了。"啊——啊，"他叹道，"唔，呼姆，现在我们可以好好聊聊了。你们可以坐到地上来，我要躺下来，以防饮料升到头上，把我给催睡着了。"

苍穹的右边有一张巨大的矮床,床腿仅两三呎高,床上铺着厚厚的干草和蕨叶。树须慢慢躺下,躺到矮床上(整个过程仅微微弯了一下腰),好一阵工夫才完全躺平。头枕在双臂上,他的眼睛望着上方。穹顶光影摇曳,好像树叶在阳光下嬉戏。梅里和皮平坐在他身旁的草垫子上。

"现在,给我讲讲你们的故事吧,不宜着急!"树须说。

两个霍比特人开始给他讲他们离开霍比屯后的种种经历。他们叙述得不怎么有条理,两个人不停地相互打断,树须也常常会插话,让他们回头把前面的事情再讲一讲,或者跳过去询问后来发生的事情。他们俩绝口不提魔戒,也没告诉树须他们此行的原因和目的地。而树须也没有问。

树须对一切都饶有兴趣:黑骑手、埃尔隆德、幽谷、老林子、汤姆·邦巴迪尔、墨瑞亚矿坑、洛斯罗里恩和加拉德瑞尔。他让他们一遍又一遍描述夏尔和乡野的情景。这时,他出人意料地冒出一句。"你们那里从来没见过,唔,没见过恩特吗?"他问道,"呃,也不是恩特,应该是恩特婆。"

"恩特婆?"皮平问,"长得像你吗?"

"像,唔,呃,不像。我也不知道。"树须若有所思道,"感觉她们会喜欢你们的国家,所以我才问问。"

不过,树须对有关甘道夫的一切都特别感兴趣,而最感兴趣的是萨鲁曼的事情。两个霍比特人非常后悔没有多了解一下萨鲁曼的那些事,他们只听山姆语焉不详地转述过甘道夫在埃尔隆德会议上说的话。但是,不管怎么说,两人能够讲清楚乌格鲁克率领的奥克来自艾森加德,尊奉萨鲁曼为他们的主人。

当他们颠来倒去、绕了无数个圈子终于讲到洛汗骑兵跟奥克的激战时,树须说:"唔,呼姆! 真不错! 这么一大堆消息,货真价实的消息。可是你们并没把所有的事情都告诉我，绝对没有，远远没有。不过，我相信，你们这么做，也是甘道夫的意思。我看得出，一件极其重大的事情正在发生，至于到底是什么事情，我大概早晚都会知道的。根与枝在上，这一切可真奇怪：突然冒出一支旧名单中没有的小人族，还有，九个被遗忘的骑手重出江湖追杀他们，甘道夫带领他们远征，加拉德瑞尔收留他们在卡拉斯加拉松藏身，奥克穿越辽阔的荒野追捕他们……他们当真卷入了大风暴。但愿他们能够平安度过！"

"现在来说说您的情况吧？"梅里问。

"呼姆，唔，我压根不操心那些大战。"树须说，"那些主要跟精灵和人类有关。那是巫师的行当——巫师总是操心未来。我不喜欢操心未来。我不支持任何人那一'派'，因为没有人站在我这一'派'，这么说吧——没有人像我这样关心森林，如今连精灵都不关心森林了。不过，我对精灵族比对别的种族会更客气，是他们在很久以前教会我们开口说话，这是一份永当铭记的馈赠，尽管后来我们并不同道。当然，还有一些东西，我是绝对不会支持的，我跟他们势不两立：那些——卟啦噜姆——（说着他还发出了表示憎恶的隆隆声）——那些奥克，和他们的主子。

"当阴影笼罩幽暗森林时，我还担心过，但阴影转移到魔多，我就没再担心过——魔多离这儿可远着哪。但似乎已经转吹东风了，所有树木凋零的时候可能快要到了。老恩特可挡不住这场风暴：他必须顺利度过，不然就只能毁灭。

"可又冒出一个萨鲁曼！萨鲁曼就在近旁，我不能忽视他。我想我得做点什么。近来我常想我该拿萨鲁曼怎么办。"

"萨鲁曼是个什么人？"皮平问，"您知道他的来历吗？"

"萨鲁曼是个巫师。"树须回答说，"我知道的仅此一点。我不了解巫师的来历。那些大船从海上驶来之后，巫师就出现了，但他们是否乘船而来,我就不得而知了。我想,萨鲁曼被认为是他们当中的头儿。一段时间之前——你们会说那是很久、很久以前——他停止了四处游荡,也不再插手精灵跟人类的事情,在安格瑞诺斯特,也就是洛汗的人类所说的艾森加德定居下来。最初的时候,他很安分,但后来名气开始大起来。传言他曾经被指定为白道会领袖,但后来结果并不太好。我常常会想,是否那个时候萨鲁曼还没有走上邪路。至少,他那时候并不为害四邻。我时常与他聊天。那时候,他常来我的树林里漫步。那时的他彬彬有礼,总是会征求我的同意(至少在他遇见我的时候),也总是乐于听取建议。我告诉过他许多凭他个人能力完全无法想明白的事情,但他从来不会对我做类似的事情。我记不清他到底有没有跟我说过些什么。后来,他越来越吝于分享。我还记得他的那张脸(虽然我已经很久很久没有再见到过了),变得就像石头墙上的一扇窗户,里头装着百叶窗的那种窗户。

"我想,我现在明白了他的企图。他密谋想成为一方霸主,他满脑子都是武器和战车,丝毫不会关心那些有生命的东西,他只在乎他们是否能为他效力。现在都知道他就是个卑鄙的叛徒。他跟那些肮脏的东西,跟那些奥克勾结在一起。卟勒姆,呼姆!更有甚者——他也一直在对奥克动手脚,用危险的办法对付他们。因为这些艾森加德奥克更像邪恶的人类。大黑暗时代出现的邪恶之物有个显著特征,那就是不能经受阳光。可是萨鲁曼的奥克尽管痛恨太阳,却能够忍受阳光。不知道他对他们动了什么手脚。这些奥克是被他扭曲摧毁的人类吗,还是他让奥克跟人类混种了?如果是这样,那叫真是十恶不赦!"

树须低声咕哝了一阵子,仿佛在宣读某种深沉的、来自地下的恩特语诅咒。"前一阵子,我开始纳闷为什么奥克能够肆无忌惮地穿过我的森林,"他继续说道,"直到最近,我才明白过来,原来是萨鲁曼在背后捣乱。很久以前他就窥探过我所有的路,发现了我的秘密。他

089

跟他那帮走狗无恶不作。他们在下面的森林边缘乱砍滥伐，砍的可都是那些好树！有些树，他们砍倒后就丢在那儿任它们腐烂——典型的奥克行径！但大多数都被劈碎，运到欧尔桑克用作炭火。这段时期，艾森加德总有浓烟升起。

"根与枝在上，诅咒他！那些树很多都是我的朋友，我跟他们相识于微时。许多都能开口说话，如今却再也开不了口了。曾经充满欢歌笑语的小树林，现在只剩下荒凉的树桩与荆棘。是我太大意了，是我造成的疏忽。这一切该停止了！"

树须猛地从床上站起来，一拳砸在石桌上。那两个发光的容器颤动了一下，喷出两股火焰。树须的眼中喷射着两团绿火，胡子支棱着竖起来，像把大扫帚。

"我要阻止这一切！"他訇然说道，"你们俩要跟我一起去。你们说不定能帮助我。这样，你们也能够帮助到你们的朋友，因为如果不制服萨鲁曼，洛汗和刚铎就会腹背受夹击。我们的道路是一致的——去艾森加德！"

"我们会跟你一起去。"梅里说，"我们会竭尽全力。"

"对！"皮平说，"我要看到推翻白掌奥克。尽管可能派不上多大用处，可我也要在现场。我永远不会忘记乌格鲁克和横穿洛汗的经历。"

"太好了！太好了！"树须嚷道，"不过我说得太急了。我们不宜着急。我有点太冲动了。我得冷静下来好好思考一下。想要阻止这一切，不只是喊喊口号那么容易。"

他大步走到拱门前，在飞泉雨帘下站了好一会儿。随后，他大笑着晃晃身子，晶亮的水珠从他身上飞溅，落到地上闪耀着红色、绿色的光芒。他转身进来，再次躺到床上，一言不发。

过了一阵子，两个霍比特人听见他又开始低声自言自语。他似乎在扳着手指数，"范贡、芬格拉斯、弗拉德利夫，唉，唉。"他叹道，

"问题是我们剩下的太少了。"他说着，转向霍比特人，"大黑暗降临前就在森林中行走的古老恩特，如今只剩下三个：一个是我，就是范贡，还有芬格拉斯和弗拉德利夫——那是他们的精灵语名字，你们可以直接称他们'树叶王'和'树皮王'。可是，我们三个当中，树叶王和树皮王在这件事情上已经派不上什么用场。树叶王变得嗜睡，你们会说他差不多就是一棵树。整个夏天，他都迷迷瞪瞪，周围草深及膝，头顶树叶头发密密匝匝。从前的时候，他冬天里会醒过来，但最近即便冬天他也是昏昏欲睡，倦怠迟滞。树皮王住在艾森加德以西的山坡上，那里遭到的杀戮最严重。他被奥克砍伤了，他那一族和他牧养的树，都被奥克砍了、烧了。他现在挪到高岗上，在他最喜欢的桦树林中，不会再下来了。不过，我想我也许还能召集起我们族里的一批年轻恩特，前提条件是我得让他们理解情况的紧急性，能够激活他们——但我们这个种族性子很慢。真可惜啊，我们数量实在太少了！"

"你们在这里生活了那么久，为什么数量还那么少？"皮平问，"是不是很多都死了？"

"不，不是这样！"树须说，"你要知道，没有什么东西是从内部自己死掉的。当然，有些是在漫长的时光中遭遇厄运身亡，但更多的已经变得跟普通树木一样了。当然，我们的数量一直就不多，而且也没有过增长。很久、很久以来，我们就没有恩特娃了——也就是你们所说的子女。要知道，我们没了恩特婆。"

"这太叫人难过了！"皮平说，"她们都是怎么死的？"

"她们没死！"树须说，"我没说过她们死了。我说的是，我们没了恩特婆。我们失去了她们，后来一直没能够找到她们。"他叹口气说，"我以为很多人都知道这件事。从幽暗森林到刚铎，精灵和人类都传唱过许多关于恩特寻找恩特婆的歌。那些歌谣该不会都被遗忘了吧。"

"呃，恐怕那些歌谣没有向西越过山脉传到夏尔。"梅里说，"您跟我们说说恩特婆吧？要不，给我们唱一首那样的歌谣？"

"好啊，没问题。"听到这个请求，树须似乎很高兴，"但我没法细说，只能简短说一下，然后就得打住咱们的话头。明天我们得召集会议，得干些事情，说不定还得开始旅程。"

他顿了顿，接着说道："这是一个非常奇特而又悲伤的故事。那个时候，世界还很年轻，森林辽阔，旺盛蓬勃，里面住着恩特和恩特婆——还有不少恩特姑娘。啊！美丽的菲姆布瑞希尔，步履轻盈的嫩枝娘，那时我们正当青春年少！——恩特和恩特婆同住同行。但我们内心的发展却不一样：恩特把爱给了他们在生活中遇见的事物，他们热爱高大的树木，热爱蓬勃的森林，热爱陡峭的山坡，他们喝山溪里的水，只吃路上树木掉落的果实，他们跟精灵学习，他们和树木交谈。而恩特婆则把心思给了另外的事物，她们关心矮小的树木，她们向往森林外阳光照耀的草地，她们关注灌木丛中的黑刺李，关注春天盛开的野苹果花和樱花，关注夏日水畔的如茵芳草，关注秋天原野上结籽的禾草。她们并不想跟这些植物交谈，只盼望它们能听见并遵从她们的希望。恩特婆期待它们按照她们的意愿生长，按时生叶结果，因为恩特婆渴望秩序、丰饶与和谐（和谐就是事物按照她们期待的样子）。于是，恩特婆建造花园，住在里面。而我们恩特却继续游荡四方，时不时去她们的花园探望。后来，大黑暗降临到北方，恩特婆渡过大河，在那里建造新的花园，开垦新的田庄，我们见面就少了。大黑暗被推翻后，恩特婆的土地上繁花盛放，谷物满仓。许多人学到恩特婆的技能，对她们极为尊崇。而我们对这些人而言就成了一个传说，一个森林深处的秘密。然而，我们至今仍在这里，恩特婆的花园却早已荒芜，成了一片无人的褐地。

"我记得很久以前——在索隆大战海国人类的时代——我突然

萌生再见菲姆布瑞希尔的渴望。我最后一次见到她时，她已非旧日少女模样，但在我眼中依然风华无双。经年累月的劳作，恩特婆驼了腰背，皮肤变成了棕褐色，头发被太阳染成了谷物的颜色，双颊红得像苹果。不过，她们的眼睛里仍然闪烁着我们恩特的光芒。于是，我们渡过安度因大河，去往她们的田庄，孰料那里却是一片荒凉景象：一切都被连根拔起，被彻底烧毁，显然战火蔓延过那里。恩特婆不知所终。我们呼唤，我们追寻，我们向遇见的每一个人询问，向他们打听恩特婆的下落。有些说他们从未见过恩特婆，有些说见到她们向西走了，有些则说她们向东，还有人说她们向南走了。但无论我们去往何方，都没有找到她们。我们无比悲伤。然而蓬勃的森林在召唤我们，我们只好返回这里。后来很多年，我们一有空就出去寻找恩特婆，我们去过很远的远方，我们呼唤着她美丽的名字。但是，随着时间的流逝，我们出去得越来越少，也没怎么去过远方。如今，恩特婆对我们来说已经成了回忆，我们的胡须也已经又灰又长。精灵创作了很多恩特寻找恩特婆的歌谣，有些歌谣传唱到人类的耳中。但我们没有作歌传唱。当我们思念恩特婆的时候，念着她们美丽的名字，我们就能十分欢畅。我们相信，将来某一天跟她们还能再遇上，或许我们能够找到可以共同幸福生活的地方。不过，有预言说，只有我们双方都丧失一切过往，我们才有可能再遇上。也许这样的时刻终于要到来了。从前索隆摧毁了恩特婆的花园，现在敌兵似乎想要摧毁所有的森林。

"确实有一首精灵的歌谣唱过这件事，至少我认为唱过这件事。这首歌在从前的大河地区广为传唱。不过，我得提前知会你们一下，不是用恩特语唱的。要是用恩特语，那歌可就长了！但我们都用心记下了那首歌，不时哼唱。用你们的话，歌是这样唱的：

恩特：

春天来了，山毛榉把叶儿展，汁液充盈枝条间，
阳光来了，野林深溪唱得欢，微风拂过眉梢畔。
大步儿长，呼吸儿深，看我山林间空气多清新，
你快回来，你快回来，让你我把这土地爱深沉。

恩特婆：

春天来了，在我田畴和庭院，禾苗儿舒展叶片，
花儿开了，莹白好似雪一般，光耀遍洒漫果园。
雨水儿落，阳光儿忙，任我大地香气丰盈烂漫，
我愿久伫，我愿久伫，只因这片土地风光无限。

恩特：

夏天来了，阳光普照密林间，最是正午金灿灿，
阴翳华盖，酣酣然诸树成寐，梦里也把欢颜现。
百树儿高，百树儿翠，林间无事唯有西风惹人，
你快回来，你快回来，你我好把这土地爱深沉。

恩特婆：

夏天来了，催得百果满园香，阳光普照田野间，
粮秸金黄，谷粒莹然满城忙，丰收胜景在眼前。
蜜罐儿满，苹果儿香，田间无事唯剩西风醉人，
我愿久伫，我愿久伫，最是这阳光情脉意纷纷。

恩特：

冬天来了，狂风撒野山林间，耍淫威杀戮泛滥，

百树欲倒，苍穹群星不再现，白日漆黑夜漫漫，
苦雨疾飘，寒风怒摇，林间无光唯有东风骇人，
将你追寻，将你呼喊，我愿与你重逢共沐甘霖。

恩特婆：
冬天来了，万物歌声遭中断，庄园陡遇大黑暗，
枯枝遽断，百果谷物俱阑珊，旧日诸景难再现。
将你觅寻，待你音讯，田间芜杂唯愿他日相见，
你我相见，你我相见，携手任他凄风苦雨弥漫。

合：
你我相见，你我相见，携手任他凄风苦雨弥漫，
任天迢遥，任地飘零，你我再见从此齐心并肩。"

树须唱完了。"恩特找寻恩特婆的故事就是这样。"他说，"当然，这歌用的是精灵语，曲调轻松，用词简洁，寥寥数语。我觉得这歌已经很好听了。但恩特要是有时间的话，会唱得更长！不过，现在我要站起来，睡一会儿了。你们想站在哪儿睡？"

"我们通常躺下来睡。"梅里说，"躺哪儿都行。"

"躺下来睡！"树须说，"瞧我这记性，你们自然是躺下来睡的！唔，呼姆，我都忘了。那首歌让我满脑子都沉浸在过去，差点误以为自己是在跟小恩特娃说话了，还真弄错了。没问题，你们躺到床上吧。我要去飞泉雨帘里站着。晚安！"

梅里和皮平爬到床上，把自己埋进柔软的干草和蕨叶里。干草和蕨叶散发着清新、香甜的味道，十分暖和。穹庐里的光渐渐熄了，树木上的光亮也弱了。但他们依然看得见树须静静地站在外面拱门底

下,双手举过头顶。明亮的星星在天空中眨着眼睛,照在倾泻的水帘上,水珠飞过他的双手和头顶砸向地面,在他的大脚上溅起千百颗水珠。两个霍比特人在叮叮咚咚的水声中坠入了梦乡。

他们醒过来的时候,发现清冷的阳光洒满了整片庭院,也照射在穹庐的地面上。强劲的东风裹挟着云彩,一片片、一团团从头顶飘过。树须不见了踪影。正当梅里和皮平在拱门旁的石槽里洗澡的时候,他们听见树须哼唱着,沿着两排树之间的小路走过来。

"呼,嚯!梅里、皮平,早上好!"看见他们,他情绪高昂,"你们俩睡的时间可真长。我今天已经走了好几百步了。现在,我们喝点东西,然后去参加恩特大会。"

他从石坛里给他俩倒了满满两大碗饮料,不过不是昨晚那个坛子。口感也跟昨晚的不同:这种饮料喝起来更绵软醇厚,更黏稠挂口,应该说更像食物。两个霍比特人坐在床沿,一边喝着饮料,一边小口吃着碎屑精灵饼干(不是因为觉得饿,而是因为他们认为早餐总得吃点什么)。树须站在旁边,抬头望着天空,用不知是恩特语、精灵语还是别的什么奇怪语言哼唱着。

"恩特大会在哪里?"皮平问道。

"呼,呃?恩特大会?"树须转过身来说,"那不是个地方,而是恩特的集会——如今没太召集过。不过我已经设法让不少恩特答应前来。我们将在往常集会的地方碰头——人类管那个地方叫'秘林谷',在森林的南边,我们中午以前必须赶到那里。"

他们很快就动身了。树须像昨天一样,一手抱一个霍比特人。在庭院入口处,向右拐,涉过一条小溪,树须沿着树木稀少的山坡底大步朝南走。两个霍比特人看见斜坡上方生长着茂密的白桦树和花楸树,再往高处,是一片深黛色向上生长的松树林。很快,树须拐进一片茂密的树林,那儿的树比他们从前见过的树都更粗、更高,也更茂密。有那么一会儿,他们再次感到初闯范贡森林时的窒息与憋闷,但这种感觉很快就过去了。树须没有跟他俩说话。他一直若有所思地自顾自哼唱着,但梅里和皮平听不出他唱的是什么意思,只听着咚隆,咚隆,噜姆咚隆,咚啦尔,咚隆,咚隆,嗒嗬啦尔——咚隆——咚隆,嗒嗬啦尔——咚隆。他一路上就这么用不同的曲调、节奏哼唱着同一句歌词。两个霍比特人时常觉得他们听见了歌声的应和声,似乎是来自地下,或头顶枝丫间,也可能是树干中,传来的一种嗡鸣声或颤音。但树须一次也没有停下脚步,或是向两旁张望。

他们走了很长时间,树须才终于开始放慢脚步。一开始,皮平还尝试着数"恩特步",但大约数到三千步的时候有些绕不清了,只好作罢。突然,树须停了下来,把霍比特人放到地上,将扭曲盘结的双手合拢做成喇叭状围在嘴边,大声喊话。一阵巨大的"呼姆、嚯姆"声,像低沉的号角声,向树林深处传播,在密林间回荡。远处四面八方都传来了同样"呼姆、嚯姆、呼姆"的声音,不是回音,是回应。

这时,树须将梅里和皮平放上肩膀,重新迈开大步,每隔一阵子就发出号角般的叫声,而每一次的回应声都越来越近,也越来越响。就这样一路叫着、回应着,他们终于来到一堵看起来密不透风的墨绿常青树墙前面,梅里和皮平过去从未见过这种树:枝干全都直接从根部长出,枝上密密匝匝长满酷似无刺冬青的墨绿、油亮叶子,枝上开满向上挺立的穗状花,还有很多硕大闪亮的橄榄色花苞。

树须转向左边,沿着这堵巨大的树墙向前走了几步,来到一个狭窄的入口处。穿过入口,一条坑洼的小路沿着很长的陡坡遽然而下。两个霍比特人发现,他们正下到像大圆碗一样又阔又深的大山谷里,山谷边缘种满高大墨绿的常青树篱。谷内地面平坦,长满厚厚的青草,

097

除了靠近"碗底"的地方长着三棵高大、秀美的白桦树，整个谷底再无其他树木。西边和东边也分别有小路下到谷底来。

有好几个恩特已经到了。还有更多恩特从东西两侧下来，树须身后路上还跟着一些恩特。他们走近的时候，两个霍比特人不由瞪大了眼睛。两人本来以为会看到一群长得跟树须一样的生灵，就像霍比特人长得都很相似一样（至少在陌生人眼中看来如此），但眼前的景象完全出乎他们的意料。恩特与恩特之间的差异，简直就像树与树之间的区别：有些好比是同一种树，但长势与树龄不同；有些则好比是完全不同种类的树，譬如桦树之于山毛榉，橡树之于冷杉。有几个老一些的恩特，蓄着胡须，长着节瘤，如同粗壮的古树（但没有一个看起来像树须那样古老）；也有一些高大强壮的恩特，四肢匀称，皮肤光滑，就像森林中那些正当盛年的树木；但没有年轻恩特，也没有恩特娃。总共有二十来个恩特站在谷底平坦的大草地上，这时，又陆陆续续有一些恩特进来。

起先，梅里和皮平看到这些千姿百态的恩特大为惊奇：这些恩特身形、颜色、胖瘦、高矮、四肢长短、手指脚趾数量（从三到九根不等）等等，各不相同。有几个似乎跟树须沾亲带故，让两个霍比特人想到了山毛榉树或橡树。但还有其他种类。有几个棕色皮肤、手指叉开、双腿短粗的恩特，让他们联想到栗子树；有些高大、挺拔、肤色灰白、长着很多手指的长腿恩特让他们联想到白蜡树。有些恩特（个头最高的那些）让他们联想到冷杉，还有一些会联想到桦树、花楸树和椴树。但是，等所有恩特都围拢在树须周围，微微颔首，低声、缓慢地用他们有音乐感的声音交流，久久地打量着这两个陌生人时，梅里和皮平发现他们确实属于同一个种族，全都长着一样的眼睛——并非全都像树须的眼睛那么古老、深邃，但全都流露着同样凝重、若有所思的神情，闪烁着同样的绿色光芒。

一待所有恩特到齐,围着树须站成一个大圆圈,一场稀奇又令人费解的对话便开始了。恩特们开始慢慢地低声交谈起来,一个人先开了口,接着另一个加入,后来大家全都加入进来,一起用着高低起伏的悠长声调交谈起来,一会儿是这半边圈子声音大,一会儿又是那边声音消失后猛然升高。尽管皮平听不清也听不懂任何词句(他猜大伙儿说的是恩特语),他一开始还觉得这声音非常悦耳好听,但渐渐地,他的注意力就开始不集中了。过了好一阵子(他们唱歌一般的交谈丝毫没有结束的迹象),他发现自己开始好奇:既然恩特语是这样一种"不宜着急"的语言,那么他们现在究竟相互道完了"早安"没有? 如果树须要点名的话,得花多少天时间才能把他们所有人的名字都唱完?"不知道恩特语里面'是'和'否'会怎么说。"他想道。皮平打了个呵欠。

树须顿时注意到了他。"哼,哈,嘿,我的皮平!"他叫道。其他恩特全都停下了唱歌一样的交谈,"我差点忘了,你们是性急的种族。而且,听不懂的语言原本就容易让人厌烦。你们现在可以下来了。我已经向恩特大会介绍了你们的名字,大家都已经见到过你们了,并且一致同意你们不是奥克,一致认为该在旧名录加上一行。我们目前刚聊到这么多,不过这对恩特大会来说,已经是很迅速的了。你和梅里可以随意到山谷里转转。要是你们想喝点什么提提神,山谷北边坡上有口很好的泉井。在集会正式开始之前,我们还有些话要说。我稍后会过去看你们,告诉你们事情的进展。"

他把两个霍比特人放了下来。两人离开前,都深深鞠了一躬。两人从恩特低语的声调以及眼中闪烁的光芒中,看得出自己的这个举动着实逗乐了他们,不过恩特们很快就又去忙自己的事情了。梅里和皮平爬上那条从西边进来的小路,透过巨大树篱的缺口向外望去:出了谷口,一条长长的山坡向上延伸,坡上长满了树木;越过这片山坡,在长着冷杉林的最远的那道山脊上方巍然耸立着雪白的尖峰。在他们左手朝南的方向,能看见森林一直往下,绵延到远方,变成灰蒙蒙一片。在最遥远的地方,晃动着一片浅绿色的东西,梅里猜那应该是洛汗平原的一角。

"我不知道艾森加德在哪儿。"皮平说。

"我连我们在哪儿都不知道。"梅里说,"不过那座山峰很可能是梅塞德拉斯峰。我记得,艾森加德环丘,坐落在迷雾山脉尾麓的岔口或裂谷中。很可能就在这道大山脊的背面。你看,那边山峰左侧,是升起一股烟或雾吗?"

"艾森加德是个什么样的地方?"皮平问,"我想知道恩特会拿它怎么样。"

"我也很想知道。"梅里说,"我想,艾森加德估计就是被一圈岩石或山丘环住,里面主要是平地,最中央有个岛或大岩柱,叫欧尔桑克,萨鲁曼的塔建在上面。城墙上有道大门,也可能有不止一道大门,我相信有条河流从城中穿过。那河源自迷雾山脉,流经城里,继续向前,穿过洛汗豁口。那里不像是恩特能对付的地方。不过,我对这些恩特有种奇怪的感觉。不知为啥,我总觉得,尽管他们看起来滑稽可爱,他们并不像外表看起来那么安全无害。他们看起来迟缓、古怪、有耐心,甚至还有些忧伤,但我相信他们能被鼓动起来。果真如此的话,我可不想站在他们的对立面。"

"说得没错!"皮平说,"我完全同意你的看法。这差异很可能像一头趴在那儿若有所思地嚼青草的老奶牛,跟一头挑衅攻击的公牛一样。而变局很可能在瞬间发生。不知道树须能不能鼓动他们。我相信他确实想要试着鼓动他们,但恩特不喜欢被鼓动起来。树须昨晚就被鼓动起来了,但随后又平静下来。"

两个霍比特人回到集会的地方。集会仍在继续，恩特们的声音此起彼伏。太阳已经升得很高了，能够透过高高的树篱照进来。阳光在桦树梢上闪耀，将谷底北侧照出了一片浅黄色。他们看见那里有晶莹闪烁的小喷泉。他们沿着"大碗"的边沿，行走在种成一圈的常青树底下——脚趾踩着清凉的草地，十分惬意。反正又不用赶时间，两人索性往下走，爬到喷涌的井泉旁。他们喝了一些清凉、甘洌的泉水，在长满青苔的石头上坐下来，看着投在草地上的斑驳阳光和流云在谷底地面上投出的阴影。恩特们的低声交谈还在继续着。这里于他们而言，仿佛是世界之外的一个地方，陌生而又遥远，让他们有种特别不真实的感觉。他们心头涌起一股强烈的渴望，渴望看见同伴的脸庞，听见同伴的声音，他们尤其想念弗罗多、山姆和神行客。

终于，恩特们的声音暂时告一段落。两个霍比特人抬起头，看见树须朝他们走来，旁边还跟着另一个恩特。

"唔，呼姆，我来啦。"树须说，"你们觉得厌倦了，还是不耐烦了？唔，呃，你们可千万不能不耐烦啊。眼下，我们已经结束了第一阶段的讨论。但有些恩特住得很远，离艾森加德也远，恩特大会前我还没来得及见他们，现在我得去把事情跟他们再解释一遍。之后，我们才好决定该怎么办。不过，恩特做决定不需要花太长时间，不会像把所有事实和事件都跟他们梳理一遍以帮助他们做决定这个过程那么费时间。不过，不可否认的是，我们还得在这里待很长一段时间，很可能得两三天。所以，我给你们带来了一个伙伴。他在附近有一处恩特之家。他的精灵语名字叫布瑞加拉德。他说他已经做好决定，不需要继续待在大会里了。唔，唔，他是我们当中最性急的那一个。你们一定能够相处得来。再见！"说完，树须转身离开了他们。

布瑞加拉德站在那儿，神情严肃地打量着两个霍比特人好一会儿。而他们也望着他，揣摩着他什么时候会显出"性急"的端倪。布瑞加拉德个头很高，似乎是属于那些相对年轻的恩特，四肢的皮肤平滑亮泽，嘴唇红润，头发是灰绿色的。他能弯腰，也能像风中的细树干一样摇摆。终于，他开口了，声音虽然也慢悠悠的，但比树须的声音洪亮，也更清晰。

"哈，唔，朋友们，我们去走走吧！"他说，"我叫布瑞加拉德，在你们的语言里是'急楸'的意思。当然，这只是个绰号。自从我在一位老恩特还没说完问题以前就回答'是的'之后，他们就这么叫开了。另外，我喝东西也很快，其他人才刚刚沾湿胡子，我就已经喝完出去了。两位跟我来！"

他伸出匀称的双臂，手指修长，一手牵住一个霍比特人。一整天，他们都跟着他在林子里漫游，唱歌，欢笑——急楸经常大笑。太阳从云层后面钻出来，他会大笑；碰到一条溪流或山泉，他会大笑，然后弯下腰用水打湿头和脚；有时候听到林间的一些声音或低语，他也会大笑。只要看见花楸树，他就会停下来一会儿，伸展着双臂唱起歌，一边唱还一边摇摆着身体。

天黑的时候，他将他们带回自己的恩特之家：说是"家"，其实就是位于大草坡下方草皮上的一块长满青苔的大岩石。岩石四周长了一圈花楸树，有一汪泉水（所有恩特之家都有泉水）从坡岸上汩汩流过。他们聊了好一阵子，整个森林里都黑了下来。不远处的恩特大会还在继续，能听见会议上说话的声音，不过声调似乎低沉起来，也没有之前那么从容了，不时会有洪亮、急促的高音传来，盖住其他的说话声。但布瑞加拉德在他们身边用精灵语轻言细语，简直像是在耳语。他们了解到他属于树皮王一族，家乡遭到了肆虐摧残。这一点似乎让两个霍比特人觉得，足以说明他"性急"，至少在谈到奥克的事上能看出来。

"我的家乡有很多花楸树，"布瑞加拉德说，声音轻缓、悲伤，"那些花楸树在我还是个恩特娃的时候就扎了根，那是很久很久以前的事情了,那个时候世界还非常安宁。最古老的花楸树是恩特尝试栽种来取悦恩特婆的。但她们看着恩特,笑着说自己知道哪里有洁白的花朵在开放,哪里有甜美的果实在生长。可在我看来,整个蔷薇科家族中,顶数花楸树最漂亮。那些花楸树会一直长,长到树冠撑起像座绿色的厅堂,秋天时它们结满累累的红色浆果,那真是一幅美丽的神奇景象。成群的鸟儿飞来花楸树上。我喜欢鸟,即便它们叽喳聒噪也不嫌烦。花楸树的果子足够它们吃。可后来鸟儿变得凶恶又贪婪,肆意摧残花楸树,把花楸的果实啄掉在地上,却一个也不吃。后来,奥克来了,用斧头砍遍了我的花楸树。我一遍遍呼唤着它们的名字,但它们不再颤动,从此听不见,也不能回答我。我的花楸树全都倒在地上死了。

  哦,欧洛法尔尼,拉塞米斯塔,卡尼弥瑞依![1]
  美丽的花楸树,你头上的花朵朵怒放真皎洁!
  我的花楸树啊,我看过你夏日里的娇艳璀璨,
  肤脂多明亮,叶儿多轻盈,歌喉柔美携清凉,
  金红色浆果头上戴,好似王冠,串串绽葳蕤,
  如今你已然倒地身亡,如云秀发瞬间成枯槁,
  你的土冠崩散,你那甜美的歌喉再也听不见。
  哦,欧洛法尔尼,拉塞米斯塔,卡尼弥瑞依!"

两个霍比特人在布瑞加拉德温柔的歌声中睡着了,他在歌中似乎用了许多个不同的语言来哀悼他挚爱的花楸树。

---

[1] 欧洛法尔尼(Orofarnë,意为"长于山中")、拉塞米斯塔(Lassemista,意为"叶色银白")、卡尼弥瑞依(Carnimírië,意为"艳红珠宝装点"),都是死去的花楸树的名字。

第二天仍是他们三人一起度过，但没有去离他"家"太远的地方。跟前一天相比，风更冷了，云层更低、更暗，太阳也几乎没有出现，因此大部分时间他们都躲在坡岸下静静地坐着。远处，恩特大会仍在继续，恩特们的声音时高时低，有时高亢洪亮，有时低沉哀婉，有时疾速激昂，有时缓慢庄严好似在念唁奠。第二天夜晚来临，流云与星辰之下，恩特会议仍在持续。

第三天破晓，天空阴沉沉的，寒风凛冽。太阳升起的时候，恩特们的声音陡然变成巨大的喧嚣，然后再次沉寂下去。那天上午，风刮得更猛，天气因而变得更加阴沉。尽管在他们的"恩特之家"，从恩特会议传来的声音十分模糊，但两个霍比特人都看得出，布瑞加拉德正在凝神听着。

转眼到了下午，太阳向山脉西侧挪移，透过云层的间隙和缺口投射出长长的黄色光束。突然间，他们发现四周静悄悄的，整座森林都默立不动，凝神静听。当然，恩特的声音也停止了。发生了什么事？布瑞加拉德全身紧绷，站得笔直，向北望着秘林谷的方向。

突然传来震耳欲聋的喊叫声：啦—呼姆—啦嘀！大树颤抖起来，好像被狂风吹折了腰。停了一会儿，紧接着传来进行曲的声音，如同擂响庄严的战鼓，轰隆隆的鼓点声之上，喷涌起嘹亮高亢的歌声：

前进，我们敲着隆隆战鼓前进：塔—隆嗒—隆嗒—隆嗒—隆！

恩特们正朝这边走来。他们的歌声越来越近，越来越嘹亮：

前进，我们吹响号角擂响战鼓前进：塔—隆呐—隆呐—隆呐—隆！

布瑞加拉德抱起两个霍比特人,大步离开了家。

很快,他们看见前进的队伍走过来了。恩特们大摇大摆,迈着大步走下山坡,朝他们走来。领头的正是树须,后面跟着五十来位,两人一排,双手甩在身体两侧,迈着整齐的步伐。他们快要走到跟前时,眼中闪烁的光芒清晰可见。

"呼姆,嚯姆!我们敲着战鼓前进,我们终于出发了!"树须看见布瑞加拉德和两个霍比特人,激动地喊道,"快来,来加入恩特大会!我们出发了。我们出发去艾森加德!"

"去艾森加德!"恩特们高声呐喊。

"去艾森加德!"

去艾森加德!哪怕高墙环伺,哪怕石门危崖,
哪怕城墙坚固难攻打,哪怕石门光滑难攀爬,
我们一路向前进,去把石头劈,去把高门砸,
树枝树干遭焚烧,炉火在咆哮,勇士正开拔,
战鼓连声擂,怒火催进发,此去定把邪恶伐,
去乂森加德,去乂森加德,此去定把邪恶伐,
此去一定要把邪恶伐,此去一定要把邪恶伐!

他们一路高唱着,向南方开拔。

布瑞加拉德眼睛里闪动着光芒,纵身加入出征的行列,与树须并肩前行。老恩特把两个霍比特人接过去,再次把他们放上自己的肩膀。就这样,梅里和皮平竟然"走在"了歌声嘹亮的队伍最前列:他们骄傲地高昂着头,激动得心忏忏跳。虽然他们一直期待着最后能够有事

情发生，但恩特们的这个举动变化还是令他们大感惊讶。恩特们现在就像一股被堤坝拦阻已久的洪水突然决堤暴发。

"恩特们这次决心下得挺快，不是吗？"队伍行走了一阵子，皮平大胆说道。歌声停了下来，只听到鼓掌声和踩脚声。

"挺快？"树须不置可否，"呼姆！是的，确实挺快。比我预料的快。我其实已经有很多年没见过他们被鼓动起来了。我们恩特不喜欢被鼓动。除非清楚地意识到我们的树和我们的生命遭到巨大的危险，否则我们恩特不会被鼓动起来。自从索隆大战海国人类之后，这座森林还没出过这样的事。都怪奥克的恶行，他们的乱砍滥伐——啦噜姆！——和肆无忌惮的焚烧——激怒了我们。还有那个原本应该帮助我们的叛徒邻居。巫师应该更明白事理，这一点他们知道。精灵语、恩特语，或是人类的语言，简直找不到合适的语言来诅咒这样的背叛。打倒萨鲁曼！"

"你们真能摧毁艾森加德的城门？"梅里问。

"嚯，唔，能，肯定能！等着瞧好了！你们很可能不知道我们有多强大。也许你听说过食人妖？他们威猛无比。但食人妖只不过是大黑暗时代敌人为了嘲弄恩特，造出来的拙劣恩特仿制品，就好比奥克之于精灵。我们比食人妖强大多了。我们由大地的骨骼生成。如果我们的心灵被唤醒，我们可以像撕裂树根那样劈开岩石，速度更快，无比迅捷！只要我们没被砍倒，或被火烧毁，或被巫术炸碎，我们就可以把整个艾森加德劈成碎片，将它的围墙踏成齑粉。"

"但萨鲁曼会试图阻止你们的，对吧？"

"唔，啊，对，他肯定会的。这一点我没忘。实际上对于这个问题，我也思考了很久。但是，你瞧，有许多恩特比我年轻，比我年轻很多世代。他们现在全被鼓动起来了，满脑子只想着一件事——摧毁艾森加德。但要不了多久，他们就会重新开始思考。等我们晚上喝了东西之后，他们会稍微冷静下来。我们到时候一定会非常渴！不过，现在先让他们尽情歌唱着行进吧！路还远着呢，有的是时间思考。确实要好好思考。"

树须大步向前进，跟着大伙儿唱了好一阵子。但是后来，他的声音渐渐小了，变成了喃喃低语，到最后完全没了声音。皮平发现他遍布皱纹的眉头皱成一团。当他终于抬起头来，皮平看见他眼中流露着伤感——伤感，不是悲伤。那双眼睛里闪耀着光芒，仿佛绿色的火焰沉入他思想的深处。

"当然，我的朋友，非常有可能，"他很缓慢地说，"极有可能我们会遭遇厄运，成为恩特的最后一役。但是，如果我们缩在家里无所作为，厄运迟早也会降临。这个想法盘桓在我们心里很久了，因此我们才决定出征。这不是一个着急草率的决定。现在，至少恩特的最后一役值得作一首颂歌。值得！"他叹道，"在我们消逝之前，或许还能帮到其他种族。不过，我一直都很盼望能亲眼见到歌谣里关于恩特婆的事情都成了真。我真想再见一见菲姆布瑞希尔。不过，我的小朋友们，歌谣就像会结果子的树木，有自己的时令，有自己的命数，有时也会无疾而终。"

恩特们迈开大步向前进，他们沿着向南倾斜而下的山坡下到一处长长的谷地中，现在开始往上爬，要一直爬上西侧的山脊。越向上爬，林木越少，他们来到一片稀疏的桦树林，走过只长着几棵憔悴干瘦松树的山坡。太阳沉落到前方山岭背后去了。黑暗笼罩下来。

皮平扭头向后望。恩特的数目增加了——要不就是发生了什么事？他们刚才爬过的光秃秃山坡原本岿然不动，他以为自己看见了一丛丛的树木。然而，现在那些树在移动！难道，范贡森林里的树都醒过来了，整座森林正在崛起，翻过山岗前去打仗？他揉揉眼睛，怀疑是瞌睡和阴影欺骗了自己，但那些巨大的灰色身影千真万确都在朝前移动。传来风吹过树枝的沙沙声响。恩特们正在逼近山脊顶端，歌声停了。夜晚降临，四野寂静，只听到大地在恩特脚下微颤，还有一种沙沙的声响，像是许多树叶飘动时的低语。终于，他们爬到了山峰顶上，俯瞰一处漆黑的深坑——位于迷雾山脉尾麓的大裂谷：南库茹尼尔，萨鲁曼的山谷。

"黑夜笼罩着艾森加德。"树须开口说道。

第五章
白袍骑士
THE WHITE RIDER

——————— 黑暗魔君有九位骑士。我们仅有一位白袍骑士，但却比他们九个都更强。他历经烈火与深渊，令他们心惊胆寒。我们将永远追随着他。

"我的骨头要冻透了！"吉姆利一边说，一边甩着胳膊跺着脚。天终于亮了。天刚麻麻亮的时候，三人勉强找了点东西填肚子。此刻，天色越来越亮，他们准备开始新一天的搜索，寻找霍比特人留下的痕迹。

"别忘了还有那个老头子！"吉姆利说，"要是看到靴子印，我就高兴了。"

"为什么看到靴子印，你就能高兴？"莱戈拉斯问。

"因为，会留下脚印的老头可能只是个普通老头而已。"矮人答道。

"也许吧。"精灵说，"但这里的草密度大弹性好，大靴子也可能踩不出什么脚印。"

"这可难不倒咱们的游侠。"吉姆利说，"踩倒一片草叶，阿拉贡也能破解。但我想，不需要他来寻找踪迹。夜里我们看见的准是萨鲁曼的邪恶幽灵。我敢肯定，即便天亮了，即便此刻，那双眼睛都很有可能正从范贡森林里盯着我们看。"

"确实很有可能。"阿拉贡说，"不过也不确定。我还在想着马的事情。吉姆利，夜里你说马是受了惊吓跑掉的。可我觉着不像。莱戈拉斯，你听见它们的声音了吗？你觉得像是受到惊吓发出的马鸣声吗？"

"不像，"莱戈拉斯说，"我听得很清楚。要不是因为当时天太黑，再加上我自己骇怕，我本来会猜它们是因为某种突如其来的欢喜而狂嘶。它们发出的嘶鸣声，就好像是遇见一位思念已久的老朋友。"

"我也是这么认为的。"阿拉贡说，"但除非它们回来，否则这个

111

谜团解不开。走吧！天已经大亮了。我们先寻找，再解谜！就从这里开始吧，从宿营地附近开始，仔细搜查，然后朝通往森林的山坡一路找过去。不管夜里来的那个人可能是谁，找到霍比特人才是我们此行的任务。如果他们幸运逃脱，肯定会躲到森林里去，否则就会被发现。如果从这里到森林边缘，没找到什么，那咱们就再回到战场上，在灰烬当中最后搜寻一次。不过，在灰烬中搜到的希望很渺茫，洛汗的骑兵烧得太干净了。"

三人俯身仔细搜索了好一阵子。他们头顶那棵大树悲伤地伫立着，干枯的树叶没精打采地挂在枝头，在寒冷的东风中瑟瑟作响。阿拉贡慢慢向外围搜索，到了河岸边的烽火灰烬旁，然后折返，向发生过激战的小山丘搜过去。突然，他俯下身子，脸几乎埋进草丛里。他高声呼唤吉姆利和莱戈拉斯。二人迅速奔了过来。

"终于找到线索了！"阿拉贡说。他举起一片残破的叶子给他们看，那是一片巨大的黄树叶，黯淡、枯萎变成了褐色，"这是罗里恩的珑树叶，上面还沾了小碎屑，草丛里还有一些碎屑。你们瞧，这旁边还有几截割断的绳子！"

"割断绳子的刀在这里！"吉姆利叫道。他弯腰从被沉重大脚践踏过的乱草丛中抽出一把锯齿短刀。刀柄断裂在一旁，"是奥克的兵器。"他小心翼翼地举着，满脸嫌恶地看着刀柄上的雕饰：一颗邪恶的头颅，斜眉吊眼，歪着嘴巴狞笑。

"这才是我们遇到的最奇怪的谜团！"莱戈拉斯惊叹道，"一个被绑起来的俘虏从奥克和骑兵眼皮底下逃脱。然后，在这个暴露的地方停下来，用奥克的刀子割断了绳缚。他是如何做到的？为什么会在这儿？如果被绑的是双腿，他是怎么走到这里的？如果被绑的是双臂，他是怎么用刀子的？如果双腿双臂都没有被绑，他又为什么要割断那些绳子？他对自己的本事感到很满意，于是坐下来安安静静地吃了些行路干粮！即便没有瑂珑树叶，就凭这一点，就足以证明他是个霍比特人。接下来呢，我猜，他把双臂变成了翅膀，唱着歌飞进了森林里。要找到他也不难，只要我们自己也能够长出翅膀！"

"这个地方肯定有蹊跷！"吉姆利说，"那个老头来这里做什么？阿拉贡，你怎么看莱戈拉斯的分析？有没有更好的解释？"

"说不准我还真有。"阿拉贡微笑着说，"你们忽略了另外一些近在眼前的迹象。我赞同这一点：俘虏是个霍比特人，来到此地之前，手或腿绑已经松开了。我猜是手绑松开了，因为这样一来谜团就更容易解开了。而且，我从旁边的痕迹发现，他是被一个奥克弄到这里来的。那边几步之外的地方溅了些血迹，是奥克的血。这周围有很多很深的马蹄印，还有重物被拖拽的痕迹。骑兵们杀了那个奥克，把他的尸体拖到火堆里烧了。但霍比特人没有被发现——他并没有'暴露'，因为当时是夜里，加之他身上还穿着精灵斗篷。他肯定又累又饿，这一点毫无疑问，所以，当他用倒毙的敌人的刀割开绑缚之后，就在那里喘歇着吃了点东西，然后才爬走。不过，令人欣慰的是，尽管他逃跑的时候两手空空，但口袋里还有一些兰巴斯饼干——也许，这一点也很能说明他是个霍比特人。尽管刚才的推测指向'一个人'，但我希望，同时也认为，梅里和皮平是在一起的。不过，还没有发现明确的证据。"

"你怎么会觉得咱们的朋友到这里的时候，手是松绑了的？"吉姆利问。

"具体情况不得而知。"阿拉贡说，"我也不知道为什么有个奥克要把他们弄走。我们能肯定的是，奥克绝不是想要帮助他们逃跑。绝对不是。不过，我现在开始想明白从一开始就困扰着我的那件事情了——为什么波洛米尔倒下后，奥克仅仅满足于抓走梅里和皮平？

113

他们既没有搜寻我们其他人,也没有攻击我们的营地,而是火速赶往艾森加德。难道他们以为自己抓到了持戒人和他的忠诚伙伴?我认为不可能。奥克的主子们即便真知道这么多,也绝不敢给奥克下这么明确的命令。他们不会跟奥克明确提及魔戒——奥克可不是值得信赖的奴仆。我认为,奥克收到的命令是,不惜一切代价捉住霍比特人,必须留活口。然而,此地爆发激战之前,有人企图带着宝贵的俘虏溜号。这帮人很有可能做出这种背叛的行径。某个块头大、胆子粗的奥克,很可能想要独自带着'战利品'逃走去领赏。我是这么推断的。当然也可能有别的解释。但无论如何,我们都可以很确定:我们至少有一个朋友成功逃脱了。我们返回洛汗之前的任务就是找到他并帮助他。既然他迫不得已钻进了范贡森林,我们也绝不能胆怯。"

"想到要长途跋涉穿越洛汗,比起进范贡森林,不好说哪个让我更胆怯。"吉姆利说。

"那咱们就进森林!"阿拉贡说。

很快,阿拉贡又找到新的迹象。在靠近恩特泽河岸的一处地方,他发现很多脚印——霍比特人的脚印,但脚印太浅,不太能确定就是他们俩的。接着,在森林边缘一棵大树干底下,他又发现了更多的脚印。不过,那儿地面干硬、光秃,没能提示更多的信息。

"至少有一个霍比特人在这里站了一阵子,回头张望。然后转身跑进了森林。"阿拉贡说。

"就是说,咱们必须进了。"吉姆利说,"但这个范贡森林看着就让人没好感,而且我们被告诫过不要进去。真希望我们追赶到的是其他什么地方!"

"不管传言怎么说,我并不觉得这森林有那么邪恶。"莱戈拉斯说。他站在森林边缘,向前探着身子,似乎在凝神听着,他睁大眼睛望着阴暗的树林,"没错,森林并不邪恶。或者说,里面即便有什么邪恶的东西,离我们也很远。我听到的只有那些黑暗地方心黑了的树发出的微弱回音。我们四周没有听出恶意,只有警觉和愤怒。"

"呃,反正它没理由对我发怒。"吉姆利说,"我又没伤害过它。"

"话是这么说。"莱戈拉斯说,"不过,它确实遭受了伤害。森林里正在发生,或正要发生着什么事情。你们没感觉到气氛紧张吗?我都快透不过气来了。"

"我感觉到空气很憋闷。"矮人说,"这森林比幽暗森林亮一些,但散发着一股霉味,看起来也十分破败。"

"范贡很古老,非常古老。"精灵说,"古老到让我都觉得自己很年轻了。打从跟你们这些娃娃一起旅行,我还是头一次有这样的感觉。这片森林非常古老,充满了记忆。要是在和平时期来到这里,我一定会非常快乐。"

"你肯定会的,"吉姆利揶揄道,"你可是森林精灵啊。再者,你们精灵族个个都很奇葩。不过,有你在能壮胆。你去哪儿,我就去哪儿。你可要把弓握牢了,我随时都能从腰带里抽出斧子。但不是用来砍树!"他抬头望向头顶的大树,急忙补上一句,"我只是不想突然遭遇那老头子,再闹个措手不及。仅此而已。咱们走吧!"

说完,三位猎手毅然走进了范贡森林。莱戈拉斯和吉姆利将察看踪迹的任务交给了阿拉贡,可他也没有多少可察看的。森林里地面干燥,覆满了落叶。不过,阿拉贡猜想,逃跑的人总是要去水源附近,因此他会不时到河岸边看看。果不其然,他发现了梅里和皮平喝水、洗脚的地方。三人都看得十分真切,那里赫然留着两个霍比特人的脚印!一双脚印大,一双脚印小。

"真是个大好消息!"阿拉贡叹道,"不过这痕迹是两天前留下的。

两个霍比特人似乎从这里离开了水边。"

"接下来,我们怎么办?"吉姆利问,"总不能绕着一整片范贡森林去寻找他们吧。我们的供给所剩无几。要是不能尽快找到他们,到时候除了坐在他们身旁一起饿死,表示咱们是生死患难之交,再也起不到别的用处。"

"要是只能那样,我们也别无选择。"阿拉贡说,"继续往前走吧。"

终于,他们来到那处突然中断的陡峭岩壁——就是树须之前所在的山头,抬头望向岩壁和那段通往高处岩架的崎岖阶梯。阳光透过流云的间隙洒下来,整个森林看起来没有了之前的阴沉灰暗。

"我们爬上去看看吧!"莱戈拉斯说,"我还是觉得喘不过气,想上去呼吸一下自由的空气。"

三人开始向上爬。阿拉贡在最后,他爬得很慢,一路都在仔细察看那些梯阶和岩架。

"我差不多能肯定,两个霍比特人来过这里。"他说,"但还有别的痕迹,非常奇怪的痕迹,令人费解。不知道岩架上是否能够发现点什么,帮助我们猜测他们的去向。"

他站起身,四处张望,没看见任何有用的线索。岩架有东和南两个朝向,但只有朝东的方向视野开阔。从那里望出去,只见树冠沿山势向下,一直延伸到他们来的平原地带。

"我们兜了这么一大圈!"莱戈拉斯说,"要是第二或第三天就离开大河直接向西,我们就可以全部安然无恙地抵达这里。没有多少人能预见脚下的路会把自己带往何方,只有回过头来看才能发现。"

"我们从来也没计划着来范贡森林。"吉姆利说。

"但我们还不是来了!自投罗网地来了!"莱戈拉斯突然惊叫道,"快看!"

"看什么?"吉姆利问。

"看那边树林里。"

"哪边？我可没长精灵眼睛。"

"嘘！小声点！快看！"莱戈拉斯用手指着，说，"在下面林子里，就在我们刚才经过的地方。就是他！你看不见吗，在树林间穿行的那个？"

"看见了，现在看见了！"吉姆利咬着牙恨恨地说，"快看，阿拉贡！我不是警告过你吗？那个老头子果然在这里。浑身裹着脏兮兮的灰破烂，难怪我刚开始发现不了他。"

阿拉贡望过去，只见一个佝偻的身影在缓慢移动。那个人离他们并不远，看起来像个老叫花子，拄着一根粗糙的手杖，疲惫地向前走。他低着头，并未朝他们这个方向望。换个别的地方遇上，他们一定会礼貌地走上前问候，可现在，他们像是被钉在原地，谁都没说话，心里被奇怪的感觉攫住：某种隐秘的力量或威胁正在迫近他们。

吉姆利瞪大眼睛望着，望着那个身影一步步走得越来越近。突然，矮人禁不住失声低呼："莱戈拉斯，你的弓！拉弓！准备好！是萨鲁曼，别让他开口，别给他下诅咒的机会！快射！"

莱戈拉斯掏出弓，慢慢拉开，仿佛有一种意志在掣肘着他。他手中的箭虚握着，没有搭上弦。阿拉贡站在那里，一语不发，神情警惕而又专注。

"你还在等什么？你怎么啦？"吉姆利低声问道。

"莱戈拉斯做得对。"阿拉贡平静地说，"不管我们有多恐惧，有多大的疑虑，我们都不能在一位老人没有发起挑衅的情况下，趁他不备向他开弓。先观察一下再说！"

就在这时，老人加快了步伐，以惊人的速度来到岩壁下方。蓦地，他抬头朝上望，而他们也一动不动地站着朝下看。人家谁也没说话。

117

他们看不见他的脸。他罩着兜帽，兜帽上戴着一顶宽边帽，把整张脸都遮住了，只露出鼻尖和灰胡子。然而阿拉贡觉得，从那兜帽的阴影下，他似乎捕捉到眉毛下方眼睛里射出明亮、锐利的光芒。

终于，老人打破了沉默。"真是幸会，朋友们。"他轻声说道，"咱们好好聊聊吧。你们下来，还是我上去？"没等回答，他已经开始往上爬了。

"快！"吉姆利叫道，"莱戈拉斯，拦住他！"

"我不是说想跟你们好好聊聊吗？"老人说，"快把弓放下，精灵大人！"

弓和箭同时从莱戈拉斯手上落下，他的双臂无力地垂在身体两侧。

"还有你，矮人大人，请把手从斧柄上移开，等我上来！用不上这些家伙。"

吉姆利心里一惊，顿时像被石化了一样，动弹不得，眼睁睁地看着老人像灵巧的山羊一样跃上陡峻的梯阶，丝毫不见之前的懒怠疲惫。他跃上岩架时，有道白光稍纵即逝，快得令人恍惚，仿佛是裹在那身褴褛灰衣之下的白袍突然闪现。吉姆利嘶了一口气，在寂静中显得格外清晰。

"我就说了嘛，是幸会！"老人说着，朝他们这边走过来。在离他们几呎的地方，老人停下来，拄着手杖探身向前，从兜帽底下打量他们，"你们几位在这里做什么？一个精灵、一个人类、一个矮人，全都是精灵装扮。显然，你们是大有故事的人，可否说来听听？你们这些装扮在森林里可不常见啊。"

"听口气，您似乎对范贡森林非常熟悉。"阿拉贡说，"对吗？"

"算不上，"老人说，"要非常熟悉范贡森林，那可得花几个世代来研究。我不过是时常来这里。"

"可否请教您尊姓大名？然后听听您有什么想要跟我们聊聊的？"阿拉贡说，"上午快过去了，我们还有要事在身。"

"想要跟你们聊的，我已经问过了：你们来这里做什么？你们有什么故事可以说来听听？至于我的名字！"他突然顿住，轻声笑了很久。这笑声令阿拉贡浑身一滞，感到一股奇特的寒意涌过全身。不是出于害怕或恐惧的那种寒意，那感觉更像一个好不容易睡着的人突然被刺骨的冷空气激醒，或被冷雨拍打浇醒。

"我的名字！"老人又说了一遍，"难道你们还没有猜出来？我觉得，你们听说过我的名字。没错，你们以前听说过。不过，还是先说说你们的故事吧？"

三个伙伴站着一动不动，谁也没答话。

"换作其他人，也许会怀疑你们是否肩负不可告人的任务。"老人开口说道，"幸好，我对你们的任务稍有了解。我知道，你们是在追踪两个年轻霍比特人。没错，霍比特人。别瞪着大眼睛，好像你们从没听说过这个奇怪名称一样。你们听说过，我也听说过。呃，他们前天爬到过这里，意外遇到了一个人。这个消息是否让你们觉得欣慰？你们现在很想知道他们被带到哪里去了？呃，呃，或许我可以给你们提供线索。可是，咱们为什么要站着说话？你们瞧，你们的任务已经不像你们以为的那么急迫了。我们还是坐下来轻轻松松地聊吧。"

老人转身走向后方峭壁底下崩落的大石头上。就像是一道符咒被解除了，三个人顿时放松下来，身体也能够动了。吉姆利的手立刻伸向斧柄，阿拉贡拔出了剑，莱戈拉斯则抬起了自己的弓。

老人似乎一无所觉，弯身坐到一块低矮平滑的大石头上。这时，他的灰斗篷敞开来，他们清清楚楚看见他里面穿着白袍。

"萨鲁曼！"吉姆利大叫一声，握着斧头朝他纵身猛扑过去，"快说！快告诉我们，你把我们的朋友藏到哪儿去了？你把他们怎么样了？快说，不然我就在你帽子上砍出一道缺口，就算你是巫师也不顶用！"

孰料，老人动作迅疾，一跃而起，纵身跳到一块巨岩顶上。他站在那里，身形变得高大起来，肖然俯视着他们。他的兜帽和灰外罩被甩到一边，身上的白袍格外耀眼。他举起手杖，只听得哐当一响，吉姆利的斧头应声落地。阿拉贡的剑僵在手中不能动弹，剑体突然冒出火焰。莱戈拉斯大喊一声，将箭射向高空，只剩下一团火焰。

"米斯兰迪尔！"精灵喊道，"米斯兰迪尔！"

"莱戈拉斯，我就说嘛，真是幸会！"老人说道。

他们全都望着他。在阳光照耀下，他的头发莹白似雪，白袍熠熠发光，两道浓眉下，眼睛炯炯有神，射出太阳一样的光束，一双大手孔武有力。他们心里交织着惊奇、欢欣与敬畏，站在那里，一时不知道该如何开口。

终于，阿拉贡回过神来。"甘道夫！"他叫道，"在我们走投无路的时刻，您竟然回来了！我刚才真是眼瞎啊！甘道夫！"吉姆利什么也没说，双膝跪倒，用手遮住了眼睛。

"甘道夫。"老人喃喃重复道，似乎去记忆深处召回一个久已不用的称呼，"是的，是叫这个名字。我从前是叫甘道夫。"

他从大岩石上下来，拾起灰斗篷披在身上。那感觉就像刚才还光芒万丈的太阳，此刻又躲到云层后面去了。"对，你们仍然可以叫我甘道夫。"他说，又恢复到他们的老朋友和引路人的声音了，"起来吧，我的好吉姆利！我不怪你，再说，我也没受伤。实际上，我的朋友们，你们谁的武器都伤不了我。高兴起来吧！在这样的危急关头，我们又见面了！大风暴就要来了，但形势已经改变。"

他把手放在吉姆利头上，矮人抬起头来，突然笑了。"甘道夫！"

他说,"您竟然穿了一身白袍!"

"没错,我现在穿白袍。"甘道夫说,"我就是真正的萨鲁曼,或者说,是萨鲁曼本该成为的样子。快过来,给我讲讲你们的经历!自从我们分开后,我经历了烈火与深水,忘掉了许多从前的事情,重新学习了很多忘掉的事情。我能看见很远地方发生的事情,但很多近处的事情我却看不见。跟我讲讲你们的经历吧!"

"您想知道什么?"阿拉贡问,"自我们在桥上分别后,发生了很多很多事情,需要讲上很长时间。您能先告诉我们那两个霍比特人的消息吗?是您找到他们的吗?他们都还好吗?"

"不,不是我找到他们的。"甘道夫说,"黑暗笼罩着埃敏穆伊丘陵,我并不知道他们被俘虏了,是大鹰飞来告诉我的。"

"大鹰!"莱戈拉斯叫道,"我看见过有只鹰飞得又高又远,上一次看见是四天之前,就在埃敏穆伊上空。"

"没错,"甘道夫说,"正是把我从欧尔桑克救出来的风王格怀希尔。我派他先行,去看看大河地区的情形,同时也收集一些信息。他眼力很好,但看不到山里和树林里发生的事情。有些事情是他看见的,还有些事情是我自己看见的。魔戒如今已非我所能掌控,也非任何一个从幽谷出发的远征队成员所能掌控。魔戒差一点就暴露在大敌面前,最终逃脱了。我在其中也尽了一份力。那时我坐在一个很高的地方,正在与黑暗妖塔抗衡,魔影便过去了。之后,我感到很疲惫,十分疲惫,思绪沉入黑暗之中。"

"那您一定知道弗罗多的情况!"古姆利问,"他怎么样了?"

"我知道的不多。他躲过了一场极大的危险,但面前还有不少危险。他决定独自前往魔多,动身出发了。我知道的就这些。"

"不是独自。"莱戈拉斯说,"我们认为山姆跟他一起去了。"

"是吗!"甘道夫说,眼睛里闪耀着光芒,笑了,"山姆当真跟去了？这我确实不知道,不过,也不奇怪。很好!太好了!你们让我很宽慰。再跟我多说说。坐过来,跟我说说你们旅途中的情况。"

三个人在他脚前席地坐下,阿拉贡开始讲述。有好长一段时间,甘道夫什么都没说,什么也没问。他闭着眼睛,手摊开放在膝盖上。最后,当阿拉贡说到波洛米尔的殒殁以及他在大河上的最后旅程,老人叹了口气。

"阿拉贡,我亲爱的朋友,你并没有把自己知道的和猜到的事情和盘托出。"他平静地说,"可怜的波洛米尔!我不能想象,在他身上发生了什么。对于像他这样的勇士,像他这样的人中豪杰,这种考验太痛苦了。加拉德瑞尔告诉我他曾身处险境,但他最终逃脱了。我很欣慰。仅仅是为了波洛米尔,那两个霍比特娃娃也没有白跟我们走一趟。但他们要扮演的角色还不止于此。他们如今被带进了范贡森林,而他们的到来就像山上滚下的小石头,终将引发一场浩大的山崩。就在我们说话的当口,我已听到了第一声轰响。大坝溃堤的时候,萨鲁曼在家门之外被逮住可就不妙啦!"

"亲爱的朋友,有一点您可压根没改变,"阿拉贡说,"还是爱打哑谜。"

"什么?打哑谜?"甘道夫说,"不!我是在大声跟自己说话。还是从前的老习惯:他们选择跟最聪明的人交谈;跟年轻人交谈需要解释,着实累人。"他大声笑起来,笑声温暖、和善,宛若一缕阳光。

"哪怕按照古代人类家族的算法,我也不算年轻人了。"阿拉贡说,"您难道不能跟我说得更直白点儿?"

"该怎么说呢?"甘道夫停下来想了一会儿,"如果你想尽可能直白地了解我的想法,我就简单跟你说一下我对形势的看法。大敌当然早就知道魔戒如今流落在外,持戒人是霍比特人。他知道从幽谷出发的远征队的人数，还知道我们每个人的种族。只是他并不十分清楚我们的目的。他推测我们的目的地是米那斯提力斯，因为，换作是他，他就会去那里。以他的聪明才智来判断，他觉得此事将会沉重打击到他的势力。事实上，他正怀着极大的恐惧，不知道哪个强者会突然出现，驾驭着魔戒发动战争讨伐他，企图推翻他取而代之。而事实上，我们只想推翻他，谁也没想过要取代他坐上那个位置，这一点是他始料不及的。即使在最黑暗的梦境里，他都不会料到我们只是想要摧毁魔戒。你们肯定能够因此看到我们的运气和希望所在。他想象的是战争，认为一刻也不能耽搁，于是他便急忙发动了战争。对他来说，先下手，下狠手，就可以永绝后患。因此，他比原计划提前很早，用自己积蓄已久的力量发起行动。他是个聪明的傻瓜！如果他竭尽全部兵力防守魔多，确保无人能够进入，再殚精竭虑去搜寻魔戒，我们的希望确实会破灭——无论是魔戒还是持戒人，终有一天难逃他的魔爪。可他目前眼睛盯着外面，忽略对自家门口的防范。他盯着米那斯提力斯方面。很快，他的力量就会在那里掀起一场风暴。

"因为，他知道自己派出去拦截远征队的信使再次失手。他们没有找到魔戒，也没能带回任何霍比特人质。他们要是真得手了，对我们注定会是个沉重的打击，也可能是致命的打击。咱们先别去假想他们在黑暗妖塔考验两个小人儿的忠诚，以免心情阴翳。大敌迄今为止还没能成功过。这得感谢萨鲁曼！"

"这么说萨鲁曼不是叛徒？"吉姆利问。

"不，他是叛徒。"甘道夫说，"是双面叛徒。是不是很奇怪？我们近来所遭遇的一切，没有哪样比艾森加德的背叛更严重。即便只是一方领主或统帅，萨鲁曼的力量也已经变得十分强大。他威胁着洛汗的人类，使他们无法在米那斯提力斯即将面临来自东方的主力猛攻时假以援手。然而，一件诡诈叛主的武器，对它的主子终究是个祸害。

萨鲁曼也觊觎着魔戒，想要据为己有，或者至少捉到几个霍比特人来帮助达成自己的邪恶目的。所以，在这个关键时刻，我们两边的敌人都谋划着要用最快的速度把梅里和皮平带到范贡森林里来。否则，他们是永远不会到这里来的！

"此外，内心丛生的那些疑窦也扰乱了他们自己的计划。感谢洛汗骑兵的神武，没留下任何生还者把消息传回魔多。黑暗魔君已经知道，有两个霍比特人在埃敏穆伊被俘，有人违背他底下党羽的意志将他们强行带往艾森加德。他现在既担心米那斯提力斯，又担心艾森加德。如果米那斯提力斯失陷，萨鲁曼也就大祸临头了。"

"不幸的是，我们的朋友陷身其中。"吉姆利说，"要是艾森加德紧挨着魔多，他们打起来的时候，我们就可以隔岸观火。"

"毫无疑问，胜出者会比先前任何一方都更强大。"甘道夫说，"除非萨鲁曼抢先夺得魔戒，否则艾森加德不是魔多的对手。而如今，魔戒彻底跟萨鲁曼绝缘了。目前，他尚不知道自己气数已尽。他不知道的事情太多了。他迫不及待想要将猎物攫取在手，无法在家中等候，急着出来接应并监视他的信使。可他来得太晚了，战斗早已在他抵达前就结束了，他再无回天之力。他没在这里多停留。我看穿了他的心思，明白他的疑惑。他没啥谋略。他认为那些骑兵已将战场上所有人都杀光烧尽，但他不知道奥克是否带回了俘虏。他不知道自己手下的爪牙和魔多的奥克发生了冲突，他也没听说过飞行信使。"

"飞行信使！"莱戈拉斯叫道，"在萨恩盖比尔上方，我用加拉德瑞尔赠的弓射他，把他从天上射了下来。他令我们所有人都充满恐惧。这是什么新的恐怖力量？"

"是一种你无法用箭射死的恐怖力量。"甘道夫说，"你只射杀了他的坐骑。这事儿干得漂亮！不过，他很快又会有新的坐骑，因为他是那兹古尔，是骑着会飞坐骑的九戒灵之一。他们的恐怖力量很快就会遮蔽太阳，笼罩着我们友军的殿后力量。不过他们尚未获准越过大河，萨鲁曼还不知道戒灵换上了新形貌。他脑子里只有魔戒。它出现在战斗中了吗？被人找到了吗？万一马克之王希奥顿得到魔戒并知晓它的力量怎么办？而最后这一点，令他急急逃回艾森加德，决定向洛汗发起两倍乃至三倍的火力攻击。事实上，深陷在自己这些疯狂炽烈的念头中，他压根没有看到另一种危险近在咫尺。他忘记了树须的存在。"

"您又开始自言自语了。"阿拉贡微笑着说，"我不知道树须是谁。我大概猜明白了萨鲁曼的双面背叛。可我还是不明白，两个霍比特人来到范贡森林，除了导致我们这场漫长而无果的追踪，到底能起到什么作用。"

"且慢！"吉姆利叫道，"还有一件事情，我想先弄明白。昨天夜里我们看见的人究竟是您，甘道夫，还是萨鲁曼？"

"你们看见的肯定不是我，"甘道夫说，"因此，我猜你们看见了萨鲁曼。显然，我们外形看起来极为相像，因此我必须原谅你想在我帽子上砍一道凹槽的想法。"

"好，太好了！"吉姆利说，"我很高兴夜里见到的人不是你。"

甘道夫再次大笑。"是啊，我的好矮人，"他说，"能够不被彻底认错，还真令人感到安慰。这一点我现在深有体会啦！不过，我绝不会怪你刚才欢迎我的方式，我怎么能怪你呢！是我自己常常劝告朋友，与大敌交战切忌轻信，哪怕是自己的双手都不要轻信。祝福你，格罗因之子吉姆利！或许有一天当你同时见到我们二人，就可以做出判断了！"

"但是，还有霍比特人！"莱戈拉斯插嘴道，"我们走了这么远的路，就是为了来找他们，您似乎知道他们的下落。他们现在哪里？"

"跟树须和恩特们在一起。"甘道夫说。

"恩特！"阿拉贡不由得惊叫道，"这么说，那些古老传说里讲到的森林深处的居民，那些巨大的百树牧人，竟然是真的？这世上还有恩特存在吗？我一直以为，即便他们真的不只是一则洛汗的传奇故事，那也应该是远古时代的记忆。"

"洛汗的传奇故事！"莱戈拉斯叫道，"不，荒野之地上每个精灵都唱过那些讲述古老的欧诺德民和他们绵长悲伤的歌谣。不过，即便在我们精灵族中，他们也只是古老的记忆。如果我还能在这世上碰到一个行走的活恩特，我绝对会觉得自己又年轻起来了！但树须这个名称只是'范贡'的通用语表达，可听你话里他却似乎是个人。树须是谁？"

"呃！你的问题回答起来可就长了！"甘道夫说，"仅我了解的那一点点恩特的悠长历史，就够说上很长时间了，咱们可来不及。树须就是范贡，森林的守护者。他是最年长的恩特，是整个中土世界仍在太阳下行走的最古老的生灵。莱戈拉斯，我真心希望你能见到他。梅里和皮平十分幸运，他们在这里，就是我们此刻坐着的地方，遇到了树须。他两天前来过这里，将他们带去了他远在迷雾山脉山麓的家。他常常会来这儿，尤其当他心绪不宁，因外界传言忧心忡忡的时候。四天前，我看见他在森林中大步行走，我想他也看见了我，因为他停了下来。但我没有上前跟他说话，因为我当时忙着思考，加之我跟魔多之眼决战后始终感觉疲惫。他也没跟我说话，也没叫我的名字。"

"说不定他也把您当成了萨鲁曼。"吉姆利说，"不过，您说起他的口气就好像他是个朋友。我一直以为范贡很危险。"

"很危险！"甘道夫叫道，"我也很危险，非常危险——除了把你活捉到黑暗魔君座前这件事，你不会遇到比我更危险的了。阿拉贡很危险，莱戈拉斯也很危险。格罗因之子吉姆利，你可是置身危险之中。依着你的标准，你自己就很危险。当然，范贡森林非常危险——

尤其是对那些随时想对森林动斧头的人而言；范贡本人也充满危险。不过，他很有智慧，也很亲切。现在，他那缓慢、绵长的愤怒快要到达极限了，充斥着整座森林。而霍比特人的到来，以及他们带来的讯息，令这股愤怒溅溢出来，很快就会像洪水一样奔泻，这股大潮向萨鲁曼奔涌而去，利斧直指艾森加德。旷古不曾发生过的事情正在发生——恩特即将觉醒，发现自身非常强大。"

"他们要做什么？"莱戈拉斯惊讶万分。

"我不知道。"甘道夫说，"我想就连他们自己也不知道。我也很想知道。"他停下来，低头陷入了思索。

另外三个人望着他。一束阳光透过流云照在他的大手上。他掌心向上放在腿上，阳光照在上面，仿佛杯子里蓄满着水。最终，他抬起头来，凝望着太阳。

"上午就要过完了。"他说，"我们必须尽快出发。"

"出发去找我们的两位朋友，同时见一见树须吗？"阿拉贡问。

"不。"甘道夫说，"那不是你们该走的路。我刚才提到过我们还存有希望，但也只是希望而已。有希望并不就是胜利。战争已经降临到我们和我们所有朋友的头上，只有运用魔戒才能确保我们的胜利。我心中充满巨大的悲伤和恐惧，战争会导致巨大的毁灭，也许一切都会失去。我是甘道夫，白袍甘道夫，但邪黑正占着上风。"

他起身，将手搭在额头，向东眺望，似乎看见了另外三人看不见的遥远地方发生的事情。接着，他摇摇头，轻声说道："唉！事态已经开始失控。至少有一点值得庆幸。我们再也没有了启用魔戒的诱惑。我们必须去面对险境，如今最致命的危险解除了。"

他转过身，向阿拉贡说："来吧，阿拉松之子阿拉贡！别再后悔你在埃敏穆伊丘陵所作的选择，也别再说这是一趟无果的追索。你在疑窦丛生中选了看似正确的路,而这个选择着实正正确,你也为此获得了馈赠。因为你的选择,我们得以及时相见,否则很可能再也见不上面了。不过,你们三人的使命已经结束。你们的下一段旅程就是恪守承诺,前往埃多拉斯找到希奥顿。那里需要你们。安督利尔之剑如今必须在翘盼已久的大战中显露锋芒。洛汗正困于战争,形势对希奥顿不利。"

"就是说我们见不到那两个快乐的小霍比特人了?"莱戈拉斯问道。

"我可没说这话。"甘道夫道,"谁知道呢? 耐心点! 去你们该去的地方,心怀希望! 去埃多拉斯! 我也要去那里。"

"不管年轻还是年迈,这条路走起来都很漫长。"阿拉贡说,"恐怕我还没赶到,大战就已经结束了。"

"走了才能知道,走走才知道。"甘道夫应道,"你们现在跟我一起走吗?"

"好,我们一起走。"阿拉贡说,"可我相信,只要您愿意,您一定会比我先到那里。"他站起身,久久地注视着甘道夫。精灵和矮人安静地看着他们二人伫立相望。阿拉松之子阿拉贡的高大灰色身影,挺立如磐石,手握剑柄,犹如海雾中的君王,踏浪来到寻常人类的岸旁。在他面前躬身站立的白衣老者,宛若体内点燃了光,熠熠生辉,因岁月佝偻着的身躯蕴藏着一股超越君王的力量。

"甘道夫,我这么说没错吧?"阿拉贡终于再次开口说道,"任何地方,只要您愿意,总能比我更快到达! 另外,我还想说:您是我们的领袖,我们的旗帜。黑暗魔君有九位骑士。我们仅有一位白袍骑士,但却比他们九个都更强。他历经烈火与深渊,令他们心惊胆寒。我们将永远追随着他。"

"对,永远追随!"莱戈拉斯说,"可是,甘道夫,我要先听听您

128

在墨瑞亚的遭遇才能心安。您不能告诉我们吗？您就不能再多留一会儿，跟我们说说您的获救经历？"

"我已经留得太久了。"甘道夫答道，"时间紧迫。就算给我一整年时间，也说不完。"

"那就趁现在还有时间，拣能说的跟我们说说！"吉姆利央求道，"甘道夫，快告诉我们您是如何大败炎魔的！"

"别提他的名字！"甘道夫说，脸上似乎瞬间蒙上了痛苦的阴翳。他默然坐下，形容枯槁。他终于再度开口，说得很慢，仿佛在艰难地思索着，"我一直向下坠，坠了很长时间，他也跟着我一起向下坠。他的炽焰包围着我。我被灼伤了。接着，我们一同跌入了深水，跌入了无边的黑暗。冰冷得如同死亡之水，我的心脏几乎要结成冰。"

"都林桥下的深渊，无人测过它到底有多深。"吉姆利说。

"但它确实有底，它的底在知识与光明之外。"甘道夫说，"我终于坠到了底，坠到了最深处的岩石上。他仍然跟我在一起。他的火焰已经熄灭，变得十分黏腻，比巨蛇还蛮壮难缠。

"我们在大地最深处纠缠打斗，不知道过了多长时间。他一直纠缠着我，我就不停地砍，直到最后他落荒逃跑，钻进了黑暗隧道。格罗因之子吉姆利，那些隧道不是都林一族矮人挖的，它们比矮人挖的最深的洞还要深得多，是被无名之物啃咬出来的洞窟。它们比索隆古老得多，因此连索隆都叫不上它们的名字。如今，我已安然返回，不愿再去描述，以免黯淡了白日的天光。在当时的绝境中，我的敌人是我唯一的希望，我追赶着他，丝毫也不放松。就这样，他终于把我带回了卡扎杜姆秘道——他对那里了若指掌。我们沿着秘道一直往上攀爬，终于来到了无尽阶梯。"

"无尽阶梯早就失传了。"吉姆利说，"许多人说无尽阶梯仅是个传言，并不存在；但也有人说无尽阶梯久被摧毁，不复存在。"

"无尽阶梯确实存在,也从未被摧毁。"甘道夫说,"它从最底层的地牢一直攀升到至高处的巅峰,成千上万的台阶螺旋状上升,绵延不绝,最后的出口在银齿峰顶齐拉克齐吉尔原生岩石雕凿而成的都林之塔。

"凯勒布迪尔[1]的积雪中有一扇孤寂的窗,窗前有一小块促狭的地方,酷似云雾上飘摇欲坠的鹰巢。那地方阳光炙烤,下面则是云雾缥缈。他一跃而出,我紧跟而上,他身上再次燃起烈火。旁边无人观战,否则,这场巅峰决战很可能会被后世代代传唱。"甘道夫蓦地大笑起来,"歌词里会怎么唱呢?那些从远方看到的人,会以为山巅遭遇了风暴。他们会说,雷鸣轰轰,闪电霹雳,将凯勒布迪尔变成了一片火海。他们一定会这么描写。我们周围烟雾缭绕,蒸汽升腾,碎冰像雨一般纷纷倾落。我把敌人抛出去,他从山顶坠落,葬身山崖。接着,我眼前一黑,游离于神志和时间之外,在晦暗不清的路上游荡。

"其间,我曾被短暂送回来过,完成我的使命。我被送回来的时候,身上什么衣服也没有。我一丝不挂地躺在山顶上,身后的高塔碎成齑粉,窗户早已荡然无存,毁损的阶梯上堵满了焚烧断裂的岩石。我被遗忘在世界的尖角之上,孤零零的,逃生的希望十分渺茫。我躺在那儿仰望,星辰流转,每一天都像一个世纪那么漫长。我的耳中依稀传来各个地方的情况:有的是出生与死亡,有的是歌唱与悲伤,一些负重的山石呻吟起来迟滞而又绵长。终于,风王格怀希尔再一次找到了我,将我抓起,带我离开那里。

"'朋友,我注定总是成为你的负担。'我说。

"'过去,是个负担。'他答道,'但现在不是了。你在我爪中轻如鸿羽,阳光能穿透你。事实上,我认为你已经不再需要我:我要是

---

1 凯勒布迪尔(Celebdil),与上文"银齿峰""齐拉克齐吉尔"是同一座山峰。

此刻松开爪子,你也能够乘风飞翔。'

"'千万别松开爪子!'我惊叫道,感到自己又活了过来,'送我去洛斯罗里恩!'

"'派我出来寻找你的加拉德瑞尔夫人正是这么吩咐的。'他答道。

"就这样,我到了卡拉斯加拉松,却得知你们刚刚离开不久。我逗留在那片土地上,不老的时光让我渐渐痊愈了。痊愈后的我穿上了白袍。我献上计策,也听取了箴言。接着,我取道陌生的路线,赶来给你们几位送口信。给阿拉贡的口信是:

> 埃莱萨[1]呀,埃莱萨呀,
> 杜内丹如今在何方?
> 为何亲族流落迢遥乡?
> 失散故友前行诉衷肠,
> 灰衣劲旅疾奔自北方。
> 择选之路注定暗无光,
> 亡灵设阻唯大海苍茫。

她给莱戈拉斯的口信是:

> 宛若绿叶林下安卧,
> 性情愉悦向海开阔!
> 倘闻海鸥凄凉之歌,
> 再难静享林间欢乐。"

---

[1] 埃莱萨(Elessar),又称精灵宝石,是一颗(或两颗相似的)美丽的绿宝石,也是预言中赐予阿拉贡的名字。

甘道夫突然沉默下来，闭上眼睛。

"这么说，她没留口信给我？"吉姆利问，垂下了头。

"她的话很晦涩，"莱戈拉斯说，"收到口信的人也难明究竟。"

"别安慰我了。"吉姆利说。

"不然呢？"莱戈拉斯说，"你难道要她明言你的死期？"

"如果没有别的可说，明言死期也行。"

"你们在说什么呢？"甘道夫说着，睁开了眼睛，"呃，我想我猜出了她话里的意思。抱歉，吉姆利！刚才我在重新琢磨这些口信。她当然给你留了口信，既不晦涩，也不主厄。

"'请向格罗因之子吉姆利致上我的问候。'她说，'持发人[1]，无论你在何方，总能有我的思量。唯有一点请记牢，手持利斧，不要把树砍错！'"

"甘道夫，您的归来于我们真是幸福天光！"矮人叫道，雀跃着用奇特的矮人语高唱起来，"快点，快点！"他挥舞着斧头，大声嚷嚷，"甘道夫的头如今变神圣了，咱们另找一个趁手的来砍削吧！"

"准能很快就找到。"甘道夫说着站起身来，"走吧！这下咱们可用光了久别重逢的聊天时间。得赶紧上路了。"

他仍然披上那件陈旧破烂的斗篷，在前面带路。他们跟着他迅速从高高的岩架上面下来，沿原路穿过森林，顺着恩特泽河岸前行。赶路途中，大家没再继续交谈。当他们再次踏上范贡森林边缘的草地，马匹依旧不见踪影。

莱戈拉斯沮丧地开口："咱们的马没回来。走着去可真够累人的！"

"时间紧迫，我不会走着去的。"甘道夫说着抬起头，仰天长长地

---

1 持发者携带着精灵女王的一绺头发。

发出一道哨声。哨声清越洪亮，一旁站着的三个人惊讶地发现，如此有穿透力的哨音竟出自垂垂老者之口。他发出三道哨声。接着，他们依稀听见东风里传来原野上马匹嘶鸣的声音。他们站在那里，心中充满了惊奇。很快传来了马蹄声。起初只有伏在草地上的阿拉贡可以察觉地面传来的微微震动，后来，疾奔的马蹄声越来越大，越来越清晰。

"来的不止一匹马。"阿拉贡说。

"当然。"甘道夫说，"我们这么多人会把一匹马压趴下。"

"来了三匹！"莱戈拉斯望着远处，惊叫道，"快看它们奔跑的模样！一匹是哈苏费尔，它旁边是我的朋友阿罗德！还有一匹跑在最前面领头的，是一匹骏马。我以前从未见过这样的骏马。"

"以后你也不会再见到这样的骏马。"甘道夫说，"这是捷影。它是马中翘楚美亚拉斯骏马之首，洛汗之王希奥顿都没见过比捷影更好的马。是不是通体光亮如银，抬蹄疾奔似湍流？它是我的专属——白袍骑士的坐骑。我们共赴疆场。"

就在老巫师说话的当口，那匹骏马已疾速上了山坡，朝着他们奔过来。它全身皮毛闪亮，鬃毛在风中飞扬。另外两匹马被远远地甩在后头。捷影一看见甘道夫，立刻停下，高声嘶鸣。接着，它轻轻地小跑上前，俯下高昂的头，硕大的鼻子摩挲着老人的颈项。

甘道夫抚摩着它。"老朋友，从幽谷到这里可不近。"他说，"但你机智聪明，速度迅捷，来得正是时候。我们从此开始漫漫征途，再也不分离！"

不久，另外两匹马也到了，静静站在一旁，仿佛在等候命令。"我们立刻赶往你们的主人希奥顿的王宫美杜塞尔德。"甘道夫神情凝重地对那两匹马说。它们低下了头。"时间紧迫，因此，朋友们，请容许我们骑上你们全力飞奔。哈苏费尔载着阿拉贡，阿罗德载着莱戈拉斯。古姆利坐在我前头，捷影载着我们两个。稍微休息一下，咱们喝点水就出发。"

"现在，我解开了昨天夜里的部分谜团。"莱戈拉斯说着，轻快地跃上阿罗德的脊背，"不管它们起先是不是受到惊吓脱缰跑开，它们遇到了自己的首领捷影，欢欣嘶鸣。甘道夫，你知道捷影就在附近吗？"

"我知道。"巫师说，"我用意念呼唤它，请它火速赶来，它昨天还在遥远的南方。它能够迅捷无比地把我带回去！"

甘道夫跟捷影说了几句什么，那匹马快速奔了起来，始终保持让另外两匹马跟上。过了一会儿，它突然转向，选择了一处河岸较低的地方，涉水过河，领他们朝正南方向进入一片辽阔的平原，平原上没有树。风吹过一望无际的草原，掀起阵阵灰色的波浪。草原上没有任何路标，但捷影一路疾奔完全没有停步，也没有踌躇。

"它带领我们取直道奔向白色山脉，赶往山坡下的希奥顿王宫。"甘道夫说，"这样走快得多。通往北方的主干道——河对岸的东埃姆内特，地面更坚硬，但捷影熟稔每一条穿过沼泽和洼地的路。"

他们穿过草地和沼泽，疾驰了好几个钟头。很多地方的草特别深，没过了骑手们的膝盖，他们的坐骑像是游过灰绿色的海洋。他们碰到许多隐蔽的水塘。成片的莎草飘摇在危机环伺的沼泽地上，捷影总能成功地避开，另外两匹马只需要循道前行。渐渐地，太阳向西边天际沉落。四位骑士越过辽阔的草原望去，只见太阳像个大火球般没入了草丛。天际尽头，绯红的霞光洒落在山肩两侧。似乎有一股浓烟腾起，将太阳表面映成了血色，仿佛太阳西沉到大地边缘时，点燃了干草。

"那边就是洛汗豁口。"甘道夫说，"差不多是我们的正西方。艾森加德就在那边。"

"我看到一股浓烟。"莱戈拉斯说，"那会是什么？"

"战斗打响，战争开始了！"甘道夫说，"继续前进吧！"

第六章
金色宫殿之王
THE KING OF THE GOLDEN HALL

———— 带来噩耗的人分两种：一种人常常亲自参与为恶；另一种人选择在危难之际提供帮助。

一行四人迎着夕阳一路疾奔,天渐渐黑了下来。当他们终于下马休息,连阿拉贡都觉得浑身僵麻,疲惫不堪。甘道夫只允许大家休息几个钟头。莱戈拉斯和吉姆利倒头就睡,阿拉贡平躺在地,拉伸筋骨;甘道夫站在那里,倚着手杖,透过暗夜望向东、西两个方向。周围一片寂静,没有任何生物发出的声响。他们起身出发的时候,风吹着天上的长云快速向前移动。清冷的月光下,一行人疾驰而去,速度丝毫不减白天。

他们接连奔行了好几个小时。吉姆利不停打着瞌睡,要不是甘道夫紧紧抓着他,把他摇醒,早就摔掉下马背了。疲惫的哈苏费尔和阿罗德昂首紧跟着它们那位精力充沛的首领,捷影在前方已经几乎看不见了。他们一路疾奔。西沉的新月躲进了云层后面。

寒意更重了。渐渐地,东方的夜空现出一丝灰白。红霞跃出了他们左前方黑黢黢的埃敏穆伊上空,迸射出来。清冽、晴朗的黎明时分,一阵劲风横卷过来,路上的草全都吹弯了腰。捷影遽然停下不动,长声嘶鸣,甘道夫指着前方。

"快看!"他叫道。他们抬起沉重的眼皮循声望去。大家眼前赫然矗立着南山:雪白的顶峰,环绕着黑色条纹的山体。绵延的草地顺着山势攀升,延伸到晨光尚未浸染的阴暗山谷中,蜿蜒着进入大山的腹地。他们正前方是 处开阔的山谷,如同群山中开出 道长长的海湾。山谷深处的一座高峰像哨兵一般孤零零地耸立在谷口。山脚下是一条发源于谷中的溪流,宛若一条银白色的带子。初升的太阳,给远处的山眉上洒满一层金光。

"莱戈拉斯,你来说!"甘道夫说,"跟我们说说,你看见前面那里都有些什么?"

莱戈拉斯抬手遮住朝阳射过来的光芒,凝神远望。"我看见一道白色的溪流从雪峰上流下来,"他说,"在它发源的谷地深处,东边是一座青翠的山丘,四周环绕着沟渠、高墙和带刺的围栏。里面露出许多屋顶,正中央的绿色阶地上,高高矗立着一座人类居住的宏伟宫殿。殿顶似乎是用黄金铺成的——金光反射得很远。门柱也是金子做的。站着一些身披锃亮铠甲的人。除此之外,整片宫殿都还在沉睡。"

"宫殿所在的地方叫埃多拉斯,"甘道夫说,"而那座金色宫殿就是美杜塞尔德,是洛汗马克之王、森格尔之子希奥顿的宫殿。我们踏着曙光前来。此刻,我们面前的路清晰可见。但骑行时我们仍需加倍小心,因为大战已经打响。'驭马者'洛希尔人并未沉睡,虽然远远看来是这样。我在此敬告诸位,到希奥顿御前,不得动用武器,休要口出狂言。"

一行人来到那条溪流前,此时天已经大亮,阳光明媚,空气清新,鸟儿在欢唱。湍急的溪水流入平原,在山脚下拐了个大弯,流过他们面前的道路,向东逶迤而去,在远方汇入芦苇丛生的恩特泽河。四周绿意盎然,润泽的草地,绿草如茵的堤岸上长着许多柳树。南国的柳树已经感觉到春天的气息,枝条尖上冒出绯红色的叶芽。溪流上有一处浅滩,低浅的岸边被过往马匹踩出无数蹄印。一行人涉过浅滩,上了一条被车辙轧出来的宽阔道路,径直向山上赶过去。

在高墙环伺的小山脚下,道路掩映在两旁苍翠的墓冢阴影中。墓冢西侧草地上，开满无数星辰一样的小花，像是如茵草地上覆了一层白雪。

"你们看！"甘道夫说，"青草地上那些明亮的眼睛多么漂亮！人们叫它永志花，生长在亡者安息的墓冢旁，一年四季花开不断。快看！这儿是希奥顿家族祖先的陵冢。"

"左边有七座，右边有九座。"阿拉贡说，"自从金色宫殿建成之后，这个家族延续了很多世代。"

"从那时起，我家乡幽暗森林中的红叶已经落过五百次了，"莱戈拉斯说，"然而，对我们来说却不过是短暂的一瞬。"

"对马克的骑士们来说，那可是漫长的世代，"阿拉贡说，"这座宫殿的建造如今已成了歌谣中的记忆，而更早之前的岁月，早已湮灭在时间的烟尘中。现在，他们将这里称作家园，称作他们自己的地方，他们的语言早已迥异于北方的亲族了。"说完，他开始用一种精灵和矮人都不懂的语言悠缓地吟唱起来。他们俩专注地听着，阿拉贡的歌声里有很强的音乐感。

"我猜，是洛希尔人的语言，"莱戈拉斯说，"听起来就像这片大地本身，有些部分富饶灵动，其他部分却坚硬如山岳。我猜不出歌的意思，只觉得其中充满生死之人的悲伤。"

阿拉贡说："在通用语里它的人意是：

  骁勇铁骑今安在？角声漫天气轩昂。
  护身盔甲无觅处，英姿勃勃金发扬。
  丝竹妙音何处闻？灼灼烈火已燃尽。
  春华秋实漫谷仓，谁人再言禾稼长？
  山雨疾风吹牧草，旧日西沉隐山林。
  枯木正燃谁问烬？沧海流年为探寻！

"这是很久以前一位洛汗佚名诗人所作,回忆年少的埃奥尔从北方策马南下,是何等的高大俊美。他的坐骑,美亚拉斯骏马始祖费拉罗夫,四蹄疾飞如生翼翅。这里的人类晚上仍会唱起这首歌谣。"

一行人说着话经过了那片寂静的陵冢,沿着蜿蜒的路走上了青翠的山肩,终于来到埃多拉斯气势宏伟的高墙与大门前。

许多身穿锃亮铠甲的人坐在那里,见到来人齐刷刷跃身跳起,伸出长矛挡住去路。"站住,陌生人!"他们用里德马克语高声喝道,命令来人报上姓名和来意。他们眼中充满惊奇,极不友善,瞪着甘道夫的眼神更是阴鸷。

"我能听懂你们的语言,"甘道夫用同样的语言回答,"但没多少陌生人听得懂。如果希望听到回答,为什么不按西部的习惯,用通用语问话?"

"这是希奥顿王的旨意:只有能听懂我们语言的朋友才允许进去,否则任何人不得踏入半步。"其中一个兵士回答道,"战争时期,除了我们自己人,以及从刚铎蒙德堡[1]来的人,这里不欢迎其他任何人。你们是什么人?穿着怪异的衣服,骑着像是我们的马匹,冒失地穿过平原来此地?我们一直在这里守卫着,在很远的地方我们就已经发现你们了。我们从没见过你们这种奇怪的装扮,也从没见过任何马匹比你骑着的这匹马更昂扬。如果我的眼睛没被咒语欺骗,它一定是美亚拉斯骏马。快说,你们是不是巫师,萨鲁曼派来的奸细,还是他用邪术造出来的幻影?快说!"

"我们不是幻影,"阿拉贡说,"你的眼睛也没有欺骗你。我猜,开口问话前,你已经知道我们骑着你们的马。但盗马贼可不会有这种

---

[1] 蒙德堡(Mundburg),洛汗对于米那斯提力斯的称呼,来自古英语词汇"mundbeorg",意思是"守卫中的山丘(protecting hill)"。

好心肠。这是哈苏费尔和阿罗德,是马克的第三元帅伊奥梅尔两天前借给我们的。我们如今恪守承诺,来将马送还。伊奥梅尔还没有回来吗?他没有说起过我们要来吗?"

卫兵眼中浮现出不安的神色。"关于伊奥梅尔,我无可奉告。"他回答道,"如果你所言非虚,希奥顿国王肯定听说过此事。或许也知道你们要来。但两天前佞舌顾问传话说:希奥顿有旨,不准陌生人进门。"

"佞舌?"甘道夫厉声问道,"若是他佞舌,不提也罢!我此行要见的是马克之王本人,可不是什么佞舌。我时间紧迫。你不肯亲自去或派人去通禀说我们来了吗?"他俯身盯着卫兵,目光犀利。

"好吧,我亲自去。"卫兵慢腾腾地说道,"可我怎么通报来人的姓名?怎么介绍你?虽然你看起来苍老又疲惫,骨子里却阴鸷又狠戾。"

"眼力不赖,也算识相。"巫师说,"我是甘道夫。我回来了。且慢!我还带回来一匹马:雄骏的捷影。除了我,无人可以驾驭的捷影。在我身旁的是诸王的后人、阿拉松之子阿拉贡,他将前往蒙德堡。另外还有我们的朋友,精灵莱戈拉斯和矮人吉姆利。现在去吧,告诉你的主人,我们就在他的大门外,有要事相告,请他允许我们入殿禀告。"

"这些名字可真奇怪!不过我会按你的吩咐通报,带回陛下的旨意。"卫兵说道,"你们在这里候着,我会原样带回陛下的答复。不过,别抱太大期望!如今危险丛生。"他说罢大步离开,让同伴盯牢这几位陌生人。

过了一阵,他回来了。"请跟我来!"他说,"希奥顿准许你们入殿,但你们携带的武器,就连那根手杖,都必须留在殿外。交给守卫保管。"

乌黑的大门轰然打开,一行人跟着领路的卫兵依次进入。他们踏上一条铺着光滑石板的宽路,一会儿蜿蜒上行,一会儿拾级登上整齐的梯阶。他们走过一间间木头搭建的房子和一扇扇黑色的大门。道路一旁有道石渠，清澈的溪水潺潺流过。终于，他们来到山丘最顶部。绿茵茵草地上耸立着一座高台，高台下有座马头形石雕，一股清澈的泉水从石雕中汩汩涌出，流入马头下方的巨大石盆，从盆中溢出的泉水汇入奔流而下的小溪。一道宽大的石阶沿着绿色高台向上，石阶最高处两侧设有石座椅。上面坐着另外一批卫兵，膝头摆着出鞘的长剑。卫兵的金发辫垂到肩上，阳光照耀着他们的绿色盾牌，映得甲胄通体锃亮。这些士兵站起身显得都比普通人类高大。

"殿门到了。"引路的守卫说道，"我现在必须回到大门前值守。再会！祝你们好运！"

他转身疾奔而去。四人在那些高大卫兵的注视下，爬上长长的阶梯。卫兵们默然站在上头，待甘道夫爬完最后一级台阶，踏上光滑的平台，他们才突然开口致意。卫兵们说本地语言，声音清越，态度恭敬。

"欢迎你们，远方的客人！"他们齐声说道，将剑柄转向来人以示和平。绿色的宝石在阳光下闪耀。一名卫兵出列，用通用语介绍道：

"我叫哈马，"他说，"是希奥顿的殿前守卫。恳请各位进殿前缴下武器。"

闻言，莱戈拉斯将银柄长刀、箭袋和弓都交给了他。"好生保管着，"精灵交代道，"这些可是金色森林的洛斯罗里恩夫人送我的。"

卫兵眼中露出惊诧的神色，慌忙将那些武器放到墙边，生怕继续放在手里。"我向你保证，绝不会有人敢碰。"他说。

阿拉贡站在一旁犹豫着。"我不愿让我的剑离身，"他说，"也不愿将安督利尔交到其他任何人手中。"

"这是希奥顿的旨意。"哈马说。

"尽管森格尔之子希奥顿是马克之王，但我不知道他的旨意是否能凌驾于刚铎的埃兰迪尔的后人、阿拉松之子阿拉贡的意愿之上。"

"这是希奥顿的王宫，不是阿拉贡的，即便他取代德内梭尔坐上刚铎的王位也一样。"哈马说着，疾步走到殿门前挡住了去路，手中利剑直指来客。

"不要在这里白费唇舌。"甘道夫说，"希奥顿的旨意毫无必要，但违抗他的旨意也犯不着。无论他是明智还是荒唐，这里都是国王的殿堂。"

"没错。"阿拉贡说，"假如我佩带的不是安督利尔之剑，即便这只是樵夫的土屋，我也会遵从主人的吩咐。"

"不管它是一把什么剑，"哈马说，"如果你不想独自一个人对阵埃多拉斯所有人，就必须把剑放在这里。"

"他不是独自一个人！"吉姆利开口道，手指摩挲着斧刃，阴郁地望着卫兵，仿佛想把他当成一棵小树砍倒，"他不是独自一个人！"

"别吵了！"甘道夫说，"我们都是朋友，或者，应该是朋友。如果我们闹翻了，唯一的回报就是魔多的耻笑。我任务紧迫。好兄弟哈马，请收下我的佩剑。妥善保管好。此剑名叫格拉姆德林，系古久以前精灵所造。请放我进殿吧。来吧，阿拉贡！"

阿拉贡缓缓解下佩剑腰带，将剑端端正正立在墙上。"我放在这里，"他说，"但我命令你，不准碰它，也不允许任何人触碰它。这柄精灵剑鞘中是一把曾经断裂又重铸的宝剑，最初是由远古的矮人工匠铁尔哈打造。除了埃兰迪尔的后人，任何人只要抽出埃兰迪尔之剑都将惨遭杀身之祸。"

卫兵急忙退后，满脸惊讶地看着阿拉贡。"您似乎是从那被遗忘的年代乘着歌声的翅膀飞来的！"他说，"大人，一定会遵从您的命令。"

"好吧，"吉姆利说道，"大言不惭地说，有了安督利尔剑做伴，我的斧头也就可以放心地留在这里了。"他将斧头放在地上，"现在，一切如你所愿，可以让我们进去跟你的陛下谈谈了吧。"

但卫兵仍然迟疑着。"您的手杖。"他对甘道夫说，"请您见谅，手杖也必须留在殿外。"

"荒唐！"甘道夫怒道，"谨慎是一回事，无礼冒犯却是另外一回事。我年岁大了。如果不允许拄着拐杖进去，那我就坐在殿外，等希奥顿亲自颠簸着出来跟我说话。"

阿拉贡笑了。"每个人都有自己的心爱之物，不愿意交付他人。但你总不能让一位老人跟他的拐棍儿分开吧？怎么，真不愿放行让我们入殿？"

"手杖拿在巫师手中，可不是老人的拐棍儿那么简单。"哈马说，眼睛紧紧盯着甘道夫倚着的桦木手杖，"不过，遇到疑惑只能靠才智来定夺。我相信你们是朋友，是值得敬重的人，不会心怀鬼胎。你们进去吧。"

卫兵们抬起殿门上的粗重木闩，将门缓缓推开，粗大的铰链咿呀作响。一行人迈入大殿。较之山间空气的清新凛冽，殿内显得昏暗、温暖。大殿又宽又长，光影交错，光线略显晦暗。殿顶宏伟，内柱高大。阳光透过东面高墙上的檐窗，洒下斑斑驳驳的光影。透过殿顶的天窗和袅袅升腾的轻烟望过去，天空一片瓦蓝。待眼睛适应了殿内的光线，他们发现脚下的地面铺着色彩斑斓的石板，上面是纵横交错的如尼文和各种奇特图案。高大内柱上的雕刻，图案、色泽繁复，泛着暗金色光泽。四周墙上悬挂着有巨幅古代传奇人物头像的织物，或是因为年代久远，或是因为光影遮挡，这些织物看起来都比较黯淡。只有一块织物上面洒满阳光，上面织着一位白马少年图像，吹着巨大的号角，金色的头发在风中飘扬。白马的头高高昂着，嗅到远方的疆场，奋力嘶鸣，疾速奔腾，膝前飞溅起碧水白波。

"快看,他就是年少的埃奥尔!"阿拉贡说,"他从北方策马而来,赶赴凯勒布兰特原野之战。"

一行四人继续向前走。殿中央是一个长长的大火炉,炉膛里木柴燃烧炽盛。走过火炉,他们停了下来。火炉正前方的大殿尽头,三层台阶之上有一座面北的高台,正中央摆着一张巨大的镀金座椅,上面坐着一位驼背老者,看上去几乎跟矮人一样。花白的头发又密又长,粗大的发辫从头戴的细金冠下垂落。眉心的白钻石闪闪发光。雪白的胡须一直垂到膝盖上,但他的双眼炽烈明亮,此刻正目光灼灼地盯着这些陌生来客。他的宝座后头站着一位白衣女子,脚前台阶上坐着一个身形干瘪的男人,苍白精明的脸上眼睛耷拉着。

殿中一片寂静。老人坐在椅子上纹丝不动。半晌,甘道夫开口道:"嗨,森格尔之子希奥顿!我回来了。你瞧!风暴快要到了,此刻所有的朋友都应当团结在一起,只有这样才能免遭毁灭。"

老人慢慢站起身,重重地倚着他的白骨柄黑手杖。此时,几位陌生来客发现,尽管驼着背,他的身形并不矮,年轻时想必也是一位峻拔英武之人。

"我向各位致意,"他说,"或许你们期待受到欢迎。我却只能如实相告,甘道夫大人,恐怕此地不欢迎你。你素来是厄运的前兆。你带来的厄运不比乌鸦少,你来的次数越多,厄运也就越多。今天,我要跟你坦言相告 —— 当我听说捷影独自返回时,我为它的归来欢欣,但更欢欣的是盗走它的骑手没有跟着一起回来。当伊奥梅尔带回消息,说你找到了长久归宿再不回还,我也并不哀悼,只因为远方传来的消息甚少可靠。果然,你又回来了!不出所料,你带来了比以往每一次都更可怕的厄运。告诉我,厄兆乌鸦甘道夫大人,我为什么要欢迎你?"说完,他缓缓坐回椅了上。

"陛下所言极是。"那个坐在台阶上的苍白男人说,"就在五天前,您的儿子和臂膀,马克的第二元帅西奥德雷德在西部战场阵亡。伊奥梅尔并不值得信赖。要是王权落到他肩上,不会有什么人来把守您的城墙。我们从刚铎得知黑暗魔君在东方正蠢蠢欲动。游荡四方的人偏偏选择在这个节骨眼上回来了。厄兆乌鸦大人,我们究竟为什么要欢迎你?我更想直接叫你'噩耗'。人们说,厄运前兆必带噩耗。"说完,他阴恻恻地笑了,抬起那双沉重的眼皮,邪恶的眼睛盯着来客。

"佞舌伙计,一如往昔的聪明凌厉,无疑是你主子的得力助手。"甘道夫轻声应道,"带来噩耗的人分两种:一种人常常亲自参与为恶;另一种人选择在危难之际提供帮助。"

"说得没错,"佞舌说,"但还有第三种:啄食尸骨,从他人的不幸中渔利,靠战争养肥的食腐鸟。你这厄兆乌鸦,你给我们带来过什么帮助?你眼下又带来了什么帮助?上次来这里,是你要寻求我们的帮助。陛下让你任选一匹马帮助你逃走,出乎所有人的意料,你竟然恬不知耻地掠走了捷影。陛下为此极为心痛,但也有人觉得,只要能让你快点滚出此地,这个代价似乎也能接受。我猜这一次你可能又要故伎重施——名为帮助,实为索取援助。你带来了兵士?你带来了马匹、利剑与长矛?那些才能叫作帮助,那些才能缓解我们的燃眉之急。可跟在你后头的都是些什么货色?——三个披着破烂灰衣的流浪汉,四个人当中,顶数你自己最像乞丐!"

"森格尔之子希奥顿,近来你宫中的礼节可大不如从前。"甘道夫说,"难道你的大门传令兵没有通报我这三位同伴的名号吗?任何一位洛汗君王都不会有这样的礼遇:同时接待三位这样的贵客。他们留在殿门外的武器,任何一件都能要你们无数人的命,即便是最强大的武士也不例外。他们身上穿的灰衣,是精灵赠送的装束,正是凭着这些灰衣,他们才得以历经奇险穿过暗影,来到你的殿宇。"

"这么说，伊奥梅尔所报非虚，你们果真与金色森林里的女巫勾结在一起？"佞舌说，"这倒也难怪，幽灵森林[1]历来编织着欺骗的罗网。"

吉姆利一步跨上前，却突然感到甘道夫抓住了他的肩膀。他僵立在原地，仿佛被石化了一般。

在幽灵森林，在罗里恩，
凡俗人类岂能涉足光临，
恒久明亮之光普照森林，
凡俗人类岂能亲睹缤纷。
加拉德瑞尔！加拉德瑞尔！
井泉之水澄明胜似甘霖，
纤纤素手灿若皓月星辰，
在幽灵森林，在罗里恩，
厚土茂叶纯净温暖氤氲。

甘道夫轻声唱着。唱完，他陡然将身上的褴褛斗篷向旁边一甩，从倚着的手杖上挺身而立，冷然开口说道：

"加尔摩德之子格里马，聪明人从不信口开河。你不过是条无知的蠹虫。闭嘴吧，再莫要满口胡言！大战即将来临，我穿过火焰和死亡，不是前来任由奸佞小人把水搅浑。"

他举起手杖。天空即刻滚动着轰隆隆的雷声。东墙檐窗照进来的阳光顿时不见了，整座大殿漆黑如夜。炉火变成了一堆将熄的暗红余烬。整个大殿中只能看见甘道夫的高大身影，白衣胜雪，立在黑黑的

---

[1] 洛斯罗里恩在西方通用语中被称为"黄金森林"（The Golden Wood），因在埃奥尔之前洛希尔人民皆对黄金森林敬而远之，洛汗语中称"黄金森林"为"Dwimordene"，意即"幽灵森林"。

火炉前。

昏暗中传来佞舌的嘶声："陛下，我劝告过您禁止他带手杖进殿。哈马这个蠢货背叛了我们！"突然，一道光亮闪过，仿佛闪电劈开了屋顶。殿内寂静无声。佞舌整个身体趴在地上。

"现在，森格尔之子希奥顿，你可愿听我说一说？"甘道夫问道，"你是否愿意寻求帮助？"他举起手杖，指着高高的檐窗：黑暗似乎渐渐褪去，窗外天空一片澄明，"黑暗并未笼罩一切。马克之王，鼓起勇气，不要错过最好的帮助。彻底绝望沉沦之人，我无可奉告，但对你，我仍愿意费口舌给出建议。你可愿意听？我的话并非人人听得。我请你先到殿前向外看看。你坐在阴影中，听任奸佞谗言聒噪太久了。"

希奥顿缓缓从座椅上起身。大殿中渐渐有了光亮。白衣女子匆忙走到国王身旁，搀着他颤颤巍巍地下了台阶，缓慢走出大殿。佞舌仍旧趴在地上。他们走到殿门前，甘道夫向外敲门。

"快开门！马克之王要出殿！"他叫道。

大门敞开了，一股清新的空气扑面而来。山上起风了。

"叫你的卫兵都到阶梯底下候着。"甘道夫说，"而你，女士，请让他单独跟我在一起。我会照顾好他。"

"去吧，伊奥温，我的外甥女！"老国王说，"不必担心。"

女子转身，缓缓走向殿内。进入大殿门前，她回头望了一眼，神情凝重，若有所思。女子的目光清冷，眼中充满怜悯。她面容姣好，长发像金色的瀑布垂落。她穿着白色裙袍，系着银腰带，身形高挑，看上去刚毅果敢，颇有王女风范。阿拉贡第一次见到"洛汗之女"伊奥温，她是那么美丽，美丽而又清冷，宛若早春的清晨。她此刻也突然察觉到了他的存在——高大犹如王者，她感觉到他灰色斗篷之下隐藏着力量和智慧。她突然像石头一样钉在原地，过了片刻，急急旋身进了宫殿。

"陛下，"甘道夫说道，"请极目眺望你的国土，呼吸一下自由新鲜的空气！"

从宫殿前的高台望过去，他们看见溪流对岸洛汗的苍翠原野，一直延伸到茫茫天际。雨幕倾泻而下。天空上方和整个西边阴沉沉，雷声滚滚，闪电隐约划过遥远的山巅。但风已转向北吹去，东方刮来的暴风雨势力已经削减，向南方的大海滚扑过去。突然，一束阳光从云层的裂罅中穿射而过。天空的雨帘像洒上了银光，远方的河流像玻璃一样熠熠闪光。

"天没有那么暗了。"希奥顿说。

"是啊。"甘道夫说，"你的年老体衰也绝不像人为蛊惑的那样。丢开你的手杖吧！"

国王手中的黑杖哐啷一声落在石地上。他像一个因长久负荷导致身体僵硬的人一般，慢慢挺起腰来。此刻，他的身躯高大挺拔，望向高空的眼眸里有了蓝天的颜色。

"最近梦境都是黑暗，"他说，"此刻终于觉醒。甘道夫，我真希望你能早点来！恐怕你来得太迟了，我的宫殿来日无多。埃奥尔之子布雷戈所建的宏伟宫殿，气数已尽。大火会吞噬高高的王座。还能做什么事情？"

"还能做很多事情。"甘道夫说，"首先派人去把伊奥梅尔放出来。我猜，你听信格里马蛊惑，把伊奥梅尔囚禁起来了吧？除你之外，人人都知道他是佞舌。"

"你猜得没错。"希奥顿说，"他违抗我的旨意，在殿中扬言要诛杀格里马。"

"他敬爱你，却不会敬爱佞舌和他的蛊惑。"甘道夫说。

"看来是这样。我立刻按你要求去做。传哈马来见我。既然做个好殿门守卫，那就让他打杂跑腿。让罪犯去释放罪犯。"希奥顿语气严肃地说，但看向甘道夫的时候脸上却露出了微笑。这一笑让他脸上忧愁的皱纹都舒展开了。

哈马奉召前来，领命离开后，甘道夫将希奥顿领到一张石座椅上坐下，自己坐在国王面前的台阶地上。阿拉贡三人站在附近。

"眼下没时间与你详聊，"甘道夫说，"但如果我的希望没有落空，我们将来一定会有时间畅谈。你瞧！眼前的灾祸强过佞舌在你梦境里的聒噪。可是，你不再浑噩如梦。你已经觉醒。刚铎和洛汗命运相连。敌人强大到超乎你我想象，但我们拥有一个他未曾猜到的希望。"

甘道夫突然加快语速，用仅他们两人能听见的低沉声音说着。他说得越多，希奥顿眼中的光彩就越亮。最后，希奥顿从石座椅上站起来，甘道夫走到他身旁，两人并肩极目东眺。

"毫无疑问，"甘道夫朗声说道，声音热忱清越，"那里潜伏着我们最恐惧的东西，但也存蓄着我们的希望。命运悬于一线。只要我们能继续挺立不放弃，就一定还有希望。"

另外几人此刻也望向东方。他们极目远眺，越过无垠的原野，越过黑暗的山脉，望向魔影之地，心中交织着恐惧与希冀。持戒人现在何方？悬系命运的希望是何等渺茫！莱戈拉斯睁大他那双远视的眼睛，似乎捕捉到一片白光——或许是远方太阳掠过了守卫之塔尖上。然而在那片白光之外，无尽的远方升起的微小火舌，才会是一场真实无妄的胁迫。

希奥顿再次颓然坐下。消沉似乎仍在跟甘道夫的意志较量，想要攫取他。他扭头看着恢宏的宫殿，慨叹道："唉！和平安乐是我毕生的荣光，孰料垂垂暮年，竟要遭遇如此的黑暗凄凉。唉，勇敢的波洛米尔啊！可叹你英魂早逝，剩下我老迈恓惶。"他遍布皱纹的双手，紧紧抱着双膝。

"如若利剑在手,你的指尖一定会记起昔日的力量。"甘道夫说。

希奥顿起身,将手搭上腰际,没有摸到身上的佩剑。"格里马把它放到哪儿去了?"他低声喃喃道。

"请接下这柄剑,亲爱的陛下!"忽然响起一道洪亮的声音,"它曾为您效力。"两个男人轻轻拾级而上,在离顶端台面只差几步的地方站住了。其中一人是卸去了盔甲的伊奥梅尔,手里握着一把出鞘的利剑。他匍匐跪下,将剑柄递呈给他的陛下。

"这是怎么回事?"希奥顿厉声问道。他转向伊奥梅尔,台阶下的两个人都无比讶异地望着傲然挺立的他。这还是那个蜷缩在宝座里、倚着拐杖的老人吗?

"陛下,是我给他的。"哈马颤声答道,"我知道伊奥梅尔要被释放。我高兴得发了昏,僭越自作主张了。想着他既然获释,又是马克的元帅,我便遵从他的吩咐,把剑交还给了他。"

"陛下,任凭您发落。"伊奥梅尔伏乞道。

好一阵子,谁也没有说话。希奥顿站在那里俯视着跪在面前的伊奥梅尔。两个人谁都没动。

"你不准备接剑吗?"甘道夫问道。

希奥顿缓缓伸出手,握住剑柄,他枯瘦的手臂似乎重新充盈着刚毅与力量。他突然举剑挥舞起来,空气中剑光闪烁、嗖然有声。紧接着,他发出一阵呐喊,声音激昂,用洛汗语发出战斗的召唤:

> 皇宫骁骑,听我令旗!
> 哀鸿遍野,狼烟东起!
> 策马扬鞭,号角催征!
> 埃奥尔族,勇往直前!

卫兵们以为听见了王召,纷纷奔上阶梯。他们惊讶地望着自己的国王,紧接着齐刷刷抽出剑放在他脚前。"但听王令!"众人齐声喊道。

"希奥顿王万岁!"伊奥梅尔高呼,"见到您又恢复了往昔风采,真是太高兴了!甘道夫,再也不会有人说你只会带来噩耗!"

"伊奥梅尔,我的好外甥,收回你的剑吧。"国王说,"哈马,快去把我自己的佩剑找来!在格里马那里。把他也一并给我带来。甘道夫,你先前说,如果我愿意听,你愿意给出建议。你的建议是什么?"

"你已经采纳这些建议了。"甘道夫应道,"第一,信任伊奥梅尔,不要听信奸佞之人。第二,抛开懊悔和恐惧。第三,应对当务之急。听从伊奥梅尔的建议,立刻将能够骑马征战的人整装派往西线——趁着还有时间,抓紧除去萨鲁曼这个祸患。一旦失手,我们将彻底失势;一旦得手,我们将乘胜追击。此外,将余下的子民,妇孺和老人,火速送往你在山中营建的避难所。恶战在即,难道不正是这些避难所发挥作用的时候吗?让他们带上补给,火速前往,一应珍宝财物无须携带。最重要的是保住性命。"

"这些建议都是我最需要的绝妙高招。"希奥顿说,"让我所有的子民火速做好准备!甘道夫,你说得对,我宫殿中的礼节的确大不如前了。我尊贵的客人,你们风尘仆仆,彻夜奔行,而现在上午都快过完了,你们既未休息,也未用餐。立刻命人给你们备好客房,吃过饭你们就好好歇息。"

"不用了,陛下。"阿拉贡说,"赶路的人暂且无暇休息。洛汗骠骑必须今天动身,我们会带上斧头、长剑与弓,与他们一同出征。马克之王,我们带这些武器来,可不想让它们靠在宫墙上休息。而且我还承诺过伊奥梅尔,将与他并肩作战。"

"如此一来,胜利确实有望!"伊奥梅尔说。

"没错,胜利有望。"甘道夫说,"但艾森加德实力强大,其他的危险也在日益迫近。希奥顿,我们走了之后,切勿耽搁。火速带领你的子民撤往山中的黑蛮祠要塞!"

"不,甘道夫!"国王说,"你不知道你的疗愈本领多么高强。此番安排太不妥当。我要亲自出征,我要战死沙场。沙场才是我安眠的地方。"

"纵使洛汗战败,勇猛刚毅必将后世传唱。"阿拉贡说。站在附近的披甲将士,一边敲击着武器,一边齐声呼喊:"马克之王御驾出征!埃奥尔一族,勇往直前!"

"但不能无人照看你那些手无寸铁的子民。"甘道夫说,"谁来替代你引领和治理?"

"我走之前会好好考虑。"希奥顿答道,"瞧啊,我的那个顾问来了。"

话音刚落,哈马就从大殿中走了出来。在他身后,佞舌格里马畏畏缩缩地走在另外两人中间。他的脸色异常苍白,眼睛遇上太阳光不停地眨动。哈马屈膝跪下,将一柄长剑呈给希奥顿。黄金包着的剑鞘上镶嵌着绿宝石。

"陛下,您的赫鲁格林古剑。"他说,"这剑是在他箱子里找到的。他抵死不肯交出钥匙。箱子里还有许多其他人丢失的物品。"

"你撒谎。"佞舌大声狡辩,"这剑是陛下亲自交给我保管的。"

"而他现在想取回来了。"希奥顿说,"你不乐意了吗?"

"绝对没有,陛下。"佞舌说,"照料您是我的职责。但请您千万别累着自己,别过度消耗精力。交给手下去处置这些烦人的来客吧。您的午膳即将备妥。请随我去用膳吧。"

"好。"希奥顿说,"把客人的膳食一并备好,我与他们共同用膳。大军今天出发。派传令官先行!让他们召集所有住在附近的人!所有拿得动兵器的成年男子和健壮少年,凡家中拥有马匹者,正午过后

153

第二个钟头骑马到大门前集合。"

"天啊,陛下!"佞舌失声叫出来,"果然不出我所料。这个巫师用妖术魅惑了您。难道没有人留下来守护您祖上建造的金色宫殿?没有人守护您的珍宝? 没有人守卫马克之王了吗?"

"如果这是妖术,"希奥顿说,"也似乎比你的密语术更有益健康。你的那套医术只怕不用多少时日就会让我只能像畜生一样匍匐爬行。不,一个人都不会留下,连你格里马也不例外。格里马也必须上战场。快去准备! 抓紧时间清除你剑上的锈迹。"

"求求您了,陛下!"佞舌趴在地上哀号,"求您可怜见,看在我尽心服侍您的分上。请不要让我离开您身旁! 当其他人都走光了,至少还有我来守护着您。请不要赶您忠实的格里马离开!"

"我成全你。"希奥顿说,"不会让你离开我的身旁。我要亲自领兵出征。我会把你带在身旁,来证实你的忠心。"

佞舌从一张张脸孔上望过去,眼中的神情好像困兽在寻觅对手的空隙伺机逃生。他用苍白的长舌舔着嘴唇,说:"虽然年迈,但埃奥尔一族的国王做出这样的决定也很正常。可是那些真心爱戴他的人,一定不忍心让他这样。看样子我来迟了一步。那些对陛下的亡故可能不会太悲伤的人,已经说服他了。即便我不能改变什么,陛下,请您至少听我一言! 埃多拉斯要留下一位懂您心思、尊奉您旨意的人。请陛下指定一位忠实的总管吧! 请让您忠实的格里马来总管一切,直到您征战归来——尽管聪明的人都觉得看不到希望,但我仍会祈祷盼望。"

伊奥梅尔大笑起来,问道:"最为高尚的佞舌啊,要是陛下没有恩准你的恳求,你会屈尊接受战场上的哪种差事? 扛着一袋粮食进山吗?——那也得有人信你才行!"

"不,伊奥梅尔,你没看透佞舌大人的心思。"甘道夫说着,向佞舌投去一瞥，目光如炬，"他大胆而又狡猾。即令眼下，他仍企图负隅顽抗。他已经浪费我太多的宝贵时间。趴下，你这条恶蛇！"他突然以骇人的声音喝令道，"老老实实趴下！萨鲁曼收买你多久了？他许诺给你什么好处？等所有人都死光了，你就能卷走财宝，占有你垂涎的女人吗？你耷拉着眼皮窥视她、纠缠她太久了！"

伊奥梅尔握紧了剑。"我早就料到了。"他咬牙切齿道，"就凭这一条，我早就想不顾宫法，把他给剐了！现在竟然还有其他罪责。"他跨步上前，甘道夫伸手拦住他。

"伊奥温现在安全了。"他说，"但是，你，佞舌，你为你真正的主子衷心效力，应该也捞到了一些好处。不过，萨鲁曼惯于出尔反尔。我劝你还是赶快回去提醒他，以免他忘记了你的忠孝。"

"你撒谎。"佞舌叫道。

"你开口闭口就说'撒谎'。"甘道夫说，"我不会撒谎。看吧，希奥顿，这就是条恶蛇！为安全起见，你不能把他带在身旁，也不能把他留下。最好的做法就是杀了他。然而，念在他从前也曾经是个人，也曾尽力服侍过你。给他一匹马，让他立刻离开，看他会去哪个地方。一看就能明白。"

"佞舌，你可听见了？"希奥顿问，"现在选吧：要么留下来跟我一同骑赴战场，让我们在战斗中考验你的忠诚；要么现在就走，去你想去的地方。但如果是那样，若是再见，我绝对不会对你再有顾念。"

佞舌慢慢从地上爬起，眯缝着眼睛看过众人，最后定定地望着希奥顿的脸，张嘴似乎想说什么。接着，他突然挺直了身子，两手舞动，双眼闪着精光。眼中的狰狞恶毒让众人不由得向后闪开。他龇着牙，然后嗤的一声在国王脚下吐了口痰，随即蹿向一旁，飞奔着逃下阶梯。

"跟上他！"希奥顿说，"注意别让他伤害任何人，但也不要伤害或拦阻他。如果他要马，就给他一匹。"

"如果有马愿意让他骑的话。"伊奥梅尔说。

一个卫兵奔下阶梯,另一个卫兵走到台阶底下的泉水旁,用帽盔接了水,将佞舌玷污了的地板冲洗干净。

"现在,我的客人们,咱们进去吧!"希奥顿说,"抓紧时间吃点东西。"

他们走回大殿中。他们已经听见,先行官们正在下面城里传令,战争的号角已经吹响。只待城里和居住在附近的男人们整装集合完毕,国王便要出征了。

伊奥梅尔和四位客人与国王一同用餐,伊奥温公主在旁边照料着国王。他们快速吃着喝着,没再说话。这时,希奥顿开口询问甘道夫有关萨鲁曼的情况。

"谁能猜得到,他是多久以前开始背叛的?"甘道夫说,"他并非历来邪恶。曾经有一度,我还坚信他是洛汗的朋友——即使他后来变得心肠冷酷,也仍需要仰仗你的帮助。但他确实早就图谋毁灭你们,披着友谊的伪善外衣,伺机而动。那些年间,佞舌的任务很简单,只消把你的一举一动快速禀报艾森加德。那个时候你的国土开放,外人能够自由来去。后来,佞舌总是在你耳边灌迷魂汤,毒害你的思想,冷硬你的心肠,让你身体四肢亏虚,而其他人眼睁睁地看着却又无能为力,因为你的意志已经被他控制了。

"我上回逃出来警告你的时候,一些深明究竟的人就已知道,萨鲁曼撕破了面具。之后佞舌便铤而走险,总是想方设法拖延你,阻挠你恢复体力。此人诡计多端,总能见机行事,麻痹人们放松警惕,利用人们的恐惧心理。难道你忘记了吗,当西部危险压境,他却竭力鼓动所有兵士徒劳地向北追击?他撺掇你下令,禁止伊奥梅尔去追击入侵的奥克。如果伊奥梅尔不违抗佞舌借你之口发出的指令,那些奥克只怕早已经带着至关重要的战利品抵达艾森加德了。虽然不是萨鲁曼最渴望得到的战利品，但至少我的两位远征军同伴落入了敌手。他们知道那个隐秘的希望，而即便对你，我尚不能公然相告。你敢设想，他们此时可能惨遭什么样的荼毒吗？你敢想象，萨鲁曼如果获知情况会对我们造成什么样的毁灭打击吗？"

"我愧对伊奥梅尔。"希奥顿说，"忠言逆耳啊。"

"还有一种说法，"甘道夫说，"斜眼难容真相。"

"我那简直是瞎眼。"希奥顿说，"我尊贵的客人，我最愧对的人是你。你又一次及时赶到。出发之前，我要送你一件礼物，任你选择。除了这把宝剑，我名下之物任你挑选。"

"我到得是否及时，目前还未可知。"甘道夫说，"可是说到礼物，陛下，我会选一样最能满足我需要的——迅疾而又可靠。请把捷影送给我吧！上一次你只是将它借给我，既是相借必得归还。但这一次我将骑着它以身犯险，决一死战——我不愿拿他人的东西去冒这样的大险。此外，我和它已结下了不解之缘。"

"选得好！"希奥顿说，"我欣然应许！不过，这可真是一份厚礼！捷影当世无双，它是古时的神驹转世。这样的转世绝无仅有。至于其他客人，我的兵器库里任你们随意挑选。剑你们不需要了，但库中有头盔和精工打造的盔甲，全都是刚铎赐赠给我先祖的礼物。出发前，你们去挑选一些吧，希望它们能派上用场！"

人们从国王的库房里搬来了战袍，给阿拉贡和莱戈拉斯穿上了闪亮的铠甲。二人还选了头盔和黄金铸造、镶嵌着绿红白三色宝石的圆形盾牌。甘道夫没穿戴盔甲。吉姆利不需要盔甲，即便库房里能找到符合他身形尺寸的盔甲，整个埃多拉斯也没有一件比得过他身上那件在北山脚下打造的甲胄。不过，他选了一顶皮革制作的铁头盔，正好罩住他圆圆的小脑袋。他还选了一面小盾牌，盾牌上饰着绿底白马，正是埃奥尔家族的纹章。

"愿它护佑你！"希奥顿说，"这是森格尔父王派人为我打造的，那时我还是个孩子。"

吉姆利鞠了一躬。"马克之王，能够持有您的绿底白马盾牌，我十分骄傲。"他说，"说实话，我宁愿持着马，也不想骑着马。我更喜欢用自己的两条腿到处跑。不过，也许这一次我想要随你们去战场上厮杀一番。"

"那是再好也不过了。"希奥顿说。

国王站起身，伊奥温立刻端着酒杯上前。"祝愿您身体健康！"她说，"在这畅饮的时刻，请喝下这杯酒。愿您平安健康归来！"

希奥顿接过杯子，一饮而尽。伊奥温依次向客人献酒。来到阿拉贡面前，她突然站住，抬头望着他，眸光闪动。他低头看着她美丽的脸庞，露出笑容。可当他接过酒杯时，碰到她的手，感觉到她浑身一颤。"向您致敬，阿拉松之子阿拉贡！"她说。"向您致敬，洛汗之女！"他应道。但他此刻脸上蒙上忧虑，已没了笑容。

众人饮酒完毕，国王穿过大殿走向殿门。卫兵已在那里恭候，传令官全都站立一旁，所有留在埃多拉斯或居住在附近的领主和首领已在殿门前集合。

"各位！我此番出征，很可能有去无回。"希奥顿说，"我的儿子西奥德雷德战死疆场，我再无子嗣。在此，我指定我的外甥伊奥梅尔为继承人。如果我们二人均未生还，请你们自行推选新的君主。眼下，我需要委任一个人代我治理，统管我的子民。你们有谁愿意留下来？"

没有人应声。

"你们没有可推选的人吗？我的子民们最信任谁？"

"我们信任埃奥尔家族。"哈马答道。

"但我不能留下伊奥梅尔,他也不会愿意留下。"国王说,"而他是这个家族的最后一员。"

"我指的不是伊奥梅尔,"哈马答道,"而他也不是最后一员。还有他的妹妹,伊奥蒙德之女伊奥温。她勇敢刚毅,品格高贵。我们所有人都敬爱她。我们出征时,就让她来做埃奥尔一族的领袖吧。"

"就按你说的办!"希奥顿说,"让传令官宣布下去,将由伊奥温公主统领他们!"

话音落下,国王坐到殿门口的一张椅凳上。伊奥温在他面前跪下,从他手中接过一把剑和一套精美的盔甲。"再见,我的外甥女!"他说,"尽管战情险恶,我们或许还能再回到这金色宫殿来。不过,黑蛮祠要塞需要长期坚守,万一前方失利,所有逃脱的人都会前往那里。"

"不会发生那样的事情!"她答道,"我会坚守一年,日夜等您归来。"然而她说这话的时候,眼睛却望向站在近旁的阿拉贡。

"陛下一定会平安归来。"阿拉贡说,"不要害怕!等待我们的命运不在西方,而在东方。"

国王和甘道夫并肩走下阶梯。其他人跟在身后。众人朝大门走去时,阿拉贡回头望去,只见伊奥温独自站在阶梯顶端的大殿门前,手握剑柄,将剑竖立在身前。她身披铠甲,整个人在阳光下闪亮如银。

吉姆利扛着斧头,与莱戈拉斯并肩走在一起。"唉,我们总算出发了!"他说,"人类在行动前总要啰啰唆唆说上一大堆。我手里的斧头都等得不耐烦了。虽然我相信这些洛希尔人上了战场必定神威无比,但这样的战场不适合我。我要如何去战场?真希望能自己走着去,而不是像麻袋那样被搁在甘道夫的鞍前带着去。"

"依我看,那个位置可比许多地方都安全。"莱戈拉斯说,"不过,一旦战斗打响,无论甘道夫还是捷影,无疑都会很乐意把你放到地上。

你那把斧头可不适合骑士打仗。"

"矮人才不想当骑士呢。"吉姆利拍拍斧柄说,"这是用来砍奥克脖颈的,没想过要去砍削人类脑壳。"

他们在大门口看见一大群人,老少都有,个个整装待发。集结的人数超过一千人,举矛如林。希奥顿出来时,他们高声欢呼。有人备好了国王的雪鬃马,有人牵来了阿拉贡和莱戈拉斯的骏马。吉姆利站在那里蹙着眉头,很不自在,这时伊奥梅尔牵着马走过来。

"你好啊,格罗因之子吉姆利!"伊奥梅尔叫道,"我还没有时间如你所说,在你的鞭策下学习言辞得体。不过,你我的争端能否先搁置一边?至少我不会再说那位森林夫人的坏话了。"

"那好,伊奥蒙德之子伊奥梅尔,我也暂时不计前嫌。"吉姆利说,"但是,倘若你有机会亲眼看见加拉德瑞尔夫人,就必须当面夸赞,否则我就会再次翻脸。"

"一言为定!"伊奥梅尔应道,"不过为了表示你不计前嫌,我请求你与我同骑。甘道夫跟马克之王骑在前头领兵;如果你愿意,我们俩可以骑上我的'火足'驰骋。"

"无比感谢!"吉姆利兴高采烈地说,"要是我的伙伴莱戈拉斯愿意骑马走在旁边,我很乐意与你共骑。"

"一言为定。"伊奥梅尔说,"莱戈拉斯骑在我左侧,阿拉贡在我右侧,没有人敢挡在我们面前!"

"捷影哪儿去了?"甘道夫问。

"正在那边草地上撒欢。"众人答道,"它不让任何人驾驭。就在那边,去了河边浅滩上,像影子一样穿梭在柳树间。"

甘道夫吹了声口哨,大声呼唤捷影。马在远处昂首长嘶一声,掉转身子如箭矢一般疾奔而来。

"如果西风有形状,一定会是这般模样。"伊奥梅尔说,望着那匹骏马疾奔而至，定定地停在巫师面前。

"似乎这礼物早就归你了。"希奥顿说，"各位，请听好！现在，我任命我的贵客灰袍甘道夫为马克之王，只要我们埃奥尔一族仍在，他就是我们的领袖！甘道夫是最睿智的顾问、最受欢迎的漫游者。我将美亚拉斯马群的首领捷影赠送给他。"

"谢希奥顿王厚意。"甘道夫说着，一把将灰色斗篷甩到旁边，扔掉帽子，一跃上了马背。他未穿铠甲，未戴头盔，白发似雪在风中飘飞，一袭白袍在阳光的照射下异常炫目。

"白袍骑士！"阿拉贡高呼。众人跟着齐声高呼。

"陛下威武！白袍骑士威武！"将士们高声呐喊，"埃奥尔一族，勇往直前！"

号角齐鸣，马群扬蹄长嘶。长矛敲击着盾牌。接着，希奥顿大手一挥，洛汗的最后一位国王像是骤然遭遇一股狂风，滚雷一般向西奔腾远去。

伊奥温独自伫立在寂静的宫门口，一动不动，凝望着远处平原上长矛折射的亮光。

第七章
海尔姆深谷

Helm's Deep

谁也不知道新的一天会带来什么。

他们从埃多拉斯出发时，日头已经偏西。迎着太阳望过去，连绵起伏的洛汗平原笼罩着一层金色的光芒。他们沿着白色山脉山脚下一条踩踏出来的大路，向西北方向进发，穿过高低起伏的原野，涉过一道道湍急的小溪。右前方遥遥矗立着迷雾山脉。随着他们逐渐靠近，眼前峻拔的山脉变成了黛色。太阳在前方缓缓沉落，夜晚来临了。

队伍一路疾奔。每个人都感觉到时间紧迫。他们担心来得太迟，全速前进，中途很少歇息。即令洛汗的骏马速度迅捷，耐力好，前方仍然有很远的路要赶。从埃多拉斯到艾森河渡口直线距离四十多里格，他们希望在艾森河渡口与阻击萨鲁曼大军的亲卫连队会合。

天色完全黑了下来，队伍终于停下来扎营。他们一口气骑行了大约五个钟头，进入西部平原多时了，然而还只赶了不到一半的路程。夜空中挂着一弯新月，繁星闪烁，他们围成一圈扎营。由于战况不明，他们没有点烽火，但在营地周围设了一圈骑兵岗哨，派出夜行斥候驰入前方打探情报。这一夜，平安无事。天刚亮，号角就吹响了，一个小时之内，队伍再次集结开拔了。

天空中没有云，但空气滞重，天气热得反常。初升的太阳朦朦胧胧的，天幕越来越暗，似乎一场大风暴正从东边移过来。在遥远的西北方向，迷雾山脉的山脚下似乎也出现了一片黑暗，一团暗影正缓缓从巫师山谷向下蔓延。

甘道夫放缓速度,来到与伊奥梅尔策马并行的莱戈拉斯身旁。"莱戈拉斯,你们这个优异的种族视力卓绝,"他说,"能区分一里格外的麻雀和云雀。快跟我说说看,那边朝艾森加德方向有什么东西吗?"

"这个距离可够远的,"莱戈拉斯说着,抬起大手遮在眼睛上方,极目远眺,"能看见黑压压一大片。在很远的河岸上有许多东西,形体很大的东西,正在移动。但具体是什么,我分辨不出来。阻碍我看清楚的,不是雾或云之类的东西,似乎有一种看不见的力量笼罩住那片地方,那力量正渐渐沿着河流的方向蔓延,就好像是无边树林里的暮色向山下倾泻。"

"我们身后,有一场风暴正从魔多方向扑来。"甘道夫说,"今夜注定黑暗。"

整个上午,空气中的滞重越来越明显。下午时分,乌云赶超上他们,像一顶巨大的顶篷笼罩着,边缘不时划过炫目的光。太阳快要下去了,蒙着一层烟霾,殷红似血。夕阳的余晖将三峰山的陡峭峰壁映得通红,骑兵们的长矛尖像点着火一样。此时,他们离白色山脉最北侧的山梁很近了,三座嶙峋的尖峰迎着落日。在夕阳的最后一丝红光中,先头部队看见一个小黑点——有个骑兵迎着他们奔来。他们勒马停下来,等来人靠近。

那人奔到近前,疲惫不堪,头盔凹陷,盾牌破碎。他慢慢从马背上翻身下来,站在原地喘了一阵粗气,半晌才开口。"伊奥梅尔在吗?"来人问道,"你们终于来了,但太晚了,人马太少了。西奥德雷德阵亡后,形势就急转直下。昨天我们被迫撤到艾森河东岸,损失惨重,很多人在渡河的时候遇难了。后来,敌人的援兵在夜里渡过河,袭击我们的营地。艾森加德一定是倾巢出动了。萨鲁曼还集结了野蛮的山区人与河对岸的黑蛮地游牧部落来攻击我们。我们寡不敌众,盾墙被攻破。西伏尔德的埃肯布兰德尽力召集溃散的人马,带领他们退往海尔姆深谷。余下的人都失散了。

"伊奥梅尔在哪里?告诉他前方完了。让他抢在艾森加德的恶狼抵达前,赶回去守卫埃多拉斯。"

希奥顿坐在马上一直没说话,身前有一众护卫,因此来人并没有看见他。这时,希奥顿催马上前。"克奥尔!过来,站到我面前。"他说,"我来了。埃奥尔一族的最后一支军队前来参战,绝不会不战而归。"

来人脸上顿时充满惊喜。他浑身一震,随即跪下,将他那柄已经砍出缺口的剑献上,喊道:"下令吧,陛下!请您恕罪!我原以为——"

"你原以为,我仍然留在美杜塞尔德,像一棵被隆冬的大雪压弯了腰的朽树。你出征的时候,我确实是那副模样,但一股西风撼动了树枝。"希奥顿说,"给他换匹新马!我们去驰援埃肯布兰德!"

希奥顿跟信使说话的时候,甘道夫独自向前骑了一小段,坐在马背上往北眺望艾森加德,又向西凝望着落日。此刻,他回来了。

"希奥顿,赶快启程!"他说,"火速赶往海尔姆深谷!不要去艾森河渡口,也不要在平原上滞留!我必须暂时离开你。捷影现在必须驮着我去办一件急事。"他转向阿拉贡、伊奥梅尔,以及国王的近卫军,喊道,"在我回来以前,保护好马克之王。在海尔姆关口等我!再会!"

他向捷影吩咐了一句,骏马就像离弦的箭一样奔了出去。众人望过去的时候,马已经不见了踪影,宛若夕阳中的一道银光,草原上刮过的一股劲风,是一个稍纵即逝的影子。雪鬃人声喷着响鼻,扬起前蹄,想要追上去,但此刻只有振翅疾飞的鸟才能赶得上捷影。

"这是什么意思?"一个卫士问哈马。

"意思就是,灰袍甘道夫大有急事要办。"哈马答道,"他的来去一向出人意料。"

"要是佞舌在,可能也解释不了。"另一个人说。

"确实不假,"哈马说,"换作是我,就会等到再见甘道夫时听他解释。"

"恐怕要等很久了。"另一个人说。

大队人马从通往艾森河渡口的路掉头向南行进。天黑了,他们仍继续疾奔。山岭越来越近,但三峰山的高峰全都融进了暗沉沉的夜空。几哩外的西伏尔德山谷远侧有一片青翠的宽谷,从中延伸出一条裂谷贯穿到山岭中。自从一位古代战争中的英雄海尔姆在这里避难后,此地的人们后来便称其为海尔姆深谷。深谷位于三峰山底下,从北面向山中蜿蜒伸进,越向山中就越陡峻狭窄,直到最后,有乌鸦盘踞的峭壁像两座巨塔一样矗立在两侧,把光都挡住了。

位于深谷口上的海尔姆关口,北侧峭壁突出一大片山岩,尖坡上耸立着一圈高大的古石墙,墙内有座高塔。人们说,在很久以前刚铎的鼎盛时期,海国之王让巨人在此兴建了这座堡垒。据说,在塔上吹响号角,角声在后面的深谷里回响,就像山下洞穴里伺伏已久的千军万马奔赴疆场,因此人们称之为号角堡。古代的人还在号角堡与南侧峭壁之间建了一道盾墙,守住窄谷的入口。下面修了一个巨大的涵洞,深谷溪从中流过。溪水环绕着深谷口的号角岩流过,流经开阔绿地上的一道渠,从海尔姆关口缓流而下,流至海尔姆盾墙,之后泄入海尔姆深谷,最后流入西伏尔德山谷。马克边境西伏尔德的领主埃肯布兰德此刻据守在海尔姆关口的号角堡中。埃肯布兰德有先见之明,感受到战争迫近,他命人修缮了盾墙,加强了号角堡防务。

骑兵还未抵达深谷口,仍在低处谷地行进时,前面传来了斥候的呼喊声与号角声。箭矢从黑暗中呼啸而来。一位斥候火速折返，报告说谷中来了不少狼骑兵，另外还有大队奥克和山区野人正从艾森河渡口往南赶来，似乎奔着海尔姆深谷方向过来。

"我们发现，许多我们的人在逃往深谷途中被杀。"斥候报告说，"我们还遇到一些失散的兵士。似乎没人知道埃肯布兰德的情况。如果他还活着，很可能没到海尔姆关就会被追兵赶上。"

"有人看见甘道夫吗？"希奥顿问。

"有，陛下。很多人都看见一位白袍老人，骑着马像风一样在草原上奔跑。有些人把他当成了萨鲁曼。据说，天黑之前他就朝艾森加德去了。还有人更早的时候看见了佞舌，跟一帮奥克往北去了。"

"佞舌要是被甘道夫撞上的话，那就死定了。"希奥顿说，"不过，此刻我还挺想念我的新老两任顾问。眼下，我们没有更好的选择，不管埃肯布兰德在不在海尔姆关口，都只能照甘道夫交代的那样前往那里。知道北方来的那支大军有多少人吗？"

"人数极多。"斥候说，"虽然有些吓破胆的兵士可能会夸大其词，但我问过一些胆子大的人，我敢肯定，敌人主力是我们这里全部兵力的好几倍。"

"那咱们就赶快！"伊奥梅尔说，"强行突破隔在我们和要塞之间的那股敌人！海尔姆深谷中有许多洞穴，里面可以藏纳上千兵力。那里还有进山的秘道。"

"那些秘道不可靠。"国王说，"萨鲁曼在这里侦察过很长时间了。不过，我们在那个地方可以防守很长时间。走吧！"

阿拉贡和莱戈拉斯与伊奥梅尔一起骑在大队人马前头。他们在黑夜中一路疾驰，但速度慢下来了，他们一路向南挺进到山褶子里，地势越来越高，夜色也越来越深。他们发现前方只有零星的敌人，时不时会碰上小股游荡的奥克,但那些奥克见到他们就望风而逃。

"恐怕要不了多久,"伊奥梅尔说,"我们敌人的头目——不管是萨鲁曼本人还是他派出来的将领——就会知道陛下领兵亲征了。"

他们身后突然传来巨大的喧嚣声。黑暗中传来粗嘎的歌声。他们向谷地上方走了很远,回头望去,只见后方漆黑的原野上有无数熊熊燃烧着的火把,有的散开像鲜红的花朵,有的像一条长长的火龙从低地蜿蜒而上。不时腾起一片巨大的火光。

"这是一支咬着我们不放的大军。"阿拉贡说。

"他们带着火把,"希奥顿说,"沿途纵火焚烧干草、小屋和树木。这座丰饶的山谷里住着许多人家。可怜啊,我的子民!"

"真希望现在是白天,我们就可以像山洪暴发一样朝他们扑过去!"阿拉贡说,"在他们前头逃奔实在令我痛心。"

"我们不需要再逃多远了,"伊奥梅尔说,"前面不远就是海尔姆盾墙,那是一道横跨深谷的古老战壕和防御墙,从海尔姆关口再过去两弗朗就到了。我们可以在那里掉头痛击敌人。"

"不,我们人数太少,守不住盾墙。"希奥顿说,"它有一哩多长,缺口太宽。"

"如果我们遭到强攻,后卫部队必须守住缺口。"伊奥梅尔说。

洛汗骑兵来到盾墙缺口时,天上无星无月。山上流下的深谷溪从缺口处流出,溪旁的路向上通往号角堡。漆黑的深坑后方,盾墙像一道高大的黑影耸立在他们面前。他们跃马奔过去的时候一个哨兵开口喝问。

"答话的是伊奥蒙德之子伊奥梅尔,"伊奥梅尔答道,"马克之王要前往海尔姆关口。"

"这真是天大的喜讯!"哨兵道,"快快进来!敌人大军跟在你们后面。"

大队人马穿过缺口，在上方斜草坡上停了下来。他们欣喜地得知，埃肯布兰德留下了许多人马镇守海尔姆关口，后来又有更多人马撤退到那里。

"我们大约有一千人可以参战，但没有马，"护墙守军老队长甘姆林说，"这当中绝大多数人不是像我一样上了年纪，就是像我孙子一样年纪太小。有埃肯布兰德的消息吗？昨天有消息传来，说他正收拢所有剩余的西伏尔德精锐骠骑朝这里撤退，但至今也没有到。"

"恐怕他不会来了。"伊奥梅尔说，"我们的斥候没打探到他的消息，而后方山谷里现在已满是敌人。"

"但愿他逃脱了。"希奥顿说，"他是一员猛将，刚毅勇猛犹如'锤手'海尔姆。但我们不能在这里等他。必须将我们所有的人马撤到盾墙里面。你们的粮食储备充足吗？我们只带了很少的补给，当时是想着出征作战，没做来驻守的打算。"

"在我们后方深谷里的洞穴中，躲藏着三批西伏尔德的老少妇孺。"甘姆林说，"储存了大量的粮食，许多牲口和喂牲口的草料也都带过来了。"

"很好。"伊奥梅尔说，"敌人在山谷里一路烧杀。"

"要是他们敢到海尔姆关口打这些储备的主意，必定会付出高昂代价。"甘姆林说。

国王和骑兵们继续前进，在跨过深谷溪的堤道前下了马，牵着马排成纵队走上引桥，进了号角堡大门。他们在里面又一次受到热烈欢迎，众人重新燃起希望，现在有足够的兵力来守住号角堡和盾墙了。

伊奥梅尔快速将人马安置下去。国王和亲卫军前往号角堡，那里还有不少西伏尔德兵士。伊奥梅尔将带来的绝大部分兵力部署在深谷防御墙、塔楼和防御墙内侧的地方。敌人如果大举强攻，此处的防卫

171

似乎最有可能被攻破。马匹都被远远牵到深谷里,伊奥梅尔拨出若干卫士去看守。

防御墙高二十呎,宽可供四人并肩行走,上面还筑有一人多高的护胸墙。防御墙上开有很多箭孔,可向外射箭。从号角堡外庭的一道门沿石梯下来,可到达防御墙,从后面的深谷爬三段石梯也能到达防御墙。但墙体正面十分光滑,巨大的石块被巧妙地紧密堆砌在一起,连接处找不到任何可落脚攀爬的地方。墙顶上的巨石则像悬挂着的海底悬崖。

吉姆利靠在防御墙的护胸墙上站着。莱戈拉斯坐在护胸墙上,抚摸着弓,凝望着外面那片昏暗。

"这是我喜欢的地方!"矮人说着,跺了跺脚下的石头,"我们靠近大山的时候,我的心情就开始振奋起来。这里的岩石很好。有很多坚硬的巨石。我们从墙那边一上来的时候,我用脚一踩就试出来了。给我一年时间和一百个族人,我能把这个地方打造得坚不可摧。"

"我相信,"莱戈拉斯说,"你是矮人,你们矮人真是个奇怪的种族。我不喜欢这个地方,就算白天我也不会喜欢。不过,吉姆利,有你拎着斧头魁梧地站在身边,我就觉得心安。真希望能有更多你的族人与我们在一起!不过,我更希望我能有一百名幽暗森林的神射手。他们能派上大用场。洛希尔人也有他们自己的优秀弓箭手,但在这里的太少,实在太少了。"

"对神射手来说此刻也太黑了。"吉姆利说,"天黑是睡觉的时候。睡觉!我感觉到自己需要睡觉,以前从来没想过矮人还会有困乏的感觉。骑马可真是个累活。但我手里的斧头却不肯安分。要是给我一排奥克的脖颈,和一块够我施展拳脚的地方,我准能把所有的睡意都赶跑!"

时间过得很慢。下方远处的山谷中仍有零星火把在燃烧。艾森加德的大军此刻已没有了之前的喧嚣，只见一排排火把蜿蜒而上，向深谷方向涌来。

突然，壕沟方向传来喊叫声，紧接着爆发出人类震耳的喊杀声。熊熊燃烧的火把越过边界，密集涌现在盾墙缺口处。紧接着，火光四散消失了。人类策马越过原野返回，直奔引桥，来到号角堡的大门前。西伏尔德的后卫被迫撤进来。

"敌人杀过来了！"他们叫道，"我们的箭射光了，把奥克压制在下面的壕沟里，但抵挡不了太久。敌人从许多地方爬上壕沟，密密麻麻就像蚂蚁一样。而且他们还学精明了，现在不点火把了。"

此时已过午夜。天空漆黑一片，空气沉重凝滞，一场暴风雨就在眼前。突然间，一道炫目的闪电划破云层，闪电岔成几股劈向东边山岭。一愣神的工夫，防御墙上的守兵发现，他们前方明晃晃一片——下面有无数黑色身影攒动，像开了锅一样：有些又矮又壮，有些高大阴鸷，全都戴着高头盔，举着黑盾牌。还有成百上千的黑色身影正汹涌越过壕沟，向缺口扑过来。黑色的潮水向夹在岩壁之间的盾墙蜂拥过来。山谷里雷声滚动。暴雨倾泻而下。

密集的箭矢如暴雨一般呼啸着飞过城垛，叮叮当当撞击在岩石上。有些击中了目标。对海尔姆深谷的攻击开始了，但谷内无声无息，也没有箭矢回击。

进攻的大军停了下来，被死寂的岩石和盾墙挫了锐气。闪电不时划破黑暗。突然，奥克发出尖叫声，挥舞着长矛和剑，向暴露在城垛上的人影密集扫射。马克的人类惊愕地向外望，眼前似乎是一片乌泱泱的玉米田，在战争的风暴中飘摇，每只玉米穗上都闪着寒光。

铜号吹响了，敌人发起了疯狂的进攻，有的直扑深谷盾墙，有的拥向号角堡大门的堤道和引桥。身形巨大的奥克集结起来,黑蛮地的野人倒下了,敌人迟疑了一阵子,接着又继续向前攻。一道闪电划过,照在每一个头盔和盾牌上,艾森加德的邪恶之手昭然若揭。他们爬上了岩顶,朝堡门方向压过来。

突然,他们遭到一阵反击:箭矢暴雨般射下,巨石纷纷砸落。敌人一阵混乱,溃散着向后逃;然后再次进攻;溃散,再进攻。他们就像涨潮的海水,每进攻一次,就到达一个新的高点。铜号再次吹响,一群咆哮着的人类冲在前面。他们把巨大的盾牌高举在头上围成屋顶形状,中间抬着两根巨大的树干。奥克的弓箭手被掩护在这群人身后,朝盾墙上的弓箭手射出阵阵箭雨。他们逼近堡门,强壮的手臂抬起树干,轰然撞向堡门。如果有人被上方抛下的石头砸中,立刻就有两人一跃上前替补。他们一次次抢着巨木,撞击着堡门。

伊奥梅尔和阿拉贡并肩站在深谷防御墙上。他们听着咆哮声和撞门的声音。借着一道突然划过的闪电,他们发现堡门的形势危急。

"跟我来!"阿拉贡说,"我们并肩执剑的时刻到了!"

他们火速沿着防御墙奔向阶梯,冲进号角岩上的外庭。他们一路跑一路召集了十来个强壮勇敢的剑士。在堡墙西侧与延伸出来的峭壁相接处,斜开着一小扇边门,外面是一条夹在堡墙和号角岩陡峭边缘之间的窄道,绕过堡墙通往巨大的堡门。伊奥梅尔和阿拉贡一同跃过小门,精选的壮士紧紧跟在他们身后。双剑齐齐出鞘。

"古斯威奈!"伊奥梅尔喊道,"古斯威奈,为马克而战!"

"安督利尔!"阿拉贡喊道,"安督利尔,为杜内丹而战!"

他们从侧翼进攻,扑向那些山区野人。安督利尔剑闪着白炽的光焰上下飞舞。从盾墙和号角堡中传来了呼喊声:"安督利尔! 安督利尔出战了! 断剑再展神威!"

撞槌手大惊,抛下树干转身迎战。但他们用盾围成的防护顶像遭了闪电劈砍一般溃散开来。盾牌被纷纷弃置,践踏,有些滚落到下面的溪水中。奥克弓箭手胡乱放了一通箭,仓皇撤退了。

伊奥梅尔和阿拉贡在堡门前停住脚。隆隆的雷声移到了远方。在远处的南部山间,仍时不时有闪电划过。此时刮起了猛烈的北风,云层被撕扯着吹散,星星闪现出来。在宽谷一侧的山间,西沉的月亮在暴风雨过后散发着黄色的光晕。

"我们来晚了一步。"阿拉贡看着堡门说。门上粗大的铰链和铁门闩已被撞得面目全非,许多木板被撞裂了,"再来一次这样的重击,大门就撑不住了。"

"但我们不能留在墙外守卫大门。"伊奥梅尔说,"快看!"他指向堤道。溪流对岸又集结起一大群奥克和山区野人。箭矢呼啸而来,射在二人周围的巨石上弹落下来,"快撤!我们赶紧进去,看看如何从里面在门上方架梁、堆石头。快走!"

他们转身疾奔。就在这时,十来个躺在尸堆中一动不动的奥克跳起身,悄无声息地快速跟上了他们。有两个纵身平扑到地上,抓住伊奥梅尔的脚后跟,将他拖倒,把他压在身底下。但谁也没注意到,一个小小的黑影从暗处跃出来,大叫:"矮人之斧!矮人驾到!"只见斧头舞动,两个奥克的脑袋被削掉,其余奥克四散逃跑。

阿拉贡奔回来救援时,伊奥梅尔正挣扎着从地上爬起来。

边门再次阖上。铁门里面上了门,上方架了横梁、堆上石块。众人全都安全退到门内之后,伊奥梅尔转过身,道:"谢谢你,格罗因之子吉姆利!我没料到你跟我们参加了突袭。事实证明,逆境时不邀自来的人才是真正的朋友。你怎么到那里去了?"

"我一直跟着你们,想赶跑瞌睡,"吉姆利说,"可我瞧着那些山区野人块头太大,于是就坐在旁边石头上看你们舞剑。"

"欠你这个人情,可不容易还啊。"伊奥梅尔说道。

"没准今天夜里就有很多机会还。"矮人大笑说,"这下子,我开心了。打从离开墨瑞亚,今晚之前,除了树我可啥也没砍过。"

"干掉俩!"吉姆利拍拍斧头,回到防御墙上的老位置。

"才两个?"莱戈拉斯揶揄道,"我干掉的更多,不过我现在得去捡一些用过的箭来。我的箭全射光了。我至少干掉二十个。不过,这只能算是九牛一毛。"

夜空很快变得明净,月光皎洁。但月光却没给马克的骑兵带来希望。他们面前的敌人非但没有减少,似乎反而增多了,更多的敌人从山谷中穿过缺口逼近。刚才号角岩上那场突袭只是赢得了短暂的喘息机会,堡门前的进攻加倍了。艾森加德的大军像海水一般冲向深谷防御墙,墙体全线挤满了奥克和山里的野人。带钩的绳索接连不断地被抛上城垛,上面的人完全来不及斩断或甩落。成百上千的长梯被架到防御墙上,许多被推倒摔毁,但更多的梯子架了起来,奥克像南方黑暗森林中的猿猴一样飞快地攀梯而上。防御墙脚下死伤的奥克堆在一起,就像暴风雨中的碎石滩,骇人的尸堆越积越高,敌人却仍源源不断地扑上来。

洛汗的人类筋疲力尽。他们的箭光了,矛尽了,剑刃缺口了,盾牌裂了。阿拉贡和伊奥梅尔三次集结人马组织反击,安督利尔剑三次力挽狂澜,在危急时刻驱退攻上防御墙的敌人。

这时,后方的深谷中响起一阵喧哗。奥克像耗子一样悄悄从溪水流经的涵洞爬进去了。他们一开始躲在峭壁的阴影中,伺机等上方攻击到最猛烈的时候,等几乎所有守军都冲到墙顶作战,他们就冲出来发动突袭。有些已经穿过了深谷的关口,混进马群,与看马的卫兵打了起来。

吉姆利怒吼一声,从防御墙上一跃而下,吼声回荡在峭壁间:"矮人驾到!"很快,他也难以招架了。

"哎——喂!"他大叫,"奥克进到防御墙里面来了!哎——喂!莱戈拉斯,快来!这边够我们俩干的。矮人之斧!"

老甘姆林从号角堡向下望,在一片厮杀声中听见了矮人的呐喊。"奥克进到深谷里去了!"他喊道,"海尔姆!海尔姆!海尔姆一族,冲啊!"他一边叫喊,一边沿着阶梯冲下号角岩,众多西伏尔德兵士紧跟在他后面。

他们的攻击凌厉又出其不意,奥克纷纷落逃,被赶进谷地最狭窄的地方。这些奥克不是被杀掉,就是尖叫着被驱赶进深谷的裂罅中,被守在隐蔽洞穴中的卫兵杀掉。

"二十一个!"吉姆利叫道。他双手并用,将跑在他前头的奥克撂倒,"现在我的纪录又超过莱戈拉斯大人啦。"

"我们必须把这个老鼠洞堵上!"甘姆林说,"据说矮人对岩石最有办法。请帮帮我们吧,大人!"

"我们对付石头,不用战斧也不用手,"吉姆利说,"不过我自有妙法。"

他们将附近能找到的石块和碎石都收集起来,在吉姆利的指挥下,西伏尔德兵士将涵洞里面的端口堵上,只留下一条细细的出水口。雨后涨满水的深谷溪在堵塞的水道中涌动起来,渐渐在两侧峭壁之间积出了很多冰冷的水塘。

"这下子可就进不来了。"吉姆利说,"走吧,甘姆林,我们上去看看墙上战况如何!"

吉姆利爬上防御墙,发现莱戈拉斯站在阿拉贡和伊奥梅尔旁边。

精灵正磨着长刀。由于从涵洞潜入的进攻企图被挫败，敌人的攻势暂时缓了下来。

"我砍了二十一个！"吉姆利说。

"不错！"莱戈拉斯说，"不过我现在的纪录是两打。刚才这里好好过了一把刀瘾。"

伊奥梅尔和阿拉贡疲惫地倚着各自的剑。左侧远处的号角岩上，又响起了武器的撞击声和喊杀声。然而，号角堡如同大海中的孤岛，仍自岿然屹立。堡门被撞毁，但敌人都没能逃过门内轰泄而下的横梁和岩石。

阿拉贡抬头望着黯淡的群星，又望了望月亮。此时，月亮已落到环抱宽谷的西部群山后头去了。"今夜漫长得像几年。"他说，"要什么时候天才能亮？"

"天快亮了。"甘姆林应声答道。他爬上防御墙，站到他身边，"但恐怕天亮对我们没有好处。"

"天亮总会给人带来希望。"阿拉贡说。

"可是这些艾森加德的怪物，萨鲁曼用妖术喂养出来的这些奥克和杂种人，并不惧怕太阳。"甘姆林说，"而且，山区的野人也不怕太阳。你听见过他们的声音吗？"

"听见过。"伊奥梅尔说，"但那些在我耳朵里不过是鸟鸣兽啼而已。"

"但还有许多操着黑蛮地的方言。"甘姆林说，"我能听懂那种方言。那是一种古老的人类语言，马克西部的很多山谷里，人们过去都用这种语言。你们听！他们痛恨我们，他们正高兴呢，认为我们这次必死无疑。'国王陛下，国王陛下！'他们正在高呼，'我们会捉拿他们的国王。*Forgoil* 必死！[1] 草包必死！北方盗贼必死！'他们就是

---

[1] Forgoil 在黑蛮地方言中就是"草包"的意思。

这么称呼我们的。自从刚铎的君主将马克赠给年少的埃奥尔,并与他结盟,已经过去五百年了,但这些黑蛮地人对此依然怀恨在心。萨鲁曼重新点燃了这股古老的怨恨,一旦被煽动起来,这些黑蛮地人无比狠戾。现在,要么希奥顿被擒,要么他们自己被杀死,否则无论白天黑夜,他们都不会善罢甘休。"

"尽管如此,天亮仍会给我带来希望。"阿拉贡说,"古话不是说号角堡有人驻守就不会失守吗?"

"游方艺人是这么唱的。"伊奥梅尔说。

"那么,我们就驻守它,驻守希望!"阿拉贡说。

他们说话的时候,突然传来刺耳的喇叭声,接着是一声巨响,火光冲天而起,浓烟滚滚。深谷溪的水泛着泡沫、轰然倾泻而出——石墙被炸出了一个大洞,溪水再也没有了阻挡。一大批黑黝黝的身影蜂拥着蹿进来。

"萨鲁曼的邪术!"阿拉贡叫道,"趁我们说话的时候,他们又从涵洞里钻进来了,在我们脚下点燃了欧尔桑克之火。埃兰迪尔,埃兰迪尔!"他大吼着,纵身跃下。但与此同时,已经有数百架梯子搭上了城垛。防御墙上下,敌人发起了最后一波攻击,如同黑色的巨浪扑向沙丘。防御很快被冲破了。不少骑兵被迫后退,一步步退入深谷,不时有人倒下,但他们边撤边战,一步步退向后方的洞穴。还有一些人掉头杀回号角堡方向。

有一道宽阔的梯阶从深谷向上通往号角岩与号角堡后门。阿拉贡守在梯阶底端附近,手中的安督利尔剑闪着寒光。那些靠近梯阶,企图拾级向上的敌人纷纷毙命,慑于这把剑,敌人一时不敢上前。在阿拉贡身后,莱戈拉斯跪守在楼梯高处。他的弓拉满了,但手中只剩下捡来的最后一支箭。他紧紧盯着前方,准备向第一个不知死活冲向梯阶的奥克放箭。

"阿拉贡，所有能撤上来的人都已经安全进堡了，"他喊道，"快撤！"

阿拉贡转身向上奔，但他太累了，绊倒在梯阶上。敌人立刻扑上来。一群奥克号叫着，伸出长长的手臂想要抓住他。跑在最前头的那个被莱戈拉斯一箭封喉，但其余的奥克跃过尸体继续扑上去。这时，一块巨石从上方的外墙抛掷下来，砸在楼梯上滚落，把奥克全都赶回了深谷中。阿拉贡奔进堡门，大门旋即哐当一声关上。

"朋友们，形势很糟糕。"他说，抬臂抹掉额头上的汗。

"确实很糟糕。"莱戈拉斯说，"不过，只要跟你在一起，就不是毫无希望。吉姆利呢？"

"不知道。"阿拉贡说，"我最后一次看见他，是在防御墙内跟敌人厮杀，后来就被敌人冲散了。"

"唉！这个消息糟透了。"莱戈拉斯说。

"他坚毅而又强壮。"阿拉贡说，"希望他会逃回到山洞中。他在那里能安全一阵子。比我们安全。矮人会喜欢山洞那样的地方。"

"我也这么希望，"莱戈拉斯说，"但我还是希望他往这边来了。我想告诉吉姆利大人，此刻的纪录是三十九个。"

"他要是能杀出一条路返回岩洞中，一定会再次打破你的纪录。"阿拉贡大笑道，"我从没见过斧头能被谁舞得这么好。"

"我必须再去找些箭。"莱戈拉斯说，"希望这夜快一点过去，天亮我就能射得更准。"

阿拉贡进了号角堡，惊愕地得知伊奥梅尔没有回到号角堡内。

"是的，他没有到号角岩来，"一个西伏尔德兵士说，"我最后一次看见他时，他正召集人马在深谷口与敌人厮杀。甘姆林跟他在一起，矮人也在，但我没法杀到他们身边去。"

阿拉贡大步走进内庭，爬上号角堡高处的一个房间。国王在里面，黑色的身影立在一扇窄窗前，眺望着外面的山谷。

"阿拉贡，战况如何？"他问道。

"陛下，防御墙失守了，所有守军都被击退，很多兵士都撤回到号角岩这里来了。"

"伊奥梅尔在这里吗？"

"不在，陛下。但您的很多亲卫兵撤退到深谷中去了，有人说伊奥梅尔跟他们在一起。在狭窄的山谷中，他们应该可以牵制住敌人，撤进山洞。之后能有什么希望，我就不知道了。"

"会比我们更有希望。据说那边供给充足，通风也好，浊气都能够从岩石高处的裂缝散出去。只要决意坚守，就谁也攻不进去。他们能坚持很长时间。"

"奥克带来了欧尔桑克的邪术，"阿拉贡说，"他们有一种会爆炸的火，就是用它攻下了防御墙。如果攻不进岩洞，他们会把洞口封死，让里面的人出不来。不过，眼下我们必须想一想我们自身的防御。"

"困身堡中，我如坐监牢。"希奥顿说，"如果我能放下防御的长矛，率领兵士驰骋征战，或许我还能再次感觉到战斗的喜悦，死而无憾。可我在这里几乎毫无用处。"

"在这里至少有马克最坚固的要塞保护您。"阿拉贡说，"比之埃多拉斯，甚至群山中的黑蛮祠要塞，我们在号角堡守护住您的希望才更大。"

"据说号角堡从未失守。"希奥顿说，"可我现在心里并不乐观。世界变了，曾经坚不可摧的一切，现在都证明是靠不住的。一座塔楼又如何能够抵御得了敌人无休无止的大规模攻击？假如我早一点知道艾森加德的力量变得如此强大，任凭甘道夫如何鼓噪，我可能都不会如此轻率出征迎敌。比在晨光下，甘道夫所献的计策，如今大为失色。"

"陛下，大局落定之前，请不要评判甘道夫的计策。"阿拉贡说。

"定局不会太远了。"国王说,"但我决不会像落在陷阱里的老獾一般坐以待毙。雪鬃、哈苏费尔,还有近卫军的马都在内院里。等天亮,我会命人吹响海尔姆号角,我要亲征。阿拉松之子,你可愿意随我一同冲锋?或许我们可以杀出一条血路,或许我们会战死疆场让人传唱——如果还有人活下来为我们作歌的话。"

"我愿意随您冲锋。"阿拉贡说。

说完,他回到堡墙上,彻底察看一圈,给兵士们鼓气,在攻击猛烈的地方施个援手。莱戈拉斯跟随着他。一团团火在底下炸裂,震得石头都动了起来。一只只飞钩抛掷上来,一架架梯子搭靠起来。奥克一次次爬到外墙顶上,又一次次被守军给逼退下去。

最后,阿拉贡不顾敌人射来的箭矢,站到巨大的堡门上方。他极目眺望,东方天际已经泛白。接着,他举起手,掌心朝外,做出类似和谈的手势。

奥克尖叫着,大声嘲弄道:"下来!下来!"他们喊着,"要想跟我们和谈,就下来!把你们的国王带出来!我们是威武的乌鲁克族。他要是不出来,我们就把他从洞里抓出来。把你们的缩头国王交出来!"

"国王出不出来,得按他自己的旨意。"阿拉贡说。

"那你在这里做什么?"他们问道,"为什么往外看?想看我们大军的阵势吗?我们是威武的乌鲁克族。"

"我在这里看天亮。"阿拉贡说。

"天亮又能怎么样?"他们嘲笑道,"我们是乌鲁克族。我们作战,不分白天黑夜,不管晴天还是下雨。我们杀人,也不管天上出太阳还是出月亮。更别提什么天亮!"

"谁也不知道新的一天会带来什么。"阿拉贡说,"赶紧滚,趁着厄运还没降临!"

"快从墙上滚下来,不然把你射下来。"他们喊道,"这不是和谈。你没什么要说的。"

"我要说的是,"阿拉贡答道,"从没有敌人能够夺下号角堡。快滚吧,否则你们一个也逃不掉,一个也别想活着回到北方去送信。你们不知道自己的死期将至。"

阿拉贡周身散发着巨大的力量和王者威仪。面对无数敌人,他孑然傲立于毁损的堡门上方。许多山区野人被镇住了,扭头去看身后的山谷,还有人满心狐疑地抬头看看天。但奥克爆出粗野的哄笑,一阵箭雨呼啸着朝防御墙飞来,而阿拉贡早已纵身跃下。

随着巨大的轰鸣声,一团火光炸裂开来。阿拉贡刚才站立着的堡门拱梁断裂,坍塌在一片烟尘之中。门内上方设置的障碍如同遭到雷击一般,四散滚落。阿拉贡赶紧奔回国王所在的塔楼。

但就在堡门倒塌,奥克尖叫着准备冲锋之际,他们后方响起了一片窸窣声,好像远处起风了。声音渐渐变得嘈杂起来,仿佛许多声音在晨光中传递着奇异的消息。号角岩上的奥克听见这令人惊愕的嘈杂声,犹疑着回头张望。这时,上方塔堡中遽然传出可怕的海尔姆号角声,声音极为洪亮。

号角声令闻者胆寒。许多奥克趴倒在地,用爪子捂住耳朵。后方深谷中传来了回声,一声响过一声,仿佛每座悬崖和山岭上都站着一个威猛的传令官。堡墙上的人们抬起头来,充满了惊奇,因为回声并未衰减。号角声在群山间回荡,声音越来越近,越来越高,一声接着一声,昂扬而嘹亮。

"海尔姆!海尔姆!"骑兵们呼喊道,"海尔姆复活了!海尔姆重返战场了!海尔姆为希奥顿王而战!"

在这片呐喊声中,国王出现了:骑着雪白的战马,一手拿着金黄盾牌，一手举着长矛。埃兰迪尔的后人阿拉贡在他右侧，年少的埃奥尔家族诸位将领跟随在他身后。晨光已跃出天际。黑夜过去了。

"埃奥尔一族，勇往直前！"随着一声声呐喊，一声巨响过后，进攻开始了。他们呼喊着冲出堡门，冲下堤道，以狂风卷落叶之势杀入艾森加德大军。他们后方的深谷中，也传来了众人从山洞中冲出来厮杀敌人的呐喊声。号角岩所有人马倾力杀出，号角声始终回荡在群山间。

国王率领人马一路厮杀。敌军的首领和勇士死的死、散的散。无论是奥克还是山区野人都不敢迎战。他们在利剑和长矛的驱赶下，鬼哭狼嚎着朝山谷里仓皇逃窜。天亮带给他们的是惊骇与错愕。

希奥顿王从海尔姆关口一路厮杀，直抵巨大的盾墙壕沟前。众人在那里勒住马。光线越来越亮，太阳的万道光芒从东边群山上方迸射，映照着他们的长矛，光灿灿的。他们坐在马上，向下凝视着谷地，谁也没说话。

大地的样貌变了。之前曾是如茵草坡向山脚攀升的青翠山谷，此刻却耸立着一座森林。一排排光秃秃的参天巨树，静静地站在那里，枝丫交缠，树冠灰白，虬结的树根埋在深深的青草中。树下暗影深厚。盾墙距离那片无名树林的边缘，只隔着两弗朗的空地。萨鲁曼那支不可一世的大军此刻就畏缩在这块空地上，向前害怕森林，向后忌惮国王。他们像潮水一样从海尔姆关口一泻而下，涌积到盾墙壕沟里，成了一群密密匝匝的无头苍蝇。他们徒劳地想要攀上谷壁逃生。山谷的东面太陡，都是石壁；而在左侧——山谷的西边，他们最终的劫数正在迫近。

西边山脊上，突然出现了一位骑士，全身白衣，在旭日中熠熠生辉。低处的山岭中号角声连绵不绝。骑士背后，一千名兵士手执长剑，正大步沿长坡奔下。其中一人，高大峻拔，手拿红色的盾牌。他疾步来到山谷边缘，将一支黑色的大号角举到嘴边，吹出了震天动地的号角声。

"埃肯布兰德！"骑兵们高喊，"埃肯布兰德！"
"快看，白袍骑士！"阿拉贡高叫道，"甘道夫回来了！"
"米斯兰迪尔，米斯兰迪尔！"莱戈拉斯说，"这确实是魔法啊！快！我要赶在咒语改变之前，好好瞧一瞧这座森林。"
艾森加德的大军号叫着东奔西窜，惊惧莫名。塔上再次响起号角声。国王的人马从盾墙缺口处攻下来。西伏尔德的领主埃肯布兰德从山丘上杀下来。捷影也一跃冲下来，稳健得如同在山间奔跑的灵鹿。白袍骑士从天而降，敌人纷纷闻风丧胆。山区的野人在他面前仆倒，奥克尖叫着四处逃跑，丢盔弃甲，像一股黑烟被强劲的风驱赶着逃散。他们哀号着冲进等候着他们的森林暗影，从此再也没有出来。

第八章
艾森加德之路
THE ROAD TO ISENGARD

—————— 无论战争结局如何，中土大地上许多美丽而又奇妙的事物都将难逃一劫，不是吗？

迎着明媚的晨光，希奥顿王与白袍骑士甘道夫重逢在深谷溪畔的绿茵茵草地上。阿拉松之子阿拉贡、精灵莱戈拉斯、西伏尔德的埃肯布兰德和金色宫殿的诸位领主也都到了。他们周围聚集着马克骑兵，然而众洛希尔人心中的惊奇超过了战役大捷的欢喜，纷纷将目光投向那片树林。

突然，传来一阵叫喊声，被逼进深谷中的兵士们越过壕沟赶过来了。走在最前头的是老甘姆林、伊奥蒙德之子伊奥梅尔，走在他们身旁的是矮人吉姆利。他的头盔不见了，头上扎着血迹斑斑的亚麻绑带，嗓音格外洪亮。

"四十二个，莱戈拉斯大人！"他大叫着，"唉！第四十二个脖子上有铁护颈，把我的斧头砍缺了。你干掉多少？"

"你赢我一个。"莱戈拉斯说，"不过，我不嫉妒你的战绩。看见你还活蹦乱跳，我真是太高兴了！"

"欢迎你，我的外甥伊奥梅尔！"希奥顿说，"看见你平安无事，我真高兴。"

"马克之王，向您致敬！"伊奥梅尔说，"黑夜过去了，大亮了，但天亮带来了很多奇怪的消息。"他转过身，惊奇地望着，看看树林，又看看甘道夫，"你再一次出人意料地及时赶来了。"

"出人意料？"甘道夫说，"我说过我会回来，跟你们在这里碰头。"

"你可没说何时来到，以何种方式来到。你带来了奇怪的援手。

189

白袍骑士甘道夫，你法力无边！"

"很有可能。可即令法力无边，我这回却并未用得上。我只不过在危急时刻提出一个好建议，加之捷影的闪电速度。你们自身的英勇更重要，此外，西伏尔德勇士彻夜行军的脚力也功不可没。"

听完这话，众人看向甘道夫的神情就更惊讶了。有些人不安地瞥向那片树林，抬手遮在眼睛上方，仿佛他们自己的眼睛看见了跟他不同的东西。

甘道夫朗声大笑起来。"那些树？"他说，"不，我跟你们一样，实实在在地看见了一片树林。但那不是我的手笔。绝世聪明的人也给不出这样的建议。这是我想破头也不敢有的奢望。"

"如果不是出自你的手笔，那又是谁的魔法？"希奥顿问，"显然不会是萨鲁曼。莫非还有我们没听说过的更厉害的智者？"

"那不是魔法，是一种极为古老的力量，"甘道夫说，"一种远在精灵吟唱、战锤展威之前，就在大地上行走的力量。

> 黑金未绽，玉树初长，
> 月映寰宇，釜岚待现。
> 环戒未造，众神穆穆，
> 走行如风，山林采采。"

"谜底是什么？"希奥顿说。

"你若想知道，就跟我去一趟艾森加德。"甘道夫答道。

"去艾森加德？"众人失声叫道。

"对，"甘道夫说，"我要回艾森加德去，愿意去的人可以跟我一道走。我们或许能看见奇怪的事情。"

"如果不把他们全部集结起来，疗伤休整，马克的兵力不足以攻下萨鲁曼的堡垒。"希奥顿说。

"无论如何,我都要去艾森加德。"甘道夫说,"不会在那里久留。我的路在东方。月亏之前,我会回到埃多拉斯!"

"不!"希奥顿说,"在黎明前的黑暗中,我曾怀疑过你,但此刻矢志同心。我听从你的建议,与你同去。"

"我要尽快跟萨鲁曼谈谈。"甘道夫说,"他荼毒了你的国土,你若在场会更合适。不过,你何时能启程?速度怎么样?"

"经此一役,兵困马乏,"国王说,"我也十分疲倦。一路疾奔,几未合眼。唉!即便没有佞舌的密语术,我年事也已太高。年迈当真是一种无药可医的病,就连甘道夫也无能为力。"

"所有愿意跟我同去的人就地休息!"甘道夫说,"我们等到天黑再动身。这样也能好一些。我建议今后我们所有来去行踪都要尽可能保密。不过,希奥顿,不必带太多人马。我们是去和谈,不是去打仗。"

于是,国王挑选了一些没受伤、马匹快的兵士,派他们将胜利的消息传往马克各地。同时派他们动员马克所有男丁,无论老少,火速赶往埃多拉斯。马克之王将在望月之后第三天,召集所有能够从军作战的人马。国王选定伊奥梅尔和二十名亲卫军与他一同前往艾森加德。阿拉贡、莱戈拉斯和吉姆利与甘道夫同行。矮人虽然受了伤,却说什么也不肯留在后方。

"那一击根本算不了什么,何况有头盔挡下了。"他说,"奥克抓挠一下,可阻止不了我分毫。"

"休息的时候,我给你包扎一下。"阿拉贡说。

国王回到号角堡就睡下了,多年来,他头一回睡得如此安稳。被挑选与他同去的人也都睡下了。其余那些没有受伤的人开始了一项繁重的劳作:原野上和深谷中躺着无数阵亡的将士。

奥克不剩一个活口，尸体不计其数。大批山区野蛮人投降了，吓得直喊饶命。

马克的兵士收缴了他们的武器，发派他们去干活。

"现在需要你们帮助，也好为你们参与的恶行赎罪。"埃肯布兰德说，"你们必须发誓，绝不再武装踏过艾森河渡口，绝不再与人类的敌人为伍。之后，你们就可以自由返回家乡。你们都被萨鲁曼骗了。你们很多人因为相信他，葬送了性命。但就算你们赢得这场战争，你们从他那里也得不到什么奖赏。"

黑蛮地的人闻言吃惊极了，因为萨鲁曼告诉他们，洛希尔人非常残酷，会将俘虏活活烧死。

号角堡前的原野中立起了两座坟冢，底下埋着在防御战中阵亡的洛汗骑兵，其中一座埋着来自东边各谷地的，另一座埋着来自西伏尔德的。黑蛮地的人另埋在壕沟下方的一座坟丘里。号角堡的阴影下还有一座孤坟，那里长眠着国王的近卫军队长哈马，他倒在堡门之下。

在远离这几座人类墓冢的森林边缘，奥克的尸体摞成高高的尸堆。众人对这些尸堆很头痛，它们太过巨大，没法掩埋或焚烧。他们没有足够的木柴，即便甘道夫不曾警告他们切勿伤害树皮或树枝以免招致祸端，也没有人胆敢对那些奇怪的树动斧头。

"奥克的尸体就这么放着吧。"甘道夫说，"明天早晨或许能想出新办法。"

当天下午，国王的人马准备动身。葬礼的筹备工作也已就绪，希奥顿沉痛悼念他的近卫军队长哈马，给他坟上撒了第一把土。"萨鲁曼给我和这片土地造成了巨大的伤害，"他沉声说道，"见面时，我会牢记在心。"

希奥顿、甘道夫和随行人马从壕沟前出发时，太阳已经落到宽谷西边的山岗上。在他们身后，聚集了一大群人，有洛汗骑兵，也有西伏尔德的老少妇孺。这些人从洞穴中赶来送行，唱起嘹亮的胜利歌曲。突然，大家静了下来，看见那片树林十分害怕，不知道接下来会发生什么。

一行人来到树林边，停了下来，人和马都不愿意进入。那些树木阴郁骇人，周围弥漫着一层雾。它们垂挂着的长长枝条像一根根攫夺的手指，一条条暴露在地面的树根像怪兽的四肢，树下敞开一个个黑漆漆的洞。甘道夫催马上前，领着大家向前走，这时他们发现，从号角堡出来的路与树林交会的地方，大树枝下出现了一道拱门。甘道夫领头穿过拱门，众人紧跟着他。大家惊讶地发现，这条拱道沿着深谷溪一直向前延伸。拱道上方天空敞亮，洒满金光；但两侧的一排排树林已然包裹在暮色中，向远方延伸，融为一片无边无际的阴影。他们听见那里传来树枝吱嘎断裂与闷哼的声音，远方的喊叫声，还有怒气冲冲、含糊不清的声音。视力所及范围并无奥克或其他生灵。

莱戈拉斯和吉姆利共乘一骑，紧紧跟在甘道夫身旁，吉姆利十分惧怕这些树木。

"这里很热，"莱戈拉斯对甘道夫说，"我感觉到周围有股炽烈的愤怒。你没感觉到耳鼓躁动吗？"

"感觉到了。"甘道夫说。

"不知那些闯进密林的奥克怎么样了？"莱戈拉斯说。

"我想，永远不会有人知道。"甘道夫说。

他们向前骑行，没再说话。不过莱戈拉斯不停朝两边张望，只要吉姆利没反对，他就会停下来去听一听林子里的各种声音。

"我见过许多橡树的生死轮回，却从未见过这些奇怪的树。"他说，"真希望现在有空到林子里去转转！它们会说话，没准我能听懂它们的想法。"

"不行,不行!"吉姆利说,"快离开它们吧!我能猜到它们的想法——它们憎恨所有两条腿走路的东西,它们只说两句话:'挤死'和'勒死'。"

"有一点肯定错了,"莱戈拉斯说,"它们恨的不是两条腿走路的。它们恨的是奥克。因为它们不属于这里,不了解精灵和人类。它们来自遥远的山谷。吉姆利,我猜,它们来自范贡森林深处的山谷。"

"那可是中土世界最危险的森林!"吉姆利说,"我感激它们立下的功劳,但我不喜欢它们。你也许会觉得它们很奇妙,但我见过这块土地上更美妙的奇观,比世间任何树林、任何空地都更美丽。我心中满满都是它的模样。

"莱戈拉斯,人类行事的方式真奇怪!他们拥有整个北方世界最奇妙的景观,可他们是怎么称呼它的?洞穴!他们叫它洞穴!把它当成作战时逃难的地方,储藏草料的地方!我的好莱戈拉斯,你知道海尔姆深谷中的岩洞有多么广阔美丽吗?如果矮人族知道有这样的地方,一定会络绎不绝赶来朝拜,哪怕只是看一眼。没错,只为看一眼,纯金的代价都值得。"

"我宁愿付出纯金的代价,只求能免于前往那地方!"莱戈拉斯说,"万一迷路出不来,我愿意付出双倍的黄金!"

"你没见过那里,所以我原谅你口无遮拦。"吉姆利说,"但你刚才的话可真傻。你觉得你父王在幽暗森林山丘下的宫殿美吗?那些是矮人很久以前帮忙建造的。它们跟我在此所见的岩洞比起来可就要寒碜多了。岩洞里有难以尽数的殿堂,流水淙淙充盈其间,积水成潭,灿若星光下的凯雷德-扎拉姆湖[1]。

---

1 凯雷德-扎拉姆湖,矮人语,"玻璃湖",也叫作"镜影湖",系都林一世在迷雾山脉遇见的一座湖,他在水中看见自己的倒影顶着由群星组成的冠冕,因此将这座湖命名为"凯雷德-扎拉姆"。

"而且，莱戈拉斯，当人们点亮火把，走在洞中有回声的沙地上，啊！莱戈拉斯，光滑的岩壁上闪耀着宝石、水晶和珍稀矿石的光芒。光透过大理石的纹路照出来，宛如贝壳，剔透得就像加拉德瑞尔女王的手。莱戈拉斯，还有各种白色、橘黄色、玫瑰灰色的石笋，缠结成梦幻般的形状，从色彩缤纷的地面拔地而起，与洞顶垂挂的璀璨钟乳石交相呼应：似翼如索，又好像冰覆彩练；如矛似幡，又好像浮宫之巅！如镜的潭面将这一切映现：澄澈的水面折射出一个葳蕤生动的世界。都林一世的梦境中都不会有这般美好灿烂：一条条大道、一栋栋玉柱槛苑，隐入无边的黑暗。还有叮咚声！银色的水滴落下，镜面上泛起一圈圈涟漪，潭中的高塔弯曲摇曳，就像大海岩洞中的水草和珊瑚。一旦火把黯淡，这些景色就都会消散。火把转移到另一个厅堂，就会呈现另一番梦幻景象。莱戈拉斯，厅堂接连着厅堂，大殿接连着大殿，拱顶接连着拱顶，阶梯接连着阶梯。一路蜿蜒，伸向大山的心脏。岩洞！海尔姆深谷的岩洞！得此良机，幸甚至哉！如今离去，难忍悲凄。"

"吉姆利，我愿祝福你，"精灵说，"愿你平安凯旋，重返岩洞！不过，可千万别告诉你的亲族！依你刚才所言，他们来了也没多少活可干。也许此地的人正是因为明智才不声张——勤劳的矮人，带着锤凿，破坏远胜创造。"

"不，你不明白！"吉姆利说，"矮人一定会对此美景叹为观止。都林一族没有人会为了宝石或矿砂去开采那些岩洞，就算有钻石和黄金也不会。你们会把春天开满花朵的树枝砍下来当柴烧吗？我们要静心照料，而不是开凿这些像花朵一样绚烂的岩石。我们会用精细的工艺，一点点凿下小片岩石。一天天，一年年，这样我们就能开辟出新的路径，展现出远处那些隐在黑暗中，只能从岩石裂缝里窥见的厅堂。对了，莱戈拉斯，还有灯！我们会制灯，卡扎杜姆点燃的矿灯。

只要我们愿意,就会驱散那里与山偕老的黑暗,只要我们想休息,又会让黑暗归返。"

"吉姆利,你打动了我。"莱戈拉斯说,"我从没见过你像这样慷慨陈词。我简直要后悔没有亲眼见到那些岩洞了。快!咱俩来做个交换——要是咱们都能平安度过危难,咱俩就结伴去旅行。你跟我去范贡森林,然后,我就跟你一起去海尔姆深谷。"

"交换可不是这么做的,"吉姆利说,"如果你能保证先跟我去看岩洞,跟我一起欣赏岩洞的奇景,我才愿意容忍范贡森林。"

"就这么说定了!"莱戈拉斯说,"不过,唉!眼前我们必须将岩洞和森林都暂时抛在一边。瞧!我们穿过森林了。甘道夫,去艾森加德还有多远?"

"按照萨鲁曼鹰犬之前所走的路线,大约还有十五里格。"甘道夫说,"从深谷的宽谷口到艾森河渡口五里格,从渡口到艾森加德城门十里格。不过,今天夜里可赶不到。"

"我们到那里,会发现什么?"吉姆利问,"你也许知道了,不过我可猜不出。"

"我也不太知道。"巫师答道,"我昨天傍晚离开那里,情形也许大不一样了。不过,我想,即便离开了阿格拉隆德的晶辉洞,也不会让你觉得这趟路白跑。"

终于,一行人穿过了树林,来到了宽谷谷底。从海尔姆深谷出来的路在此分岔,一条往东通向埃多拉斯,另一条往北通向艾森河渡口。他们骑马离开树林的边缘,莱戈拉斯停了下来,满心遗憾地向后望。突然,他大声叫起来。

"眼睛!"他叫道,"树枝的阴影中有许多眼睛在朝外看!我头一回见到这样的眼睛。"

众人被他的叫声吓了一跳,都勒马转身。莱戈拉斯催马往回奔。

"不行,不要!"吉姆利大叫道,"你想发疯,你自己去,快点把我从马上放下来! 我不想看什么眼睛!"

"快点勒马,莱戈拉斯·绿叶[1]!"甘道夫叫道,"别回森林,别去! 现在还不是你回去的时候。"

甘道夫话音未落,从树林中走出了三个奇怪的身影。他们像高大的食人妖,身高至少十二呎,身形魁梧健壮,看似年轻的树木,身上披裹着衣服,要不就是长着棕灰色的外皮。他们四肢很长,手上长着很多根手指,头发僵直,灰绿色的胡子像覆了层苔藓。他们目光凝重,看着前方,不是望向骑马的一行人,而是朝北眺望。突然,他们举起长长的手放到嘴边,发出响亮的呼唤,像号声一样嘹亮,但比号声婉转悠扬。他们的呼唤得了回应,一行人转身时看见一批类似的生灵正穿过草地大步走来。他们从北方赶来,走起路来像涉水的苍鹭,不过速度可要快多了,他们的长腿跨出大步的节奏远远超过苍鹭拍打翅膀的频率。骑兵们惊得大声叫出来,有些人把手挪到了剑柄上。

"用不着动武器!"甘道夫说,"这些只不过是牧人。他们不是敌人,事实上,他们根本不在乎我们。"

确实如此。在他说话的当口,那些高大的生灵看都没看骑兵一眼,径直走进林了不见了。

"牧人!"希奥顿问道,"他们的牲口在哪里? 甘道夫,他们到底是什么? 不管怎么说,他们对你而言显然并不陌生。"

"他们是百树牧人。"甘道夫答道,"看来,你是太久没有围在火炉旁听故事咯。你国上上不少孩子都能从听过的数不清故事里,找出你这个问题的答案。陛下,他们是范贡森林里来的恩特。就是你们叫作恩特森林的地方。你以为这只是故事里偶然一现的名字吗? 不,

---

[1] "莱戈拉斯"在精灵语中是"绿叶"的意思。

希奥顿，恰恰相反，在他们眼里，你才是故事里的倏然一现，从年少的埃奥尔到年迈的希奥顿，所有这些岁月更迭对他们而言不值一提，而你家族的所有功绩也都无足挂齿。"

国王默然不语。"恩特！"过了好一会儿他才开口，"我想，我开始有点明白遥远传说中那些古树的伟绩了。我们这个时代变得十分奇怪。我们经年累月侍弄牲口，耕耘田地，建造房屋，打造工具，或骑马征战，援救米那斯提力斯。我们把这叫作人类的生活，叫作世道。我们整日价只关心国土边疆。歌谣里传颂的那些事情，我们正在遗忘，漫不经心地教给孩童传唱。可是现在，那些歌谣从神奇的地方来到我们中央，活生生地来到我们身旁。"

"希奥顿王，你应该感到高兴。"甘道夫说，"现在不单是人类的琐碎生活危在旦夕，那些你视为传说的东西也正面临危机。你或许不认识他们，但你绝非孤立无援。"

"但我也应该感到悲伤。"希奥顿说，"无论战争结局如何，中土大地上许多美丽而又奇妙的事物都将难逃一劫，不是吗？"

"也许吧。"甘道夫说，"索隆的恶行无法根除，也无法当作它从未存在过。我们命定要遇上这样的时代。我们走吧，继续未竟的旅程！"

一行人就这样离开了宽谷，离开了树林，踏上前往渡口的路。莱戈拉斯不情愿地跟着。太阳已经沉到地平线以下，但当他们骑出山岭，望向西边的洛汗豁口时，天空仍是一片殷红，浮动的云层后面照射出炽烈的光芒。光亮下方盘旋着大批黑色羽翼的飞鸟。有几只凄厉地叫着，从他们头顶掠过，返回岩壁上的巢。

"吃腐尸的鸟还在战场上忙个不停。"伊奥梅尔说。

他们现在骑得比较慢。原野上黑了下来。一轮将满的月亮慢慢升起，如银的清冷月光下，起伏的草原像辽阔的灰色海洋。他们离开岔路口后,骑行差不多四个钟头,渡口就在眼前了。长长的草坡陡然转入两岸长满深草的卵石河滩。他们听见风中传来狼嗥的声音,想到在这个地方战亡的同袍,心情变得沉重起来。

路顺着两旁隆起的青草堤岸向下,穿过岸滩通往河边,然后从河对岸再往上行。三排平整的踏脚石横过河面,踏脚石之间是马走的浅水滩,浅滩中央是一片光秃秃的河洲。一行人望向下方的渡口,都感到十分奇怪。曾经湍水击石、水声淙淙的渡口如今寂静无声。河床几乎干涸了,遍布卵石和灰沙。

"这里变得死气沉沉,"伊奥梅尔说,"这河遭了什么灾?萨鲁曼毁掉了许多美好的东西,难道他吞没了艾森河的泉源?"

"看来如此。"甘道夫说。

"唉!"希奥顿说,"吃腐肉的禽兽在这里吞噬着我无数马克骠骑,我们一定得从这里过吗?"

"这是我们的必经之路。"甘道夫说,"殒身的勇士实在令人悲痛。但你们会发现,至少山区的狼群并未吞噬他们。狼群开怀大嚼的是它们的朋友奥克,这就是它们那个种类的情谊。走吧!"

他们下到河渡口,刚一到,狼群就停止了嗥叫,纷纷溜走。它们看见月光下的甘道夫和他通体闪亮如银的神驹捷影,无不感到惧怕。一行人涉水走向河洲,河岸阴影中有无数双幽暗的眼睛盯着他们。

"看!"甘道夫说,"有朋友在此辛劳工作过。"

他们看见河洲中央有一座堆起的坟冢,旁边围着一圈石头,插着许多长矛。

"这里躺着在附近阵亡的所有马克骑兵。"甘道夫说。

"愿他们在此安息!"伊奥梅尔说,"即便等到长矛都腐朽锈烂,愿他们的坟茔依旧屹立,守护着艾森河渡口!"

"甘道夫老伙计,这又是你的功劳吧?"希奥顿问,"一个傍晚,一个通宵,你可真干了不少事情!"

"得亏捷影和其他人的帮助。"甘道夫说,"我才能这么快赶到这里。不过,在这坟冢旁我要说句让你宽心的话:渡口一役阵亡了很多兵士,但人数比传言要少得多。逃散的兵士比遇难的多。我尽力聚拢了所有失散兵士,让西伏尔德的格里姆博德带些人马去跟埃肯布兰德会合,又派了一些人来此修葺墓冢,现在这些人随着你的元帅埃尔夫海尔姆赶回埃多拉斯了。我得悉萨鲁曼集中了全部的力量来对付你,他的爪牙撇下一切旁务,前往攻打海尔姆深谷,可那里似乎并没看到这些人的踪迹。因此我担心狼骑兵和敌兵余孽会趁美杜塞尔德无人防守,奔往那里。不过我想,你现在不必担心了,你会发现你的宫殿安然迎接你的凯旋。"

"我也会欣然再见美杜塞尔德,"希奥顿说,"虽说我相信自己在那里也住不上多久了。"

说完,一行人作别河洲和坟冢,涉水爬上河对岸。他们继续往前骑,很高兴能离开令人哀痛的河渡口。他们刚一离开,狼群就又开始嗥叫起来。

从艾森加德到渡口有一条古道,其中一段与河道平行,随着河道向东、向北折行,最后转离河道,径直通向艾森加德城门。城门位于山谷西侧山坡下,离谷口十六哩开外。他们顺着古道路旁骑行,道旁的路面更坚实平整,一连数哩都覆盖着富有弹性的浅草。他们加快了速度,午夜时渡口已被甩在身后五里格了。他们停下来,结束全天的行程,老国王实在太疲乏了。他们已经来到迷雾山脉脚下,蜿蜒伸展的南库茹尼尔谷就在眼前。月亮西沉,光被山岭挡住了,眼前的山谷一片漆黑。一股巨大的烟气盘旋着从山谷阴影深处腾起,遇上月亮的光辉,晕成光闪闪的一片,映在星空下方。

"甘道夫,你看那是怎么回事?"阿拉贡问,"看起来像巫师山谷烧起来了。"

"最近山谷上空总有烟雾,"伊奥梅尔说,"之前从没见过这种情况。不是烟雾,更像是蒸汽。萨鲁曼正酝酿着什么邪术来招呼我们。也许他正蒸煮着艾森河水,煮得河都枯竭了。"

"也许吧。"甘道夫说,"明天就能见分晓了。现在,咱们趁机休息一阵子吧。"

大伙在艾森河床边扎了营。四周空旷寂静。有些人睡了一段时间。后半夜,值哨的兵士传来呼喊声,大家顿时醒过来。月亮不见了,头顶繁星闪烁,但地面上有一股比夜色还深的黑暗正在蔓延,从河的两岸向他们这个方向扑卷过来,一路向北。

"待在原地别动!"甘道夫道,"不要动武器!等着!等它过去!"

一团迷雾聚拢在他们四周。头顶的星星仍散发着微弱的光,他们两旁立起了厚厚的两堵暗墙,被夹在两座移动的塔影之间。他们听见了许多声音,低语声、吱嘎声和众多窸窸窣窣的声音。大地在脚下晃动。他们坐在那里内心充满恐惧,不知道过了多长时间,黑暗跟低语声终于过去了,消失在群山的怀抱中。

远在南方的**号角堡**,午夜时人们听到巨大的响动,像山谷中刮起了狂风,吹动了大地。大家都很害怕,没有人敢出去。然而,他们清晨走出去时,全都大吃一惊:奥克的尸体不见了,树林也没了踪影。朝向深谷的方向,草地踩踏严重,仿佛巨大的牧人曾经赶着大批牲口去那里牧养。在护墙下方一哩处,地面上挖了一个大坑,上面堆出一座石丘。人们相信那些被他们杀掉的奥克尸体都被埋在底下了,至于那些逃进树林的奥克是否也埋在里面,就不得而知了,因为谁也不愿踏足石丘。后来,人们把那里称作"亡岭",其上寸草不生。深谷的宽谷中再也没有人见到过那些奇怪的树。它们趁着夜色回去了,回到遥远的范贡森林的黑暗山谷中。它们达成了对奥克的复仇。

当天夜里,国王一行人没再入睡,也没再看见或听见其他的怪事情,只除了一件——他们旁边的河流突然苏醒过来,有了声响。大股湍流冲下河床上的砾石,艾森河又恢复了往日的模样,丰盈的河水潺潺流淌。

刚一破晓,他们就准备再度动身。天上现出灰白色,他们并未见到太阳升起。天空笼罩在浓雾中,周围弥漫着一股难闻的气息。他们缓缓骑行在古道上。路面宽大硬实,养护良好。透过浓雾,依稀可见左边耸立着迷雾山脉的绵长山脊。他们已经进入巫师山谷南库茹尼尔。山谷三面环山,南向开口。曾经的南库茹尼尔美丽青翠,滔滔艾森河水流穿其间。进入谷地之前,众多泉源和山上雨水冲积而成的溪流注入艾森河,水流所经之处,原野无不美丽丰饶。

然而,今非昔比。艾森加德外围城墙下,除了萨鲁曼的奴隶耕种的几亩薄田,整座山谷一片荒芜,荆蔓丛生。地上、灌木丛和堤岸上攀缘着荆棘,成了无数小动物栖身的巢穴。谷中没有一棵树。但是,在杂草丛中仍可见到树木被焚烧、砍倒后留下的老树桩。除了河水激石的声响,四野一片死寂、荒凉。谷地上空阴云低垂,烟雾和蒸汽浮荡其间。众人谁也没说话,各自心中思量着,不知此行结局会是何番光景。

他们骑行了好几哩后,古道变成了宽敞的街道,街面上精心铺设着光滑的方形大石板,接缝处连根草也没有。街道两边的深渠里水流汩汩。突然,一根高高耸立的石柱映入眼帘。漆黑的石柱上方是一块雕漆成巨大白掌形状的石头。白掌指向北方。他们知道,艾森加德城门一定不远了,心情不由沉重起来。前方的雾浓得看不透。

迷雾山麓的巫师山谷中,自古坐落着这个人们称为艾森加德的地方。它有一部分是山峦天然形成,大部分工程出自古代的西部人类之手。萨鲁曼在此盘踞日久,也曾屡屡置手其上。

萨鲁曼声名鹊起,被尊奉为巫师之首时,这里是如下景象。山坡下,有一大圈岩石环丘,像峭壁一样耸立着。环丘上只有位于南侧的一个巨大拱形出入口。人们在巨大的黑色岩石上凿出一条长长的隧道,隧道两端都安装了无比坚实的铸铁大门。铁门稳稳固定在巨大的铰链上,铰链钢柱揳进活石中,拔开门闩,伸手轻轻一推,铁门就能无声无息地打开。进入铁门后,穿过隧道,便可来到一片略略下凹、形如巨大浅碗的圆形平原上。平原直径约一哩,曾经一派青翠,布满果树和林荫大道,周围山上流下的无数细流在此汇积成湖。然而,萨鲁曼统治后期,那里已丝毫不见青翠之物。所有路上都铺着坚硬的青石板,路两旁的树不见了,取而代之的是用沉重铁链穿起的一排排柱子,有些是大理石柱,有些是铜铁柱。

平原上有许多房屋。房间、厅堂、通道依外围环丘而建,因此,整片露天的圆形平原处在数不清的门窗包围之下。这些房屋能容纳成千上万的人居住,工人、仆人、奴隶,以及拥有大量兵甲的武士。下面的洞穴里还豢养着狼群。平原上钻挖了许多通向地底深处的井洞,上面覆盖着低矮的土丘或石顶。月光下的艾森加德圆形广场,看起来像一座会躁动的坟场,因为这里的地面会发出颤动。井洞向下经过多处斜坡和螺旋阶梯,通往地底深处的洞穴。里面有萨鲁曼的宝库、仓库、兵器库、打铁坊,还有巨大的熔炉。铁轮昼夜不停地旋转,铁锤昼夜不停地响着。夜晚,井洞通风口排出缕缕蒸汽,被底下透出的光映成了红色、蓝色,或谢勒绿色。

两旁铁链拦护的道路通往平原中心,那里矗立着一座造型奇异的高塔。那座塔是最初移居艾森加德环丘的古代人所建,然而看上去不似人类手笔，更像是远古的地动山摇中，大地骨架天然裂变撕扯而成。那是一座岩石筑就的岛屿和山峰，黝黑、亮泽、坚硬：四根巨大的多棱石柱向上聚拢为一体，但在快接近顶端时又各自张开形成四只尖角，尖角锐利如矛，边缘锋利如刀。四根尖角中间有一片狭小的空间，上面的光滑石板上刻写着奇怪的符号，那里距底下的平原五百呎高。那就是萨鲁曼的城堡欧尔桑克，这个名称（不知是有意还是巧合）有两重含义："欧尔桑克"，在精灵语中的意思是"尖斜山"，但在古马克语里的意思是"奸邪的心智"。

神奇的艾森加德城堡坚固，自古就是个美丽的地方，涌现出历代数不清的伟大人物，既有守护刚铎西界的领主，也有善观星象的智叟。然而，萨鲁曼却为了自己不可告人的目的，挖空心思地进行改造，他设想着改造得更好，最终不过是自欺欺人——因为所有那些技法和精巧装置，他以为是自己灵光乍现的得意之作，其实全都来自魔多。因此，他在此所做的一切都只不过是微不足道的复刻，兵器库、监牢、大熔炉，无一不是对那座巨大的堡垒——黑暗妖塔巴拉督尔的小儿科模仿和奴隶般的景仰。黑暗妖塔举世无双，拒绝任何奉迎，彰显着自己的荣耀与无边威力。

萨鲁曼城堡，传言中就是如上这般景象。说是传言，因为洛汗当世之人谁也没有踏入过艾森加德城门，除了少数譬如佞舌之流——他们秘密前往，不会跟任何人透露自己看到的景象。

甘道夫催马走向那根雕有白掌的巨大石柱，他刚一过去，后面的人惊奇地发现，那只手掌看上去已经不再是白色的了，仿佛染上了干涸的血迹。走近之后，他们发现巨掌的指甲殷红。甘道夫浑然不觉，驱马驰入雾中，大家只好紧紧跟上。他们四周像是突然暴发了洪水，路边不时可见宽阔的水塘，漫溢到旁边的洼地，涓涓细流穿行在砾石间。

终于，甘道夫停下马，向大家招手。他们驱马上前，看见前方雾气已经散开，映射着苍白的阳光。时间已过正午，他们来到艾森加德的大门前。

两扇扭曲变形的大门翻倒在地，无数边角锐利的碎石，或四处散落，或堆积成废石堆。巨大的拱柱还在，只是隧道上方的顶盖不复存在——顶盖被整个掀掉了，两侧峭壁一样的墙上撕扯出巨大的裂缝和缺口，门上的塔楼化为齑粉。即便大海震怒，巨浪滔天击打到山岭上，只怕也不会造成这么严重的破坏。

进门以后，艾森加德环形广场淹没在热腾腾的水里，犹如一个沸腾的大煮锅，水面上漂浮着断梁横木、箱子、桶子和残破的工具。所有道路都被淹没，路旁扭曲、残破的柱子斜刺在水上。远处，在缥缈缭绕的云雾中，依稀耸立着岛屿一样的巨岩。高高的欧尔桑克黑塔未被暴风雨摧毁，独自屹立着。污浊的水拍打着巨岩四周。

眼前的景象让国王一行大为震惊，坐在马上，说不出话。他们意识到萨鲁曼的势力已经被推翻了，但猜不出这一切何以发生。他们把目光移向拱道和毁坏的大门，看见身旁不远处有个巨大的石砾堆。突然，他们发现有两个小人影悠闲地躺在上面，穿着灰衣服，很难跟周围的石头区分开来。他们身边摆着瓶子和碗盘，仿佛刚刚饱餐了一顿，吃累了正在休息。其中一个似乎睡着了；另一个躺在断石板上，枕着手臂，跷着二郎腿，嘴里不断喷着大大小小的蓝色烟圈。

希奥顿、伊奥梅尔和手下的骑兵全都惊奇地望着这两个小人影。似乎，艾森加德的断垣残壁，都不如眼前的景象更奇异。国王还没能开口说话，那个吐着烟圈的小身影突然察觉到迷雾边缘这一行安静骑在马背上的人。他从地上一跃而起，看起来是个年轻人，或者说，像个年轻人，但身高不足成年人类的一半。他露出一头棕色的卷发，一副长途跋涉的旅人打扮,身上斗篷的色泽和样式,跟甘道夫的同伴初到埃多拉斯时所穿的一模一样。他抬手放在胸前,深深鞠了一躬。接着,他好像没看到巫师和其他人马一般,转身面对国王和伊奥梅尔。

"大人,欢迎来到艾森加德!"他说,"我们是守门人。我是萨拉道克之子,名叫梅里阿道克;我的同伴,唉!他太累了——"他抬脚踢了踢另外一个,"——他是图克家的帕拉丁之子佩里格林。我们的家乡在遥远的北方。萨鲁曼大人就在里头,不过他现在正在跟一个叫佞舌的人密谈,不然他肯定会来这里迎接各位尊贵的客人。"

"他肯定会的!"甘道夫笑着说道,"是萨鲁曼命令你们在此守着他的破门,让你们好吃好喝之余,留意来客吗?"

"不,好心的大人,这事可跟他无关。"梅里严肃地答道,"他这会儿忙着呢。是树须给我们下的命令,他接管了艾森加德。他命令我要言辞得体地欢迎洛汗的国王。我已经尽力啦。"

"那你们的伙伴呢?莱戈拉斯跟我呢?"吉姆利再也忍不住,大声嚷起来,"你们这两个毛头毛脚的小无赖,小浑蛋!你们害得我们一路好找!足足两百里格,穿沼泽,过森林,历经生死,就只为了营救你们!结果,发现你们竟然在这里大吃大喝,无所事事,而且还抽烟!抽烟!你们这两个浑蛋,烟草打哪里弄来的?锤子与钳子在上!我真是又愤怒,又高兴,我还没有爆炸,真是个奇迹!"

"吉姆利,我坚决同意你的话。"莱戈拉斯笑道,"不过,我更想知道他们的酒是打哪里弄来的。"

"你们一路好找,却有一样东西没找着,那就是智慧。"皮平睁开一只眼睛说,"你们发现我们得胜坐在战场上,战利品难以计数,竟然好奇我们打哪里弄来这点儿正当的享受!"

"正当的享受?"吉姆利说,"我不信!"

众人大笑起来。"毫无疑问,我们见证了亲密老友的重逢。"希奥顿说,"甘道夫,这么说来,这两个就是你们失散的同伴？这些日子注定奇事不断。从我离开家乡,这一路上见识了不少;而现在,我眼前又站着另一个传说中的种族。这两位应该就是我们有些人称为霍尔比特拉的半身人吧？"

"陛下,您愿意的话,请叫我们霍比特人。"皮平说。

"霍比特人？"希奥顿惊奇道,"你们的语言变得很奇怪,不过这名字听起来跟这变化倒也挺相配。霍比特人！我听到的报告可跟事实不符啊。"

梅里鞠了一躬,皮平也爬起来深深地鞠了一躬。"陛下,您真和蔼可亲。真希望,我也能像您那么得体地说话。"他说,"话说,这对我也是个奇事哪！打从我离开家乡,游荡过不少地方,直到今天才头一遭遇见知道霍比特人故事的人。"

"我的子民很久以前来自北方,"希奥顿说,"但实不相瞒,我们也不知道有关霍比特人的故事。我们中间流传着这样的说法：远在千山万水之外的地方,沙丘的洞穴里住着一群半身人。但是没有关于他们事迹的传说,因为,据说他们几乎什么都不做,会避开人类的视线,眨眼工夫就会消失得无影无踪。他们会变声,模仿各种鸟的鸣叫声。不过,看来还有不少事情能说道。"

"陛下,确实不少。"梅里说。

"比如,"希奥顿说,"我从没听说他们嘴里能冒烟。"

"这并不奇怪,"梅里答道,"这门艺术我们才传了几代人。南区长谷镇的托博德·吹号手最早在自家花园里种出了真正的烟草,根据我们的历法,那是1070年左右的事儿。老托比是怎么发现……"

"希奥顿,你不知道自己正身陷危险。"甘道夫插话说道,"如果你再这样耐心鼓励一下,这些霍比特人会坐在这片废墟边上聊天,跟你大聊桌上的美酒佳肴,把自家父亲、祖父、曾祖父,以及八竿子打不着的表亲做过的各种鸡毛蒜皮的事儿跟你聊个没完。关于抽烟的历史，换个其他更合适的时间再谈吧。梅里，树须在哪儿？"

"我想，他在北边。他去找喝的东西啦——干净的水。大多数恩特都跟他在一起，还忙着呢——就在那边。"梅里朝那个热气腾腾的湖挥挥手。他们向那边望去，听见远处传来隆隆响和嘎嘎声，仿佛山坡上发生了雪崩一样。远处还传来了"呼姆—嚯姆"的声音，好像胜利的号角声。

"这么说欧尔桑克无人把守吗？"甘道夫问。

"有大水把守啊！"梅里说，"不过，急楸和其他一些人也在盯着。平原上那些杆子啊柱子啊可不全是萨鲁曼立的。我想，急楸就在阶梯脚下那块岩石旁边。"

"没错，那边有个高大的灰色恩特。"莱戈拉斯说，"不过他垂手立在那儿，一动不动，活像门前栽种的树。"

"天已过午，"甘道夫说，"从一大早到现在，我们还没吃过任何东西。但我希望尽快见到树须。他没给我留口信吗？还是美酒佳肴让你们把他的话忘到脑后了？"

"留了口信，"梅里说，"我本来是想要说的，可是总被一堆其他问题打断。我要转达的口信是：如果马克之王和甘道夫骑马赶到北边石墙，就会发现树须在那里欢迎他们。我想另外补充说，他们还会发现上好的美味佳肴，全都是您谦卑的仆人亲自找到并挑选出来的。"他鞠了一躬。

甘道夫大笑。"太好了！"他说，"怎么样，希奥顿，你愿意与我一同去见树须吗？我们得绕行去北面石墙，但路也不远。等你见到树须，你会知道得更多。树须就是范贡，他是恩特的领袖，也是最古老的恩特，你跟他交谈，将会听到世间最古老的生灵的语言。"

"我愿意。"希奥顿说，"再会，我的霍比特朋友！愿我们能在我的宫殿中重逢！届时你们可以坐到我旁边，随心所欲地畅谈——把你们能记得起的祖辈的事迹细细道来。我们还可以聊一聊老托博德和他的烟草渊源。再会！"

两个霍比特人深深鞠了一躬。"洛汗的国王果然名不虚传！"皮平压低声音说，"是个好脾气的老家伙，很懂礼貌。"

**第九章
水淹石城**

Flotsam and Jetsam

———————— 最后，整个艾森加德看起来就像一口巨大的平底锅，蒸汽腾腾，水泡翻滚。

甘道夫和国王一行骑马向东,沿着毁塌的艾森加德石墙外围离开了。阿拉贡、吉姆利和莱戈拉斯留了下来。他们让阿罗德和哈苏费尔自行去找草吃,随后找到霍比特人,坐到他们身旁。

"好啦,好啦!一路好找,总算找到了!而且是在一个我们谁也没想到过的地方。"阿拉贡说。

"既然大人物去商谈大事了,我们这些小猎手也许可以破解我们自己的小谜语了。"莱戈拉斯说,"我们成功跟踪你们到了森林。但仍有不少事,我想知道真相。"

"你们经历的事情,我们也有一大堆问题!"梅里说,"我们从老恩特树须那儿了解了一些,但是那可远远不够。"

"慢慢来,不着急。"莱戈拉斯说,"我们是一路追踪的猎人,你们先跟我们说说自己的经历。"

"后说也行,"吉姆利说,"最好先吃顿饭,吃好之后再说。我头痛,而且也都过午了。也许,你们两个小浑蛋该去找些你们提到过的战利品来给我们赔罪。美酒佳肴没准能把你俩的账抵消一点。"

"那是自然!"皮平说,"你们是在这儿吃,还是想舒服一点去萨鲁曼的门卫室里吃?在那边拱门底下。我们俩是没办法,只能在外面吃,好睁大眼睛留意路上的情况。"

"结果眼睛连睁都没睁!"吉姆利说,"我才不去奥克的屋子呢!也不想碰奥克的肉食或者任何他们撕咬过的东西!"

"不会叫你碰的,"梅里说,"我们这辈子也顶顶讨厌奥克。可艾森加德还有不少别的种族的人。萨鲁曼这点心计还是有的,他并不信任奥克。替他守门的是人类,我猜,应该是他的心腹。总之,他们享有特权,吃喝补给都特别好。"

"包括烟草?"吉姆利问。

"不,我想不包括。"梅里大笑道,"烟草可是另一码事,等吃过午饭告诉你。"

"那咱们去吃午饭吧!"矮人说。

两个霍比特人在前头带路,穿过拱门,来到左边楼梯上方的一扇大门前。门里面是个很大的内厅,尽头有几扇小门,一侧是壁炉和烟囱。内厅是从岩石里开凿出来的,里面以前一定十分昏暗,因为所有窗户都朝向隧道。不过,现在天光透过残破的隧道顶盖照了进来。壁炉里的木头还在燃烧着。

"我生了一小堆火。"皮平说,"大雾里头生点火,能让我们感觉振奋些。找不到太多柴火,能找到的大部分木头都是湿的。不过烟囱的通风效果不错,似乎曲曲折折穿过岩石通到外头,幸运的是这个烟道很畅通。有火就方便了。我去给你们烤几片面包。不过,恐怕面包已经有三四天了。"

阿拉贡和两个同伴在长桌一端坐下,两个霍比特人消失在尽头的一扇小门后头。

"那里头是个储藏室,很幸运,位置比洪水高。"皮平出来时说。他俩搬来一大堆盘子、碗、杯子、刀子和各种食品。

"吉姆利大人,你可不要对这些吃的嗤之以鼻,"梅里说,"这些不是奥克的饲料,树须说这是'人类的吃食'。你们要喝葡萄酒还是啤酒?里头有一桶啤酒——味道相当可以。这是最上等的腌猪肉。

或者，如果你们想吃，我去切几片熏肉来烤着吃。很抱歉，这里没有绿色蔬菜，最近几天供给基本中断了！配面包的就只有黄油和蜂蜜。你们还满意吗？"

"说实在的，很满意，"吉姆利说，"你们俩的那笔账抵消不少。"

很快，三个人埋头猛吃起来。两个霍比特人毫不害臊地跟着他们又吃了一顿。"我们必须陪客人进餐！"他们说。

"今天上午你们两个可真够有礼数！"莱戈拉斯大笑道，"不过，如果我们没来，你们俩没准互相陪着又吃上了。"

"没准。肯定的！"皮平说，"我们跟奥克折腾了一阵子，之前那几天也没什么东西吃。我们好像已经很久没有开怀饱餐了。"

"可似乎也没对你们造成什么伤害。"阿拉贡说，"事实上，你们看起来身体倍儿棒。"

"对，倍儿棒。"吉姆利说，视线越过手里端着的酒杯，上上下下打量着他们，"呃，头发比我们分开的时候浓密卷曲了两倍。我敢说，你们俩都长高了！如果你们这个年龄还能长的话。总之，这个树须没饿着你们。"

"确实没饿着我们，"梅里说，"可是，恩特只喝东西，喝东西可不能带来饱足感。树须的饮料或许挺有营养，叫人总得吃点干硬的东西吧。哪怕来点兰巴斯精灵饼干换换口味也不错。"

"你们喝了恩特的水，是吗？"莱戈拉斯问道，"啊，那样的话，我想吉姆利的眼睛多半没看错。有些奇怪的歌谣唱到过范贡的饮料。"

"关于那个地方有很多奇怪的故事！"阿拉贡说，"我从来没进去过。快，跟我多讲讲范贡森林，多讲讲恩特！"

"恩特，"皮平说，"恩特——呃，首先，恩特各不相同。不过，现在他们的眼睛，他们的眼睛非常奇怪。"他竭力想找到合适的词句表达清楚，声音越来越小，最后竟沉默了。"噢，呃，"他接着说道，"你们——刚才已经远远见到几个——他们也见到过你们,说你们正在赶来的路上——我想,你们离开前还会见到很多。呃,只能靠你们自己去观察。"

"好了,好了!"吉姆利说,"故事都讲到半截儿上去啦!我喜欢从头听故事。就从咱们失散的那个奇怪的日子开始讲起吧。"

"以后有时间,你会听到原原本本的故事,"梅里说,"但首先——要是各位都吃饱了——你们该装上烟斗,点上火。然后,享受一阵子平安回到布里[1]或幽谷的错觉。"

他掏出一只装满烟草的小皮袋。"我们有成堆的烟草,"他说,"我们走的时候,你们要拿多少就拿多少。今天早上,我跟皮平干了些打捞的活儿,水面上漂着好多东西。皮平发现了两只小桶子,我估计是被水从哪个地窖或储藏室里冲出来的。我们打开桶子,发现里面装满上等烟草,完好无损的烟草!"

吉姆利取了一些在掌心搓搓,接着闻了闻。"感觉不错,闻着挺香。"他说。

"绝对不错!"梅里说,"我亲爱的吉姆利,这可是'长谷烟叶'啊!桶子上清清楚楚地印着吹号手家的商标!我想不出它是怎么到这里来的。我猜这是专供萨鲁曼私人享用的。我从来不知道它竟然能传这么远。不过这会儿供咱们享用了。"

"可是,"吉姆利说,"我得有烟斗才能享用啊。唉,我的烟斗在墨瑞亚或之前什么地方弄丢了。你们的战利品里没有烟斗吗?"

"恐怕没有。"梅里说,"我们没找到烟斗,就连门卫室里也没找到。看来萨鲁曼是独享这份美味。我觉得,去敲欧尔桑克的门跟他讨只烟斗,恐怕没用。咱俩共用烟斗吧,必要时好朋友就得这样。"

---

[1] 布里(Bree),卷一中跃马客栈所在地。

"慢着！"皮平叫道。他探手入怀，从衣服口袋里拽出一只用绳系着的小软袋，"我总会贴身带一两样宝物，当成魔戒一样宝贝着。这是其中一样——我的木制老烟斗。这是另一样——全新、没用过的烟斗。我也不清楚自己为啥大老远带着它们。我自己的烟叶吸完后，从来就没指望还能在旅途中找到烟草。不过，它现在派上用场了。"他举起一只烟锅又大又光滑的小烟斗递给吉姆利，"我们之间的账可以一笔勾销了吧？"

"一笔勾销！"吉姆利叫道，"最高尚的霍比特人啊，你可让我欠你一个大人情！"

"好了，我要出去透透气，看看天气跟风向怎么样！"莱戈拉斯说。

"我们跟你一块儿去。"阿拉贡说。

他们走出去，坐到大门前的砾石堆上。微风把雾吹散了，他们现在能看清山谷远处的地方。

"我们先在这里放松歇一会儿！"阿拉贡说，"趁着甘道夫在别的地方忙碌，咱们如他所言'坐在这片废墟边上聊天'。我感到一种前所未有的疲倦。"他将身上的灰斗篷裹紧，遮住铠甲，伸直两条大长腿，往后一靠，从嘴里吐出一缕细细的烟来。

"快看！"皮平说，"咱们的游侠神行客回来啦！"

"他从未远离过。"阿拉贡说，"我是神行客，也是杜内丹。我属于刚铎，也属于北方。"

他们晒着太阳，默默地抽了一阵子烟。下午的阳光透过白云，斜照进山谷里。莱戈拉斯躺着一动不动，目不转睛地看着天空与太阳，轻声哼唱起来。终于，他坐起身。"好啦！"他说，"时间不早了，雾已经散开了，你们也别再吞云吐雾了。讲讲你们的故事吧？"

"呃，我的故事是这么开始的：醒来后陷身一片黑暗，发现自己被绑缚在奥克营地里。"皮平说,"让我想想,今天的日期是……?"

"夏尔纪年3月5号。"阿拉贡说。皮平掰着指头算了一下。"才九天之前!"他说,"从我们被抓到现在,我感觉像过了一年!呃,有一半的时间都像在做噩梦。我记得我们被抓后有三天极度悲惨。我要是忘了什么重要的,梅里更正我一下。我不打算说那些残酷鞭打、侮辱谩骂和恶臭难忍之类的细节,这些一想起来就叫人受不了。"说完,他就开始讲述起波洛米尔最后的浴血奋战,以及奥克从埃敏穆伊丘陵到范贡森林的那段行程。在多处跟猜测吻合的地方,其他几位连连点头。

"我这儿有几样你们遗落的宝物,"阿拉贡说,"你们一定很高兴能找回来。"他松开斗篷里面的腰带,解下挂着的两把带鞘小刀。

"哇!"梅里说,"我从未奢望还能再见到这两把刀!我用它们砍了好几个奥克,但乌格鲁克把它们夺走了。他瞪人的模样真恐怖!起先我以为他会用刀捅我,可他把刀扔了,好像被刀烫了手似的。"

"这儿还有你的别针,皮平。"阿拉贡说,"我一直好好保管着,这可是件宝贵的东西。"

"我知道宝贵。"皮平说,"扔的时候,十分难受,可我还能有什么选择!"

"别无选择。"阿拉贡答道,"危难的时候,不能舍弃珠宝,就只能戴上镣铐。你做得非常正确。"

"割断手腕上的绳索,干得漂亮!"吉姆利说,"当时运气眷顾了你,不过应该说,你用双手握住了运气。"

"却给我们设置了一个很大的谜团!"莱戈拉斯说,"我以为你们扎翅膀了!"

"不幸的是,我们没扎翅膀。"皮平说,"你们可想不到格里什那赫的行径。"他打了个寒战,不再开口,梅里接着讲述后来那些骇人的时刻：爪子一样的手，臭嘴里喷出的热气，还有毛烘烘胳膊的恐怖力量。

"这些关于巴拉督尔——他们称作鲁格布尔兹——的奥克的事情，让我十分不安。"阿拉贡说，"黑暗魔君知道得太多了，他手下的爪牙知道得也太多。那场争吵之后，格里什那赫显然把消息送到了大河对岸。红魔眼会盯着艾森加德。总之，萨鲁曼搬起石头砸了自己的脚。"

"对，不管最后哪一方获胜，他都不会有好下场。"梅里说，"从他的奥克踏上洛汗土地的那一刻起，局势就开始对他不利了。"

"照甘道夫的分析，我们见过那个老恶棍，"吉姆利说，"就在范贡森林边上。"

"那是什么时候的事？"皮平问。

"五个夜晚之前。"阿拉贡说。

"让我想想，"梅里说，"五个夜晚之前——正好我们要讲到你们一无所知的故事了。战斗结束后的那天早上，我们遇见了树须。当天晚上我们去了涌泉堂，那是他的一处恩特之家。第二天早上我们去了恩特大会，也就是恩特们的聚会。那是我这辈子见过的最古怪的事情。集会持续了整整两天。那两天晚上我们都是跟一个叫急楸的恩特在一起。后来，集会进行到第三天傍晚，恩特们突然就爆发了。真是太神奇了！在那之前，整座森林紧张得像在酝酿着一场暴风雨，接着就完全爆发了。我真希望你们能听听他们行军时唱的歌。"

皮平说："要是萨鲁曼当时听见了，就算得靠自己两条腿跑路，他此刻肯定也逃到一百哩之外了。

> 哪怕城墙坚固难攻打，哪怕石门光滑难攀爬，
> 我们一路向前进，去把石头劈，去把高门砸！

"歌很长。其中很大一部分没有歌词，就像号角和鼓声构成的音乐。特别让人振奋！不过，当时我以为那只是进行曲，就是一首歌而已。来了这里之后，我才发现自己浅陋了。"

"夜幕降临后，我们翻过最后一道山脊，来到南库茹尼尔谷。"梅里继续说道，"直到那时，我才第一次发现，整座森林跟在我们后面移动。我以为自己在做一场关于恩特的梦，但皮平也发现了。我们俩都很害怕。我们直到最近才完全明白。

"那些是'胡奥恩'，恩特是这么用'简短语言'称呼他们的。关于他们的情况，树须不肯多说，但我想他们是几乎变成树木或至少看起来像树木的恩特。他们散布在森林里的各个地方，或者在森林边缘，默不作声，时刻看顾着树木。我相信，在黑暗的山谷深处，有成百上千的胡奥恩。

"他们力大无穷，而且似乎能把自己遁入阴影中：很难见到他们移动。但他们确实会移动。他们发怒的时候，移动得非常快。也许，你站着不动在那里看天气，或是听风吹过的沙沙声，突然之间，你就发现自己置身树林当中，周围全是高大、虬结的树。他们会说话，能跟恩特交谈 —— 树须说，这就是为什么称他们为胡奥恩 —— 但他们变得很古怪、很野蛮。很危险。如果没有真正的恩特在场看管他们，我很害怕遇上他们。

"呃，那天上半夜，我们翻下一条很长的沟壑，进入巫师山谷地界，恩特和那些簇簇窣窣的胡奥恩跟在后头。当然，我们看不见胡奥恩，但周围充满了吱嘎作响的声音。那天夜里多云，天非常黑。一离开山岭，他们的速度就变得非常快，发出一种狂风吹过的声音。月亮躲在云层后面，午夜刚过，艾森加德北面围满了高大的树木。看不见一个敌人，也没有遇到阻拦或盘问。只有石塔高处的一扇窗户闪烁着光亮。

"树须和几个恩特继续悄悄前进,绕到能看得见大门的地方。我和皮平跟他在一起。我们一直坐在树须肩膀上,我感觉到他紧张得浑身微微颤抖。不过,即便恩特被鼓动起来,也依然非常谨慎,非常耐心。他们像石雕一般站在那里纹丝不动,屏住呼吸仔细听。

"后来,突然出现巨大的骚动。号声大作,回荡在艾森加德石墙间。我们本来以为自己被发现了,战斗就要打响了。结果发现,压根不是那么回事。萨鲁曼的大军开拔了。我不太了解这场战争,也不太了解洛汗的骑兵,但萨鲁曼似乎想要一举灭掉国王和他的所有人马。艾森加德倾巢出动。我看着他们出发:徒步的奥克队伍长得不见首尾,还有骑着巨狼的奥克部队。此外,还有人类的大军——许多人举着火把,透过火光我能看清他们的脸孔。大部分都是普通人类,身形高大,深色头发,神情冷酷,但长相不算特别邪恶。然而,还有一些面容邪恶可怖的:跟人一样高,长着奥克的脸,皮肤蜡黄,长着狞笑的吊斜眼。你知道吗,他们让我莫名想到了在布里看见的那个南方人,只不过那个南方人没有他们那么像奥克。"

"我也想到过那个人,"阿拉贡说,"我们在海尔姆深谷对付了不少这种半奥克。现在看来,那个南方人显然是萨鲁曼的密探。至于他是跟黑骑士勾结,还是只为萨鲁曼效力,这就不得而知了。很难说清楚,这些邪恶的东西什么时候相互勾结,什么时候尔虞我诈。"

"总之,各类敌人加在一起,少说也有一万人。"梅里说,"他们花了一个钟头才全部走出大门。有些沿着古道朝渡口方向去了,有些掉头朝东去了。他们在大约一哩开外的河上搭了座桥,那条河谷很深。你们站起来,能看见那桥。他们全都嘎着嗓子唱歌,大声哄笑,发出可怕的喧闹声。我当时觉得洛汗要完蛋了,但树须并没有动。他说:'我今晚的任务是要对付艾森加德,对付山岩跟石头。'

"不过,尽管我看不见暗处正在发生什么,但我相信,艾森加德大门刚一关上，胡奥恩就开始向南移动了。我想他们的任务是对付奥克。到了早晨，他们已经到了山谷很远的地方，因为那儿有一片无法看透的阴影。

"等萨鲁曼派出了所有队伍，就轮到我们出场了。树须把我们两个放下来，上前走到大门前，开始猛捶那些门，大声喊萨鲁曼出来。没有人应答，只有高墙上飞出的无数箭矢和石头。用箭矢对付恩特没什么用。当然，箭会让他们觉得疼痛，会激怒他们——就像被苍蝇围叮一样。恩特简直就像针扎一样，浑身插满奥克的箭也不会造成什么严重伤害。首先，他们不会中毒。再者，他们的皮肤似乎非常厚，比树皮还坚韧。只有用斧头使劲砍，才会让他们严重受伤。他们不喜欢斧头。但是，要对付一个恩特需要一大群拿斧头的人，因为任何抡起斧头朝恩特砍一下的人，都不会等到砍第二下的机会。恩特一拳下去，能把铁块砸成薄片。

"树须中了几箭之后，开始变得激动起来，用他自己的话说，变得十分'性急'。他发出巨大的'呼姆——嚯姆'声，十几个恩特立刻大步赶过来。恩特发怒十分骇人。他们的手指和脚趾紧紧抠住岩石，像撕面包皮一样把岩石扯裂。那感觉就像大树根用百年时间撑裂岩石的工程缩短为一瞬间。

"他们又推又拉，又扯又摇，猛力捶打，只听见一阵哐啷咯喇的响声，不到五分钟时间，他们就把那两扇大门捣毁、掀翻在地。还有一些恩特像沙坑里的兔子一样，开始啃啮石墙。我不知道萨鲁曼怎么看待当时发生的事情，但他显然无计可施。当然，很可能他的妖术近来退步了。但不管怎么说，我想他原本就不是什么勇毅之辈，加之在这种紧要关头，没了大批奴隶、机器和那些玩意儿——你们知道我指的是什么——他就压根没了一丝胆量。他跟老甘道夫完全不同。我很好奇，他的名声该不会主要靠蛰伏在艾森加德这点小聪明博来的吧。"

"当然不是，"阿拉贡说，"他曾经名副其实，像传说中那样了不起。他知识渊博、心思缜密、技艺超群，而且还拥有操纵人心智的本领。他能说服智者，威吓弱者，现在肯定还保留着这种能力。我敢说，尽管他现在遭遇失败，但整个中土大地上能跟他单独会谈且全身而退的人不多。他如今已完全露出狰狞面目的情况下，或许甘道夫、埃尔隆德和加拉德瑞尔能做得到，其他就没有什么人了。"

"恩特做到了全身而退！"皮平说，"他似乎从前说服哄骗过恩特，但这种事绝不会再有第二次。不管怎么说，他不了解恩特，在谋算的时候犯了个大错，没有把恩特考虑进去。他没有防范恩特的计划，且恩特开始采取行动，他也没时间制定防范计划。我们开始攻击的时候，艾森加德剩下的那些鼠辈就像闪电一样蹿过恩特撕开的墙洞逃出去了。城里的人类，恩特盘问过就放走了，大概放走了二三十人。不过我想，那些奥克，不管身形大小，可逃不掉几个。他们无论如何也躲不开胡奥恩——当时艾森加德四周围了一圈树木，还有那些移动到下面谷地里的胡奥恩。

"当恩特将南面的石墙大部分捣毁，城里剩下的人全都丢下萨鲁曼哄散出逃。萨鲁曼也仓皇出逃。我们到的时候，他似乎就在大门口。我估计他是出来观看自己的虎狼之师出征的。恩特攻进墙内时，他急忙离开。他们起先没发现他。不过那时夜空放晴了，星光明亮，足以让恩特看清周围。急楸突然大叫起来：'砍树凶手，砍树凶手！'急楸性格温和，但他恨透了萨鲁曼砍树的恶行，因为他照管的树遭到了奥克的残酷砍戮。急楸从里面的门旁一跃而下，他被鼓动起来时确实行动迅疾如风。只见一个苍白的身影快速穿行在柱子的阴影中，即将到达通往塔门的楼梯。急楸紧追不舍，眼看只差一两步就能抓住萨鲁曼勒死他，不料却被他溜进去了。就差那么一点点。

"萨鲁曼侥幸逃进欧尔桑克后，很快就发动了那些宝贝机器。已经有许多恩特进了艾森加德,有些是跟随急楸进去的,有些是从北边和东边破墙而入的。他们到处奔走,造成了巨大破坏。突然,平原上遍布的通风口和通气孔全都开始向外喷出大火和恶臭的浓烟。好几个恩特身上被烧焦,烫起了泡。他们当中有一个高大帅气的恩特,我想是叫榉骨,被一股液体火焰喷到了,全身烧起来像支火把——那景象太恐怖了。

"这下子可把恩特激得疯狂起来。我原以为他们已经被真正鼓动起来了,但是我错了。我终于见到他们真正发怒的样子。着实叫人胆战心惊。他们咆哮、吼叫、发出隆隆声,把岩石全部震裂震塌了。我和梅里躺倒在地,用斗篷塞住耳朵。恩特们像怒号的狂风,大步绕着欧尔桑克尖塔奔走,摧毁柱子,抡起的巨石像雪崩一样砸进通风井,把大石板撕碎像树叶那样抛向空中。石塔位于这股猛烈旋风的中心。我看见铁柱和砖石被抛起几百呎高,纷纷砸落在欧尔桑克塔的窗户上。不过树须还保持着头脑清醒。他很幸运,没被烧伤。他不希望同族在激愤中伤害到自己,也不想让萨鲁曼趁乱从哪个洞中逃掉。许多恩特用身躯去撞击欧尔桑克的岩石,却没有一点效果。石塔非常光滑坚硬。或许,塔身上施有某种魔法,比萨鲁曼本人的魔法都要古老强大。他们无论如何也找不到一个可以抓住施力的地方,也没办法把塔弄裂,反而把自己撞得浑身瘀青,伤痕累累。

"于是,树须走到环形广场内,大喊一声。洪亮的声音将所有喧嚷都压了下去。刹那间,到处一片死寂。在这片寂静中,尖塔高处的窗口传出一阵刺耳的尖笑声。之后,恩特们身上发生了十分奇怪的变化。他们本来激动得像炸锅一样,突然全都冷却下来,森冷如冰,极其安静。他们离开平原,聚集到树须周围,一动不动地站着。树须用恩特本族的语言跟他们说了几句话。我想他是把自己很久以前脑袋里想好的计划告诉了大家。接下来,他们无声无息地消隐在一片灰色的光线中。那时天已经开始亮了。

"我相信他们布下了岗哨监视塔楼,静静地隐蔽在阴影中,所以我看不见他们。其他人都朝北去了。那一整天,他们都忙得不见踪影。大部分时间只剩下我们俩。那一天可真无聊。我们四处游逛,不过尽可能避开欧尔桑克的窗口能看见的地方。被那些窗口盯着的感觉太恐怖了。我们花了不少时间找吃的。我们也坐下来聊天,不知道南方的洛汗情况怎么样,也不知道远征队其余的同伴都怎么样了。我们不时会听见远处传来石头震动滚落的声音,巨大的撞击声回荡在山岭间。

"下午我们绕着石墙走了一圈,去看看各处的情况。在山谷最前方有一大片胡奥恩组成的影影绰绰的树林,在北边围墙那儿也有一片。我们不敢走进去。树林里一直有响动,不断传出撕扯东西的声音。恩特和胡奥恩挖了许多大坑和沟渠,掘了大水塘,筑了水坝,把艾森河水和所有他们能找到的泉源和溪流的水都引了过来。我们没打扰他们。

"黄昏的时候,树须回到大门前。他似乎很高兴,边走边轰轰轰地哼着曲子。他停下来,伸展了大长胳膊和腿,深深吸了口气。我问他是不是累了。

"'累了?'他说,'累了?呃,不,不累,就是有点僵硬。我需要好好喝上几口恩特泽河水。我们今天十分忙碌。今天砸石头、掘土,干的活比我们过去很多年的都多。不过,快要完工了。天黑以后,别在大门附近或大门隧道里逗留!可能会有大水冲进来——有一阵子,水会很脏,直到把萨鲁曼的所有垃圾污秽都冲走。以后,艾森河的水又能清澈起来。'说着,他伸手把墙体拉倒了一片,动作悠闲,似乎纯属消遣。

"我们正在那里琢磨着躺到哪儿能睡个安稳觉,这时发生了一件特别让人惊奇的事情。大路上传来疾驰的马蹄声。我和梅里躺下不动,树须隐遁在拱门的阴影里。突然,一匹骏马像银色的闪电一样奔了过来。天已经黑了，但我能清楚看见骑马人的脸——那张脸似乎会发光，一身雪白的袍服。我坐了起来，张大嘴巴，眼睛瞪得大大的。我想要大声喊他，却叫不出声。

"不过也不用出声。他就在我们旁边停了下来，低头看着我们。'甘道夫！'我终于喊出来，声音小得像耳语。他是不是该说：'哈啰，皮平！这真叫人惊喜啊！'——嗨，全然不是！他说：'快起来，你这图克大笨瓜！啧啧，瞧这一片废墟，树须究竟在哪儿？我要找他。快点！'

"树须听见他的声音，立刻从暗处走出来，那可真是一次奇怪的会面。我很惊讶，因为他们俩似乎谁也不觉得意外。甘道夫显然知道能在这儿找到树须，而树须在大门附近晃荡很可能是专意来迎接甘道夫。但我们已经把墨瑞亚的事全告诉那个老恩特啦！我顿时想起来他当时看我们的神情很怪异。现在我猜想，他肯定已经见过甘道夫，或者听说过他的事情，只是不打算急着说出来。他的口头禅是'不宜着急'。但甘道夫不在场，谁也不会多说他的动向，精灵也不会。

"'呼姆！甘道夫！'树须说，'我很高兴你来了。我能搞定树木加牲畜、流水加石头，但这个巫师得留给你收拾。'

"'树须，'甘道夫说，'我现在需要你的帮助。你已经做了非常多的事情，但我需要的更多。我有大约一万个奥克要对付。'

"之后，他们两个就离开了，走到某个角落里去商议了。这在树须看来一定是过于性急，因为甘道夫实在火急火燎，还没等走出我们能听见的范围，就已经快速说起来。他们离开了一会儿工夫，也许一刻钟吧，甘道夫就回来了，看上去十分释然，甚至说得上欣然。这时候他才说很高兴见到我们云云。

"'甘道夫，'我大声问道，'你都到哪儿去啦？你遇见其他人了吗？'

"'不管我去过哪里，现在我回来了。'他用一贯的甘道夫腔调答道,'对,我见过其他一些人了,具体情况以后再说。今夜十万火急,我必须快马加鞭。黎明或许会更光明。等到那时,我们会再碰面的。你们自己要当心,离欧尔桑克远一点!再见!'

"甘道夫走后,树须一直在沉思。很显然,他在短时间里听说了太多事情,正在消化。他看着我们,说:'呃,嗯,我发现你们俩不像我原来认为的那么性急。能说的话,你们没有全说;不该说的话,你们一句也没说!呃,这可真是一大堆消息,一大堆!好吧,我树须这下子有的忙啦。'

"树须走之前,我们从他那儿了解了一点,可听了之后怎么也高兴不起来。我们当时更多的是关心你们三个,远超过想弗罗多、山姆,还有可怜的波洛米尔的事情。因为我们得知一场大战即将开始,很可能马上就会开始,而你们全都被卷进去了,也许不能生还。

"'胡奥恩会去帮助的。'树须说。说完他就走了,我们一直到今天上午才又见到他。

"当时夜很深了,我们躺在砾石堆上,周围什么也看不见。不知是雾还是暗影,就像一张巨大的毯子,将周围的一切都笼罩住了。空气又闷又热,充满了沙沙响、吱嘎声,还有各种低低的嘈杂声。我想大概又有几百个胡奥恩经过,前往战场增援。后来,南边远远传来一阵打雷似的隆隆巨响,一道道闪电划过远处的洛汗上空。我们不时能看见数百哩外尖尖的山峰突然耸现,白色的光,黑色的山峰,瞬间就又消失了。我们身后群山间也不时响起轰隆隆的响声,但跟雷鸣声不同。有时轰隆隆的响声回荡在整个山谷。

"大概在午夜的时候,恩特摧毁堤坝,把所有积蓄起来的水灌入北边石墙的缺口,灌进了艾森加德。胡奥恩阴影过去了,雷声也渐渐远去。月亮正沉落到西边的山岭背后。

"艾森加德渐渐被注满了,到处都是黑乎乎的溪流和水塘。水流漫延灌进了整个环形平原,在月光的余辉中闪动。水流不时灌入通风口或喷气孔,激起大量的白色蒸汽嘶嘶地向外冒。浓烟滚滚升起。夹杂着爆炸和喷出来的火舌。一大团蒸汽盘旋升起,绕着欧尔桑克一圈圈盘旋,整座塔楼看起来像一座云峰,下方雾气滚滚,上方月光笼罩。仍然不断有水灌进来,最后,整个艾森加德看起来就像一口巨大的平底锅,蒸汽腾腾,水泡翻滚。"

"昨天夜里,我们到达南库茹尼尔谷口时,看见了云团一样的浓烟和蒸汽。"阿拉贡说,"我们当时还担心,以为萨鲁曼在酝酿什么新妖术对付我们。"

"当然不是他!"皮平说,"他大概已经被呛得再也笑不出来了。到了早上,也就是昨天早上,水灌进了所有的洞里,雾特别浓。我们躲在那个门卫室里,吓得要命。湖里的水开始向外漫,沿着之前的隧道向外涌,很快涨到了台阶上。我们以为自己要像洞里那些奥克一样被淹死了,幸好我们在储藏室后头发现了一道螺旋楼梯,顺着楼梯爬到了拱门上方。由于通道塌了,靠近顶上的出口段几乎被滚落的石头堵死了,我们好不容易才挤出来。我们坐在洪水淹不到的高处,看着艾森加德被淹没。恩特持续不断地灌水,直到把所有的火都扑灭,每个洞穴都灌满水。浓雾慢慢聚拢在一起,水汽升腾成巨大的伞状云,至少有一哩高。傍晚时分,东边山陵上空出现一道巨大的彩虹,后来,落日就被山坡上浓密的雨雾给遮住了。周围变得安静下来。远处传来几只狼的嗥叫声。入夜后,恩特停止灌水,让艾森河水返流。一切都平息下来。

"从那时开始,水开始慢慢回落。我想地底下那些洞穴一定在哪里有排水道。萨鲁曼不管从哪个窗口向外望,看到的都会是满目狼藉。我们俩感到非常孤独。一整片废墟中见不到一个可以聊天的恩特,也听不到任何消息。我们一整夜都待在拱门上头，又湿又冷，我们俩都睡不着。我们总感觉随时有可能发生什么事情。萨鲁曼仍在塔里。夜里一直有风声，山谷里大风刮过来的声音。我猜外出的恩特和胡奥恩那时候回来了，可我不知道他们回来后又去了哪儿。今天早晨雾重，潮湿，我们爬下来四处逛了一圈，周围一个人也没有。我要讲的就是这么多。一切混乱喧嚣似乎要归于平静。甘道夫回来了，也莫名地感觉安全多了。我也能睡安稳觉了！"

好一阵子，大家谁也没有说话。吉姆利重新往烟锅里装满烟草。"有件事情我很好奇，"他一边说，一边用打火石和火绒线点燃烟斗，"就是佞舌。你告诉希奥顿，说他跟萨鲁曼在一起。佞舌是怎么进去的？"

"噢，对，我忘了说他。"皮平说，"他今天早上才到。树须再度出现的时候，我们刚给壁炉生了火，吃了些早餐。我们听见他在外头叫着我们的名字。

"'小伙子们，我过来看看你们怎么样了。'他说，'顺道给你们带来点消息。胡奥恩回来了。一切顺利。啊，非常顺利！'他高声笑起来，高兴地直拍大腿，'艾森加德再也没有奥克，再也没有斧头了！今天过不了多久，就会有一群人从南方过来，其中有几个人，你们俩见到一定会很高兴。'

"他的话刚说到这儿，我们就听见路上传来了马蹄声。我们匆忙奔到大门前，我站在那儿瞪大眼睛，心里隐隐期盼着看见神行客和甘道夫带领人军奔过来。但是，人雾中走来的却是一匹疲惫的老马，马背上驮着一个人，那人长相怪异扭曲。周围再无其他人。当他走出大雾，冷不丁看见面前的断壁残垣，坐在马背上顿时目瞪口呆，脸都快绿了。他惊慌失措，一开始好像都没注意到我们。等他发现我们的时候，发出一声惊叫，企图掉转马头逃跑。但树须跨出三大步，伸出长臂,一把将他从马鞍上拎下来。那马吓得撒蹄就跑,而他趴倒在地上。他说他叫格里马,是国王希奥顿的朋友兼顾问,国王派他给萨鲁曼递送重要情报。

"'旁人都不敢穿越到处都是邪恶奥克的旷野。'他说,'于是就选派我来了。我一路上历尽艰险,现在又饿又累。路上遭到狼群追赶,不得不绕到北方又赶过来。'

"我注意到他拿眼角瞟树须,心里暗暗说着'撒谎'。树须幽幽地盯着他看了好几分钟,直到那个卑鄙的家伙趴在地上局促不安起来。终于,树须开口说:'哈,哼,佞舌大人,我知道你会来。'那人听到名字吃了一惊,'甘道夫抢先一步到了,所以,你的那些事情我全知道了;我还知道该怎么处置你。甘道夫交代说,把所有耗子都堵进一个洞里。我就打算这么干。现在,我是艾森加德的主人,萨鲁曼被关在塔里。你可以进里面去,把你知道的情报跟他好好汇报。'

"'让我进去,让我进去!'佞舌叫道,'我认识路。'

"'我相信,你认识从前的路。'树须说,'不过这里情况有点变化。你自己去看吧!'

"树须放他走了,佞舌一瘸一拐地穿过拱道,我们紧紧跟在后头。等他走到环形广场前,这才发现自己跟欧尔桑克之间,隔着一片汪洋。他转过身来面对我们。

"'放我走吧!'他哀号说,'放我走吧!我的情报已经没用了。'

"'的确没用了。'树须说,'但你只有两条路可选:要么跟我待在一起,等甘道夫和你的主上到来;要么涉水过去。你选哪条路?'

"那人一听提到主上,浑身哆嗦,马上把一只脚踩进水里,随即又缩回来。'我不会游泳。'他说。

"'水不深。'树须说,'但很脏,佞舌大人,脏水对你没啥伤害。下水吧!'

"话音刚落,那个卑鄙的家伙就扑腾进水里去了。没走多远,在我还能看得到的地方,水就淹到他脖子。最后,我看见他紧紧抱着一只旧桶子或是块木头。树须蹚过去跟在他后面,盯着他的动向。

"'嗯,他进去了。'树须回来后说,'我看着他像只落水老鼠似的爬上台阶。石塔里还有人在,有只手伸出来把他拉了进去。他如愿到塔里去了,希望他如愿得到欢迎接待。我现在得去洗一洗自己这一身污秽。要是有人想见我,让他去北边高的地方找我。这里找不到能让恩特喝,能让恩特洗澡的干净水。所以,我要请你们两个小伙子在大门口守着,等着来人。得提醒你们一下,其中有洛汗的国王!你们俩必须好好迎接,他的人马刚刚跟奥克打了一场大仗。也许你们比恩特更懂人类的礼数,知道如何言辞得体。我这一辈子,绿色的原野里有过许多国王,可我从来不学他们的语言,也不知道他们的名字。来人可能会想吃人类的吃食,我猜你们俩肯定知道。所以,尽可能去找一些你们认为适合拿来招待国王的东西吧。'故事到此就结束啦。不过,我挺想知道佞舌到底是谁。他真是国王的顾问吗?"

"曾经是。"阿拉贡说,"他还是萨鲁曼安插在洛汗的奸细和奴仆。真应了那句'天理昭彰,报应不爽'的话。看见自己曾认为坚固、辉煌的一切变成了断壁残垣,足够惩罚他的了。恐怕还有更可怕的惩罚在等着他。"

"没错,我可不认为树须送他进欧尔桑克是出于好心。"梅里说,"树须似乎觉得这事办得相当漂亮,离开去洗澡和喝水时还在独自发笑。后来我们俩忙得够呛,到处寻找,到处打捞。我们在附近几个地方找到了两三个储藏室,都在洪水水位上头。但树须派了些恩特过来,搬走了好大一堆东西。

"'我们需要够二十五个人吃的人类吃食。'来的那些恩特说。所以,这下子你们明白了吧,你们还没有到达,就有人仔细数过你们的人数了。显然你们三个原本也要跟那些大人物一起走的，但你们在这里吃得不会比那里差！我跟你们保证，留下的东西跟送去的那些一样好。比那里更好，因为我们没送酒过去。

"'要送喝的吗？'我问那些恩特。

"'那边有艾森河水，'他们说，'河水现在很清澈，恩特跟人类都能喝。'我倒是希望恩特来得及用山泉酿制他们的饮料，没准甘道夫回来的时候，能看见他的胡子卷起来。那些恩特走了以后，我们感觉又累又饿，可我们并不抱怨——我们的劳动获得了极好的回报。正是在搜寻人类吃食的过程中，皮平从那一大堆漂浮物中捞中大奖——吹号手家族的桶子。皮平常说：'饭后来口烟，赛过活神仙。'所以就有了你们刚进来时看到的那番景象。"

"现在我们完全明白啦。"吉姆利说。

"我还有一点不明白，"阿拉贡说，"艾森加德有南区的烟草！这事我越想就越觉得蹊跷。我从没来过艾森加德，但我在这片地区游走过，非常熟悉洛汗与夏尔之间这片旷野的情况。很多年以来，没有旅人或货物在此过境，公开过境。我猜，萨鲁曼跟夏尔的某个人有秘密交易。不只希奥顿国王一家有佞舌，其他国家也都会有这号人物。那些桶子上有日期吗？"

"有日期。"皮平说，"1417年产，就是去年。哦，不，当然是前年。现在，早已经开始了新的一年。"

"好吧，我希望，不管有过什么邪恶勾当，现在都结束了。如果没结束，咱们也鞭长莫及。"阿拉贡说，"不过我想我会跟甘道夫提一句，尽管这跟他的那些大事相比显得微不足道。"

"不知道他现在做什么呢，"梅里说，"下午都快结束了。我们过去瞧瞧吧！神行客，你现在可以随便进入艾森加德了。但是，没有什么宜人的景象。"

第十章
萨鲁曼的声音
THE VOICE OF SARUMAN

———— 看清楚了！我不是你曾经背叛出卖的灰袍甘道夫,我是历经死劫归来的白袍甘道夫。从现在开始,你已丧失颜色,我将你逐出门派,逐出白道会!

他们穿过毁塌的隧道，站在砾石堆上，望着通体漆黑的欧尔桑克。黑岩塔上的无数扇窗户，在周围的一片狼藉中更显得阴森可怖。大水已基本消退。到处都是污水坑，水坑上积着浮沫与残渣。巨大的圆形广场重新显露出来，无比荒凉：地上遍布烂泥和滚落的石块，露着很多黑漆漆的洞口，地上东倒西歪地戳着很多石柱、铁桩。这个破碎的碗形广场边缘，出现数不清的大土堆和斜坡，酷似被风暴掀起的屋顶盖。再过去，是模糊不清的一片绿色谷地，向上延伸，最终隐入黛色山岭间的峡谷。他们看见几个骑在马上的人，正小心谨慎地穿过废墟。这些人从北面过来，离欧尔桑克塔很近了。

"是甘道夫，希奥顿，还有他的人马！"莱戈拉斯说，"我们过去跟他们会合！"

"走路小心！"梅里说，"很多石板松动了， 个不小心，石板就会翘起来把你甩进洞里去。"

他们沿着从大门口通向欧尔桑克的残路向前走，走得非常慢，碎裂的方石地板泥泞不堪。骑在马上的 行人看见他们走近，在石塔阴影下停下来等着他们。甘道夫骑上前来迎接。

"呃，我和树须讨论了一些有趣的事情，制订了几个方案，"他说，"后来，我们全部好好休息了一下。现在又得行动起来了。希望你们几个也都休息好了。恢复精神了吗？"

"恢复啦,"梅里说,"不过我们的讨论从烟草开始,以抽烟告终。而且,我们感觉没有以前那么反感萨鲁曼了。"

"真的吗?"甘道夫说,"呃,我可没有这种感觉。离开前我还有最后一件事情要办:跟萨鲁曼辞行。很危险,而且很可能白费力气,但必须做。你们谁想跟我去——但千万得小心!万万不可当儿戏!这可不是闹着玩的时候。"

"我去。"吉姆利说,"我想去会会他,看他到底跟你长得像不像。"

"矮人大人,你要用什么办法看?"甘道夫说,"如果他想让你觉得他像我,你就会看见一个像我的萨鲁曼。你有没有足够的智慧识破他所有的伪装?不过,也许我们可以试试。他很可能不好意思当着这么多人的面现身。不过我已经让所有的恩特都避开了,这样我们或许能说动他出来。"

"会有什么危险?"皮平问,"他会向我们放箭?会从窗口向我们泼火球?还是会隔空对我们下咒?"

"如果你漫不经心出现在他门前,最后一种情况最有可能。"甘道夫说,"但谁也不知道他会做什么,或者选择做什么。接近困兽是十分危险的。而且,萨鲁曼拥有你们想象不出的能量。要格外当心他的声音!"

他们来到欧尔桑克塔底下。高塔通体黝黑,岩石闪着湿漉漉的光泽。岩石的各个棱角都十分锋利,仿佛新凿出来的一样。塔底附近的石渣和碎片,显示着石塔曾经承受过恩特的暴怒。

在塔身东侧,两根石柱之间有一扇离地面很高的大门,上方是一扇朝着阳台的百叶窗,阳台上焊铸着铁护杆。一道二十七级的宽阔阶梯从地面通到大门槛。阶梯用的是同样的黑色岩石,但不知用什么工艺凿成。大门是整座石塔的唯一入口,塔身石壁上凿了许多很高、很深的斜窗,最高处号角形塔翼上的窗户看上去像无数双睥睨的小眼睛。

甘道夫和国王在阶梯前翻身下马。"我要上去。"甘道夫说,"我进过欧尔桑克,知道哪里有危险。"

"我要跟你一块上去。"国王说,"我老了,不惧怕任何危险。我要会一会那个屡屡加害于我的敌人。伊奥梅尔跟我一起上去,免得我这双老腿立不稳。"

"那就听你的。"甘道夫说,"阿拉贡跟着我。其他人在阶梯底下等我们。如果有什么可听、可看的,你们都能听得见、看得见。"

"不行!"吉姆利说,"我和莱戈拉斯都想走近看看。我俩要代表各自的族人。我们要跟着上去。"

"那就一起来吧!"甘道夫说完跨上台阶,希奥顿走在他旁边。

洛汗的骑兵列在楼梯两旁,焦虑不安地坐在马上,忧心忡忡地望着高塔,害怕他们的陛下会遭遇不测。梅里和皮平坐在最下面一级台阶上,感觉到不受重视,也没有安全感。

"从这里到大门得走半哩泥巴路!"皮平咕哝道,"真希望能神不知鬼不觉溜回门卫室!我们来这里干吗?他们又不需要我们。"

甘道夫站在欧尔桑克塔门前,举起手杖敲门,大门发出沉闷的声响。"萨鲁曼,萨鲁曼!"甘道夫厉声高叫,"萨鲁曼,你给我出来!"

好长时间,里面都没有响应。最后,大门上方的那扇窗户打开了,窗口黑漆漆的看不见人影。

"谁啊?"一个声音问道,"你们有何贵干?"

希奥顿吃了一惊。"这个声音我认得,"他说,"我诅咒自己第一次听见这声音的日子。"

"佞舌格里马,既然做了萨鲁曼的男仆,那就快快去把他带出来!"甘道夫说道,"别浪费我们的时间!"

窗户关上了。他们等待着。突然,传来另一个人的声音,低沉、悦耳,充满了魔力。聆听的人若不当心,很少能记住自己听到过什么;

而若是听得用心，却会变得迷茫，因为自身的心智鲜少留存。他们大多只会记得，声音听着让人愉悦，句句皆为智慧箴言，内心雀跃着恨不得也能立刻仿效。相形之下，其他人说的话就会显得生硬粗嘎，而如果反驳之前的那个声音，对声音着魔的人内心的愤怒就会被激化。对有些人来说，魔力只在声音对他们说话的当时奏效，一旦声音转向别人，他们就会露出讥笑，就像看穿了玩杂耍的人故伎重施糊弄他人。对许多人而言，单只这声音就足以让他们着魔，而一旦着魔，身在远方也会受到控制，总会听见温柔的声音在他们耳畔低语、蛊惑。然而，没有人能够做到对这个声音无动于衷；只要这声音的主人操纵着它，没有足够的意志和定力，就没有人能够拒绝声音发出的请求或命令。

"怎么啦？"此刻声音带着轻轻的质疑，"你们为什么一定要打扰我休息？难道昼夜都不能让我安宁一刻？"那语气恰似一个心地善良的人无端受到很大的委屈。

他们抬起头，大吃一惊，因为谁也没有听见他出来的声音。只见一个人影站在栏杆边上，俯望着他们。是个老人，裹在一件宽大的斗篷里，斗篷的颜色很难描述，会随着他的动作或观看者的目光变换而改变。他的脸很长，额头很高，双眼昏暗、深不可测，他此刻看起来凝重、慈祥而略显疲惫。他的须发几乎全白了，只有唇边和鬓角还隐约可以看见一些黑色的毛发。

"像，但又不像。"吉姆利咕哝道。

"呃，好吧。"那个柔和的声音说，"至少有两个人我能叫得上名字。甘道夫，我太了解了，知道他不大可能来我这里寻求帮助或建议。但是你，洛汗的马克之王希奥顿，你高贵的徽记昭示了你的身份，而更能彰显你身份的是埃奥尔家族的俊美容貌。噢，声誉卓绝的森格尔的杰出儿子啊！你为什么不早些来我这里，让你我以朋友相交？西部大地最伟大的国王，我是多么渴望见到你啊！尤其是最近几年，我多么渴望将你从周围那些愚蠢而又邪恶的建议中拯救出来啊！难道现在真的太迟了吗？纵使我受到深重的伤害，唉，此事洛汗的子民也难辞其咎，可我仍愿意拯救你。你如今踏上的这条路，将会给你招致不可避免的毁灭，我愿意拯救你远离毁灭。事实上，现在，能够帮得了你的只有我一个人。"

希奥顿张开嘴巴，似乎想要说话，却什么也没有说。他抬头看着萨鲁曼的脸，对上他俯身望着自己的邪恶、冷峻的眼睛，然后看看身旁的甘道夫。他似乎犹豫起来。甘道夫毫无表示，像石头一样站立不动，仿佛在耐心等待迟迟未到的召唤。洛汗的骑兵开始有些骚动，低声赞许着萨鲁曼的话。随后，他们像被施了咒一样默不作声。他们似乎觉得，甘道夫从未如此不吝溢美地赞颂过他们的国王。对比之下，他对希奥顿的态度粗鲁而又傲慢。他们的心头蒙上一片阴翳，担心将会遭遇巨大的危险，似乎甘道夫正将马克驱入无边的黑暗，而萨鲁曼却站在一扇逃生门旁，拉开门带来一片光明。空气十分凝重。

矮人吉姆利突然开口说话。"巫师的话蛊惑了他们的心！"他低吼道，紧紧握住了斧柄，"明摆着，在欧尔桑克的语言里，帮助意味着毁灭，拯救意味着残害。收起你的那一套！"

"别吵！"萨鲁曼说，有那么一瞬间，他的声音不再柔和，眼中有道光一闪而过，"格罗因之子吉姆利，我还没跟你说话。"他说，"你的家乡在远方，这片土地的麻烦跟你没有多大关联。纠缠其中也并非你本意，因此我并不责备你在其中扮演的角色。我相信你是位勇士。不过，我请求你，请允许我跟我的邻居、我曾经的伙伴，洛汗的国王先谈一谈。

"希奥顿王，你有什么要说的吗？你愿意与我和解吗？我愿以经年智识为你提供帮助。让我们携手共商对策，化解未来邪恶，好吗？我们齐心抹平创伤，让我们的家园更加繁荣美好。"

希奥顿依旧没有回答。他内心是愤怒,还是疑虑,谁也说不清楚。这时,伊奥梅尔开口了。

"陛下,请您听我说!"他说道,"现在,我们感觉到了曾被警告过的危险。我们驰骋厮杀赢得胜利,难道只是为了前来让口蜜腹剑的老骗子继续蛊惑?掉进陷阱里的恶狼,面对猎犬也只能耍出这种花招。说实在的,他能给予您什么帮助?他只是渴望逃脱自己的困境。您难道真要和这个无耻背叛的杀人犯和谈吗?请您想一想在渡口倒下的西奥德雷德王子,也请别忘了海尔姆深谷哈马的孤坟!"

"论起口蜜腹剑,我们该怎么评价你呢,小毒蛇?"萨鲁曼说,怒意十分明显,"不过,算啦,伊奥蒙德之子伊奥梅尔!"他再次换成温柔的声音,"人贵恪守本分。你的本分是勇士,你为此赢得了荣耀。杀死国王认定的敌人,才是你的本分。不要插手你压根不懂的政策纲要。不过,也许等你当了国王,你就会明白国王择友格外重要。无论我们有过什么恩怨,真的也好,假的也罢,萨鲁曼的友谊和欧尔桑克的势力都不能轻易抛在一边。你打赢了一场战斗,而非打赢了整个战争,你们这次得到的帮助,未必下次还能指望。下次,你也许会发现森林的阴影逼到自家门前:它们行踪无定、愚蠢无知,而且对人类无情。

"但是,洛汗的国王啊,仅仅因为战斗中有勇士倒下,我就要被称作杀人犯吗?如果要上战场,当然这毫无必要,因为我并不希望打起来,那就一定会有人员伤亡。我若因此被称作杀人犯,那么,整个埃奥尔家族都要背负上谋杀的恶名,因为他们参与了无数战争,常常袭击反抗他们的人。然而,他们后来跟其中的一些人化解干戈,思虑周全总不会有坏处。哦,希奥顿王,你愿不愿意跟我握手言和、缔结友谊?这是你我二人的事情。"

终于,希奥顿费力地开了口,声音嘶哑:"我们会握手言和。"好几个骑兵高兴得叫了起来。希奥顿举起手。"不错，我们会握手言和。"希奥顿说，声音十分清晰，"等你和你的杰作灰飞烟灭，等你那位黑暗主子的杰作灰飞烟灭，我们会握手言和。你一直想要把我们出卖给你的黑暗主子！萨鲁曼，你是个骗子，你是个心肠腐烂的浑蛋。你朝我伸出手来，我却分明看见了魔多的爪子。残酷而冷血！即使你对我发动的战争是正义的，——而事实并非如此——你要如何解释西伏尔德被纵火焚烧，无数孩童惨遭杀戮？你要如何解释，哈马战死在号角堡大门前，他的尸体却惨遭荼毒？事实上，你的战争毫无正义可言。因为，即令你比现在聪明睿智十倍，你也无权为了一饱私欲而统治我，统治我的子民。等你挂在自己窗前的绞架上，供你豢养的乌鸦大快朵颐时，我就会跟你、跟欧尔桑克握手言和！这就是埃奥尔家族的答复。我虽是伟大父辈的不肖子孙，却也不需要仰仗你的鼻息。你另寻对象吧！不过，恐怕你的声音早已失去了魔力。"

骑兵们怔怔地看着希奥顿，好像被人从梦中惊醒。听过萨鲁曼那音乐般悦耳的声音，他们觉得自己主上的声音听起来如同老乌鸦叫声一般粗嘎可怕。但萨鲁曼此刻已然恼羞成怒，身子探出扶栏，仿佛要用手杖暴打国王。有一刹那，有些人似乎看见了一条蜷起身体、准备发动攻击的毒蛇。

"绞架！乌鸦！"他咬着牙恨声说道。恐怖的变化让人禁不住发抖，"老昏庸！埃奥尔的宫殿算什么东西，不过是土匪强盗臭气熏天喝酒、强盗崽子跟狗满地爬的茅草棚！他们早就该上绞架！绞索已经套好，正在慢慢收紧，最后收得又牢又紧。想吊死，你们就等着吧！"此刻他的声音变了，似乎慢慢稳住了自己，"真不知道我怎么会有耐心跟你啰唆。希奥顿老匹夫，我不需要你，也不需要你那帮逃跑跟冲锋一样快的骑兵。很久以前，我让你有了超出自己德才的位置。今天我又给了你 次，也好让那些被你引入歧途的人清楚如何选择道路。可你竟然妄自尊大、出言不逊！那就算了吧！滚回你的茅草棚！

"但是你，甘道夫！我真为你感到痛心，真是替你不值得。你怎么会与这帮人为伍？甘道夫，你绝对是个高傲的人，拥有高贵的心灵，睿智的双眼看得又深又远。到了这个时候，你还不愿意听我一言吗？"

甘道夫动了一下，抬起头。"我们上次见面时难道你还有什么没说完的话吗？"他问道，"又或者，有些话你想要收回？"

萨鲁曼顿了顿。"收回？"他思忖着，有些摸不着头脑，"收回？我尽心竭力劝告你，全都是为你好，你却一句都没听进去。你确实拥有过人的智慧，但你骄傲自负，不听劝告。我认为，你当时真错了，你故意误解我的意图。恐怕是因为我当时急着想要说服你，不够耐心，我为此深感后悔。我对你毫无恶意；即便你如今带着一帮无知粗鄙的人找上门，我依然对你没有恶意。我怎么会对你有恶意？我们难道不是中土世界最杰出门派的盟友吗？我们的白道会古老而高贵。我们的友谊将互惠互利。我们俩联手可以大有作为，可以力挽世界危局。请让我们彼此理解，不要再与宵小为伍！他们只配听候我们发落！为了我们共同的利益，我愿意改正过往，接纳你。你不愿意跟我谈一谈吗？你不愿意上来吗？"

萨鲁曼在这最后一搏中注入了极强的力量，所有听见的人无一不被触动。产生的魔咒却全然不同。他们耳中听到的是一位仁慈的君主正在对犯错的宠臣温言相劝。而他们被排除在外，只是在门旁听到不该听的话——就好像顽皮的孩子或蠢笨的仆人，偷听到尊长一番旨意含糊的话，害怕是否会对自己的命运造成影响。这两位皆为人中山岳，令人敬畏又充满智慧。他们必会结为同盟。甘道夫会上楼进入高塔，在欧尔桑克高处的厅堂里讨论那些他们理解不了的深奥事情。那扇门会关闭，他们会被关在门外，被遣散在各处，等候分派的任务或惩罚。就连希奥顿心里都出现了这样的想法，蒙上了一层疑云："他会背叛我们，他会离开——我们即将失败。"

突然，甘道夫纵声大笑起来。众人的胡思乱想像一缕轻烟被快速吹散。

"萨鲁曼！萨鲁曼！"甘道夫一边说，一边笑个不停，"萨鲁曼，你入错行了。你该去王宫里给国王当逗乐小丑，靠模仿他的大臣骗取吃喝与功名。啊，至于我！"他顿了顿，强忍住笑，"彼此理解？恐怕你理解不了我！至于你，萨鲁曼，我对你十分了解，可以说了如指掌。关于你的言行举止，你压根想不到我了解得有多清楚。上次我来拜访你，你是魔多的狱卒，差点把我送去魔多。不，一个从你屋顶逃脱的客人，再次回来站到门前，他一定会三思。不，我绝不会上去。听着，萨鲁曼，我最后问一次！你真不愿意下来吗？事实证明，艾森加德不如你希望，或者你幻想的那般牢不可破。而其他那些你坚信不疑的事情，或许都一样。你真不愿意从塔里出来？也许，你能借助新的事物？萨鲁曼，好好想想吧！你真不愿意下来吗？"

萨鲁曼脸上掠过一道阴影，随即变得一片死灰。他还没来得及掩饰，他们透过那张面具洞悉了他的苦恼和疑虑——他憎恨留在塔中，却也惧怕失去了塔的庇护。有那么一瞬，他犹豫了，众人屏息等待着。随后，他开口了，声音尖厉、冷酷。骄傲和仇恨在他心中占了上风。

"我愿意下去吗？"他嘲弄道，"一个手无寸铁的人，会下去跟门外的强盗谈判吗？我在这里听得清楚着呢。我不会那么愚蠢，甘道夫，我不会相信你。那些野蛮的树魔虽然没公开站在我的楼梯边，但我知道，他们尊奉你的命令潜藏在哪个地方。"

"向来叛徒最多疑。"甘道夫厌烦地说道，"你不必担心自己这副臭皮囊。假如你真了解我的话，你就会知道，我既不想杀你，也不想伤害你。而且，我还有力量保护你。我再给你最后一次机会。如果你接受，就可以离开欧尔桑克，获得自由。"

"听起来不错。"萨鲁曼讥讽道，"十足的灰袍甘道夫方式：如此屈尊纡贵，如此宽容友善。我坚信，你是觉得欧尔桑克塔宽敞舒适，我离开正好成全你。可我为什么要离开？你说的'自由'指的是什么？我猜是有条件的吧？"

"离开的理由，你自己可以从各个窗口看到。"甘道夫答道，"其他的问题，你也能够想明白。你的奴仆不是死了就是散了；你的邻居变成了敌人；你还欺骗你的新主子，或企图欺骗他。他的眼睛盯向此处时，将会是一只暴怒的红魔眼。然而，我说'自由'，我的意思就是'自由'，免受束缚，免受锁链，免受控制。去你想去的地方，甚至，萨鲁曼，如果你愿意，还可以去魔多。但你必须先把欧尔桑克之钥连同手杖交给我，抵押在这里，作为你行为的保证，如果你恪守诺言，日后我就会归还。"

萨鲁曼面色铁青，一张脸因为愤怒而扭曲变形，眼睛变得猩红。他疯狂地笑起来。"日后！"他喊道，声音尖细，"日后！是啊，我猜，等你把巴拉督尔黑暗妖塔的钥匙拿到手，等你把七王之冠、五巫之杖都捞到手，等你权势倾天的时候！多好的如意算盘！完全不需要我的帮助！我还有别的事要忙。别犯蠢了！如果你趁着现在有机会，想跟我谈判，那就先给我滚，等你冷静够了再回来，把这些抹脖子的强盗，还有那些吊在你屁股后头晃悠的累赘货，统统给我甩掉！再见！"他转身离开阳台。

"萨鲁曼，回来！"甘道夫大声命令道。众人惊讶地发现，萨鲁曼转过身，就像被人强行拽了回来。他慢吞吞地回到铁栏杆边，喘着粗气趴在栏杆上。他的脸上遍布皱纹，缩成一团。他的手像爪子一样，紧紧抓着那根沉重的黑手杖。

"我没准许你离开！"甘道夫厉声说，"我还没说完。萨鲁曼，你如今变成了傻瓜,一个可怜的傻瓜。你原本还有机会弃恶从善,还能有所帮助。但你执意留下来,选择一条道走到黑。那就待在里面吧!但我警告你,再想出来就没那么容易了,除非是来自东方的魔爪伸进去把你抓出来。萨鲁曼!"他大声说道,声音里充满了力量和威严,"看清楚了!我不是你曾经背叛出卖的灰袍甘道夫,我是历经死劫归来的白袍甘道夫。从现在开始,你已丧失颜色,我将你逐出门派,逐出白道会!"

他举起手,用清晰、冰冷的声音缓声说道:"萨鲁曼,你的权杖断了。"只听咔嚓一声裂响,手杖在萨鲁曼手中裂开,杖头滚落到甘道夫脚前。"滚吧!"甘道夫说道。萨鲁曼惨叫一声跌倒在地,快速爬走了。就在那时,一个巨大的光闪闪的东西从高处砸下,擦过萨鲁曼刚刚扶着的铁栏杆,紧贴着甘道夫的头,重重砸在他站着的台阶上。栏杆咣啷一声断裂在地,台阶碎裂,火星四溅。但那颗球却完好无损,从台阶上滚下去,滚向一个小水塘。皮平跑过去把它捡了起来。那是一颗黑色的水晶球,球心仿佛着火一般。

"这个杀人成性的恶魔!"伊奥梅尔怒道。甘道夫一动不动。"不,不是萨鲁曼砸的,"他说,"我想,也不是他吩咐的。是从上面很高的窗门砸下来的。我猜,这是佞舌大人的一记告别礼,不过没瞄中目标。"

"也许,是因为目标不明。因为他无法判断自己更恨谁,是你还是萨鲁曼。"阿拉贡说道。

"很有可能。"甘道夫说,"那两个人在里面互相为伴可不会好过。他们会恶言相向。但这个惩罚很公正。佞舌要是能够活着走出欧尔桑克,那就真算他命大。"

他猛然转过身,看见皮平正慢慢爬上台阶,好像抱着一个无比沉重的东西。他赶紧喊道:"嗨,小伙子,我去拿!我可没叫你去搬。"他奔下楼梯迎上去,赶紧接过霍比特人手中的黑水晶球,把它包起来塞进斗篷里面。"这个东西交由我来保管。"他说,"我猜,萨鲁曼可不会选择用这个东西来砸人。"

"但他可能还会有别的东西用来砸人。"吉姆利说,"要是你们讨论结束了,咱们赶紧离开吧,至少能不被石头砸到!"

"结束了。"甘道夫说,"我们走吧。"

他们转身离开欧尔桑克的大门,走下楼梯。骑兵们向国王欢呼,向甘道夫致敬。萨鲁曼的咒语解除了——他们看见他被甘道夫召回来,然后爬走了,魔咒也就随之解除了。

"好吧,事情结束了。"甘道夫说,"现在我得去找树须,把这里的具体情况告诉他。"

"他肯定能猜得到吧?"梅里说,"难道还可能会有别的结果吗?"

"没可能,"甘道夫答道,"尽管希望微乎其微,可我有理由试一试,部分原因是出于怜悯,部分也未尽然。首先,我向萨鲁曼表明,他的声音的魔力正在衰退。他不能既当暴君又当谋士。一旦时机成熟,这个秘密肯定包不住。然而他落入了我的圈套,试图在其他人都在场听着的时候,各个击破目标。随后,我给了他最后一次选择,一个非常好的选择:放弃魔多和他自己的野心,为我们提供帮助,以此悔过。他非常清楚我们的需要。他本来可以给我们提供巨大的帮助,却选择拒绝配合,继续占有欧尔桑克的力量。他想要的是发号施令,绝非听人号令。如今他日日生活在对魔多阴影的恐惧中,却仍幻想着有朝一日能够驾驭风暴。可怜的傻瓜! 如果东方的势力伸手触及艾森加德,他一定会被吞噬。我们无法从外面摧毁欧尔桑克,但是索隆——谁知道他会做些什么?"

"如果索隆也没能征服他呢? 你会对他做什么?"皮平问。

"我? 不做什么!"甘道夫说,"我不会对他做任何事情。我并不想主宰什么。他会变成什么样子？不好说。我痛心的是，那么多美好的东西，如今只能任由它们在塔中腐烂。但对我们来说，情况不算糟。命运的转折真是个奇妙的事情！通常，仇恨只会伤害自身！我猜，就算我们进去了，在欧尔桑克里也找不到什么比佞舌砸我们的那个球更珍贵的东西。"

突然，上方高处窗口传来一声凄厉的尖叫，打断了他的话。

"看来萨鲁曼也很认同这个说法。"甘道夫说，"不管他们了，走吧！"

他们回到大门废墟前。刚刚走到拱门下，树须和其他十几个恩特就从之前隐身的大石堆阴影后面大步走上来。阿拉贡、吉姆利和莱戈拉斯惊异地望着他们。

"树须，这是我的三个同伴。"甘道夫说，"我跟你提到过他们，不过你们还没见过面。"他逐一做了介绍。

老恩特审视他们良久，依次与三个人说话。最后，他转向莱戈拉斯："我的好精灵，这么说，你是从大老远的幽暗森林里来的？那曾经是座非常伟大的森林！"

"现在仍然伟大。"莱戈拉斯说，"可也没有伟大到能让我们这些住在里面的精灵丧失看新树种的兴趣。我非常想去范贡森林里走一走。我刚刚离开范贡森林的边缘，就想再折身返回去。"

树须眼中闪出愉快的光芒："希望你尽快实现愿望。"

"如果有幸蒙邀，我一定会去的。"莱戈拉斯说，"我跟我的朋友达成了一项约定。如果事情进展顺利，我们约着一起去拜访范贡森林——请您允许。"

"任何与你同来的精灵，我们都很欢迎。"树须说。

"我说的这位朋友不是精灵。"莱戈拉斯说，"我指的是这位格罗囚之子吉姆利。"吉姆利深深鞠了一躬，结果斧头从腰带上滑落在地，发出哐当一声。

"呼姆，哼！啊，瞧瞧。"树须说，神情阴郁地看着他，"一个带斧头的矮人！呼姆！我对精灵有好感，但你这个要求太过分。你们的友谊真奇怪！"

"也许你觉得奇怪。"莱戈拉斯说，"可只要吉姆利活着，我就不会撇下他独自去范贡森林。噢，范贡，范贡森林的主人，吉姆利的斧头不是用来砍树的，是用来砍奥克脖子的。他在海尔姆战役中砍了四十二个奥克。"

"呼！那就来吧！"树须说，"听着很不错！呃，好吧，事情该来都会来，不宜着急找事情。但现在我们得先分开一阵子。天色不早了，甘道夫说你们得在天黑前动身，马克之王也急着回他的王宫。"

"是的，我们必须走了，现在就动身。"甘道夫说，"恐怕我得把帮你看守大门的两个小家伙一块带走。不过，没有他们俩，你也一样能行。"

"也许能行。"树须说，"但我会想念他们。这么短的时间里，我们就成了朋友，我想我是越来越性急了——也许我这是活回去了，变成性急的年轻人。不过，他们是我很久、很久以来，整个寰宇之下看见的头一样新事物。我不会忘记他们的。我已经把他们的名字放进那份很长的名录里了。恩特会记住的。

> 恩特垒土比山早，
> 甩开大步快如跑，
> 山泉清水能饮饱；
> 饥肠辘辘洞中宝，
> 行动机敏身材小，
> 霍比特人爱说笑……

"只要树林存在，霍比特人就是我们的朋友。再会了！不过，你们要是在你们美好的家乡夏尔听到消息，就给我送个口信！你们懂我的意思：有关恩特婆的传闻或见闻。最好你们亲自来送信！"

"我们会的！"梅里和皮平齐声说道，说完急忙转身走了。树须看着他们，好一阵子不说话，若有所思地摇摇头。他转向甘道夫。

"这么说，萨鲁曼不肯离开？"他问，"我就知道他不肯。他的心肠腐烂得跟有些黑心胡奥恩一样。不过，要是我被击溃，所有的树都被摧毁，只要还剩个黑洞能够藏身，我也会不肯出来。"

"是啊。"甘道夫说，"可你从未蓄谋用你的树去笼罩整个世界，使得所有其他生灵难以喘息。萨鲁曼的问题在于，他仍然在积蓄仇恨，伺机重新织起那样的罗网。他有欧尔桑克之钥。绝对不能让他逃走。"

"绝对不会！恩特们会看住他。"树须说，"没有我允许，萨鲁曼休想踏出石塔半步。恩特们会盯牢他的。"

"很好！"甘道夫说，"这正是我所希望的。不用操心这事儿，我就可以安心去处理其他事务了。但你一定要格外小心。水已经退了。我担心只在高塔四周布置岗哨还不够。我相信，欧尔桑克塔底一定挖有很深的秘道，过不了多久，萨鲁曼就会想到借助秘道神不知鬼不觉地出入。如果你肯花力气，我恳请你再把大水灌进来，灌满整个艾森加德，要不就得找出所有的出口。只有把所有地方都淹没，所有出口都堵上，萨鲁曼才能老老实实待在高塔上望着窗外。"

"放心交给恩特吧！"树须说，"我们会把整座山谷从头到脚细细搜一遍，每块石头都翻过来看一看。这里会长起树，古老的树，野生的树。我们会叫它'哨林'。哪怕有只松鼠进来，我都会知道。放心交给恩特吧！就算七倍于他折磨我们的时间，我们也不会放松对他的岗哨。"

第十一章
帕蓝提尔晶石
The Palantír

———— 但即便我更早说出来,也不能减少你的欲望,或帮助你更容易地抵抗欲望。或许适得其反!不,烧着指头才能长记性,不玩火的建议才能深入内心。

太阳沉落到绵长的西边山脉后,甘道夫与他的伙伴、国王和他的骑兵才从艾森加德整装出发。甘道夫身后坐着梅里,阿拉贡带着皮平。国王的两名骑兵先行,策马疾奔,很快就进入山谷不见了踪影。其余人全都在后头缓缓前行。

诸位恩特像雕像一般在大门前庄严列队,高举着长臂,没有一点响动。他们沿着蜿蜒曲折的道路走了一段后,梅里和皮平回头张望。天空中依然阳光照耀,但艾森加德已被长长的阴影遮住,灰暗的废墟隐入黑暗中。此刻,树须独自站在大门前,远远望过去就像一根老树桩,两个霍比特人想起了在遥远的范贡森林边缘,与他在阳光照射的岩架上初次相遇的情景。

他们来到那根雕有白掌的石柱前。柱子依然立在那儿,但顶上雕刻的白掌被扔下来摔成了碎片。长长的食指躺在路中央,在黄昏的光影中显得惨白,鲜红色的指甲成了黯黑色。

"恩特注重每一个细节!"甘道夫说。

他们继续骑马向前,山谷中暮色渐深。

过了一会儿,梅里开口问道:"甘道夫,我们今天晚上要骑很远吗? 我不知道屁股后头吊着晃悠的累赘货你有什么感觉,可是你的累赘货累了,如果能停止晃悠躺下来休息,累赘货会很高兴。"

"这么说,你听见他的话啦?"甘道夫问,"别介意! 我很庆幸,他没有说更多的话来针对你们俩。他可一直盯着你们呢。如果能让你那颗骄傲的小心脏觉得舒服一点，我不妨告诉你：眼下，你和皮平在他心里远比我们其他人重要得多。你们是谁？怎么到那里去的？为什么去那里？你们知道些什么？你们是否被俘虏过？如果被俘虏过，所有奥克都被歼灭的时候你们又是如何逃脱的？萨鲁曼那个伟大的脑袋被这一堆小谜题折磨着。梅里阿道克，倘若他的关注让你感到荣耀，那么他的讥笑才会是赞美。"

"谢谢你，甘道夫！"梅里说，"不过，能吊在你屁股后面晃悠是更大的荣耀。至少在这个位子上能够有机会把同样的问题再问一遍。我们今晚会骑很远吗？"

甘道夫大笑："真是个难缠的霍比特！所有巫师都该照看一两个霍比特人——教他们咬文嚼字，教他们知错就改。我请求你原谅。不过你的这些小问题我都考虑过了。我们会再骑几个钟头，尽量不晃悠，走出山谷就休息。明天我们就要快马加鞭赶路了。

"我们来的时候，打算离开艾森加德后穿过平原直接返回国王在埃多拉斯的宫殿，那段路程骑马要花几天时间。但我们经过考虑，改变了计划。先行兵已经赶往海尔姆深谷，提前告知大家国王明天返回。他会带许多人从那里走山路赶往黑蛮祠要塞。从现在开始，无论白天还是晚上，尽可能不要两三个人以上结伴公然穿过平原。"

"要么什么都不说，要么什么都说，真是你的风格！"梅里说，"恐怕我只想问问今晚睡在什么地方。海尔姆深谷在哪个地方？是什么地方？其他那些地方又是哪里？我对这片地方一无所知。"

"如果你想要了解眼下发生的事情，最好还是学点东西吧。不过不是现在去学，也别找我——我有太多挠头的事情要考虑。"

"好吧，等到了营地，我就去火堆旁找神行客，他没你这么急躁。但为什么要这么保密？我以为我们打赢了！"

"没错，我们打赢了，但只是打赢了第一仗，而这会让我们更加危险。艾森加德和魔多之间存在某种联系，但我还没有探明准确的情况。我不确定他们之间如何交换消息，但他们确实有信息往来。我想，巴拉督尔的魔眼将会急切地盯着巫师山谷，盯着洛汗。越少让它看见越好。"

一行人缓缓向前骑行，山谷里的路曲曲折折。卵石河床上流淌着的艾森河忽而在近处，忽而在远方。夜色从山岭上蔓延下来。雾散了，冷风吹过山谷。东方天际挂着一轮满月，洒下冷冷的清辉。他们右侧的山脊渐次低落，最后成了光秃秃的山丘。辽阔的平原映现在他们面前，灰蒙蒙一片。

终于，他们停下来过夜。大家离开大路，再次走向长满芳草的高坡。向西走了一哩左右，他们来到一个小溪谷。溪谷南向出口，向北延伸到北方山脉的最后一座山丘——多巴兰山坡地。山脚苍翠，山顶长满低矮的帚石楠。峡谷两侧凌乱地长满经冬干蕨，里面开始出现春天刚从芬芳泥土里冒出的蜷曲蕨芽。溪谷低处是浓密的多刺高灌丛，距离午夜还有两个钟头左右，他们在高灌木下扎了营，在一棵枝条繁盛的大灌木下洼地里生了火。那棵灌木像乔木一样高，因年深日久枝丫虬结，但枝条都很粗壮，枝梢长满了花苞。

他们布了岗哨，两人一班。其余人吃了点东西后，全都裹进斗篷和毛毯睡下了。两个霍比特人躺在角落里的一堆老蕨叶上。梅里很困，皮平却似乎莫名地心神不宁，翻来覆去，弄得身底下的蕨叶窸窣作响。

"怎么啦？"梅里问，"睡到蚂蚁窝上了？"

"不是，"皮平说，"我睡得不舒服。不知道我们有多久没在正经床铺上睡过了？"

梅里打着呵欠。"扳着指头数数吧！"他说，"你肯定知道我们离开罗里恩多久了。"

"呃，嗨！"皮平说，"我是指睡在卧室里的床上。"

"好吧，那就从幽谷算起。"梅里说，"不过我今晚在哪儿都能睡着。"

"梅里，你运气真好，"皮平顿了一下，轻声说道，"能跟甘道夫共骑。"

"哦，那就运气好？"

"你从他那里挖出点什么消息或信息吗？"

"挖了，还不少，比平常都多。可你都听见啦，至少也听见了绝大部分——你就在旁边呀。我们讲的也都没什么好保密的。你要是觉得能从他那里挖出更多消息，明天你跟他共骑——当然，前提是他愿意要你。"

"可以吗？太好了！但他嘴巴很紧，对吧？真是一点也没变。"

"是的，一点没变！"梅里应道。他这时候有点清醒了，开始好奇他的伙伴到底是为什么事情烦心，"他成长了，类似于成长吧。我觉得，他比从前更和善但也更让人敬畏，更随和但气场也更强。他变了，但我们还没机会去了解他到底变了多少。不过，就想想他最后是怎么收拾萨鲁曼的！记得吧，萨鲁曼曾经比甘道夫阶位高，是白道会的首领之类的。他曾经是白袍萨鲁曼。但现在的白袍是甘道夫。他喊萨鲁曼回来，他就回来了，权杖也夺了；然后，他叫萨鲁曼滚，他就滚了！"

"呃，如果甘道夫真变了，那也是变得口风更紧了，就这么回事。"皮平反驳道，"那个——玻璃球，唉。他似乎开心得要命。他一准知道或猜到了那个球的来历。可他跟我们说什么了吗？没有，一个字儿都没说！可是，那球是我捡来的，要不然就滚进水塘里了。他就说了句：'嗨，小伙子，我去拿！'——如此而已。我想知道那是什么东西？非常重。"皮平的声音低了下去，似乎在自言自语。

"喂！"梅里说，"原来是因为这事儿烦心？好啦，皮平小伙子，别忘了吉尔多的告诫——就是山姆常常引用的那句：'千万别掺和巫师的事务，他们全都机智又易怒。'"

"但是，我们这几个月的时间成天都在掺和巫师的事务，"皮平说，"除了遭遇危险，我还想探点儿消息。我想看看那个球。"

"快睡吧！"梅里说，"迟早你会探到足够的消息。我亲爱的皮平，论起好奇爱打听，图克家向来不敌白兰地鹿家。不过，我问你，现在是好奇打听的时候吗？"

"好啦！但是，我跟你说我的想法，想要看看那个球，又有什么妨碍？我清楚，那球我也拿不到。老甘道夫坐在球上呢，跟老母鸡孵蛋似的。可你呢，就只会对我说，你又拿不到，赶快去睡觉！"

"呃，我还能说什么呢？"梅里说，"对不起，皮平，可你真的只能等到明天早上再说。等吃过早饭，我会跟你一样好奇，我会竭力帮你去巫师那里软磨硬泡。我现在困得再也撑不住了。我要是再打呵欠，准能把耳根都撕裂。晚安！"

皮平没再说话。他静静地躺着，怎么也睡不着。梅里道过晚安后，没几分钟就睡熟了，他那均匀的呼吸声丝毫也没能感染皮平。周围变得越安静，皮平脑海里关于黑球的念头就越强烈。他似乎再次感受到了它拿在手中的重量，再次看见了他曾注视过片刻的球心处的神秘红光。他辗转反侧，努力去想点别的事情。

最后，他实在忍不住，爬起身四下张望。天很冷，他裹紧了身上的斗篷。山谷里洒满清冷皎洁的月光，高灌丛投下黑影憧憧。四处躺着熟睡的身影。两名哨兵不见踪影——很可能，他们在山丘高处，或者躲在蕨丛里。皮平被一种莫名的冲动驱使着，蹑手蹑脚地走到甘道夫睡觉的地方。他低头看向巫师：他似乎睡着了，但眼皮并未完全合拢，长长的睫毛底下闪过眸光。皮平吓得急忙向后退。甘道夫并无动静。霍比特人再次被不由自主地吸引过去，绕到巫师头顶的后方慢慢向前凑。甘道夫全身蜷在毯子里，上面盖着铺展开的斗篷，在他右肋与臂弯之间贴近身体的地方有个隆起的东西，圆圆的、用黑布裹着，他的手似乎刚从上面滑落到地上。

皮平屏住呼吸，一点一点向前挪。终于，他跪下来，两只手悄无声息地伸出去，慢慢将那团东西拿起来：似乎没有他预想的那么重。"说不定这只是一包零碎东西。"心里这么一想，他竟然有了如释重负的感觉。他没有把那包东西放回去，紧紧地抱着站了一会儿。突然，他想到了一个主意，蹑手蹑脚地走开，找到一块大石头回来。

他迅速扯下黑布，把石头包起里面，跪下来把包裹放回巫师手边。终于，他看着自己刚才掏出来的东西。正是它：一颗光滑的水晶球，此刻毫无遮掩地摆在他的膝前，漆黑、死寂。皮平把它拿起来，快速裹进斗篷，正要转身回自己的铺位，甘道夫在睡梦中动了动，嘴里喃喃有声，似乎说着一种非常奇怪的语言。他伸出手，攥住布里裹着的石头，叹了口气，接着又一动不动了。

"你这个浑蛋傻瓜！"皮平心里嘀咕着，"你会给自己惹上可怕的大麻烦。快点把东西放回去！"可他发现自己此刻两腿发抖，不敢再次靠近巫师去拿那个布包。"现在去拿一定会把他惊醒，"他想道，"等我再平静一下。正好我也可以先看一眼。不过肯定不能在这儿看！"他溜到旁边，在离自己铺位不远的绿色土丘上坐下来。月光透过溪谷边缘，照了进来。

皮平双膝并拢坐着，把球放在膝盖中间。他弯下腰，就像一个贪吃的孩子背着其他人独自躲在角落里，俯身看着一大碗美食那样。他掀开斗篷，凝视着它。周围的空气似乎凝滞了。起初，那个球是全黑的，表面映着月亮的光芒，乌黑发亮。接着，球心开始出现微弱的红光，似乎有什么东西动了起来，它攫住了皮平的目光，让他再也挪不开眼睛。很快,整个球里面就像着了火,球开始旋转起来,或者说球里面的火光开始旋转起来。突然,红光灭了。他透不过气来,竭力想要喘口气,却只能弓着身子,双手紧紧抓着球。他的身子弓得越来越厉害,突然浑身僵住了。他的嘴唇嚅动了好一阵子,却发不出一点声音。终于,他像被扼住了脖子,惨叫一声,身子往后一倒,躺着不动了。

他的叫声尖锐刺耳。哨兵们立刻从山坡上跳下来。整个营地的人很快全被惊醒了。

"原来小偷在这里!"甘道夫说着,赶紧用自己的斗篷罩在球上,"你啊,皮平!这回你可闯大祸了!"他在皮平身旁跪下,霍比特人此时直挺挺地躺在地上,双目圆睁,空洞无神地盯着天空。"瞎胡闹!他给自己、给我们所有人,都惹了什么祸?!"巫师的脸色十分难看。

他握住皮平的手,俯身凑到他脸上去听他的呼吸。随后,他把手放在皮平额头上。霍比特人浑身哆嗦,眼睛终于闭上了。接着,他大叫一声,猛地坐起来,神情狂乱,瞪着他周围一张张被月光照得惨白的面孔。

"那不是给你的,萨鲁曼!"他尖着嗓子叫道,甩开甘道夫的手,"我会立刻派人去取。你明白吗?就这么说!"他挣扎着想要站起来逃走,甘道夫轻轻抓住他,不松手。

"佩里格林·图克!"他说,"回来!"

霍比特人浑身一软,向后倒去,紧紧抓住巫师的手。"甘道夫!"他叫道,"甘道夫!原谅我!"

"原谅你?"巫师不置可否,"先告诉我你都做了些什么!"

"我,我拿了球,还看了它。"皮平结结巴巴地说,"里面的东西把我吓坏了。我想要走开,可是动不了。然后,他来了,盘问我。他

259

盯着我看，然后，然后，我只记得这些了。"

"这可不够，"甘道夫厉声说道，"你看到了什么东西？你跟他说了什么？"

皮平闭上眼睛，浑身颤抖，但却什么也没说。他们全都默不作声地盯着他，只有梅里转过身去。甘道夫脸色铁青，催道："说！"

皮平小声吞吞吐吐地说起来，声音渐渐变高、变清晰。"我看见了漆黑的天空，很高的城垛，"他说，"还有很多小星星。看起来仿佛非常遥远、非常久远，但十分清晰、真实。然后，星星忽隐忽现——它们被长着翅膀的东西遮住了。我想，那些东西非常大，很大，但在玻璃球里，它们就像绕高塔盘旋的蝙蝠。我想总共有九只。有一只开始径直向我飞过来，越来越大，越来越大。它有个恐怖的——不，不！我不能说。

"我想要逃开，因为我觉得它要飞出来了，但当它把整个球都遮满的时候，突然消失了。然后，他就来了。他没有开口，但我能听到他的话。他只是看着我，我就明白了他的意思。

"'这么说你回来了？为什么这么长时间没向我报告？'

"我没有回答。他接着问：'你是谁？'我仍然没有回答，但我感觉到十分难受，他又逼问我，于是我就回答说：'我是霍比特人。'

"接着，他似乎突然看见了我，对着我大笑。笑声狰狞，我感觉就像被无数把刀捅刺一样。我使劲挣扎。可是他说：'等等！我们很快会再见面。告诉萨鲁曼，如此绝世之物不是给他的。我会立刻派人去取。你明白吗？就这么说！'

"然后他得意扬扬地看着我。我觉得自己被撕成了碎片。不，不！我不能再说了。别的我什么都不记得了。"

"看着我！"甘道夫说道。

皮平抬起头，直直地望向他的眼睛。巫师也望着他，一言不发。

接着,他的神情缓和下来,露出一抹微笑。他把手轻轻放在皮平额头上。

"好啦!"他说,"那就不说了! 你没有受到伤害。我本来担心你会撒谎,但你的眼睛证实你没有撒谎。这是因为他跟你说话的时间还不够长。佩里格林·图克,你依然是个傻瓜,一个诚实的傻瓜。遇到这样的情况,稍微聪明一点的人很可能会把事情弄得更糟。但下不为例! 你,还有你所有的朋友们,这次能够幸免于难,就像俗话说的,全靠运气。这种好运气不会再有第二次。要是他当时真盘问你了,几乎可以肯定,你会一五一十把知道的一切和盘托出,那样就会把我们所有人都毁了。但他太性急了。他想要的不单单只是信息,他还想要你,想尽快得到你,这样他就能够在黑暗妖塔慢慢收拾你。别发抖! 既然你想掺和到巫师的事务里来,就得做好准备,提前想到会有这样的事情。好啦! 我原谅你了。放心吧,事情还没有糟到不可收拾。"

他轻轻抱起皮平,把他送回自己的铺位。梅里紧紧跟在后面,在皮平身边坐下。"皮平,躺在那儿,尽可能睡一觉!"甘道夫说道,"请相信我! 你要是觉得手痒,告诉我! 这种毛病能治好。总之,我的小霍比特人,别再把石头塞进我臂弯里了! 好啦,我现在留你们俩单独待一会儿。"

说完,甘道夫便回到了其他人那里,大家仍站在那颗欧尔桑克晶石旁,满腹疑虑。"最没想到的是危险在黑夜里来到。"他说,"我们已经侥幸脱险!"

"那个霍比特人皮平怎么样了?"阿拉贡问。

"我想现在已经没事了。"甘道夫答道,"他没有被控制得太久,而且霍比特人有惊人的恢复能力。这段记忆,或者说这个恐怖经历,也许很快就会退去——很可能,退得太快。阿拉贡,你愿不愿意保管这颗欧尔桑克晶石? 这是个危险的任务。"

"确实危险,但并非对所有人而言。"阿拉贡说,"有一个人有权拥有它。因为这肯定是欧尔桑克的帕蓝提尔,出自埃兰迪尔的宝库,刚铎的国王将其保存在塔中。如今,我的时刻来临了。我会保管它。"

甘道夫望着阿拉贡,接着,在众人惊讶的目光下,他捧起包裹着的晶石,躬身将它呈上。

"大人,请收下它!"他说,"现在物归原主。虽然是您自己的物品,但请听我一句劝诫,千万不要使用它!务必小心!"

"我为此等候、准备了那么多年,我什么时候急躁过或不小心过?"阿拉贡道。

"从未有过。那就请慎终如始。"甘道夫答道,"首先是要保密。你,以及在场所有人必须保密!尤其不能让那个霍比特人佩里格林知道它在哪里。他很有可能再犯邪劲儿。唉!他动过它,往里面看过,这实在不该发生。在艾森加德,他就不该去碰它,我真该反应更快一点。但我当时一心一意对付萨鲁曼,没能立刻猜出这块晶石的来头。后来,我躺在那里琢磨的时候,十分疲倦,竟然睡过去了。现在我知道了!"

"是的,确定无疑。"阿拉贡说,"我们终于知道艾森加德和魔多之间的联系是什么,是如何联系的。这解释了许多疑点。"

"我们的敌人拥有异乎寻常的力量,也必定会有异乎寻常的弱点!"希奥顿说,"老理儿说得好:欲害人者,必害己。"

"理虽如此,"甘道夫说,"但我们这次应该算是异乎寻常地幸运。也许,这个霍比特人拯救了我,使我免于铸成大错。我曾考虑过要不要亲自探究一下晶石的用途。如果我真那么做了,就一定会把自己暴露在他面前。如果真需要这么做的话,我目前还没做好准备面对这个考验。即便我能聚集力量快速抽身,让他见到我也会带来灾难性的后果——除非等到秘密被揭开的时候。"

"我认为,秘密已经被揭开了。"阿拉贡说。

"目前还没有。"甘道夫说,"还会有一段时间的疑虑。我们必须加以利用。很显然,大敌认为晶石仍然在欧尔桑克——不疑有他!因此,这个霍比特人应该就被囚禁在那里,萨鲁曼逼迫他看那颗晶石,用以折磨他。此刻,那颗黑暗脑袋里装满了霍比特人的声音和脸孔,装满了希望。可能要过一段时间,他才会发现自己弄错了。我们必须抓紧这段时间。我们之前太过大意。必须采取行动,艾森加德周边地带不宜久留。我立刻带着佩里格林·图克快马先行。这样,总好过其他人睡觉的时候把他独自留在黑暗中。"

"我留下伊奥梅尔和十个骑兵就行。"国王说道,"他们跟我一起明早动身,其余的人只要准备好了,即刻随阿拉贡出发。"

"听你的安排。"甘道夫说,"请抄山路全速赶往海尔姆深谷!"

突然,一片黑影笼罩了他们。明亮的月光似乎突然被遮住了。好几个骑兵惊叫出声,立刻蹲下,双手抱头,仿佛要躲避来自高空的袭击:莫名的恐惧和彻骨的寒意笼罩了他们。他们瑟缩着抬头朝上看,一个硕大无比的翼形物体像乌云一样遮住了月亮。它盘旋了几圈,向北飞去,速度之快远胜中土世界的任何飓风。繁星也变得黯淡。那东西飞走了。

他们站起来,全身僵硬如石雕。甘道夫凝望着天空,手臂僵硬,向斜下方伸着,双手紧攥。

"那兹古尔!"他大声叫道,"是魔多的信使。风暴就要来了。那兹古尔越过大河了!出发,立刻出发!不能等天亮了!不要相互等,准备好就尽快出发!立刻出发!"

他快速跑开,边跑边呼唤捷影。阿拉贡跟着他。甘道夫跑到皮平身旁,一把将他抱起来。"这次你跟我共骑,"他说,"好好领教一下捷影的速度。"接着,他奔向自己之前躺卧的地方。捷影已经站在那里了。巫师将装着全部家当的小包甩挎在身上，跃上马背。阿拉贡将裹着斗篷与毛毯的皮平抱起来，交到甘道夫怀里。

"再会！赶快跟上！"甘道夫喊道，"捷影，出发！"

魁伟的捷影高昂起头，油光发亮的马尾在月光中摆动着。它纵身跃起，四蹄腾空，像群山中吹过的北风一般迅速消失了。

"一个美丽、宁静的夜晚！"梅里对阿拉贡说，"有些人运气格外好。他不想睡觉，他还想跟甘道夫共骑——这下子全都如愿了！竟然没有把他变成石头，永远立在这里警诫后人。"

"如果不是他，是你第一个去捡欧尔桑克晶石，现在会怎么样？"阿拉贡打趣道，"你说不定表现得更糟。谁知道呢？恐怕，现在你的运气就是跟着我。马上。快去收拾一下，把皮平留下的所有东西都带上。抓紧时间！"

捷影飞驰在平原上，完全不用催赶和引导。不到一个钟头，他们已经来到艾森河渡口，涉水过了河。骑兵的墓冢和闪着冷光的长矛已被抛在身后，融成一片灰色。

皮平逐渐恢复过来。他身上很暖和，但风吹在脸上很冷，也让人很清醒。他跟甘道夫共骑。晶石和遮蔽月亮的可怕黑影带来的恐惧都在消退，成了被抛在群山迷雾中的东西，也像是恍然一梦。他深深吸了一口气。

"甘道夫，我不知道你是直接骑在马背上的，"他说，"连马鞍跟缰绳都没有！"

"只有骑捷影的时候，我才会像精灵那样不用马具。"甘道夫说，"捷影不接受任何马具。不是你驾驭捷影，而是捷影愿不愿意载着你。如果它愿意，那就完全没有问题。它会确保你在马背上坐得十分稳妥，除非你自己想要跳马。"

"它的速度有多快?"皮平问,"它迎风跑得飞快,也非常稳。果真马蹄轻疾!"

"它现在的速度,最迅疾的马都赶不上,"甘道夫说,"但这还不是它最快的速度。地势有些上升,路面也不如河对岸那么平坦。你就看看,星空下的白色山脉有多近了! 远处那边是三峰山如同黑矛的三座尖峰。我们很快就会到达通往深谷宽谷的岔路。两个夜晚之前,那里发生过一场恶战。"

皮平有好一会儿没说话。他们一路疾奔,他听见甘道夫轻声哼唱起来,用很多种语言东唱一句,西唱一句。终于,巫师哼了一首霍比特人能听懂歌词的曲子,有几句歌顺着风,清晰地传入皮平耳中:

> 佼佼圣君王,
> 烈烈载艅艎,
> 三三元归九[1],
> 离离何所有,
> 杳杳涉海波,
> 七星七晶石,
> 灼灼圣白树。

"你在唱什么歌,甘道夫?"皮平问。

"我只是在哼唱脑海里记得的传统民谣。"巫师回答,"我估计,霍比特人已经全都忘了,连从前会唱的也都忘了。"

---

[1] 此处指的是努门诺尔岛倾覆前,诸王逃往东方所乘的九艘船,其中埃兰迪尔四艘、伊希尔杜三艘,还有两艘属于阿纳瑞安。

"没有，没有全忘。"皮平说，"我们还有许多自己的歌谣，你们多半不会感兴趣。但我从来没听过这一首。它讲的是什么？——七星七晶石？"

"讲的是远古时期诸王造出的那些帕蓝提尔。"甘道夫说。

"帕蓝提尔是什么？"

"帕蓝提尔的意思是'远望之物'。欧尔桑克晶石是其中之一。"

"这么说，它不是，不是——"皮平吞吞吐吐地说，"——大敌造出来的？"

"不是。"甘道夫说，"也不是萨鲁曼造的。他没有这样的技艺，索隆也没有。帕蓝提尔来自极西之地埃尔达玛尔。是诺多精灵所造，也许是出自费阿诺本人之手。那是在很久很久以前，久远到无法用年来计算。然而，索隆能将万物转作邪恶的用途。唉，萨鲁曼！我现在才意识到，欧尔桑克晶石是他堕落的开始。但凡超出我们自身能力的高深精妙之物，无一不会给我们带来危险。他那是咎由自取。真蠢！竟然为了个人私欲，将之私藏据为己有。他从未向白道会的任何成员透露过只言片语。我们未曾考虑过，那些毁灭性的征战过后，刚铎的帕蓝提尔下落何处。人类几乎将它们遗忘了。即使在刚铎，它们也只是少数人知道的秘密，而在阿尔诺，它们只是记录在杜内丹传统民谣中。"

"远古的人类用它们做什么？"皮平问。一下子解开这么多问题的答案，他又兴奋，又吃惊，不知道后面的问题是否还能得到回答。

"观看遥远之物，彼此通过思绪进行沟通。"甘道夫说，"他们通过这样的方法长久守卫着刚铎的领土和统一。他们将晶石保存在米那斯阿诺尔[1]、米那斯伊希尔和艾森加德环形广场中心的欧尔桑克。在欧斯

---

[1] 米那斯阿诺尔（Minas Anor），意思是太阳之塔，为刚铎首都米那斯提力斯（Minas Tirith，即"Tower of the Guard"，"戍卫之塔"）的旧称。

吉利亚斯遭到焚毁之前，七颗晶石中最大的一颗，称作主晶石，被安置在星辰穹顶之下。另外三颗远在北方。埃尔隆德家族流传的说法是，它们保存在安努米那斯和阿蒙苏尔，而埃兰迪尔晶石[1]则保存在路恩湾的米斯泷德港[2]对岸的瞭望塔上。米斯泷德港停泊着精灵的灰船。

"帕蓝提尔之间可以彼此呼应，保存在欧斯吉利亚斯的主晶石可以观看刚铎境内的其他晶石。如今看来，欧尔桑克岩塔经历住了时间的风暴，因此塔中的帕蓝提尔得以保存下来。但仅此一颗晶石起不到什么作用，只能用来看看远方之物和远古之物的微小景象。但这对于萨鲁曼来说无疑很有用，而他似乎也并不满足于这点功能。他越看越远，直到有一天，他看到了巴拉督尔。他被逮个正着！

"没人知道阿尔诺和刚铎失落的那些晶石如今埋没在何方。但是，索隆手里至少有一颗，为他所用。我猜是伊希尔晶石，因为他很久以前攻陷了米那斯伊希尔，将之变为邪恶之地——米那斯魔古尔。

"现在，很容易能够猜出，萨鲁曼逡巡的眼睛是怎样快速坠入陷阱，被牢牢套住，以及那股远方的力量是如何摔掇游说他，游说未遂便施以威吓。就这样，咬人者被咬了，鹰反而落到鸷的爪下，蜘蛛投了铁罗网！我不知道，他被迫频繁观看晶石、听候指示、接受控制这种情况有多久了。欧尔桑克晶石听命于巴拉督尔，任何人只要朝晶石内望，若非意志极为强大，思维与目光就会迅速传给对方，我不知道这种情况又有多久了。它具有多么强大的吸附能力啊！我是不是也被吸附了？即使是现在，我内心都渴望用它来考验我的意志，看看自己能否将它从他那边扭转过来，转过来让我看看那些挂念的地

---

1 埃兰迪尔晶石，即存放在埃洛斯提力安的晶石，是埃兰迪尔亲自放在埃洛斯提力安的塔上的。
2 米斯泷德港（Mithlond），又叫灰港（Grey Havens），是中土世界西北方海岸上的港口，精灵西渡的起点，魔戒故事的终点。

方——越过广袤的大海和无垠的时光,看看美丽的提力安,看看费阿诺那无可想象的巧手与灵智劳作时的模样,而且,我还想看看金圣树和银圣树[1]繁花盛放的景象!"他叹了口气,不再说话。

"我要是能早点知道这一切就好了!"皮平说,"我完全不知道自己当时在做什么。"

"不,你知道。"甘道夫说,"你知道自己的行为是错的,而且很愚蠢。你也这么告诫了自己,但却没有听进去。我之前没有告诉你这一切,因为我也是趁着路上的时间,包括你我共骑的这些时间,把发生的事情前前后后仔细琢磨了一遍,才想明白。但即便我更早说出来,也不能减少你的欲望,或帮助你更容易地抵抗欲望。或许适得其反!不,烧着指头才能长记性,不玩火的建议才能深入内心。"

"确实长记性了。"皮平说,"现在就算把七颗晶石全摆在我面前,我也会闭上眼睛,把手塞进口袋里。"

"很好!"甘道夫说,"这就是我所希望的。"

"但我还想知道——"皮平又问上了。

"快放过我吧!"甘道夫叫道,"要是提供消息才能治你的好奇爱打听的毛病,那我余生都得忙着回答你的问题了。你还想知道多少?"

"所有星星跟所有生物的名字,以及中土大地、寰宇苍穹、隔离之海的完整历史!"皮平大笑着说,"当然!我想知道的多么少!我又不急着今天晚上全知道。这会儿我只想知道那个黑影子是什么。我听见你大喊'魔多的信使'。那是什么?它去艾森加德能做什么?"

---

[1]《魔戒》中的双圣树,也称金树和白树。相传,银圣树叶子墨绿,叶背色如亮银,那数不尽的花朵,每一朵都有银光充盈的露珠不断落下,飘摇的树叶在地面洒下巫术斑驳碎影,金圣树有嫩绿的叶子,叶缘金光闪烁,花朵好似一串串金黄的火焰在枝条上摇曳,每一朵都形如灿烂的号角,像地面洒落金色的雨滴,盛开之际散发温暖,放出灿亮的光芒。

"那是长着翅膀的黑骑士,是那兹古尔。"甘道夫说,"它本来可能会把你抓到黑暗妖塔去。"

"但它不是冲着我来的,对吗?"皮平结巴着问,"我是说,它不知道我有……"

"当然不知道。"甘道夫说,"从巴拉督尔到欧尔桑克的直线距离至少有两百里格,那兹古尔飞起来要好几个钟头。不过,奥克出击后,萨鲁曼肯定看过晶石。毫无疑问,他的很多私心都在不经意间被看透了。因此索隆派出一个使者来看看他究竟在捣什么鬼。我相信,经过今天夜里的事情,很快还会再派出一个使者。萨鲁曼一手导演的这个邪恶把戏,很快就要败露了。他没有可以交出去的俘虏。他现在没有可以观看的晶石,无法回应召唤。索隆只会认定他私扣俘虏,拒绝使用晶石。即便萨鲁曼把真相告诉使者,也没用。因为,艾森加德也许真被毁了,可他却安然无恙待在欧尔桑克里。因此,不管他是有意还是无意,看起来都像要反叛。他拒绝我们,就是不想让索隆认为他意图反叛!我猜不出,在这样的困境下,他还能怎么办。我想,只要他待在欧尔桑克里,就仍然会有力量对抗九戒灵那兹古尔。他可能会试图对抗,比如设陷阱抓捕那兹古尔,再不济也要试着杀掉那兹古尔的飞行坐骑。若是这样,得让洛汗看好他们的马群!

"不过,我看不透,最终会是什么结局,对我们是吉是凶。也许大敌的谋划会被搅乱,或者会被他对萨鲁曼的怒火阻碍。也许,他会得知我曾去过那里,屁股后头吊着两个霍比特人,站在欧尔桑克的台阶上,会得知埃兰迪尔的后人还活着,而且就站在我身旁。如果佞舌没被洛汗铠甲误导的话,他会记起阿拉贡和阿拉贡宣称的头衔。那才是我最害怕的事情。所以我们要飞奔——不是逃离危险,而是奔向更大的危险。佩里格林·图克,捷影每一步都将你载向离魔影之地更近的地方。"

皮平没答话,抓紧了身上的斗篷,仿佛突然有一阵寒意袭来。苍茫大地风驰电掣一般向身后退去。

"瞧!"甘道夫说,"敞在我们面前的是西伏尔德山谷。我们回到往东方的路上。那边的暗影是深谷宽谷的入口。晶辉洞就在那里面。关于洞穴的事情别问我。下次碰到吉姆利,你去问问他,准保你能破天荒头一遭得到一个比你期待的任何答案都要长的回答。这趟旅程,你看不到那些洞穴了,它们很快会被我们抛在背后。"

"我以为你会停在海尔姆深谷!"皮平说,"你到底要去哪里?"

"去米那斯提力斯!趁战火包围之前赶到。"

"噢!那得多远?"

"很远很远。"甘道夫答道,"是去希奥顿国王住所的三倍距离。皇宫从这儿往东一百多哩。那是按魔多信使飞行的直线距离,捷影跑的路肯定会更长。谁会更快呢?

"我们要一直骑到天亮,还有几个钟头。接下来,就连捷影也得休息了,我希望咱们能在埃多拉斯的某个山间谷地歇脚。如果睡得着,你现在抓紧睡!说不定醒来就能看见黎明的第一缕光芒照在埃奥尔宫殿的金色屋顶上。从那儿起,再过三天,你就能看见明多路因山的紫色阴影与德内梭尔之塔的白色高墙沐浴在晨光中。

"现在,捷影,跑起来吧!我义薄云天的朋友,用你最快的速度奔跑吧!我们来到了生你养你的大地上,它的每一块石头都挡不了你的道。快跑吧!速度就是希望!"

捷影昂首长嘶,仿佛听见了催征的号角。它纵身疾奔,马蹄在地面上擦出火花,黑暗快速向后退去。

皮平慢慢睡着了,他有一种奇怪的感觉:自己和甘道夫像石头一样,端坐在奔马的雕像上,世界在狂风呼啸中从他们脚下滚逝。

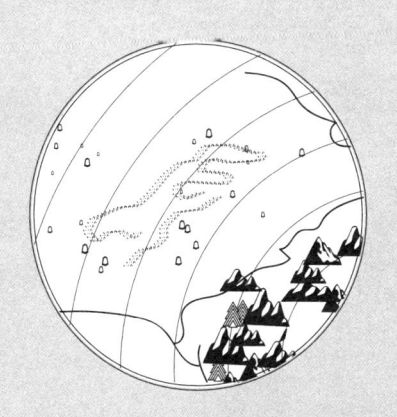

卷四

第一章
收服斯密戈

THE TAMING OF SMÉAGOL

朦胧的月光下,在那片陡直、光滑的崖壁上,有个小小的黑影正张开细瘦的四肢向下移动。

"少爷，我们这次的确进退无路了。"山姆·甘姆吉说。他沮丧地站在弗罗多身旁，驼着背，眯起眼睛望向那片昏暗。

如果没记错的话，这是他们脱离远征队的第三天傍晚。他们几乎没有了时间概念，一直在攀爬埃敏穆伊丘陵光秃秃的山坡石岗。有时候前面走不下去了，只好原路返回；有时候发现绕了一大圈，竟然又回到了几个小时前的老地方。不过，整体上来看，他们是在不断向东，尽可能找路向崎岖、怪异的山岭边缘走。然而他们总是发现，丘陵边缘是深不可测的陡峭悬崖，森然对着下方的平原。崎岖不平的丘陵边缘外侧，是一片黑灰色的腐烂沼泽，上面没有任何动静，连只飞鸟都看不见。

这对霍比特主仆站在高高的悬崖边上，崖上光秃秃的，十分荒凉，崖脚裹在云雾里。他们身后参差起伏的丘陵上不时有云飘过。刺骨的寒风从东边吹来。面前那片混沌的大地上夜色越来越浓，恶心的腐绿色变成了暗沉的棕褐色。右边远处的安度因河失去了白天阳光下的光闪熠熠，隐遁在暗影中。他们并没有越过大河回望刚铎，虽然那里有他们的朋友，是人类居住的地方。他们凝视着南方和东方，在即将来临的夜色边缘，悬着一圈黑线，仿佛是远方凝固的烟堆成的山峰。天地相接的尽头，不时闪动着一团小红光。

"真是进退无路！"山姆说，"在所有我们听说过的地方里，那是我们最不想靠近细看的地方，如今却成了我们千方百计要去的地方！

却又是无论如何也到不了的地方。看来,我们完全走错了。怎么都下不去。我敢保证,就算下去了,也只能掉进那片绿乎乎的恶心沼泽里。呸!你闻到味道了吗?"他使劲吸了吸鼻子。

"嗯,闻到了。"弗罗多应了一声。他一动不动,眼睛紧紧盯着那圈黑线和那些闪烁的火光。"魔多!"他喃喃说道,"如果非去不可,我希望能尽快赶到,尽快结束这一切!"他打了个寒战。刺骨的寒风里夹杂着浓烈的腐臭味。"呃,"他终于收回目光,说道,"不管进退无路还是进退有路,我们都不能待在这儿过夜。得找个有点遮挡的地方,睡一晚,或许明天就能找到路了。"

"或许后天,大后天,大大后天。"山姆咕哝道,"或许没有那一天。我们走错路了。"

"未必。"弗罗多说,"我想,既然我命定该到那边的阴影之地,就一定能够找到路。可是谁能好歹给我指条路啊? 我们唯一的希望就是速度。耽搁只会对大敌有利,现在我偏偏在这里耽搁着。难道是黑暗妖塔的意志在操纵我们? 我所有的选择都被证明是错误的。我真应该早点离开远征队,从北方直接过来,走大河和埃敏穆伊丘陵东边,穿过地面坚实的战争平原,前往魔多关口。但现在,奥克在东岸邋行,仅凭你我二人不可能找到回去的路。宝贵的时间,就这么一天天流逝了。山姆,我累了,不知道该怎么办。我们还有吃的吗?"

"弗罗多少爷,只有这一种,你叫它兰巴斯的。这种还有不少。不管怎么样,有一种总比啥也没有强。我第一回吃的时候,从没想过还想吃点别的东西换换口味。可我现在却想,哪怕是来点普通面包,再来一杯啤酒 —— 呃,半杯也行 —— 那该多好啊。我把炊具从上回扎营的地方一路背着,可啥用途也派不上。首先,没有生火的东西,再就是,没有可煮的东西,连根草都没有!"

他们反身离开悬崖边，向下走，来到一处石头空地。太阳西沉，被云遮住了，天立刻黑下来了。他们在一堆嶙峋的巨石间找个角落躺下，至少能挡住刺骨的东风。他们冻得翻来覆去，勉强睡了一些时候。

"弗罗多少爷，你又看见它们了吗？"山姆问。清晨，天蒙蒙亮的时候，他们坐在那里嚼着兰巴斯饼干，浑身冻得僵硬。

"没有。"弗罗多说，"已经有两天夜里，没听见，也没看见任何东西了。"

"我也是。"山姆说，"嚍！那双眼睛真吓人！也许我们终于把他甩掉了，那个可怜的滑头鬼。咕噜！要是能有机会把手掐在他脖子上，我会让他咕噜咕噜叫个够。"

"但愿你永远不需要这么做。"弗罗多说，"我不知道他如何跟踪我们。不过，可能真如你所说，我们又把他给甩掉了。这个地方干燥荒秃，我们不可能留下很多脚印，也没留下多少气味，哪怕他到处用鼻子哧哧闻。"

"真要是这样就好了。"山姆说，"真巴不得永远甩掉他！"

"我也是。"弗罗多说，"但他还不是我最主要的麻烦。我希望我们能够甩掉这些丘陵！真可恨！困在这里，我们跟阴影之地仅隔着一片死寂的沼泽，我们东边完全没有遮拦和保护。那只魔眼随时在望着我们。走吧！我们今天总得下去。"

白天的时间一点点过去。下午过去了，傍晚来临的时候，他们还在山脊上艰难地攀爬，找不到出去的路。

在这片死寂的荒野中，他们有时候会有一种幻觉，仿佛听见背后有轻微的响动，像石头滚落的声音，又像扁平的脚走在岩石上的声音。但只要他们停下来仔细听，就什么也听不见了，只有风轻轻吹过岩石边缘的声音。然而就是这风吹石尖的声音，都会让他们想到尖利的齿缝间发出的嘶嘶声。

那一整天他们都在艰难地攀爬,埃敏穆伊丘陵外缘山脊渐渐向北方折去。山脊边缘向下延展,是一大片开阔的风蚀岩地,遍布战壕似的沟壑。这些沟壑十分陡峭,像一道道缺口,深深切入崖壁。为了在频繁遇到的深壕沟中找到可走的路,弗罗多和山姆不得不偏向左行走,离丘陵边缘越来越远。不经意间,一连好几哩,他们都在缓慢地朝山下走,崖顶在不断下降。

最后,他们不得不停下来。山脊陡然向北折去,前面是一道更深的沟壑。沟壑对面耸立着山脊,两边隔着好几㖊[1]宽,显然跨越不过去。他们面前耸立着一道巨大的灰色悬崖,像刀削一样笔直向下。他们无法再往前走,只能向西或向东转。但向西会把他们带回山岭腹地,不仅会更累,也更耽搁时间;只有向东才能把他们带到外围的悬崖。

"山姆,没办法了,我们只能爬下这道沟。"弗罗多说,"看看它能把我们带到哪儿!"

"我敢肯定,能让我们笔直栽下去!"山姆说。

这道沟比看上去更长也更深。他们向下爬了一段,发现一些枯瘦虬结的树——这些天来他们头一次看见树。其中大部分都是枝丫扭曲的桦树,间或有几棵枞树。很多树枯死了,被东风蚀到树心。很久之前,气候温和的时候,沟里肯定长着一大片树丛,但现在五十码开外的地方就没有树了,只剩些残断的老树桩零星散布着,一直到悬崖边上。沟壑底部是一道岩壁断层的边缘,崎岖不平,布满碎石,十分陡峭。他们终于走到沟壑尽头,弗罗多俯身趴到壕沟边沿探身向外看。

"快来看!"他说,"我们一定下来了不少,要不然就是悬崖的高度下降了。这里比之前要低得多,看起来也好走得多。"

---

[1] 㖊(fathom),英美制测量水深单位,1㖊等于6英尺,合1.828米。

山姆跪在他旁边,不情愿地探身向外看。他抬头看看左边耸立的峭壁。"好走得多!"他咕哝道,"好吧,我估计向下总比向上好走。飞不过去,总能跳过去吧!"

"需要一大跳。"弗罗多说,"大约,呃——"他站起身,目测着距离,"——我估计,得有十八呎。不会更多。"

"十八呎还不够多!"山姆说,"呃!我讨厌从高处向下看!不过,向下看比向下爬还是要好一些。"

"没多大差别。"弗罗多说,"我想,我们可以从这儿爬,我们总该尽力尝试。瞧——这里的石头跟之前几哩处的那些很不一样。这里有滑坡,还有裂缝。"

外侧的岩壁确实不像之前那样陡直,向外有些坡度,看起来像一道由于地基移位,走向扭曲错乱的巨大护墙或防波堤。上面有巨大的裂罅和长长的斜边,有些地方的斜边像阶梯一样宽。

"如果我们打算试的话,最好立刻就爬下去。天黑得早,我猜风暴要来了。"

东侧烟雾笼罩的山岭被巨大的黑暗吞没,大片黑暗正向西边蔓延。起风了,风里夹着远方沉闷的隆隆雷响。弗罗多用力嗅了嗅,狐疑地望向天空。他将腰带绕在斗篷外系紧,把随身的小袋子背上肩,朝崖边走去。"我要试一试。"他说道。

"好吧!"山姆瓮声说道,"我先爬下去吧。"

"你?"弗罗多说,"怎么改变了对爬下去的看法?"

"没改变看法。一个基本的常识是,最容易失手滑落的人垫在最下面。我可不想在你头顶上,万一滑落把你也撞下去。一失手送两命,不划算。"

弗罗多还没来得及阻止,山姆就已经坐下,两条腿荡在悬崖外,翻过身,用脚尖向下探试着踏脚的地方。头脑冷静的状态下,他这辈子肯定没做过比这更大胆,或更不明智的事情。

"不行,不行!山姆,你这老笨蛋!"弗罗多叫道,"你看都没看就向下爬,肯定会掉下去摔死。快上来!"他卡住山姆的腋下,把他拽上来,说,"等一等,别着急!"接着,他趴到地上,探出身子向下看。虽然太阳还没下山,但光线似乎消失得很快。"我觉得,能够爬下去。"他果断地说,"不管怎样,我能下去。你如果沉住气,小心跟着我,也能下去。"

"我不知道你哪来的信心。"山姆说,"呃!在这种光线,你压根看不见底。万一碰上不能放手、搭脚的地方,怎么办?"

"我想,那就爬回来。"弗罗多说。

"谈何容易!"山姆反驳道,"最好等到早上,光线会更充足。"

"不!能不等就不要等。"弗罗多说,突然莫名执拗起来,"要争分夺秒。我先下去探探路。你别跟着,要么等我回来,要么我会在下面叫你!"

他用手指抠住石头边缘,慢慢把身子降低,两臂几乎拉直的时候,脚趾终于触到可以踩踏的地方。"下来了一步!"他说,"这块岩石右边比较宽。我站在上面什么都不抓也没有问题。我……"他的话被突然打断了。

之前那片黑暗突然加快了速度,顷刻间从东边席卷过来,吞没了整个天空。头顶上空传来炸裂的干雷声。炽烈的闪电划破天际,坠入群山之间。接着,狂风大作,呼啸的风中夹杂了一声刺耳的尖啸。他们俩离开霍比屯后,只在泽地远远听过这样的叫声。当时他们还在夏尔的树林里,听到那尖啸声就足以令浑身血液凝固。如今在这荒山野岭中,这个叫声的恐怖程度更甚:犹如一把把交织着恐怖、绝望的冰冷利刃,直插胸膛,截断了呼吸。山姆扑倒在地。弗罗多不由自主地松开手,双手捂住耳朵。他身体一晃,脚下打滑,伴着一声惨叫,滑跌下去。

山姆听见他的叫声,挣扎着爬到崖边,大叫:"少爷,少爷!少爷!"

没有任何回答。他发现自己浑身颤抖,但他使出浑身的力气,再次大喊:"少爷!"狂风似乎将他的声音噎了回来。但当风呼啸着刮过沟壑向丘陵远去后,他耳中传来一个微弱的回应:

"没事,没事!我在这里。但我什么都看不见。"

弗罗多的回应声很微弱,其实他离得并不是特别远。他滑了下去,并没有跌落,向下滑了几码,他的脚一震,踏到另一块更宽的突岩上。幸运的是,这一处崖壁向内倾斜,风把他吹得紧贴在崖壁上,因此并没有翻掉到底下去。他稍微稳住自己,把脸紧贴在冰冷的岩石上,感到心脏扑通扑通直跳。但是,不知是下面已经黑了,还是他眼睛突然看不见了,他感觉四周一片漆黑,担心自己是不是被撞瞎了。他深吸了一口气。

"快上来!快上来!"他听见山姆的声音从上方的黑暗中传来。

"我上不去!"他叫道,"我看不见了。我找不到任何抓手的地方。我现在动不了。"

"弗罗多少爷,我该怎么办?我怎么办?"山姆喊道,他把身子最大限度探到悬崖外面。为什么少爷看不见了?天色确实昏暗,可也并没有黑到完全看不见。他可以看见下方的弗罗多——一个灰色的单薄身影,紧紧趴贴在崖壁上。但怎么伸手都够不到,他离得太远了。

又炸了一声响雷,雨跟着下来了。倾盆大雨夹着冰雹,砸在崖壁上,冰冷刺骨。

"我立刻下去到你那儿。"山姆喊道,尽管他也不知道这么做能帮上什么忙。

"不要,别下来!等着!"弗罗多大喊,他的声音大多了,"我很快就能好。我感觉已经好多了。等着！没有绳子你什么也做不了。"

"绳子！"山姆大叫着松了口气，兴奋得语无伦次，自言自语起来，"哎呀，真该找根绳子把我吊起来，给那些笨脑瓜当教训！山姆·甘姆吉，你是天字第一号大笨瓜——'老头子'总这么说我，简直成了他的口头禅。绳子！"

"别再嘟嘟囔囔了！"弗罗多喊道，他现在已经恢复了不少精神，简直感到又好气又好笑，"别管你家老爹了！你是不是想跟自己说，你口袋里有绳子？如果有，赶紧拿出来用！"

"是的，弗罗多少爷，就在我背包装着的那堆东西里面。我带着它跑了好几百哩，竟然把它忘得干干净净！"

"那就麻利点儿，把绳子一头放下来！"

山姆快速解下背包，在里面翻找。背包底下确实有一卷罗里恩精灵编结的灰色软绳。他把绳子一端扔给少爷。弗罗多眼前的黑暗似乎挪开了，要么就是他的视力恢复了。他看见了垂荡下来的灰绳，能看见上面淡淡的银辉。黑暗中有一个吸引视力的聚焦点，他感觉也没那么晕了。他将身体稍微前倾，把绳子紧紧绑在腰上，然后用双手抓住绳子。

山姆向后退了几步，用脚抵住离崖边一两码远的粗树桩。弗罗多半爬半拉地回到崖上，整个人扑倒在地。

雷声在远处隆隆作响，倾盆大雨仍然下个不停。两个霍比特人爬回壕沟里，但那儿也没有可以挡雨的地方。雨水汇成一条条溪流往下淌，不一会儿就汇成了一道洪流击打着岩石，激起巨大的水雾，像一个大屋顶的排水沟一样朝崖边冲泻过去。

"我要是还在下面，不是被水淹得半死，就是被水给冲走了。"弗罗多说，"你带了绳子，真是幸运！"

"要是我早点想起来就更幸运了。"山姆说，"也许你还记得，我们从精灵国度出发时，他们在船上放了些绳子。我很喜欢这些绳子，就拿了一卷塞在背包里。仿佛是好多年前的事了。'小绳子，可以做大用。'哈尔迪尔，或者是他的哪个精灵同族说的。还真给他说着了。"

"可惜我没想到也带一卷！"弗罗多说，"不过，我离开远征队时太仓促、太忙乱了。要是有足够长的绳子，我们就能到底下去。不知道你那绳子有多长？"

山姆慢慢松开绳子，用手臂丈量："五，十，二十，三十，差不多三十埃尔[1]长。"

"真没想到！"弗罗多惊叹道。

"是啊，谁能想得到？"山姆说，"精灵真是了不起的种族！绳子看起来有点细，但是坚韧结实，握在手里软如牛奶，可以团成一团，轻得像光线！他们真是个了不起的种族！"

"三十埃尔！"弗罗多思考着，"我觉得够长。如果天黑前暴风雨过去，我就试试。"

"雨已经快过去了，"山姆说，"弗罗多少爷，光线不足，请您别再冒险啦！我还没从刚才风中的尖啸声中缓过神来，难道你缓过来啦？听起来像黑骑士，不过是在空中，要是黑骑士能飞的话。我想我们最好还是躲在沟里等天亮。"

"但我想，一分一秒都不能再待在这里，困在悬崖边上，被沼泽那边黑暗之地的魔眼时时刻刻盯着。"弗罗多说。

说完，他站起身，再次走到壕沟底。他向外望去，东方的天空放晴了，暴风雨边缘凌乱、湿重的云气正在消散，风暴主力已经挪走，此刻正如巨大的羽翼笼罩在埃敏穆伊丘陵上空。那里是索隆的恶念蕴积了很久的地方。暴风雨从这里离开后，挟着冰雹和闪电袭击了安度

---

[1] 埃尔（ell），旧时量布的长度单位，相当于45英寸或115厘米。

因河谷，也给米那斯提力斯投下了战争的阴影。接着，暴风雨隐入山岭背后，积聚起巨大的螺旋云，缓缓滚过刚铎全境和洛汗边境的上空，远方平原上向西疾驰的骑兵发现一座乌黑的云塔移到太阳背后。可是在这里，山石荒漠和恶臭的沼泽上方，再次露出了湛蓝的天空，出现了几颗微弱的小星星，酷似新月上方天幕上的白色小洞。

"能够重见光明真好！"弗罗多深深吸了口气，说，"你知道吗，有一阵子，我甚至以为自己被闪电或其他什么更糟糕的东西弄瞎了眼睛。我看不见，什么也看不见，直到那条灰绳子荡下来。它似乎在发光。"

"它在黑暗里看起来确实发银光。"山姆说，"我以前从来没注意到。不过，自从把它塞到背包里，我都不记得是否拿出来过。弗罗多少爷，如果你铁了心要爬下去，你打算怎么用绳子？三十埃尔左右，大约就是十八呎，你估计悬崖也没这么高。"

弗罗多想了一会儿。"山姆，把它牢牢绑在那个树桩上！"他说，"然后，我想，这次就如你所愿让你先下去。我把你放下去，你只要手脚协调，保护好自己别撞上崖壁就行。另外，如果你能在一些突出的岩架上停一停，让我歇歇，那就最好不过。等你下到地面，我再跟着下去。我现在已经完全恢复了。"

"那好吧。"山姆沉重地说，"如果非得这样，那就行动吧！"他拿起绳子，牢牢绑在靠崖边最近的树桩上，再把绳子另一端绑在自己腰上。他不大情愿地转过身，准备着再次攀过崖边。

事实上，远不如他想象的那么糟糕。尽管当他透过双脚间隙向下看的时候，不止一次闭上眼睛，但绳子似乎给了他信心。只有一段比较危险的地方，崖壁陡直，不仅没有突出的岩石，甚至向内微微倾斜。山姆滑到那个地方的时候，身子吊在银绳上打转。但弗罗多绳子放得很慢，终于把他稳稳放到底下。他最害怕的是自己还高悬在半空中，绳子就放完了。山姆到达地面，大喊"下来啦！"的时候，弗罗多手上还有很长一段绳子。山姆的灰色精灵斗篷融进了暮光，弗罗多看不见他，却能听到他的声音从底下清晰地传上来。

弗罗多接着也滑了下去，但花的时间要比山姆多。他把绳子绑在腰上，顶端系牢，还把绳子也收短了一些，这样他到达地面的时候依然能够吊着绳子，不至于直接摔到地上。而且，他也不想冒着直接跌落的危险，他远不像山姆那么信任这根细灰绳。尽管如此，他发现有两处地方他不得不完全依靠绳子。一处是光滑的崖壁，连他那有力的大手都找不到可抓握之处；另一处是突岩距离太远。不过，最后他也终于下到了地面。

"太好了！"他喊道，"我们下来了！我们逃出了埃敏穆伊丘陵！不知道接下来路况怎么样，也许我们很快就可以快乐地踏上坚硬平滑的石头啦。"

山姆没应声，他正瞪着悬崖顶上。"大笨瓜！"他抱怨着，"傻子！我美丽的绳子啊！它绑在一根树桩上，我们俩都到了底下。我们真是给那个鬼鬼祟祟的咕噜留下一条美妙的小云梯。最好再竖个路标说我们往哪条路走了！我就想着我们下来得似乎过于容易了。"

"要是你能想出一个两全其美的办法，既让我们俩都下来，又能把绳子也带下来，我就允许你把大笨瓜的名号转让给我——或你家老爹送给你的其他任何称呼。"弗罗多说，"实在不行，你爬上去把绳子解开，再把自己弄下来！"

山姆挠挠脑袋。"不行，我想不出办法。对不起。"他说，"叫我不愿意把它留在这儿，这是实话。"他抚摸着绳子底端，拉着轻轻晃动，"我舍不得从精灵国度里带出来的任何东西。也有可能是加拉德瑞尔夫人亲手搓的绳。加拉德瑞尔夫人。"他喃喃说道，悲伤地耷拉着脑袋。他抬起头，最后拽了拽绳子，就像在与它道别。

令两个霍比特人大吃一惊的是，绳子松了。山姆仰面跌倒，长长的灰绳子无声无息地滑落在他身上。弗罗多大笑起来。"谁绑的绳子啊？"他说，"幸好它撑到这个时候才松开！想想吧，我可是把全身的重量都放心地交给了你绑的绳结啊！"

山姆没有笑。"弗罗多少爷，我对攀爬可能不在行，"他语调里颇为受伤，"但是我对绳子和绳结很在行。可以说，这是祖传的。从我爷爷开始，到'老头儿'的大哥，也就是我的大伯父安迪，他在制索场干了好多年制绳子的行当。我在树桩上打的绳结牢着呢，夏尔内外，谁都比不上。"

"那就是说绳子断了——我估计是被岩石边缘磨的。"弗罗多说。

"我敢打赌，绝对不是！"山姆的语气里更加受伤了。他弯腰察看绳子的端口，"两头都没有断的样子，没有一点散开的须线！"

"那恐怕只能是绳结的问题了。"弗罗多说。

山姆摇摇头，没有回答。他若有所思地任绳子从指间滑过。"弗罗多少爷，不管你信不信。"最后，山姆开口说道，"我认为绳子是听到我的呼唤，自己下来的。"他将绳子卷好，无比珍爱地放回背包。

"它肯定是自己下来的，"弗罗多说，"这是最重要的。不过现在咱们得想想下一步怎么走。夜晚即将来临。星星多美啊，还有月亮！"

"它们真叫人心情愉快，不是吗？"山姆望着天空说，"它们很像精灵。月亮正在变圆。这一两天夜里总是阴天，我们没有看到月亮。它可真亮啊。"

"是啊，"弗罗多说，"但还要再过几天，它才会真正变圆。我想，咱们可不会靠着这点月光去闯沼泽地。"

夜幕刚刚降临，他们就开始了一段新的旅程。过了好一阵子，山姆回头望了望他们走过的路，壕沟的口子在灰蒙蒙的悬崖上像个黑色的缺口。"真高兴，我们有绳子！"他说，"而且，我们给那个大脚板布了个迷阵。他那双带蹼的脏脚可以试试那些突出的岩石!"

刚下过雨,荒岭中的大砾石和粗石又湿又滑,他们小心翼翼地走着,离开悬崖边缘地带。下行的路仍然很陡。他们没走多远,就遇到一道黑黢黢的裂罅。裂罅虽然不宽,但光线昏暗,也做不到一步跳过去。他们能听见深处的汩汩流水声。裂罅在他们左手边向北拐了个弯,转向丘陵的方向,恰恰隔断了他们的去路,至少天亮前过不去。

"我想,我们最好试试沿着悬崖往南走。"山姆说,"有可能在那边找到一个隐蔽的角落,甚至是岩洞什么的。"

"有可能。"弗罗多说,"我累了。虽然很不愿意耽搁,可我想,今晚不能继续攀爬岩石了。真希望面前有一条清晰、笔直的大路,我就可以一直走到双腿走不动为止。"

他们发现,埃敏穆伊的崎岖山脚走起来并不比之前容易多少。山姆没找到任何可以栖身的角落或洞穴。有的只是光秃秃的嶙峋石坡,地势又开始变高了。他们越往回走,地势越陡。最后,两个人筋疲力尽,瘫坐在崖脚不远处一块巨石的背风面。好一阵子,弗罗多和山姆凄惨地挤坐在一起,设法抵御夜晚的寒冷。然而,困倦向他们袭来,想尽办法也驱赶不走睡意。月亮高高地挂在天上,轮廓清晰。朦胧的月光照在岩石和冰冷崎岖的崖壁上,将四周弥漫的黑暗照成了影影绰绰一片。

"这样吧!"弗罗多说着站起身,把斗篷裹得更紧一些,"山姆,你把我的毯子也盖上,先睡一会儿。我来回走动放哨。"突然,他浑身僵住了,俯身攥住山姆的胳膊,压低声音说道,"那是什么?那边悬崖上!"

山姆望过去,倒吸了一口冷气。"嘘!"他说,"就是他!那个咕噜!就是一条蛇!我居然还以为,我们爬下悬崖能给他摆个迷阵!

你看看他！像只恶心的蜘蛛趴在墙上。"

朦胧的月光下，在那片陡直、光滑的崖壁上，有个小小的黑影正张开细瘦的四肢向下移动。也许他柔软而又善于攀缘的手脚找到了两个霍比特人看不见或用不上的裂缝和突起，但看上去像顺着有黏性的垫子向下爬，酷似某种形体巨大的潜行动物。他是头朝下向下爬，仿佛在用嗅觉探路。他不时会慢慢抬起头，脑袋扭向细长的脖颈后方，这时，弗罗多和山姆看见两个微弱的光点，那是他的眼睛看向月亮，很快又闭上。

"你觉得他能看见我们吗？"山姆问。

"不知道，"弗罗多小声说，"我想应该看不见。即便是友善的眼目也很难发现这些精灵斗篷——你站到阴影中，隔上几步我就看不见了。而且，我听说他不喜欢太阳和月亮。"

"他为什么要从这儿下去？"山姆问。

"小声点，山姆。"弗罗多说，"也许，他能嗅到我们。我相信他的听觉跟精灵一样敏锐。我觉得他现在听见了什么，很可能听见我们的声音了。我们刚才在那边大喊大叫，而且，直到刚才我们俩都还在大声交谈。"

"呃，我讨厌他！"山姆说，"我觉得他简直是阴魂不散，如果可以的话，我过去跟他谈谈。我想，现在我们反正也甩不掉他了。"山姆拉上灰色的兜帽，把脸遮严实，蹑手蹑脚地朝悬崖走过去。

"小心！"弗罗多跟在他身后，压低声音叫道，"别惊动他！他比看上去要危险得多。"

那个黑色的身影已经爬下四分之三的崖壁，距离崖底可能不到五十呎。弗罗多和山姆一动不动地蹲在一块巨石的阴影里盯着他。他似乎遇到一个很难通过的地方，要不就是什么麻烦的事情。他们听见他在吸着鼻子用力闻，不时发出粗重的嘶声，像在骂骂咧咧。他抬起头，他们能听见他吐了口唾沫。接着，他又继续向下爬。现在，他们能听见他嘎着嗓子在那里嘟嘟囔囔。

"啊咳，嘶！小心，我的宝贝！欲速则不达。宝贝，我们一定不能冒险摔断脖子，对吧？不能，宝贝——咕噜！"他再次抬起头，望着月亮，又迅速闭上眼睛，"我们恨它，"他嘶嘶道，"可恶，可恶的银光——嘶——它窥探我们，宝贝——它刺痛我们的眼睛。"

此时，他爬下来得更低了，嘶嘶声变得更尖锐、清晰："它在哪里，它在哪里，我的宝贝呢？我的宝贝呢？它是我们的，是我们的，我们得拿回来。那些贼，那些窃贼，那些无耻的小贼。他们带着我的宝贝去哪里了？诅咒他们！我们恨他们。"

"听起来，他似乎不知道我们在这里，对吧？"山姆低声问，"他的宝贝是什么？难道他是说……"

"嘘！"弗罗多低声说，"他现在离得很近，能听到我们低声说话。"

果然，咕噜突然又停了下来，硕大的脑袋在细瘦的脖颈上转过来转过去，好像在专注地听。那双无神的眼睛半眯着。山姆极力克制自己，手指攥得抽搐了。他眼中充满愤怒与厌恶，紧紧盯着那个可恨的东西，此时咕噜又开始向下爬，一边嘶嘶有声、自言自语。

最后，他距离地面最多十来呎，就在他们的上方。那处崖壁陡直下落，稍稍内凹，连咕噜都找不到任何着力点。他似乎试着扭身掉头，好让脚先落地。突然，伴随着一声尖叫，他跌落到地上。跌到地上时，他蜷起双腿双臂抱住身子，活像一只下滑线突然断了的大蜘蛛。

山姆闪电一般冲出藏身的地方，三步两步冲到崖底。咕噜还没来得及起身，山姆已经扑了上去。但即便在这种从高处跌落、毫无防备的情况下，咕噜也比他料想的厉害。山姆还没来得及抓住他，咕噜那长长的手臂跟腿就缠住了山姆，钳住了他的双臂，抓得紧紧的，柔软却坚韧得可怕,像慢慢收紧的绳索一样勒住了他,黏腻的手指正摸向他的脖子。突然,锋利的牙齿咬进了他的肩膀。山姆唯一能做的就是用坚硬的圆脑袋别过去撞那东西的脸。咕噜嘶嘶叫着,吐着唾沫,却依然不肯松开。

要是只有山姆一个人,情况可能会非常糟糕。弗罗多飞跃而上,快速抽出刺叮剑。他左手一把扯住咕噜稀疏的头发,用力往后拽,迫使他伸长脖颈,翻着一双苍白恶毒的眼睛瞪着天空。

"咕噜,快放手!"他叫道,"这是刺叮剑,你以前见识过。快放手,否则我要让你尝试一下!我会割断你的喉咙。"

咕噜立刻瘫软下来,像一摊湿乎乎的带子。山姆爬起来,用手捂着肩膀。他的双眼喷着怒火,却下不了手——他那卑贱可怜的敌人正匍匐在石头上呜咽。

"别伤害我们!别让他们伤害我们,宝贝!他们不会伤害我们的对吗,好心的小霍比特人?我们没有想伤害人,是他们跳到我们身上,像恶猫扑向可怜的老鼠,是他们干的,宝贝。我们太孤单了,咕噜。如果他们肯对我们好的话,我们也会对他们好,非常好,是的,嘶嘶。"

"唉,咱们怎么处置他?"山姆问,"照我说,把他绑起来,这样他就再也不能偷偷摸摸跟着我们了。"

"但那会害死我们,害死我们!"咕噜呜咽着,"狠心的小霍比特人。要把我们绑起来,扔在这寒冷坚硬的土地上,咕噜,咕噜。"他哭得喉咙都哽住了。

"不,"弗罗多说,"如果要杀他,现在是最好的下手机会。但事情还没有到要杀他的地步,我们不能杀他。可怜又可恨的东西!他目前还未曾伤害我们。"

"哦,未曾伤害吗!"山姆揉着肩膀反驳,"可不管怎么说,他一直就图谋伤害，我敢保证，他就是在图谋。图谋趁我们睡觉时勒死我们。"

"可能吧，"弗罗多说，"但图谋总归是另一码事。"他停下来，思索着。咕噜躺在地上不动，不过也停止了哽咽。山姆怒视着他。

弗罗多似乎听见一个来自过去的声音，遥远，却异常清晰——

> 比尔博当时有机会，却没有一剑刺死那个可恶的东西，真可惜！
>
> 可惜？ 正是因为可怜他才没下手。怜悯之心，仁慈之心——若非必要不下杀手。
>
> 我一点儿也不可怜咕噜。他该死。
>
> 该死！ 我也觉得他该死。许多该死之人还活着，而一些本该活着的人却已逝去！ 你能让本该活着的人活过来吗？ 若是不能，就不应因为忧虑自身的安危，以正义之名轻率夺人性命。即便智者也不能看透所有的结局。

"好吧。"他大声说道，垂下手中的剑，"我仍然十分担心。不过，如你所见，我不会对那东西下手。因为，我见到他了，我确实可怜他。"

山姆瞪着他家少爷，弗罗多似乎在和一个不在场的人说话。咕噜抬起头来。

"是的嘶嘶，宝贝，我们很可怜。"他哭哭咧咧地说，"可怜可怜！霍比特人不会杀我们，好心的霍比特人。"

"不杀，我们不杀你。"弗罗多说，"但我们也不会放你走。咕噜，你一肚子阴毒、邪恶。你必须跟我们走，我们会盯着你，就这样。你也必须尽力帮助我们。要以德报德。"

"是的嘶嘶，我一定会的。"咕噜坐起身，"好心的霍比特人！ 我们要跟他们走。给他们在黑暗中带路，对，我们能带路。我们很纳闷，对，我们很纳闷，在这寒冷坚硬的土地上，他们要去哪里？"他抬起头看着弗罗多和山姆，眨动的苍白眼睛中闪过刹那狡猾而急切的光。

山姆咬着牙怒视着他。他似乎意识到少爷的情绪有些反常，也意识到这事显然不容他争辩。即便如此，弗罗多的回答还是让他大为惊讶。

弗罗多直视着咕噜的眼睛，咕噜躲闪着避开了。"你知道，或者猜到了，我们去哪儿，斯密戈。"他说道，语调平静但却十分严厉，"没错！我们要去魔多。我相信你知道路。"

"啊咳！嘶嘶嘶！"咕噜用手捂住耳朵，仿佛这样公开、直接提这个名字吓到他了，"我们猜到了，对，我们猜到了。"他低声说，"我们不想让他们去，对吧？对，宝贝，不想让好心的霍比特人去。灰烬，灰烬，还有灰土，还有干渴；还有坑，有坑，有坑，还有奥克，成千上万的奥克。好心的霍比特人不能去——嘶嘶——不能去那些地方。"

"这么说你去过那里？"弗罗多追问，"你是被召唤回到那里，对吗？"

"是的嘶嘶。嘶嘶。不！"咕噜尖叫道，"就一次，是意外，对吧，宝贝？对，是意外。但我们不要回去，不要，不要！"接着，他的声音和语言突然都变了，喉咙里发出呜咽声，开口说话，却不是对他们说的，"滚开，咕噜！你弄痛我了。噢！我可怜的手，咕噜！我，我们，我不要回去。我找不到它。我累了。我，我们找不到它，咕噜，咕噜，没有，哪儿都没有。他们从不睡觉。矮人、人类，还有精灵，可怕的精灵眼睛晶亮。我找不到它。啊咳！"他站起身，长长的手攥成瘦骨嶙峋的拳头，朝着东方乱舞，"我们不去！"他喊道，"不去见你。"接着，他又倒下来，"咕噜，咕噜。"他把脸埋在地上呜咽着，"别看着我们！快滚开！滚去睡觉！"

"他不会听你的命令滚开或者去睡觉的，斯密戈。"弗罗多说，"但你如果真想要再次摆脱他，获得自由，你就必须帮助我。恐怕这就意味着，给我们带路，带到他那里去。但不需要你带着我们走完全程，只要到他辖地的大门就行。"

咕噜再次坐起来，从眼皮底下打量他。"他在那里。"他嘎嘎笑起来，"一直在那里。奥克会给你们带路。大河东岸，很容易找到奥克。别让斯密戈带路。可怜可怜斯密戈，斯密戈很久以前就走了。他们偷走了他的宝贝。他的宝贝不见了。"

"如果你跟我们一起走，也许我们能重新找到他。"弗罗多说。

"不，不，不会！他弄丢了他的宝贝。"咕噜说。

"起来！"弗罗多命令道。

咕噜站起来，向后退到崖壁前。

"够了！"弗罗多说，"你白天带路容易一些，还是晚上容易一些？我们很累了，但如果你愿意晚上带路，我们今晚就出发。"

"大光亮刺痛我们的眼睛，刺痛眼睛。"咕噜哼哼唧唧，"不能在大白亮底下走，不能。它很快就会落到山后面去了，嘶嘶。先休息一会儿，好心的霍比特人！"

"那就坐下，"弗罗多说，"坐着别动！"

两个霍比特人在咕噜左右两侧坐下，背靠着崖壁，伸腿休息。无须开口商量，两人都清楚片刻也不能睡着。月亮慢慢西移，山丘的影子投了下来，他们面前变成一片漆黑。天上的星星密集、明亮。他们谁也没动。咕噜两腿并拢坐着，下巴搁在膝盖上，扁平的手脚摊在地上，闭着眼睛。但他似乎身体紧绷，像是在思考或聆听。

弗罗多越过他朝山姆望去，两人眼神交流，彼此领会。他们放松身体，头往后靠，闭上了眼睛——或似乎闭上了眼睛。很快传来两人柔缓的呼吸声。咕噜的手微微抽动了一下，头不易察觉地向左右转了转,先是一只眼睛睁开一条缝,随后,另一只也睁开了。两个霍比特人毫无动静。

蓦地,咕噜像蚱蜢或青蛙一样从地上腾跃而起,以惊人的速度向黑暗里奔去,十分敏捷。然而,弗罗多和山姆早就料到这一点。咕噜跳起身没跑几步,山姆就扑到他身上。弗罗多紧跟上来,拽住腿,将他拖倒在地。

"山姆,你的绳子大概又能派上用场了。"弗罗多说。

山姆掏出绳子。"在这寒冷坚硬的土地上,你想奔哪儿去啊,咕噜先生?"他怒声问道,"我们很纳闷,对,我们很纳闷。我敢说,你是想去找几个奥克朋友来。你这背信弃义的坏东西!这绳子该套在你脖子上,勒紧。"

咕噜安静地躺在地上,不再试图耍花样。他没搭理山姆,恶毒地扫了他一眼。

"我们只要有个东西拴住他就行了,"弗罗多说,"需要他自己走路,不能把他两条腿都绑住——也不要把他的手绑上,他走路时似乎是手脚并用。把绳子一头绑在他一只脚踝上,攥紧另一头就行了。"

他站在咕噜旁边,山姆把绳系好打上结。结果却令两人大为吃惊。咕噜开始尖叫,撕心裂肺的尖叫声听起来十分骇人。他不停翻滚扭动,试图把嘴凑到脚踝上去咬断绳子。他不停地尖叫。

最后,弗罗多终于相信他不是装出来的,但也不可能是绳结造成的。他检查了绳结,发现绳结并不太紧,可以说一点都不紧。山姆就是刀子嘴豆腐心。"你怎么啦?"他问,"如果你想逃跑,就必须把你绑起来。但是我们没想弄痛你。"

"它弄痛我们,它弄痛我们!"咕噜嘶嘶叫着,"它冰冷,它咬人!精灵搓的绳子,诅咒他们!可恶狠心的霍比特人!当然,宝贝,这就是我们为啥要逃跑。我们早猜到他们是狠心的霍比特人。他们跟精灵来往，精灵凶猛，眼睛贼亮。把它给我们解开！它弄痛我们。"

"不，我不会把它解开。"弗罗多说，"除非——"他顿住，想了一会儿，"——除非你能发个誓，让我相信你。"

"我们会发誓照他的吩咐做，是的，嘶嘶。"咕噜说，仍然不停地翻滚扭动，抓挠着脚踝，"它弄痛我们。"

"那你发誓？"弗罗多说。

"斯密戈，"咕噜说，声音突然变得清晰起来，睁大眼睛盯着弗罗多，眼中闪着诡异的光芒，"斯密戈以宝贝的名义发誓。"

弗罗多突然挺直身体。山姆再一次被弗罗多的话和他的严厉语调吓了一跳。"以宝贝的名义发誓？你怎么敢？"他问，"想好了再说！

　　至尊驭众生，禁锢黑暗中。

"斯密戈，你愿意对此起誓吗？它会约束你守约，但它比你还狡诈。它可能会扭曲你说的话。想好了再说！"

咕噜蜷缩着。"以宝贝的名义，以宝贝的名义！"他重复说着。

"发誓的内容呢？"弗罗多问。

"会很听话很听话。"咕噜说着，爬到弗罗多脚前趴着，嘶哑着嗓子说道，"斯密戈发誓，永远，永远不让'他'得到它。永远不让！斯密戈会收存它。但他必须以宝贝的名义发誓。"他浑身止不住地颤抖，仿佛这些话令他恐惧到了骨子里。

"不！别以它的名义发誓。"弗罗多低头看着他说道，语气严厉却又带着怜悯，"虽然你知道它会逼你发疯，但只要有可能，你就心心念念想要看见它，摸着它。别以它的名义发誓。要是你愿意，就对着它发誓。你知道它在哪里。没错，你知道，斯密戈。它就在你面前。"

有一瞬间，山姆觉得自家少爷变得无比高大，咕噜缩得很小：一个高大冷峻的阴影,一位将自己的光亮隐藏在乌云中的伟大君主,脚下趴着一只摇尾乞怜的小狗。然而这二者有着某种相似、相契之处:他们可以读懂对方的思绪。咕噜挺直身体,伸手抓挠弗罗多,抓挠他的膝盖。

"趴下!快趴下!"弗罗多命令道,"现在,发誓吧!"

"我们发誓,是的,我发誓!"咕噜说,"我会效忠宝贝的主人。好主人,好斯密戈,咕噜,咕噜!"突然,他又开始呜咽起来,去咬自己的脚踝。

"山姆,把绳子解开吧!"弗罗多说道。

山姆不情愿地解开了绳结。咕噜立刻爬起来,撒着欢,像只挨了鞭子又受到主人安抚的恶狗。从那时起,有一段时间,他身上发生了变化。他说话不再像以前那么嘶嘶有声或哀号,他会直接跟他们说话,而不是对着他的宝贝说话。假如他们走近他或突然有什么举动,他会惊吓畏缩。他会避免碰到他们的精灵斗篷。他变得友善,事实上,变得可怜巴巴的,想要讨好他们。如果他们说笑,或者弗罗多对他说话和善一点,他就会欢天喜地;如果弗罗多责骂他,他就会呜咽哭泣。山姆几乎不搭理他,比任何时候都更加怀疑他。比起以前那个咕噜,山姆更讨厌斯密戈,这个新的咕噜。

"好了,咕噜,或者不管我们叫你什么名字,"他说,"该走了!月亮下去了,夜也深了。我们得出发了。"

"好的,好的。"咕噜应道,在四周蹦来跳去,"出发!从北端到南端只有一条路能穿过去。是我发现的,是我一个人发现的。奥克不走这条路,奥克不知道这条路。奥克不穿过沼泽,他们绕道要多走很多、很多哩。你们很幸运,能走这条路。你们很幸运,找到斯密戈,是的。跟着斯密戈吧!"

他向前走了几步,转过身来探询地望着他们,就像一只狗在等着他们一起散步。"等一下，咕噜！"山姆叫道，"别往前面跑太远！我跟在你后头，我绳子在手上。"

"不会，不会！"咕噜说，"斯密戈发过誓的。"

他们头顶满天繁星，在深夜里出发了。咕噜在前面带路，沿着他们过来的路向北走了一阵子。接着，他往右拐，离开埃敏穆伊丘陵的陡峭悬崖，走下碎石坡，向下方那片广阔的沼泽走去。很快，他们无声无息地融入了黑暗。魔多大门前这片无垠的无人之地，是一片黑暗的死寂。

第二章
沼泽密径

THE PASSAGE OF THE MARSHES

　　我看见他们了：阴森的脸孔邪恶，高贵的脸孔悲伤。许多脸孔高傲俊美，银色的头发里缠满水草。但全都腐臭、腐烂，全都死了。全都发着邪恶的光。

咕噜伸着脑袋和脖颈，走得飞快，他经常会手脚并用。弗罗多和山姆简直跟不上他。但他似乎打消了逃跑的念头，看到他们落后了，就会转过身来等他们。走了一阵子，他将二人带到他们之前经过的那道狭窄沟壑边缘。不过，沟壑的这一处离山岭比较远。

"就是这里！"他叫道，"这里有一条路可以下去，是的。我们顺着它走——出去，出去到那边。"他指着沼泽的东南边。沼泽恶臭扑鼻，深夜清冷的空气都掩盖不了它的熏天臭气。

咕噜沿着边缘忽上忽下，终于，他向弗罗多和山姆喊道："这里！我们可以从这里下去。斯密戈走过一次，我走这条路躲过了奥克。"

他在前头领路，两个霍比特人跟着他，向下爬，进入了一片幽暗。路不算难走，裂罅深约十五呎，宽十多呎。底部有水流，是从山岭上潺潺流下的一条小河床，向下流入那片死水潭。咕噜向右拐，整体上是沿着朝南的方向走，两只蹼脚把岩石河床上的浅水踩得水花飞溅。他似乎特别喜欢踩水的感觉，自顾自咯咯笑着，有时还嘎着嗓子唱起来：

土地寒冷又坚硬，
它们把我手咬痛，
还能把我脚啃痛。
大大小小的石头，

全都像把老骨头，
没有肉的老骨头。
只有小溪与池塘，
流水湿润又清凉，
我们洗脚好舒畅！
我们心里有愿望——

"哈！哈！我们有啥好愿望？"他唱着，看看旁边的两个霍比特人，"我们会告诉你们。"他嘎着嗓子说，"他早就猜到了，巴金斯早就猜到了。"他眼中闪过一道光，山姆在黑暗中捕捉到他那不怀好意的眼神。

活着不用嘴呼吸，
浑身冰冷似小死。
不渴喝水真神奇，
满身铠甲无声息。
上了旱地会溺死，
见了小岛当山脊，
以为喷泉会喷气。
浑身光滑真美丽，
遇见一条心欢喜。
我有愿望心着急，
只有活鱼最多汁。

自从山姆知道他家少爷打算留着咕噜带路，就开始担心食物问题，这些歌词更加让他觉得吃成了一个大问题。他觉得少爷可能没想过这件事，但他知道咕噜在想这个问题。说实在的，咕噜一个人游荡那么久，靠吃什么活着？"肯定吃得不太好，"山姆想，"看他长着一副饿鬼相。我敢打赌，如果没有鱼，他不会介意尝尝霍比特人肉的味道。很可能趁我们瞌睡的时候下手。哼，他休想，山姆·甘姆吉可不会让他这么干。"

他们深一脚浅一脚地在漆黑、蜿蜒的沟壑里走着，似乎走了很长时间，弗罗多和山姆走得双腿疲乏无力。沟壑向东拐，他们一直向前，沟渐渐变宽、变浅。终于，头顶的天空开始泛白，露出黎明的第一道微光。咕噜毫无倦色，但他这时抬头望了望，停下来。

"快白天了。"他用很小的声音说，仿佛白天会偷听他说话、向他扑过来，"斯密戈要停在这里。我要停在这里，大黄脸不会看见我。"

"我们很高兴见到太阳。"弗罗多说，"不过，我们也愿意停下来。我们现在已经累得走不动了。"

"你们高兴看见大黄脸，不聪明。"咕噜说，"它会照见你们。聪明的好心霍比特人跟斯密戈在一起。到处都是奥克和可怕的东西。他们看得很远。停在这里，跟我藏在一起！"

三个人靠着沟壑底的岩壁休息。这里的岩壁大约有身材魁梧的人类那么高，底部有些平整、干燥的宽岩架。水从一侧的渠道里流过。弗罗多和山姆坐在一块平整的岩架上，靠着岩壁休息腰背。咕噜走到溪水里，到处翻找着。

"我们得吃点东西。"弗罗多说，"斯密戈，你饿吗？我们的食物很少，但会尽量分一些给你吃。"

听到"饿"这个字，咕噜苍白的眼中闪出绿光，在那张面黄肌瘦的脸上似乎显得更加突出。他突然回复到之前说话的方式。"我们很饿，是的我们很饿，宝贝。"他说，"他们吃什么？他们有好吃的鱼鱼吗?"他的舌头从尖利的大黄牙中间耷拉出来,舔着毫无血色的嘴唇。

"没有,我们没有鱼。"弗罗多说,"我们只有这个——"他举起一片兰巴斯饼干,"——还有水,如果这里的水能喝的话。"

"是的嘶嘶,嘶嘶,好喝的水。"咕噜说,"喝吧,喝吧,趁着有水喝!不过,他们吃的是什么,宝贝?它嚼起来很脆?好吃吗?"

弗罗多掰了一小块饼干,连同外边包着的叶子一起递给他。咕噜闻了闻那片叶子,脸上突然浮现出厌恶和凶狠。"斯密戈闻到了!"他说,"精灵国来的叶子,嘎!他们很臭。他爬那些树,他洗不掉手上的臭,我的好好手。"他扔掉叶子,捏起兰巴斯的一角,咬了一小口,立刻吐出来,咳嗽得浑身发抖。

"啊咳!不吃!"他气急败坏地说,"你们想呛死可怜的斯密戈。都是灰渣,他不能吃那个。他要饿着。斯密戈不介意。对霍比特人好!斯密戈发过誓。他会饿着。他不能吃霍比特人的食物。他会挨饿。可怜瘦弱的斯密戈!"

"抱歉,"弗罗多说,"恐怕我没别的办法。如果你愿意试试,我觉得这东西对你有好处。不过眼下你可能连试都没法试。"

两个霍比特人默默地嚼着兰巴斯。不知怎的,山姆竟然觉得兰巴斯比过去一段时间吃起来都美味多了。咕噜的反应让他重新注意到它的味道,但他感觉浑身不自在。咕噜直勾勾地盯着他的手和嘴巴,像一条蹲在餐桌旁满怀期待乞食的狗。很显然,一直到他们吃完准备休息了,咕噜才确信他们没有藏匿他能分享的美味。于是,他独自走到一旁坐下,呜呜咽咽。

"听我说!"山姆低声对弗罗多说,其实声音并不低——他压根不介意咕噜能不能听到,"我们必须睡一会儿。但是有那个饿痨浑蛋在旁边,不管他发没发过誓,我们都不能同时睡。我敢保证,不管他是斯密戈还是咕噜，都不可能这么快就改了性子。你先睡吧，弗罗多少爷，等我眼皮撑不住的时候我会叫你。跟以前没逮到他时一样，轮流睡。"

"也许你说得对，山姆。"弗罗多提高声音说道，"他有改变，但究竟有哪些改变，改变有多大，我也不确定。不过，认真说来，我想没什么需要害怕的——目前没有。不过你想守哨就守吧。我睡两个钟头，不要多，然后叫我起来。"

弗罗多太累了，话音刚落，脑袋就耷到胸口上睡着了。咕噜似乎也不再害怕，蜷缩起身子很快睡着了，全不在意周围。他躺着一动不动，很快，紧闭的齿缝中传来均匀的嘶嘶呼吸声。过了一会儿，山姆担心坐在那里听着两个同伴的呼吸声，自己也会跟着睡着，于是站起身轻轻戳了戳咕噜。咕噜松开紧握的双手，抽搐了一下，再也没有别的动静。山姆弯下腰，贴近咕噜耳朵说鱼鱼，也没有任何反应，连呼吸都没有错漏一拍。

山姆挠挠头。"一定是真的睡着了，"他喃喃道，"我要是像咕噜，他就永远别想再醒过来。"他忍住不去想剑和绳子，走过去坐到少爷身旁。

山姆醒来时，上方的天空十分昏暗，不仅不比吃早餐的时候亮，反而更暗。山姆一下子跳起来。精力充沛却又饥肠辘辘的感觉，让他猛然意识到自己睡了整整一天，至少九个钟头。弗罗多还在沉睡，身体舒展，躺在他旁边。咕噜不见踪影。山姆心里瞬间用自家"老头子"那一大堆骂人话把自己骂了个遍，但他同时也意识到他家少爷说得对，目前没什么需要害怕的。不管怎么说，他俩都还活着，没被勒死。

"可怜的浑蛋！"山姆懊恼地自责着，"不知道他跑哪去了？"

"没跑远，没跑远！"有个声音从他上方传来。他抬起头，看见夜空下方出现咕噜的大脑袋和大耳朵轮廓。

"喂,你在那里做什么?"山姆喊道,一看到那个身影,他的疑心马上又回来了。

"斯密戈肚子饿。"咕噜说,"马上就回来。"

"现在就回来!"山姆大叫,"嗨!回来!"咕噜已经不见了踪影。

弗罗多被山姆的叫声吵醒,坐起身,揉着眼睛。"哈啰!"他问,"怎么啦?现在几点了?"

"不知道。"山姆说,"估摸着是太阳下山以后了。他跑了。说他肚子饿。"

"别担心!"弗罗多说,"担心也没用。你瞧着好了,他会回来的。誓言会约束他一阵子。无论如何他是不会离开他的宝贝的。"

当弗罗多得知他们昏睡了好几个钟头,其间饿着肚子的咕噜一直无人看管,他并不以为意。"别再用你家'老头儿'那些骂人话自责了。"他说,"你也累坏了,现在一切都挺好 —— 我们俩都休息充足了。前面的路很艰难,是最艰难的路。"

"吃的东西怎么办?"山姆问,"完成这个事情,得花多长时间?事情完了,我们接着干什么?这种行路干粮虽说能叫人腿劲十足,可总让人觉得肚子没吃好,我没有表示不敬的意思,反正我觉得没吃好。再说,饼干每天都要消耗掉一些,吃一点少一点,也不会增长。我估算了一下,大概够吃三个星期,不过前提还是得勒紧裤带省着点吃。到目前为止,我们吃得太不节制了。"

"我不知道得花多长时间 —— 才能完成。"弗罗多说,"我们在这片丘陵里严重耽搁了。但是,我最亲爱的霍比特朋友,我最最亲密的朋友,山姆怀斯·甘姆吉 —— 我想我们不需要操心接着干什么。如你所说'完成这个事情' —— 我们有多少希望完成它?如果完成了,谁又能知道会是什么结局?如果至尊戒掉进火山,而我们就在近旁,那会怎么样？山姆，我问你，那样我们还可能需要干粮吗？我想不需要了。只要能够支撑着我们走到末日山，那就够了。我开始感觉，我们可能走不到了。"

山姆默默点点头。他握住少爷的手，俯下身子，并没有亲吻那只手，眼泪滴落在上面。他扭过头，扯起袖子擦鼻涕。他站起身，跺着脚到处走，试图打呼哨，结果却勉强问了句："那讨厌的家伙哪儿去了？"

咕噜确实很快就回来了。但他走得很轻，他们谁也没听见，直到他突然站到面前。他的手上、脸上沾满了黑色的污泥，嘴里还在嚼着东西，吃得满嘴涎液。他在嚼什么，他们没问，也不愿意去深究。

"蠕虫，甲壳虫，要么就是洞里挖出来的黏糊糊的东西。"山姆想，"呸！恶心的东西，卑鄙的浑蛋！"

咕噜什么也没跟他们说，到溪里喝足水，洗了洗。接着，他走到他们面前，舔舔嘴。"现在好多了，"他说，"我们休息好了？准备上路了吗？好心的霍比特人，他们睡觉的样子真好看。现在信任斯密戈了吧？非常，非常听话。"

接下来一段路跟之前差不多。他们越往前走，沟壑越浅，沟底的坡度也越和缓。沟底岩石渐少，泥土多了起来，两边的沟壁渐渐变成了堤岸。沟开始蜿蜒曲折。黑夜即将过去，但星星和月亮都躲到云层背后去了。天上灰白色的面积越来越大，他们知道天快亮了。

在黎明的料峭风寒中，他们来到水沟尽头。两岸是遍布青苔的土丘。溪水越过最后一重蚀刻岩架，汩汩流入褐色的沼泽。虽然他们并没有觉得有风，却听得干枯的芦苇沙沙作响。

他们的两侧与前方是广阔的沼泽泥潭，向南、向东一直消失在朦胧的晨光中。乌黑恶臭的泥潭上方升起一团团烟雾。空气中扬起令人窒息的恶臭。远处，几乎正南方向，隐约耸现着魔多的山障，像一大片絮状的乌云，飘在险象丛生的雾茫茫大海上。

现在，两个霍比特人完全交到咕噜手中。在模糊不清的光线中，他们不知道，也猜不到，他们其实已经来到了沼泽的北部边界，南面是茫茫的沼泽。如果他们熟悉这片地形，稍微耽搁一点时间，向后返回，再向东，就能经由坚硬的路面，绕过沼泽，抵达毫无生机的达戈拉得——位于魔多大门前的古代战争平原。并不是说走那条路就大有希望。那片石质平原上毫无遮拦，上面是奥克和大敌士兵通行的道路。纵然有罗里恩的斗篷也无助于他们藏身其间。

"斯密戈，现在我们如何规划路线？"弗罗多问，"必须穿过这片恶臭熏人的沼泽吗？"

"不需要，完全不需要。"咕噜说，"霍比特人想要很快到黑色山脉去见他，就不需要。往回走一点，再绕一点——"他细瘦的胳膊向北、向东比画着，"——你们就能走坚硬冰冷的路，去他国土的大门。他有很多手下都在那里迎接客人，很高兴直接带去见他，噢是的。他的眼睛一直盯着那条路，很久以前在那里看见斯密戈。"咕噜浑身哆嗦，"从那以后，斯密戈就好好用自己的眼睛了，是的，是的，从那以后我就好好用我的两只眼，两只脚，还有鼻子。如果我们不想让他看见，我知道其他的路。更难走，走不快，但更好。跟着斯密戈！他能带你们穿过沼泽、穿过迷雾，好好的浓雾。小心跟着斯密戈，能走很长路，能走很长很长路，他也不会看见，是的，可能的。"

天已经亮了，没有风，阴沉沉的，四周弥漫着沼泽的恶臭。云层很低，完全透不过阳光，咕噜似乎急着要立刻上路。因此，稍事休息后，他们就再次出发了，很快消失在没有一丝声响的阴影世界里，与周围陆地完全隔绝，既看不见刚走出的丘陵，也看不见他们要前往的山脉。三人排成一行前进，依次是咕噜、山姆、弗罗多。

弗罗多似乎是三人中最疲惫的。虽然他们走得很慢，他还是常常掉队。两个霍比特人很快发现，看似广阔无边的一大片沼泽，实际上是由无数个水塘、烂泥潭和纠缠交错的水道连接而成的一张无边无际的大网。要有机警的眼睛和奸巧的双脚，才能在其中探出一条弯弯曲曲的路。咕噜无疑具备这样的机警与奸巧。他那细长脖颈上顶着的脑袋这边转一下，那边转一下，一边用鼻子到处闻，一边嘴里嘟嘟囔囔。有时他会举手示意他们停下来，自己向前走一小段，蹲下来用手指或脚趾探一探，或只是把一只耳朵贴在地面上聆听。

周围沉闷而令人厌倦。在这片被遗弃的乡野中，湿冷的冬意尚未退去。唯一的绿色是乌黑、浓腻的死水上漂浮着的铁青色水草。枯死腐烂的野草、芦苇时不时出现在雾中，像久远夏日的残败影子。

时间一点点过去，光线渐渐亮了，雾开始飘散，变得稀薄透明了。在这片充斥着腐败、恶臭的世界上方，太阳升起很高了，金灿灿的，照在静静飘浮的浓厚雾层上。他们在下面只能见到它的魅影，模糊、苍白，照到身上没有光芒，也不暖和。但即便它的黯淡光影也让咕噜发怒、退缩。他停下来，不肯继续向前走。三个人蹲在一大片褐色的芦苇丛旁休息，酷似遭遇追猎的野兽。四周一片死寂，只有空芦穗轻微晃动的沙沙声和残枯草叶在不易察觉的微弱气流中颤动的响声。

"连只鸟也没有！"山姆没精打采地说。

"没有，没有鸟。"咕噜说，"鸟好吃！"他舔舔牙齿，"没有鸟。有蛇，有虫，有水里生的东西。好多东西，好多可怕的东西。没有鸟。"他悲伤地住了口。山姆满脸嫌恶地看着他。

与咕噜同行的第三个白天就这样过去了。夜晚刚刚降临到外面的世界，他们又上路了，一直向前走，中间只短暂停下几次。不是停下来休息，而是因为要等咕噜探路。走到这里，连咕噜都得万分小心地向前走，有时他会停下来好一阵子，不知道该怎么走。他们已经来到死亡沼泽的中央，周围一片漆黑。

他们走得非常慢，弓着腰，紧紧排成一行，专心跟着咕噜走出的每一步。沼泽变得更泥泞，几乎是一个连着一个的死水潭，越来越难找到可以落脚而不陷进咕嘟咕嘟冒泡的泥沼中的地方。幸亏三个人都很轻瘦，否则谁也不可能找到路通过。

天已经完全黑了，空气似乎也又黑又重令人无法呼吸。当光亮出现的时候，山姆揉揉眼睛，以为自己脑袋出了问题。他先是左眼角瞥见一个光点，一闪即逝。随即又出现了一些，有些像闪着微光的烟，有些像看不见的蜡烛上方缓慢摇曳的昏暗烛火，像被一双看不见的手抖开的幽灵布巾，飘忽不定。但他的两个同伴都没说话。

终于，山姆忍不住了。"咕噜，这都是什么？"他压低声音问，"这些光亮？它们现在把我们围住了。我们被包围了吗？是谁？"

咕噜抬起头。他眼前是一摊黑水，他正趴在地上，爬过来爬过去，探不定路。"是的，它们把我们围住了。"他低声说，"鬼火。死人的蜡烛，是的，是的。别盯着它们！别看！别跟它们！主人在哪里？"

山姆回过头，发现弗罗多又没跟上来。他看不见弗罗多，于是回头往黑暗中走了几步，也不敢走太远，只好哑着嗓子低声呼唤。突然，他绊倒在弗罗多身上，少爷正失神地站在那里，望着那些苍白的光亮，两手僵直垂在身子两旁，上面滴着水和污浊的泥浆。

"嗨，弗罗多少爷！"山姆说，"别看它们！咕噜让我们千万别看。我们跟上他，如果可能，咱们得尽快走出这个可怕的鬼地方！"

"好。"弗罗多说，如梦初醒一般，"来了。咱们走！"

山姆赶紧走到前头，突然被绊倒了，脚被草根或草丛缠住了。他双手扑地，向前栽倒，深深陷进黏乎乎的泥浆，脸几乎贴到黑水塘表面。烂泥发出嘶嘶的气泡声，恶臭气直往上冲，无数光亮在摇曳、舞动、旋转。有一刹那，他面前的水就像是沾满污垢的窗玻璃，而他正透过玻璃向里望。他猛地把双手拔出来，惊叫着跳起身。"水底有死东西，水里有死人脸！"他惊恐万状，"死人脸！"

咕噜大笑。"死亡沼泽，是的，是的，这就是它们的名字。"他咯咯笑道，"蜡烛点起来的时候，你不该朝里看。"

"他们是什么人？他们是什么东西？"山姆浑身发抖，转向他身后的弗罗多问道。

"我不知道。"弗罗多用梦呓般的声音回答他，"我刚才也看见他们了，在那片点着蜡烛的水塘里。一张张惨白的脸孔，躺在水塘里，在黑水下面很深很深的地方。我看见他们了：阴森的脸孔邪恶，高贵的脸孔悲伤。许多脸孔高傲俊美，银色的头发里缠满水草。但全都腐臭、腐烂，全都死了。全都发着邪恶的光。"弗罗多抬手蒙住眼睛，"我不知道他们是谁。但我想我看见的里面有人类和精灵，旁边还有奥克。"

"是的，是的。"咕噜说，"全都死了，全都腐烂。精灵、人类和奥克。死亡沼泽。很久很久以前有一场大战，是的，斯密戈小的时候他们这么告诉他的。那时候我还很小，宝贝还没来。是一场大战。高大的人类挥舞长剑，还有可怕的精灵和号叫的奥克。他们在黑门前的平原上打了很多天，很多月。但是，后来沼泽变大了，吞掉坟墓，沼泽一直，一直向外淌。"

"但那至少是一个纪元以前的事了！"山姆说，"死人不可能还在底下！这是不是黑暗之地豢养的妖术？"

"谁知道？斯密戈不知道。"咕噜答道，"你不能摸他们，你不能碰他们。我们以前试过，是的，宝贝。我试过一次。但你摸不到他们。

只能看到样子,也许,不能碰。不能碰,宝贝! 全都死了。"

山姆脸色阴郁地看着他,浑身又开始发抖,猜出了斯密戈试图触碰的意图。"呃,我不想看见他们,"他说,"永远不想再看到! 我们不能快点走,赶紧离开吗?"

"能,能。"咕噜说,"但是要慢,非常慢。非常小心! 不然霍比特人要掉下去跟那些死人做伴,点起小蜡烛。跟着斯密戈! 别看光亮!"

他朝右边爬,想要探路绕过水塘。两人弓着腰,紧跟在他背后,时常会需要像他一样手脚并用。"再这么走下去,我们就要变成一串三只宝贝小咕噜了。"山姆暗想道。

终于,他们走到黑水塘的一端。他们一会儿爬来爬去,一会儿在一簇簇草堆间跳来跳去,险象环生。他们经常会陷进泥坑出不来,踏进或手撑地栽进臭气熏天的水中。最后,他们几乎从头到脚都沾满污泥,闻起来臭气熏天。

深夜时分,他们终于再次踏上比较坚硬的地面。咕噜嘶嘶地自言自语着,不过显然很高兴:通过某种神秘的方法,靠着感觉、嗅觉以及在黑暗中记住物体形状的不可思议的记性,他似乎又知道了自己所处的方位,对前方的路充满把握。

"我们继续走吧!"他说,"好心的霍比特人! 勇敢的霍比特人! 当然非常、非常疲倦;我们也是,我的宝贝,我们全都疲倦。但我们必须带主人离开鬼火,是的,是的,我们必须。"说完这些话,他又开始上路,几乎小跑着奔下高高的芦苇丛之间夹着的小路,两个霍比特人跌跌撞撞地跟在后头。过了一会儿,他突然停下来,狐疑地到处嗅,嘶嘶有声,仿佛又遇到什么麻烦或不高兴了。

"怎么啦?"山姆误解了他的举动,怒喝道,"有什么好嗅的? 我捏着鼻子都快被这臭气熏倒了。你很臭,少爷也很臭,这整个地方都很臭。"

"是的，是的，山姆也很臭！"咕噜答道，"可怜的斯密戈闻到了，好心的斯密戈忍着。帮助好心的主人。但不是那个问题。空气流动起来，很快会变化。斯密戈很纳闷。他不高兴。"

他继续往前走，但却越来越焦灼，不时站直身体，竭力伸长脖子向东看看，又向南望望。有好一阵子，两个霍比特人没听见也没感觉到有什么在困扰他。突然，三个人全都停下来，僵在原地凝神细听。弗罗多和山姆似乎听见遥远的地方传来一声长长的悲号，声音尖细而凄厉。他们浑身颤抖。他们察觉到空气在颤动，变得异常寒冷。他们站在原地竖起耳朵，听见像是风从远处吹来的声音。那些模糊的光亮闪烁着，变黯淡了，熄灭了。

咕噜不肯继续向前走。他站在那里浑身像筛糠一样，叽里咕噜自言自语。一阵疾风猛然吹到他们身上，嘶喊着、咆哮着掠过沼泽。夜色变得没那么黑了，他们能够模模糊糊地看见一团团杂乱无形的雾朝他们卷过来，从他们头顶飘过。他们抬头，看见天上的云团散了，只剩下丝丝缕缕的云絮。月亮在南面的天际闪现出来，快速穿行在云彩中。

这景象顿时令两个霍比特人心情愉快起来。但咕噜却畏缩着，喃喃咒骂着那个大白亮。弗罗多和山姆望着天空，深深地呼吸着新鲜空气。突然，他们看见它来了：从那片被诅咒的山岭飞过来的一小团云，一个从魔多放出来的黑影，一个形体巨大的有翼不祥之物。它快速擦过月亮，发出骇人的尖啸向西飞去，速度比风还快。

他们扑倒在地，拼命贴在冰冷的地上。那恐怖的影子盘旋一圈，又飞了回来，飞得更低，就在他们上方掠过，可怕的翅膀沾满沼泽的臭气。后来，它飞走了，火速飞回魔多，似乎带着索隆的千钧雷霆，卷起呼啸的狂风，离开荒凉昏暗的死亡沼泽。他们面前的这片裸露荒地和远处邪恶的山峦,在忽隐忽现的月光下一片斑驳。

弗罗多和山姆从地上爬起来,揉着眼睛,像从噩梦中惊醒的孩子,发现熟悉的夜色仍然笼罩着世界。咕噜躺在地上,像晕死过去一般。他们费了很大的劲才把他弄醒,可他始终不肯抬起头脸,用胳膊肘撑跪在地上,扁平的大手抱着后脑袋。

"戒灵!"他哀号道,"飞行戒灵!宝贝是他们的主人。他们看见一切,一切。什么都躲不过他们。诅咒大白亮!他们会把一切告诉他。他看见,他知道。啊咳,咕噜,咕噜,咕噜!"直到月亮西沉,落到托尔布兰迪尔山背后,他才肯爬起来,继续向前走。

从那个时候起,山姆感觉到咕噜又变了,变得更加谄媚,更加友善。山姆也惊讶地注意到,他眼中不时流露出异样的神色,尤其是当他看向弗罗多的时候。说话也越来越回到以前的习惯。还有另外一件事情,让山姆越来越担心。弗罗多似乎十分疲惫,疲惫到了极点。他什么也没说,事实上几乎不开口说话,他也没有抱怨说累,但走路的样子像是背负着沉重的负担,日益增重的负担。他拖着沉重的步子,走得越来越慢,山姆只好经常开口请咕噜走慢一点,别把他们俩的主人落在后头。

事实上,每向魔多的大门走近一步,弗罗多就感觉到吊在脖颈链子上的魔戒更重了一分。他开始真切感觉到一种将自己向地上拖拽的重量。但他更大的困惑来自那只魔眼——他内心是这么称呼它的。较之于魔戒的沉坠感,魔眼是导致他佝偻着畏缩前行的最主要原因。魔眼代表着那股邪恶意志日益增长的知觉能力,无比强大,极其恐怖,能够穿过重重云雾、大地与血肉,将你看透,将你钉在原地,无所遮拦,无法动弹。那层仍然抵挡着它的面纱是那么薄,那么弱。弗罗多十分清楚,目前那股意志的中心与驻地在哪里,就像一个人闭上眼睛也能确切知道太阳的方位。他正面对着它,它的威压迎面而来。

咕噜大概也会有类似的感觉。但是,魔眼的压力、魔戒近在咫尺的诱惑,以及迫于冰冷剑刃勉强发下的誓言,在这三者的夹击下,他那卑鄙的心里究竟在想些什么,两个霍比特人猜不到。弗罗多没去想这个问题;山姆满心想着他家少爷,几乎没空关注自己心头的这片疑云。此刻,他让弗罗多走在前头,留意着他的每一个动作,如果他脚步踉跄就赶紧扶一把,尝试着笨拙地出言鼓励他。

天终于亮了的时候,两个霍比特人惊讶地看见,那座不祥的山脉竟然已经近多了。空气清新多了,也更凉爽。虽然还有不少距离,魔多的城障却已不再是视线尽头乌云一样的威胁,而是荒野对面耸立着的狰狞黑塔。沼泽到了尽头,逐渐变成了泥炭地和宽阔平坦的干裂泥淖。前方是一大片漫长的坡地,贫瘠荒凉,一直通向索隆大门前的荒漠。

朦胧的晨光中,他们像蠕虫一样蜷在一块黑色的巨石底下,缩成一团,生怕飞行的恐怖掠过,用那双残酷、犀利的眼睛发现他们。接下来的路程充斥着日增一日的恐惧的阴影,完全没有任何东西值得记忆。他们在没有道路的单调荒野里艰难行进了两个夜晚。他们感觉空气似乎又变得污浊起来,充满恶臭,令人口干舌燥,难以呼吸。

终于,到了咕噜带路的第五天早上。他们再一次停下来。在黎明的曙光中,面前黑黢黢的雄伟山脉直插云霄。从山脉延伸出来的庞大斜脊和小山丘,离他们最多不过十米哩。弗罗多恐惧地环顾四周。这里跟死亡沼泽与干涸的无人之地一样令人恐惧,但日益光亮的白昼此刻在他眼前缓缓呈现的这片荒野,要更加令人厌恶。即便在死人脸沼泽,也会有些微绿色的春天的幻景;而这里却永无春夏,没有一丝生机,连以腐物为生的鳞片地衣都没有。那些汩汩冒着气泡的水坑里填

315

满灰烬和慢慢蠕动的泥浆，呈现一种令人作呕的灰白色，仿佛山脉把五脏六腑的污秽全都倾泻在周围的大地上。高高隆起的粉碎石堆和遭受烈火焚烧、毒质污染的巨大土堆，像一排排没有尽头的坟墓，在微光中慢慢显露出来。

越过这片荒漠，他们就能抵达魔多——那里是奴隶暗无天日的劳作留下的永恒见证。当他们早已尸骨无存，那片病入膏肓的邪恶之地依然存续，也许只有浩瀚的大海才能够将其彻底清洗。"我觉得恶心。"山姆说道。弗罗多没作声。

他们在那里站了很久，就像快要睡着的人虽然知道穿过阴影才能迎来黎明，却为了抗拒沦入噩梦竭力想要睁着眼睛。天已大亮。汩汩冒着气泡的坑和那些有毒的土堆显得愈发清晰。太阳升起来了，穿行在云和浓烟中，阳光像染上了污秽。两个霍比特人看到太阳并没有觉得欢欣。阳光似乎带着恶意，彰显出他们的无助——像在黑暗魔君的废墟堆里吱吱乱窜的小幽灵。

他们累得再也走不动，必须找个地方停下来休息。他们坐在一个矿渣堆的阴影底下，有一阵子，谁也没说话。矿渣堆散发出一股难闻的气味，呛得他们简直无法呼吸。咕噜第一个起身，嘴里骂骂咧咧，没对两个霍比特人说一句，也没看他们一眼就爬走了。弗罗多和山姆跟在他后面，爬到一个近乎圆形的巨大井坑前。坑的西侧壁很高，里面很冷，毫无生机，底部是一层难闻的杂色油腻。他们缩在这个令人恶心的坑洞里，希望能够不被魔眼看见。

白昼显得十分漫长。他们三个人都特别渴，壶中只剩下几滴在丘陵边缘沟壑里装的水。现在回想起来，那道沟壑简直成了宁静而美丽的地方。两个霍比特人轮流守哨。一开始，尽管他们都非常疲惫，却谁也睡不着。当远方的太阳落到缓慢移动的云层后，山姆打起了瞌睡。

当时轮到弗罗多值守。他躺靠在坑壁斜坡上,却也未能减轻身上的沉坠感。弗罗多望着天空中飘过的烟雾,眼前出现了奇怪的幻影,有黑色的骑士身影,有来自过去的面孔。他忘了时间,迷离在半睡半醒之间,直到最后什么也想不起来了。

山姆猛地醒过来,以为听见了少爷在叫他。已经是傍晚了。弗罗多睡得很熟,已经快滑到坑底下去了,不可能叫过他。咕噜在弗罗多旁边。山姆本来以为咕噜是想叫醒弗罗多,很快就意识到事情并非如此。咕噜在自言自语。斯密戈正在和某种想法争论着,后者使用同样的嗓音,但是很尖厉、很生气。他说话的时候,眼中交替闪现着白光和绿光。

"斯密戈发过誓。"第一个想法说。

"是的,是的,我的宝贝。"另一个答道,"我们发誓,要救我们的宝贝,不能让他得到 —— 绝不能。但宝贝正朝他那里去,是的,一步步接近了。我们很纳闷,是的,我们很纳闷,这个霍比特人打算拿它怎么办。"

"我不知道。我没办法。它在主人手里。斯密戈发过誓要帮助主人。"

"是的,是的,要帮助主人 —— 宝贝的主人。但如果我们是宝贝的主人,我们就可以帮助自己,是的,仍然算遵守誓言。"

"但斯密戈说他会非常非常听话。好心的霍比特人!他解开斯密戈腿上可怕的绳子。他跟我说话和善。"

"非常非常听话,呃,我的宝贝?我们要听话,像鱼一样听话,样甜美,但只听我们自己的话。不伤害好心的霍比特人,当然,不伤害,不伤害。"

"但是宝贝掌控誓言。"斯密戈的声音反驳说。

"那就拿过来,"另一个声音说,"我们自己拿着它!我们就会是主人,咕噜!让另一个霍比特人,那个讨厌多疑的霍比特人,让他爬,是的，咕噜！"

"但不这么对待好心的霍比特人？"

"如果我们不高兴，就不这么对待他。不过，他是个巴金斯，我的宝贝，是的，是个巴金斯。是个巴金斯偷了它。他找到宝贝，什么都没说，没说。我们恨巴金斯。"

"不，不恨这个巴金斯。"

"恨，恨每个巴金斯。恨拿着宝贝的人。我们一定要拿来！"

"但他会看见。他会知道。他会从我们手里拿走！"

"他看见。他知道。他听见我们发愚蠢誓言——违背他的命令，是的。一定要拿到。戒灵在搜索。一定要拿到。"

"不给他！"

"不给，亲爱的。瞧，我的宝贝，如果我们拿到宝贝，我们就能逃走，甚至能逃离他，嗯？也许我们变得非常强壮，比戒灵还强壮。斯密戈魔君？咕噜大王？至尊咕噜！每天吃鱼，一天三顿，大海来的新鲜鱼。最宝贝的咕噜！一定要拿到它。我们要它，我们要它，我们要它！"

"但他们有两个人。他们会马上醒来杀死我们。"斯密戈嘴里叽叽歪歪，在做最后的挣扎，"不要现在。现在不行。"

"我们要它！但是——"声音停顿了很长时间，仿佛有个新的想法冒了出来，"现在不行，呃？也许不行。也许她会帮忙。也许她会，是的。"

"不，不！别走那条路！"斯密戈哀声说道。

"要走！我们要它！我们要它！"

每当第二个想法开口时，咕噜的长手就会慢慢伸出去，伸向弗罗多，而当斯密戈开口说话时，它又猛然缩回去。最后，他的两条手臂连同扭曲痉挛的手指，一同伸向弗罗多的脖子。

山姆躺着一动不动，简直听得入了迷，他的眼睛微微睁开一条缝，密切注意着咕噜的一举一动。他以前只是简单地认为，咕噜最主要的危险来自饥饿，因此想要吃掉霍比特人。此刻他意识到事情没有这么简单——咕噜感觉到了魔戒可怕的召唤。"他"指的当然是黑暗魔君；但山姆不知道"她"指的又是谁。他估计，是这个卑鄙的浑蛋四处游荡过程中结交的坏东西。后来，他没再接着往下想，因为事情显然要失控，形势变得十分危急。他感到四肢滞重，竭力挣扎着坐起来。某种直觉提醒他要小心，别流露出他偷听了刚才的争论。他重重叹了口气，打了个大呵欠。

"几点了？"他睡意蒙眬地问。

咕噜从牙缝里发出长长的嘶声，站在那里好一阵子，身体僵硬，充满威胁。接着，他松弛下来，向前扑倒，爬上土坑的斜坡。"好心的霍比特人！好心的山姆！"他说，"睡觉的家伙，是的，睡觉的家伙！留好斯密戈一个人守哨！现在是傍晚了。天变黑了。该走的时候。"

"正是时候！"山姆想道，"也是分手的时候了。"但他心里转念又想，现在到底是放走咕噜危险，还是把他留在身边危险，"诅咒他！我希望他被呛死！"他嘀咕着，跟跄地走下坡去叫醒他家少爷。

奇怪的是，弗罗多感到整个人精神焕发。他一直在做梦。黑影过去了，他在这片毫无生机的地上看见了一幅美丽的景象。他完全记不起那幅景象，但却感觉到那景象令他高兴，令他心情轻松。身上的沉坠感没有那么明显了。咕噜像条狗似的打着转儿迎接他，咯咯笑着，咕咕哝哝，把长长的指节弄得噼啪作响，挠着弗罗多的膝盖。弗罗多冲他微笑。

"走吧！"他说，"你给我们带路，带得很好，很忠心。这是最后一段路了。把我们带到大门，我不会要求你继续往前走。把我们带到大门，你可以想去哪儿就去哪儿——只要不去我们的敌人那里就行。"

319

"到大门,呃?"咕噜尖声叫起来,显得惊讶而又害怕,"到大门,主人说。是的,主人说的。好斯密戈听主人的,噢是的。但我们走近一点,我们也许会看见,我们会看见。那一点也不好看。噢不好看!噢不好看!"

"快带路吧!"山姆说,"我们赶快过去!"

夜幕降临的时候,他们爬出土坑,慢慢向前穿过这片死气沉沉的荒野。没走出多远,他们就再一次感觉到之前翼形物体掠过沼泽上空带给他们的那种恐惧。三个人停下来,蜷缩在散发着恶臭的地上,但黑乎乎的天空中什么也没看见。头顶上方的那股威胁感很快就过去了,也许是从巴拉督尔派出去办什么急事。过了一会儿,咕噜爬起身,继续向前爬,摇着头咕咕哝哝抱怨着。

午夜过后大约一个钟头,那股恐惧感再一次向他们袭来,但这次似乎离得更远,似乎是在云层上面,以雷霆般的速度向西方疾速而去。然而,咕噜被吓得六神无主,坚决认为他们的行踪被发现了,正在被追杀。

"三次!"他呜咽着,"三次是凶兆。他们感觉到了我们在这里,他们感觉到了宝贝。宝贝是他们的主人。我们不能再走这条路了,不能走。没有用,没有用!"

无论怎么央求,怎么好言相商,都无济于事。直到弗罗多生气地命令他,把手按在剑柄上,咕噜才肯再爬起来。他号了一声站起身,像一条遭到痛打的狗一样走在他们前头。

后半夜他们就这样跌跌撞撞向前走着,迎接充满恐惧的白昼。大家低着头向前走,谁也没说话。路上什么也没看见,什么也没听见,只有耳旁低低的风声。

第三章
黑门紧闭

THE BLACK GATE IS CLOSED

———————— "我奉命前往魔多,我必须去。"弗罗多应声说道,"如果只有这一条路,我就必须踏上它。该来的注定要来。"

次日天亮前，他们前往魔多的旅程结束了。死亡沼泽和荒漠都已被抛在身后。在他们面前，一座座充满威胁的宏伟山峰拔地而起，灰白的天空下黑魆魆一片。

魔多的西边横亘着险峻的阴影山脉埃斐尔度阿斯山，北边耸立着灰烬山脉埃瑞德利苏伊山光秃秃的残断峰脊。两座山脉彼此延伸，共同构筑起围绕砾斯拉德平原和高格洛斯平原的庞大山障，将荒凉的大平原以及中央的努尔能苦海围在其中。山脉相接处各自向北甩出绵长的山岭，中间形成一道很深的峡谷。这就是鬼影隘口奇立斯高格，是通往大敌疆土的入口。两边高耸的峭壁在隘口处变低，向前突起两座墨黑、光秃的陡峭山丘，山丘上耸立着两座坚固的高塔，合称"魔多之牙"。它们是很久以前刚铎的人类驱逐推翻索隆后，在鼎盛时期建造的，防止他重新回到这里。后来，刚铎的力量衰退，人类蹶不振，那里成了两座空塔。过了很多年，索隆又回到了这里。现在，那两座年久失修的瞭望塔楼重新修整，装满各种武器设备，一刻不停地派兵巡守。塔身以岩石筑成，北、东、西三个方向开有黑洞洞的窗口，里面的眼睛不眠不休地监视着外面。

黑暗魔君在隘口两侧的陡峭崖壁之间，筑起一道防御石墙，墙上开了一扇铁门，墙头城垛上全天候布哨。两侧山岭下岩石中开凿了一百多间大小洞穴，里面潜伏着大量奥克。只待一声令下，他们便会像黑蚁般，倾巢而出拥向战场。除非奉索隆召唤而来，或是知晓索隆领土的黑门魔栏农通关暗语，否则谁也无法逃脱"魔多之牙"的啮咬。

两个霍比特人绝望地盯着高塔和防御墙。尽管离得很远，透过朦胧的光线，他们依然能够看见墙头上走动的黑衣守卫和门前的巡逻队。他们趴在埃斐尔度阿斯最北端山峰阴影下的石坑里，从坑缘向外看，从他们藏身的地方到较近的那座高塔的黑色塔顶，如果有乌鸦飞过，直线距离最多一弗朗远。塔楼上方盘旋着升起一缕薄烟，仿佛山底下有大火在焚烧。

天亮了，惨淡的阳光从毫无生机的埃瑞德利苏伊山脊上射下来。突然，从两座瞭望塔楼中传来一阵铜号声，远处山中隐藏的据点和哨点传来回应声。接着，更远的地方传来模糊不清、充满危险的回声，那是巴拉督尔的鼓号声在广袤盆地间的回响。魔多又开始了充斥着恐怖与劳苦的一天。夜间守卫被召回深处的洞穴，轮到目露凶光、性情暴戾的日间守卫上岗。城垛上隐隐闪烁着铁甲的光芒。

"终于到了！"山姆说，"大门到了。我觉得，咱们大概最多只能走到大门那儿。我打赌，要是此刻'老头子'见到我，一定又会唠叨一两句！他会说，我要是走路不看路，迟早会完蛋。不过，我估计再也见不到'老头子'了；他再也没机会说'山姆，不听老人言啊'，想来真可惜。要是我能再看到那张老脸，只要他还能喘口气，就一定会跟我叨叨个没完。不过，那样的话，我得先去洗个脸，不然他准认不出我来。"

"我猜，要是问'我们现在怎么走'也没用。我们没法再往前走了——除非我们想叫奥克允许我们搭个便车。"

"不行，不行！"咕噜说，"没有用。我们没法再往前走了。斯密戈说过。他说：我们走到大门前，我们就会看见。我们看见了。噢，是的,我的宝贝,我们看见了。斯密戈早就知道霍比特人不能走这条路。噢是的,斯密戈早就知道。"

"那你抽什么风带我们来这儿?"山姆没心情跟他讲道理,质问道。

"主人吩咐的。主人说:带我们到大门去。斯密戈听话,就照做了。主人吩咐的,主人英明。"

"是我吩咐的。"弗罗多说,神情严厉而又刚毅。他浑身脏乱,憔悴,形销骨立,但却不再畏缩,眼睛澄明清亮,"是我吩咐的,因为我决意要进入魔多。我不知道其他的路,因此,我要走这条路。我不会让任何人跟我一起进去的。"

"不行,不行,主人!"咕噜哀号着,伸手去扯他,看上去十分悲痛,"那条路不能走!不能走!别把宝贝拿去给他!他拿到宝贝,会把我们全吃掉,会把整个世界都吃掉。好主人,自己留着,要对斯密戈好。别让他拿到。要不,去别的地方,去好的地方,把它还给小斯密戈。是的,是的,主人,还给斯密戈,好吗?斯密戈会保管好。他会做很多好事,专门为好心的霍比特人做好事。霍比特人回家吧。别去大门!"

"我奉命前往魔多,我必须去。"弗罗多应声说道,"如果只有这一条路,我就必须踏上它。该来的注定要来。"

山姆没说什么。看着弗罗多脸上的神情,他就知道自己说什么也没用。毕竟,从一开始他就没对此抱过任何真正的希望。但作为一个乐天派的霍比特人,他也并不需要什么希望,只要绝望能够来得晚点儿就行。如今已是最后关头。他这一路始终紧跟着少爷,这是他此行的主要任务,他会继续跟着少爷。他不会让少爷独自前往魔多。山姆会与他同去,但无论如何要甩掉咕噜。

但咕噜并不打算被他们甩掉。他跪在弗罗多脚下,绞着两只手,尖声说道："别走这条路，主人！"他哀求着，"还有另外一条路。噢是的，真有另外一条路。另外一条，更黑，更难找，更隐秘。但斯密戈知道。让斯密戈给你带路！"

"另外一条路！"弗罗多疑惑地问，低头审慎地看着咕噜。

"是的嘶嘶！嘶嘶，真有！以前，另外有一条路。斯密戈找到的。我们去看看路还在不在！"

"你之前从未提到过。"

"没提到。主人没问。主人没说他打算做什么。他没告诉可怜的斯密戈。他只说：斯密戈，带我去大门——然后就再见！斯密戈可以想去哪儿就去哪儿。但现在主人说：我要走这条路进入魔多。所以，斯密戈非常害怕。他不想失去好心的主人。而且他发过誓，主人让他发了誓，要救宝贝。但是主人却要把宝贝拿给他，如果主人走这条路，那就直接掉进黑手里。斯密戈必须救他们两个，所以，他想到从前的另外一条路。好心的主人。斯密戈很听话，总是帮忙。"

山姆皱起眉头。如果他能用眼睛在咕噜身上打个洞看穿他的真实想法，他早就这么做了。他心中满是疑惑。从表面迹象来看，咕噜确实无比痛苦，想要帮助弗罗多。但山姆依然记得自己偷听到的那场争论，他很难相信那个长久以来被压制着的斯密戈占了上风。毕竟在那场争论中，并不是斯密戈的声音说了算。山姆猜测，他内里的斯密戈和咕噜（他在心里分别管他们叫"滑头鬼"和"缺德鬼"）已暂时休战并结盟，因为他们都不想让大敌得到魔戒，都希望弗罗多不被大敌捉住，尽可能地让他待在自己的眼皮底下。这样一来，"缺德鬼"就总有机会得到他的"宝贝"。山姆怀疑是否真有另外一条路进入魔多。

他心里暗暗想道："幸好无论这个老坏蛋的哪一半都不知道主人的真正打算。我打赌，他要是知道弗罗多少爷打算彻底了结他的宝贝，我们肯定马上就会有麻烦。不管怎么说,老'缺德鬼'十分惧怕大敌,此外,他还奉着或者奉过他的什么命令。因此,比之被发现在帮助我们,或任由他的宝贝被熔掉,他更可能会出卖我们。至少我是这么想的。希望少爷想到这些能够谨慎一些。他英明睿智,可就是太仁慈,从来都是这么个人。甘姆吉永远也猜不出他下一步会怎么做。"

弗罗多没有立刻回答咕噜。当山姆那愚而不笨的脑袋瓜里闪过这些疑惑时,弗罗多站在那里向外望着奇立斯高格的幽暗峭壁。他们藏身的洼地位于低矮山丘一侧的凹陷处,下方不远处是一道长长的像战壕一样的山谷,再下面就是山脉的外缘坡壁。山谷中间正对着西面那座乌黑的瞭望塔楼。在清晨的光线中,汇集到魔多大门前的灰白色泥土道路清晰可见:一条蜿蜒向北;另一条向东延伸,消失在埃瑞德利苏伊山脚缭绕的云雾中;第三条直接通向他。这条路从塔楼陡然拐出来,延伸进一条窄窄的峡谷,从他所站的洼坑下方不远处经过。这条路在他右侧向西拐去,蜿蜒经过阴影山脉的山肩,接着向南隐入埃斐尔度阿斯西侧山坡的阴影中,一直向前,延伸到阴影山脉和安度因大河之间的狭窄地带。

突然,弗罗多发现平原上出现巨大的骚动。似乎有一支大军正在行进,尽管被远处沼泽和荒野上飘来的蒸汽与烟雾遮蔽了绝大部分,他仍能不时看到长矛和盔甲的亮光。路旁的旷野上,能看到一队队骑兵。他记起了在阿蒙汉山上远远看见的景象。虽是在不久以前,现在想来似乎是好多年前的事情了。然而,他很快就清楚地意识到,内心瞬间萌动的希望落空了——那回荡的号声不是宣战,是欢迎。那不是刚铎的英雄人类如复仇幽灵般爬出坟墓,前来攻打黑暗魔君。他们是辽阔的东方大地的某种人类,应他们的至高君主召唤赶来集结。这批人夜里赶到魔都大门前扎营,此刻正纷纷拥入门内。独自站在白昼的光亮下,离巨大的危险如此切近,弗罗多似乎突然明白三人处境极度危险。他迅速拉起头上的灰兜帽，退回到洼坑里，转身面对咕噜。

"斯密戈，"他说，"我再相信你一次。事实上，我似乎别无选择：我命中注定要走投无路接受你的帮助，而你命中注定要帮助你处心积虑跟踪着的我。到目前为止，你没有辜负我的信任，也真诚地履行了自己的誓言。真诚地，确实如此。"他瞥了山姆一眼，补充说道，"因为，有两次我们完全落在你的掌握之中，你却未伤害我们。你也没有试图从我这里拿走你从前寻找的东西。希望第三次你能表现得更好！但我警告你，斯密戈，你很危险。"

"是的，是的，主人！"咕噜说，"可怕的危险！斯密戈一想到就吓得骨头发抖，但他没有逃走。他一定要帮助好心的主人。"

"我指的不是我们共同面对的险境。"弗罗多说，"我指的是你一个人的危险。你对着你称为宝贝的东西发了誓。记住这一点！它会迫使你信守誓言，它也会寻找机会扭曲誓言来毁掉你。你已经被扭曲了。你刚才愚蠢地在我面前暴露出自己的真实面目。你说，把它还给斯密戈。别再说第二次！别让那个念头在你心里扎根！你永远都拿不回去，但对它的欲望会出卖你，让你没有好下场。你永远都拿不回去。斯密戈，迫不得已的时候，我会戴上宝贝，戴上很久以前就控制着你的宝贝。假使我戴上它命令你，就算要你上刀山下火海，你也得顺服。我会下这样的命令。所以，斯密戈，好自为之！"

山姆钦佩地望着他家少爷，同时也感到十分惊讶——弗罗多脸上的神情和说话的语调，都是他不曾见识过的。他心里始终认为，他亲爱的弗罗多少爷仁慈到了相当盲目的地步。当然，另一方面，他又无比坚信，弗罗多少爷是世界上最最聪明睿智的人（老比尔博先生和甘道夫可能不算在内）。咕噜犯了个跟他类似的错误，混淆了仁慈和盲目，当然这主要归咎于他认识弗罗多的时间要短得多。无论如何，这一番话都令咕噜感到窘迫与恐惧。他俯首帖耳趴在地上，除了"好心的主人",再也说不出一句别的囫囵话。

弗罗多耐心等了一阵子,再开口的时候语气和缓了不少:"起来吧,咕噜——你愿意的话,叫你斯密戈也行——跟我说另外的一条路,如果可能,跟我说一下那条路究竟有什么希望,我好判断是否要掉头离开眼下这条路。抓紧时间。"

咕噜目前的状态既可怜又可恨,弗罗多的恐吓让他吓破了胆。现在要想听清楚他说什么话实在不容易,他一会儿咕噜咕噜,一会儿尖声哀叫,不时还会匍匐趴到地上,哀求他们俩要对"可怜的小斯密戈"好一点。过了好长时间,他才渐渐平静下来,弗罗多断断续续听明白,要是走埃斐尔度阿斯西侧的那条路,会走到长着一圈黑树的十字路口。十字路口右边通向欧斯吉利亚斯和跨越安度因大河的几座桥,正中间的路则继续往南行。

"一直走,一直走,一直走。"咕噜说,"我们从来没走过,但是他们说,要走上一百里格,就能看到一条奔涌的大河。那里有很多很多鱼,还有很多吃鱼的大鸟,很好的大鸟,但我们没去过那里。嗯,没去过!我们没有机会。他们说,那里还有更多的土地,但是那里的大黄脸很热,没有什么云,那里的人类凶狠,长着黑脸。我们不想看见那片土地。"

"够了!"弗罗多说,"别东拉西扯绕圈子。第三条路通向哪里?"

"噢是的,噢是的,还有第三条路。"咕噜说,"那是十字路口向左的路。一开始就往上爬,往上爬,弯弯曲曲的,再往回爬向那些高高的阴影,绕过黑色的岩石,你会看见它,你会突然看见它在你上面,你会想要躲起来。"

"看见它,看见它?你会看见什么?"

"古老的要塞,非常古老,非常可怕。很久以前,斯密戈小的时候,我们曾经听到从南方传来的故事。噢是的,我们傍晚会坐在大河岸边,在柳树林里，讲很多很多故事。那时候，大河也年轻，咕噜，咕噜。"他又开始呜咽、嘟囔。两个霍比特人耐心地等着。

"从南方传来的故事，"咕噜接着说道，"说的是高大的人类，他们眼睛雪亮，他们的房子像石山，他们的国王戴银冠，他们有白树，特别好听的故事。他们盖很高的塔楼，有一座银白的塔楼，里面有一块像月亮一样的石头，四周有高大的白墙。噢是的，有很多很多关于月亮之塔的故事。"

"那一定是埃兰迪尔长子伊希尔杜建的米那斯伊希尔。"弗罗多说，"正是伊希尔杜砍下了大敌的一根手指头。"

"是的，他的黑手上只有四根指头，但四根也够了。"咕噜打着寒战说，"他仇恨伊希尔杜的城。"

"有什么是他不仇恨的？"弗罗多反问道，"不过，月亮之塔跟我们有什么关系？"

"嗯，主人，那里一直有高塔、白房子和高墙。但现在不好了，不漂亮。他在很久以前攻下了它。现在那里是个可怕的地方。看到它的人都会发抖，会爬出它的视线，避开它的阴影。但主人必须走那条路。那是唯一的选择。因为那里的山脉要低一些，那条古道一直，一直往上，最顶上有个黑暗的隘口，然后它又一直，一直往下——下到高格洛斯。"他的声音变得非常小，浑身发抖。

"但那条路怎么能帮我们？"山姆问，"大敌肯定十分熟悉他自己的山，那条路肯定会跟这条一样严密把守吧？塔楼应该也不是空的，对吧？"

"噢不，不是空的！"咕噜小声说，"看起来像空的，但其实不是，不是！里面住着非常可怕的东西。奥克，对，永远都有奥克。但还有更坏的东西，还有更坏的东西住在那里。那条路一直通到高墙的阴影下，然后从那里进大门。那条路上有任何动静，他们都一清二楚。"

塔里面的坏东西看得到——沉默的监视者。"

"这么说，你建议我们走这条路？"山姆问道，"这意味着，我们得向南走很远，然后，等到了地方——如果真到得了的话——就发现我们同样进退无路，没准情况还更糟？"

"不会，真不会。"咕噜说，"霍比特人一定要明白，一定要理解。他不会料到那里有攻击。他的眼睛四面观看，但有的地方他看得多，有的地方没那么多。他不能同时看四面八方，不能。你瞧，他征服了阴影山脉以西到大河的一整片土地，他控制了大河上所有的桥。他认为没有人能到月亮之塔去，除非在那些桥上打一场恶战，或者坐大船过河，但船在河上没法躲藏，他会知道。"

"你似乎很了解他的做法和想法？"山姆说，"你是不是最近跟他聊过？还是跟奥克勾搭过？"

"坏心眼的霍比特人，不讲道理。"咕噜说着，愤恨地看了山姆一眼，转向弗罗多，"斯密戈跟奥克说过话，是的，当然说过，那是他遇见主人之前，他跟很多人说过话，他走过很远的地方。他现在说的，很多人都知道。他认为，最大的危险是这里，是北面，因此我们在这里就十分危险。有一天，也许很快，他会从黑门出来。那是大军进入的唯一通道。但是在西边，他不担心，而且那里还有沉默的监视者。"

"既然如此，"山姆不依不饶地说，"不如我们直接走上前去，敲敲大门，询问我们要去魔多是不是走对了路？他们难道还不应门？那才不讲道理呢。我们如果这么干，岂不是省了枉费脚力的奔波。"

"这可不是开玩笑的。"咕噜嘶嘶叫道，"这不好笑，噢不！一点也不好笑。试图进入魔多压根就没道理。但如果主人说'我必须去'或'我要去'，那就一定得尝试另外一条路。但他一定不能进那个恐怖的城，噢不，当然不能。这就是斯密戈能帮上忙的地方，好斯密戈，虽然没有人告诉他到底为什么要去。斯密戈又帮忙了。他发现它。他知道它。"

"你发现了什么？"弗罗多问。

咕噜蹲下来，声音小到几乎听不见："一条上山的小路，有阶梯，很窄的阶梯，噢是的，很长很窄。然后还有阶梯。然后——"他的声音压得更低，"——有个隧道，黑暗的隧道；最后有个小裂缝，主隘口上面有条小路。斯密戈就是从那条小路逃离黑暗的。那是很多年前了。那条小路现在可能没有了，不过也许还在，也许还在。"

"听着压根就不可信。"山姆说，"按你这说法，听起来也太容易了。即便那条小路还在那里，也一定会有人把守。难道以前没人把守，咕噜？"他问这话的时候，看见（或仿佛看见）咕噜眼中闪过一道绿光。咕噜嘴里咕哝着，没有回答。

"没有人把守吗？"弗罗多厉声问道，"斯密戈，你的确是逃离黑暗吗？难道不是派你出来执行任务，允许离开的？至少阿拉贡是这么认为的，他几年前在死亡沼泽附近找到你。"

"他胡说！"咕噜嘶嘶叫道，一听到阿拉贡的名字，他顿时目露凶光，"他胡说，没错，他胡说。我是逃出来的，全靠我自己一个人。没错，我被命令出来找宝贝，但我找了又找，找了又找，我当然找了。但不是为黑暗魔君找的。宝贝是我们的，我告诉过你，宝贝是我的。我确实是逃出来的。"

弗罗多莫名地确信，尽管咕噜一贯值得怀疑，但在这件事情上他基本说了实话。他不知怎的找到了一条离开魔多的路，至少他相信是靠了他自己的聪明才智。弗罗多注意到咕噜刚才说话时用了他很少会用的"我"字，这通常说明当时情境所说的事情基本属实可信。但即便从这一点判断咕噜所说属实，弗罗多也不会忘记大敌的诡计多端。那场"逃离"很可能是预先设计安排好的，黑暗妖塔里的人对此十分清楚。无论如何，咕噜显然还有许多事情没有说。

"我再问你一次,"他问道,"这条秘密小路无人把守吗?"

然而,阿拉贡这个名字让咕噜怒不可遏,周身释放着受伤的情绪,仿佛惯骗难得说了一次或一部分真话却遭人怀疑。他没有回答。

"没有人把守它吗?"弗罗多再一次问道。

"有,有,也许有吧。这里哪有什么安全的地方。"咕噜悻悻地说,"没有安全的地方。但是主人要么试试,要么回家。没有别的路。"他们没办法让他再说出些什么。没能问出那个危险之地以及那处高隘口的名字,或者是他不愿意说。

那个地方就是奇立斯温格尔,一个有着很多恐怖传说的地方。阿拉贡或许能告诉他们这个名字和名字背后的意指,甘道夫则会给他们警告。但他们此刻孤立无援,阿拉贡去了遥远的地方,甘道夫正在艾森加德的废墟中与萨鲁曼缠斗,被后者的背叛耽搁了时间。然而,即便在他对萨鲁曼发出最后的警告、在帕蓝提尔砸落在欧尔桑克台阶上火花四溅之时,他都一直挂念着弗罗多和山姆怀斯。他的思绪迢迢传递,给他们希望,给他们安慰。

也许弗罗多已经在无形中感觉到了,如同他在阿蒙汉山上一样,即令他当时认为甘道夫已经逝去,永远坠入了遥远的墨瑞亚暗窟中,他低着头,默默在地上坐了好长时间,想起了甘道夫跟他说过的一切。面对目前的选择,他却想不起任何建议。事实上,甘道夫的引导从他们身边抽离得太突然,太快了,那时他们离这黑暗之地还非常遥远。他们最终要如何进入,甘道夫没有说。没准他也说不出。他曾只身进入过大敌在北方的要塞多古尔都,但黑暗魔君再度得势后,他到过魔多,到过末日火山和巴拉督尔吗? 弗罗多觉得没有。而他自己呢?他不过是来自夏尔的小半身人,一个来自宁静乡间的单纯霍比特人,却被委以重任去寻找一条那些大人物不能走或不敢走的路。这是种可怕的命运,然而却是去年春天他在自家会客室里自愿担负起的责任。

333

如今想来，感觉无比遥远，远到像是世界开天辟地时的一章传奇，远到金树、银树繁花盛开的时代。这是一个可怕的选择。他该选哪一条路？如果两条路都通向恐怖与死亡，又有什么好选的？

白天的时间一点点过去了。他们栖身的坑洞毗邻恐怖之地的边缘，此刻被深重的寂静包裹住：这寂静似乎触手可及，像一层厚厚的帷幔，将他们与周围整个世界隔绝开来。他们头顶是圆形的苍茫天空，一道道飞逝的浓烟从上面划过，天空看上去极为高远，仿佛是透过一重重思绪向上看。

即便是翱翔在太阳下的雄鹰，也看不见坐在坑里的两个霍比特人，他们承受着厄运的重压，默不作声，一动不动，全身裹在薄薄的灰斗篷里。它没准会迟疑片刻打量咕噜，一个趴在地上的小小身影——那里也许躺着某个饿死的人类孩童的尸骨，上面裹着破烂的衣服，长长的手脚惨白如骨、瘦削如骨，完全没有可啄食的肉。

弗罗多的头垂在膝盖上，山姆向后仰躺着，两手枕在脑后，透过兜帽向外盯着空无一物的天空。至少有一段很长的时间，天上什么也没有。后来，山姆感觉自己看见有个像鸟一样的黑影飞进了视野，盘旋着，又飞走了。接着又看到两只，随后又来了一只。它们看起来都非常小，但他没来由地知道这些鸟无比巨大，扇动着巨大的翅膀，飞翔在极高的地方。他闭上眼睛，向前蜷缩起身子，黑骑士出现时的恐惧再一次将他攫住。那一次，风中的叫声和月亮上的投影令他感到绝望的恐惧。虽然这一次危险离得更远，胁迫与威压的感觉也因此没有那么强烈，但它确实仍在。弗罗多也感觉到了。他的思绪被打断，浑身颤抖，但他没有抬头向上看。咕噜缩成一团，像只受困的蜘蛛。那些长着翅膀的生物盘旋了一阵子，急速俯冲而下，赶回魔多去了。

山姆深吸了一口气。"黑骑士又来了，在天上。"他哑着嗓子低声说,"我看见他们了。你觉得他们能看到我们吗？他们在很高的天上。如果还是从前那些黑骑士,他们白天应该看不见太多,对吗？"

"看不见,很可能看不见。"弗罗多说,"但他们的坐骑能看见。他们骑着的那些有翅膀的生物,很可能视力超绝。它们就像巨大的食腐鸟。他们正在搜寻什么东西,恐怕大敌已经有所警戒。"

恐惧的感觉过去了,但之前包裹着他们的深重的寂静也被打破了。刚才那一阵子,他们仿佛待在一个看不见的小岛上,与周围整个世界隔绝。现在他们又被暴露出来,危险也就再度横在面前。弗罗多仍然没有做出决定,也没跟咕噜说话。他闭着眼睛,仿佛正在做梦,又好像是在审视自己的内心和记忆。终于,他身子动了一下,站起身,似乎打算开口宣布自己的决定,可说出口的却是:"快听！那是什么？"

新的恐惧笼罩了他们。他们听见了唱歌声和嘶哑的吼叫声。起初似乎离得很远,但是越来越近,朝着他们这个方向过来。三个人心中不约而同闪过一个念头：那些黑翅膀的生物发现了他们,派了大军来捉拿他们,索隆这些恐怖鹰犬的速度实在惊人。他们蹲伏下来,凝神听着。说话声和武器甲胄碰撞声已经非常近了。弗罗多和山姆从剑鞘中拔出短剑。想要逃走已经不可能了。

咕噜慢慢起身,像只大虫子一样爬到坑口。他一点一点地,小心翼翼地站起来,从一块岩石的缺口朝外望,一动不动地在那里趴了好长时间,没发出一丝响动。很快,那些声音开始变小,随后渐渐走远消失了。远处魔栏农城墙上吹响了号角声。咕噜一声不吭地退下来,滑回洼坑底。

"更多的人类去了魔多。"他压低声音说,"黑脸孔。我们从来没见过这样的人类,没有,斯密戈没见过。长相凶恶。黑眼睛,长长的黑头发，耳朵上挂着金环，是的，很多漂亮的黄金。有些人脸上涂着红色，披着红斗篷。他们的旗子是红的，长矛的矛尖也是红的。他们盾牌是圆的，黄色和黑色，上面有大尖刺。很不好，他们看起来是非常残酷、邪恶的人类。简直跟奥克一样坏，但形体更大。斯密戈认为他们是从大河尽头的南方来的，他们是从那条路上来的。他们向前进了黑门，但后面可能还会有。总是有人去魔多。总有一天，所有人都会进到里面去。"

"有毛象吗？"山姆问，对陌生地方事物的好奇心战胜了恐惧。

"没有，没有毛象。毛象是什么？"咕噜问。

山姆站起身，将两只手背在身后（每当他"吟诗"的时候总会这样），吟诵起来：

颜色如灰鼠，
身体大如屋，
鼻子像练蛇。
草地走一走，
大地抖三抖，
身过树干裂。
我本生南方，
口里号角长，
大耳赛巨扇。
始自上上古，
脚步似擂鼓，
至死不伏地。
我乃长毛象，

> 身形高又壮，
> 庞大且古老。
> 你若见战象，
> 从此永难忘。
> 你若未曾见，
> 定会疑传言。
> 我乃老毛象，
> 对君不撒谎。

山姆吟诵完毕，说道："这是夏尔的歌谣。也许子虚乌有，也许真有此物。不过，你知道，我们也有自己的故事和来自南方的各种消息。很久以前，霍比特人也喜欢四处游荡。不过回来的人不多，他们所说的也不能全信，我们有句俗语说，'布里的消息不用理，夏尔的说法当下耳'。我听说过南方太阳地的大人族的故事。我们的故事里把他们叫斯乌廷人[1]。据说，他们打仗的时候骑在长毛象上。他们把房子跟塔楼都驮在毛象背上，毛象会相互投掷石块和树木。所以，当你说：'南方来的人类，穿红挂金。'我才会问：'有没有毛象？'要是有的话，不管有没有危险，我都要去看一看。不过，现在我估计我永远都看不到毛象啦。也许根本就没有这种动物。"他叹了口气。

"没有，没有毛象。"咕噜又说了一遍，"斯密戈没听说过它们。他不想看见它们。他不想要它们存在。斯密戈想要离开这里，躲到安全的地方去。斯密戈想要主人走。好心的主人，不愿意跟斯密戈走吗？"

弗罗多站了起来。刚才，当山姆炫耀吟诵那首关于毛象的炉边歌

---

[1] 斯乌廷人（Swertings），夏尔居民对生活在遥远南方的黑皮肤人类的称呼。

谣时,他曾忘掉所有忧虑大笑起来,而笑声最终让他摆脱了迟疑纠结。"我真希望我们能有一千只毛象,让甘道夫领头骑在一只白色毛象上。"他说,"也许我们能杀出一条路,冲入那片邪恶之地。可惜我们没有,有的只是疲惫的双腿。好吧,斯密戈,第三次转向也许能带来好运。我跟你走。"

"好主人,聪明的主人,好心的主人!"咕噜高兴地叫起来,拍着弗罗多的膝盖,"好主人! 好心的霍比特人,现在赶紧去岩石的阴影下休息吧,靠近石头底下! 躺下来休息别说话,等大黄脸一走开,我们就赶快动身。我们必须像影子一样,快速悄悄离开!"

第四章
香草炖野兔
OF HERBS AND STEWED RABBIT

―――――― 弗罗多面容宁静，看不出恐惧和忧虑的痕迹，但那张脸看上去很老，苍老而俊美，仿佛岁月经年累月的雕凿透过原先隐藏着的细密纹路一下子全部展露出来，但他的整体轮廓和特征并没有改变。

接下来的几个钟头，他们躲在坑洞里休息，随着太阳移动随时挪向阴影中。后来，坑洞西缘的阴影一点点拉长，到最后整个洼坑都被黑暗笼罩了。他们吃了点东西，节省着喝了点水。咕噜什么也没吃，但高兴地接受了他们给的水。

"很快就有很多水了，"他舔着嘴唇说，"我们要去的地方有很好的水，好水从好多小溪里流下来，流进大河。斯密戈也许还能找到吃的。他很饿，是的，咕噜！"他将两只大而扁的手放在干瘪的肚子上，眼中闪动着浅绿色的光。

暮色深沉的时候他们才终于再度上路。三人从坑洞西缘爬出去，幽灵一般潜入大路边缘崎岖不堪的荒野中。现在是月圆之后的第三天，月亮要到快午夜才会爬上山头，此刻四下里一片漆黑。只有尖牙之塔高处闪着一簇红光，除此之外，看不见，也听不见魔栏农上任何彻夜警戒的迹象。

那只红眼睛似乎始终在盯着，他们在毫无生机的碎石荒野里跌跌撞撞奔逃了很多哩。一行三人不敢走大路，尽可能沿着道路右侧向前走，同时与道路保持一小段距离。他们途中只短暂地休息过一次，深夜的时候，那只眼睛终于变成了一个小红点，最后消失了。他们绕过山脉低处黑黝黝的北部山肩，向南方走去，个个筋疲力尽。

他们的心情莫名变得轻松起来，于是又梢事休息了一下。咕噜觉

341

得他们走得不够快。据他估算，从魔栏农到欧斯吉利亚斯的十字路口，有将近三十里格，他希望能分四段走完全程。不一会儿，他们又挣扎着上路，一直走到大地渐渐蒙上一层鱼肚白。他们走了将近八里格。白天即便敢走，两个霍比特人也走不动了。

天渐渐亮起来，他们眼前的大地不再那么荒凉贫瘠。左侧仍绵延着可怕的阴影山脉，但他们已经可以看见不远处朝南的道路，偏离黑暗的山脚，向西折行。路旁的山坡上长着一大片树木，黑压压的如同乌云一般。树丛四周是一片塌陷的石楠荒地，上面长着帚石楠、荆豆、山茱萸，以及他们不认识的其他灌木。不时能够看到小片高大的松树林。尽管十分疲惫，两个霍比特人心情开始高昂起来，清新馥郁的空气令他们想起了遥远的夏尔北域高地。能够走在一片落入黑暗魔君统治没几年，尚未彻底枯萎腐朽的土地上，似乎让他们好好地松了一口气。当然，他们并未忘记身处的险境，也没忘记黑门近在咫尺——就隐在这片幽暗高山的背后。他们四处张望，想寻找藏身的地方，以便白天躲避邪恶的眼目。

白天总是令他心神不安。他们躺在茂密的帚石楠丛中，一个小时一个小时地数着，天色似乎没什么变化，他们仍在埃斐尔度阿斯山阴影下，太阳被遮住了。弗罗多断断续续地睡着，睡得很熟、很平静，或许是因为信任咕噜，或许是累得顾不上烦心他。山姆发觉自己很难入睡，即便咕噜明显睡熟，在他那隐秘的梦里哼唧抽搐，自己依然顶多打个盹。也许，令他难以成眠的更主要原因是饥饿，而不是对咕噜的不信任。他渴望吃上一顿可口的家常饭菜，"从锅里出来的热乎乎的东西"。

夜晚来临，大地刚刚褪色成一片灰蒙蒙的时候，他们立刻出发了。

不一会儿工夫，咕噜就将他们领上了南去的道路。虽然危险大多了，但他们走得也更快了。他们一直竖起耳朵，凝神细听大道前方或后方是否有马蹄或脚步声。整整一夜，他们没有听见行人或骑士的声音。

这条路是很久很久以前修建的，从魔栏农出来有大约三十哩路段新近整修过，但往南去的道路开始变得破败。那些笔直、平整的路段，仍能看出远古人类的匠艺——忽而是山坡上平切出来的一条路，忽而是小溪上架跨起的造型优美、坚固结实的拱桥。但到了最后，不复遗存石造部分的痕迹，只剩下两侧路边灌木丛中不时刺出来的断裂石柱，和弃置在杂草与青苔中的古老石板。路堤上长满攀缘的寻石楠、树木和蕨丛，有的甚至蔓延到路面上。那条路最后变成了一条人迹罕至的乡村马车道。但路一直没有拐弯，笔直向前，为他们指了一条最快捷的路线。

他们来到了曾被人类称作伊希利恩的美丽乡野的北界。这里长满郁郁葱葱的树木，遍布跌宕湍急的溪流。在一轮圆月和群星下，夜色十分美好，两个霍比特人似乎觉得，越往前走，空气就越芬芳馥郁。从咕噜的呼吸和喃喃自语中，他似乎也意识到了这种变化，不过他并不喜欢。看到第一丝曙光，他们再次停下来。三人来到一条长石沟的尽头。道路后来切入到一条石沟里，中间有一段非常深，路壁陡峭。他们爬上西侧的路壁，向远方望去。

天已经亮了，他们发现山脉离得很远，呈一条弧线向东拐去，在远方消失不见了。他们向西走，来到一处和缓的坡地，向下隐入迷蒙的雾气里。他们周围是一片片树脂乔木林，生长着冷杉、雪松、柏树和一些他们在夏尔没有见过的树种。每一片树林间都隔着开阔的空地。林间长满茂盛的芬芳香草和灌木。从幽谷出发的漫长旅程将他们带到了远离家乡的南方，但只有此刻，在这片林木覆盖的地方，两个霍比特人才感觉到气候的变化。这里春意盎然：蕨类的嫩芽从苔藓和泥地中冒出来，落叶松长出翠绿的针叶，草地上开满了小花，鸟儿在鸣唱。刚铎的花园胜地伊希利恩，如今虽然荒无人迹，凌乱中却依然透着往昔的葳蕤馥郁。

伊希利恩的南面和西面朝向地势低平、气候温暖的安度因河谷，东靠埃斐尔度阿斯山，但远离山脉阴影遮挡，北依埃敏穆伊丘陵，常年能够承接来自南方海洋的湿润海风。这里生长着许多很久以前种下的古树，不知多少年无人照管，周围疯长着随意冒发的小苗。这里的小树林和灌木丛中长着柽柳、笃耨香、橄榄树、月桂、杜松和香桃木。灌木丛中还长着百里香，有些枝茎攀缘蔓生宛如厚厚的挂毯，遮住了后头的岩石。鼠尾草开满蓝色、红色或浅绿色的小花。这里还有墨角兰和新长出来的欧芹，以及许多山姆完全不认识的形态各异、气味多样的香草。石坑和石壁上不少地方长着锐齿茴芹和垂盆草。报春花和银莲花杂生在榛树丛中。山溪流向安度因大河途中，在低洼处形成一个个小水塘，塘边绿草如茵，草丛中摇曳着含苞待放的水仙与百合。

三个人离开道路，走下山坡。他们一边走，一边要拨开身前的树丛和香草，一阵阵香气扑鼻而来。咕噜一直不停地咳嗽、干呕，而两个霍比特人却不停深深呼吸着。山姆有时还会没来由地开心大笑。他们沿着面前激流而下的小溪走着，很快来到一处水质清澈的小湖旁。这个湖是古时候用石头砌出来的一方水塘，湖床碎裂残破，石雕边缘几乎覆满了青苔和荆棘玫瑰。水池周围环种着一排排剑鸢尾，清波荡漾的水面上浮着一片片睡莲叶子。湖水很深，也很清新，沿着另一个端口的石头凹槽不断漫溢出去。

他们尽情地洗漱，在入水口畅饮一番。接下来，他们寻找到一个可以藏身休息的地方。这片土地尽管依然美丽，如今却是大敌的地盘。这儿离大路并不远，一段短短的距离，他们就看见不少古代战争留下的遗痕，以及奥克和黑暗魔君的其他邪恶爪牙新近造成的创伤：一堆暴露在外的秽物垃圾，遭胡砍乱伐、气息奄奄的树木，树皮上用粗暴刀痕刻着的可怕魔眼和邪恶的如尼文字。

山姆爬到小湖出水口下方，摸摸嗅嗅那些他没有见过的植物和树木，一时之间把魔多忘到了脑后。他来到一处被火烧焦过的地方，看见正中间有一堆烧焦碎裂的骷髅和头骨，顿时想起了目前面临的险境。虽然这片发生过可怕屠戮的地方已经被快速生长起来的荆棘、野蔷薇和蔓生铁线莲盖上了，但显然发生的时间并不久。山姆匆匆赶回同伴们身边，但他什么也没说：尸骨留在那里安眠总好过被咕噜扒刨搬运。

"我们找个地方躺下来休息吧。"他说，"别去下头了，我来找个高一点的地方。"

他们在小湖返回上方不远处，发现一丛厚厚的褐色经冬干蕨。蕨叶外围的坡岸上长满茂密的墨绿色月桂树，再往上是枝叶繁盛的老雪松。他们决定白天在这里休息，此刻外面已然明亮而又炎热。这样的天气非常适合在伊希利恩的树林和空地间游荡。但是，虽然奥克不喜欢阳光，这里仍有太多可供他们躲藏、监视的地方，索隆的其他众多爪牙和耳目也有可能在外游荡。而且咕噜也不肯在大黄脸底下行走。太阳很快就会升到埃斐尔度阿斯的幽暗山脊之上，强光和高温一定会让他畏缩、发昏。

他们行进途中，山姆就已开始苦苦思索食物的问题。既然面对无法逾越的黑门时的绝望感已被抛到身后，他就决意不像少爷那样丝毫不考虑任务完成后的温饱问题。无论如何，把精灵的行路干粮省下来留到将来情况更糟糕的时候吃，不失为明智之举。从他估算干粮够吃三星期那天起，如今已过去了至少六天。

345

"这样吃下去,要是能撑到我们抵达末日火山,那就算幸运了。"他想道,"而且,我们可能还需要回来。可能需要!"

在一整夜的长途跋涉和沐浴、畅饮之后,他感觉比往常更饿了。他真想在袋下路老厨房的炉火边吃顿晚餐或早餐啊。他突然想到一个主意,于是转身去找咕噜。咕噜正手脚并用爬过那片蕨叶,看来是打算独自开溜。

"嘿!咕噜!"山姆叫道,"你要去哪里?打猎吗?呃,听着,老马屁精,你不喜欢吃我们的饼干,而我也不反对换换口味。你的新口头禅是'总是乐意帮助',那你能找点适合霍比特人填肚子的东西吗?"

"可以,也许,可以。"咕噜说,"斯密戈总是帮助,如果他们开口——如果他们好好开口。"

"行!"山姆说,"我确实开口了,如果不算好好开口,那我就加个'请'字。"

咕噜转眼没了踪影。他离开了很长一段时间。弗罗多吃了几口兰巴斯饼干,一头扎进褐色的干蕨丛里睡觉了。山姆打量着他。晨光刚刚洒到树荫下,但他已经能够看清楚少爷的脸和他放在身体两侧地上的手。这让山姆蓦然想起弗罗多遭受致命伤后,在埃尔隆德家昏睡时的情景。当时看护他的山姆就注意到弗罗多体内似乎不时会发出微弱的光。而现在他体内的光更加清晰、明显了。弗罗多面容宁静,看不出恐惧和忧虑的痕迹,但那张脸看上去很老,苍老而俊美,仿佛岁月经年累月的雕凿透过原先隐藏着的细密纹路一下子全部展露出来,但他的整体轮廓和特征并没有改变。这一切并非山姆·甘姆吉主观臆想出来的。他摇摇头,似乎难以言表,喃喃说道:"我爱他。他就是那样,有时候那光会不由地透出来。但不管透不透出来,我都爱他。"

咕噜悄无声息地回来了,探过山姆的肩膀窥视着。看着弗罗多,他闭上眼睛,一声不吭地爬走了。过了一会儿,山姆过来找他,发现他嘴里正嚼着什么东西,一边还念念有词。他目光贪婪地盯着身旁地上放着的两只小兔子。

"斯密戈总是帮助。"他说,"他带回了兔子,很好的兔子。但是主人睡着了,也许山姆也想睡觉。现在不想要兔子吗?斯密戈尽力帮助,但他没办法一下抓到很多东西。"

不过,山姆一点也不反对吃兔子,于是就这么告诉咕噜了。至少他不反对吃烹熟的兔子。当然,所有的霍比特人都会烹调,他们在学识字(许多人一辈子都不识字)之前就开始学做饭菜。即便以霍比特人的标准衡量,山姆也算得上厨艺精湛。这一路上只要有机会,他就展示厨艺,做了不少好吃的。带着隐隐的期盼,他才在背包中带上了一部分炊具:一只小火绒匣,两只大小套扣的平底锅,锅里塞了一柄木勺,一把两刺短肉叉,以及几根串肉扦。背包最底下还塞着一只扁平的木盒,里头藏着日益减少的宝贵东西——食盐。但他还需要火和其他一些东西。他想了一会儿,取出刀子,洗干净又磨了磨,开始收拾那两只兔子。他不能让弗罗多一个人睡在这里,哪怕几分钟也不行。

"嗨,咕噜,"他叫道,"你再去办件事情。把这两口锅拿去装满水,端回来!"

"斯密戈会打水,是的。"咕噜说,"但霍比特人要这么多水做什么?他喝饱了,洗过了。"

"别问那么多,"山姆说,"你要是猜不到,等一下就会明白。你越快把水打来,就越快能明白。不许弄坏我的锅子,不然我把你剁成肉酱。"

咕噜离开后,山姆再次打量着弗罗多。他还在熟睡,山姆这次最讶异的是他的脸和手竟如此消瘦。"他人瘦,太憔悴了,"他喃喃道,

"霍比特人可不该这样。等我把兔子炖好，就去把他叫醒。"

山姆收集了一堆最干燥的蕨叶，又爬到坡岸上捡了一捆小树枝和碎木头。坡岸顶上有一大根折断的雪松树枝，给他提供了足够的柴料。他在坡底那片蕨丛外缘掘开草皮，掏了个浅坑，把柴火放进去，十分行家里手地用火石和火绒生起了火。火烧起来几乎没有烟，散发着芬芳的气味。他正俯身侍弄火苗，往上添加一些大木柴让火烧旺，咕噜小心翼翼地端着两锅水回来了，嘴里还咕哝抱怨着。

他把锅放下，看见山姆正在做的事情，突然发出一连串的尖叫声，似乎被吓住了，又似乎很生气。"啊咳！嘶嘶——不行！"他叫道，"不可以！笨蛋霍比特人，笨蛋，是，大笨蛋！他们不能这么干！"

"不能干什么？"山姆吃惊地问。

"不能弄出该死的红舌头！"咕噜尖声道，"火，火！火很危险，是很危险。它会烧死，会杀死，会把敌人招来，是的，会招敌人。"

"不会的，"山姆说，"只要不在上头放湿东西让它冒烟，就不会。但是，万一真招来了那就招来吧。不管怎么说，我打算冒险了。我要把这两只兔子炖了。"

"炖兔子！"咕噜不满地尖叫起来，"糟蹋斯密戈给你们省下的漂亮肉，可怜饿肚子的斯密戈！为什么？笨蛋霍比特人，为什么？它们是小兔子，很嫩，很香甜。吃了它们，吃了它们！"兔子已经剥好皮放在火旁，他伸手去抓最近的那只兔子。

"不行，不行！"山姆大叫道，"人各有所好。我们的饼干会呛住你，而生兔子肉会呛住我。你把兔子给我了，那么兔子就归我了，明白吧，如果我想炖，就能炖。我确实想炖。你不在这里看着就行了。你再去抓一只，想怎么吃就怎么吃——找个我看不见的地方。这样，你不用看见火，我也不用看见你，我们各得其所。我确保不让这火冒烟，你该放心了吧。"

咕噜咕哝抱怨着走开了,爬进蕨丛。山姆端过锅子忙活起来。"霍比特人炖兔子,"他自言自语道,"得来点儿香草和根茎,尤其是土豆——不用说,还得有面包。看来,香草是没有问题的。"

"咕噜!"他轻声叫道,"事不过三,再帮助一次。我想要点香草。"咕噜的脑袋从蕨丛中探出来,但那副表情既不想帮忙也不友善。"来点儿月桂叶,一些百里香和鼠尾草,这就够了——要在水开之前找回来。"山姆说。

"不去!"咕噜说,"斯密戈不高兴。斯密戈不喜欢有味道的叶子。不吃草,不吃根茎,不吃宝贝,除非他要饿死或病死,可怜的斯密戈。"

"等水煮开的时候,斯密戈要是没按照吩咐找回来,我就把他放到真正的热水里煮开!"山姆威胁道,"山姆会把他脑袋摁进去,是的宝贝。要是现在当季的话,我还会让他去找芜菁和胡萝卜,还有土豆。我敢保证,这地方长满了各种这样的好东西。我愿意出血本儿换半打土豆。"

"斯密戈不去,噢不,宝贝,这次不去。"咕噜尖声道,"他害怕,他很累了,这个霍比特人不和善,一点也不和善。斯密戈才不去挖根茎和胡萝卜,还有——土豆。什么是土豆,宝贝,呃,土豆是什么?"

"就是山——药——蛋——"山姆说,"这可是'老头子'的最爱,是能把瘪肚子吃成大圆蛋的好东西。不过这个季节找不到,所以不需要你去挖。做个好斯密戈,去给我找点香草来,我会提高对你的评价。另外,如果你洗心革面,重新做人,以后我会给你烧土豆吃。给你上一道山姆·甘姆吉最拿手的炸鱼和薯条。这你总不会拒绝吧。"

"会的,会的,我们会的。糟蹋好鱼,烧焦它。现在就给我鱼,难吃薯条自己留着!"

"唉,真是不可救药,"山姆说,"去睡觉吧!"

349

最后，他只能自己去找香草，不过没走多远就找到了，一直都能看得到他家少爷躺着沉睡的地方。山姆坐着沉思了半天，手里机械地添加柴火把水烧开。光线越来越亮，天气也越来越热，草地和树叶上的露珠蒸干消失了。很快，切好的兔子肉和扎成把的香草就在锅里咕嘟咕嘟炖上了。炖煮的时间里，山姆差一点睡着了。他让肉在锅里炖了将近一个钟头，不时用叉子戳戳，看看肉是否软烂，尝尝汤汁的味道。

等他觉得炖好了的时候，就把锅从火上端开，悄悄来到弗罗多旁边。弗罗多微微睁开眼睛，见山姆俯身望着他，随即从梦境中清醒过来。他又做了一个轻松、宁静的梦，却一点儿也记不起来。

"哈啰，山姆！"他说，"没休息吗？出了什么事？几点钟了？"

"大约天亮后两三个小时吧。"山姆说，"照夏尔的时间来算，差不多八点半了。没出什么事。当然，在我看来也不算事事完美：没有高汤，没有洋葱，没有土豆。弗罗多少爷，我给你炖了点吃的，还有一点肉汤。对你身体好。我没带碗，也没带其他合适的东西，你得用水壶慢慢喝，要不就等凉一点，直接用锅子喝。"

弗罗多打着呵欠，伸了个懒腰。"山姆，你也该睡一下。"他说，"在这一带生火很危险。不过，我确实感觉到饿了。嗯！我在这儿能闻到吗？你炖了什么？"

"来自斯密戈的礼物，"山姆说，"两只小野兔，不过我估计咕噜现在正后悔着呢。可惜除了一点香草，没有别的东西可以佐配。"

山姆和他家少爷坐在蕨丛边缘，两人合用一把旧叉子和勺子，就着锅子吃起了炖兔肉。他们还每人加了半块精灵干粮，算得上是饕餮大餐了。

"喂！咕噜！"山姆轻声吹着口哨，叫道，"过来！你还来得及改变主意。你要是想尝尝炖兔肉，这儿还有一些。"没人回答他。

"噢算了，我估计他自己去找吃的了。我们把它吃完吧。"山姆说。

"吃完你一定要睡一会儿。"弗罗多说。

"弗罗多少爷，我睡的时候，您可别打盹呀。我不怎么信任他。他身上的那个缺德鬼——就是那个坏咕噜，你懂我的意思吧——还在，而且似乎又抬头了。不过，我觉得他现在多半想先掐死我。我们俩不对付。他不喜欢山姆，噢不宝贝，一点也不喜欢。"

他们吃完后，山姆去溪边清洗用具。他站起身要回来的时候，回头往山坡上看了一眼。他发现太阳跃出了东边天际一直横陈着的臭气，或蒸汽，或暗影之类的东西，金色的光芒洒在他周围的树木和空地上。接着，他发现一缕青烟正从上方的灌木丛中袅袅升起，映射着阳光格外明显。他大吃一惊，突然意识到青烟来自他炖肉用的小火堆，当时忘记彻底扑灭了。

"这可不行！真没想到看起来会这么显眼！"他咕哝着，急忙往回赶。他突然停下脚步，认真细听：他是不是听见了一声口哨？还是什么没听过的鸟叫声？如果是口哨，声音不是从弗罗多的方向发出的！这时，声音又从另一个地方传来了！山姆拼命往山坡上跑去。

他发现是一根小木柴烧到外头，引燃了火堆边缘地上的蕨叶，叶子烧起来导致下面的草皮冒烟。他急忙把地上的火踩灭，把灰烬散开，接着用草皮盖好小坑，才又慢慢回到弗罗多身边。

"你有没有听到一声口哨，还有一声像是回应？"他问，"就在几分钟以前。我希望只是鸟叫声，但听着不太像。我觉得更像是有人模仿鸟叫。还有，恐怕我刚才生的那堆火一直在冒烟。要是我冒失招来了麻烦，我永远都不会原谅自己。很可能，也没有机会原谅自己了！"

"嘘！"弗罗多小声说，"我觉得听见了说话声。"

两个霍比特人快速捆扎好小背包,背上身以便随时奔逃。他们慢慢躲进蕨丛深处,蹲在那里仔细听。

他们的的确确听到了交谈声。谈话的声音很低,遮遮掩掩的,但很近,越来越近。突然,一个清晰的声音在他们旁边炸起。

"这里!烟是从这里冒出来的!"那个声音说,"肯定就在附近。在蕨丛里,没错。肯定能抓住,就跟到笼子里抓兔子似的。抓住就能知道到底是什么生物!"

"对,好好盘问一下!"第二个声音说。

四个男人从不同方向大步朝蕨丛走来。既然躲不了也逃不了,弗罗多和山姆索性跳起来,各自抽出短剑,背靠背迎击。

此时,眼前的场景让对方的惊讶程度丝毫不亚于他们带给弗罗多和山姆的。四个高大的人类站在那里,两人手中握着长矛,矛头明晃晃的;两人拿着大弓,弓几乎跟他们一样高,硕大的箭筒里装着绿色羽箭。四人身上全都佩着剑,身上穿着绿色和棕色的迷彩服饰,似乎更便于在伊希利恩的林间行走而不被发现。他们戴着绿色护臂手套、绿色兜帽和绿色面罩,脸上只露出锐利、明亮的眼睛。弗罗多立刻想到了波洛米尔,这些人类的身形、举止和说话方式都跟他十分相似。

"要找的生物没找到。"一个人说,"可找到的这又是什么啊?"

"不是奥克。"另一人说着松开了剑柄——他刚才看到弗罗多手中的刺叮剑,立刻握住了自己的剑。

"是精灵吗?"第三个人满腹狐疑。

"不!不是精灵。"第四个人说道。他个子最高,显然是这几个人的头领,"精灵如今不来伊希利恩走动。而且,据说精灵长得都无比俊美。"

"听你的意思,我们长得不俊美咯?"山姆说,"那还真要感谢你了!等你们结束对我们评头论足,也许该说说你们是谁,为什么不让两个疲倦的过路人休息。"

个头最高的那个人冷笑起来。"我是刚铎的统帅法拉米尔。"他说，"此地没有过路人，有的只是黑暗妖塔，或者白塔的仆人。"

"黑塔、白塔，我们都不是！"弗罗多说，"不管法拉米尔统帅怎么说，我们的确是过路人。"

"那就快快报上姓名，报上你们所为何事。"法拉米尔命令道，"我们要务在身，没工夫在这里跟你们打哑谜、扯闲篇。快说！你们另一个同伴在哪里？"

"另一个？"

"对，我们看见那个鬼鬼祟祟的家伙，鼻子恨不得插到池塘里去。长得像个丑八怪。我猜是奥克养的细作，或者类似的生物。他刚才耍诡计逃脱了。"

"我不知道他在哪里。"弗罗多说，"他只是我们路上意外碰到的同伴。我无法替他回答。如果你们碰到他，请饶他一命，把他带来或送来给我们。他很可怜，四处游荡，我临时照顾他一阵子。至于我们，我们是夏尔的霍比特人，来自遥远的西北大地，与此地隔着许多河流。我是德罗格之子弗罗多，我身边的这位是汉姆法斯特之子山姆怀斯，我忠实的霍比特仆人。我们一路从幽谷，也有人称之为伊姆拉德里斯，长途跋涉经过此地。"听到这里，法拉米尔吃了一惊，听得更专注起来，"出发的时候我们有七个同伴：在墨瑞亚失去了一个，我们在拉乌洛斯大瀑布上方的帕斯嘉兰脱离了其余的六个，他们中有两个是我的同族，还有一个矮人，一个精灵，和两个人类——阿拉贡和波洛米尔。波洛米尔说他来自南方一座名叫米那斯提力斯的城市。"

"波洛米尔！"四个人齐声惊呼。

"宰相德内梭尔之子波洛米尔？"法拉米尔问道，脸上浮现出一种奇特的严厉表情，"你们曾经跟他在一起？如果你没撒谎，那可是大新闻。小陌生人,要知道,德内梭尔之子波洛米尔是白塔的至高守护,是我们的统帅,我们无比想念他。你们到底是谁? 跟他有什么关系? 快说,太阳升起来,时间不早了!"

弗罗多反问道:"你听说过波洛米尔带去幽谷的谜语吗?"

> 圣剑虽断,速去寻之:
> 伊姆拉德里斯,断剑所隐。

"确实听说过。"法拉米尔十分震惊,说道,"既然你们也听说过,多少能够证明你们没有撒谎。"

"我刚才提到的阿拉贡,就是断剑的继承人。"弗罗多说,"而我们就是谜语中提到的半身人。"

"我看出来了。"法拉米尔若有所思地说,"应该是这样。那么,伊希尔杜的克星是什么?"

"尚未现身。"弗罗多说,"相信迟早会出现。"

"这件事我们还需要进一步了解。"法拉米尔说,"我们得知道你为什么在那个——"他指着那个方向,没说出名字,"——在那个阴影底下走这么远到东边。但现在不行。我们有急务在身。你们现在很危险,无论乡野还是大路,今天都走不了多远。中午之前,这附近会有一场恶战。要么把他们全部歼灭,要么我们快速退回安度因大河那边。我会留下两个人保护你们,既是为你们好,也是为我自己好。在这片土地上,聪明人都不会相信意外相逢。如果能回来,我会再多问一问。"

"再会!"弗罗多说着,深深鞠了一躬,"不管你怎么猜想,对所有抗击大敌的人而言,我是朋友。等我的任务完成,如果有需要半身人效力的地方,我们一定追随像你们这样强壮又勇敢的人。愿你们剑气如虹！"

"姑且不论其他，半身人真是彬彬有礼的种族。"法拉米尔说，"再会！"

两个霍比特人重新坐下，但他们没再开口交流彼此心中的疑虑和想法。不远处墨绿色月桂树的斑驳树影下有两个值守的士兵。天气越来越热，他们不时取下面罩凉快一下。弗罗多发现他们长相俊美，皮肤白皙，深色的头发，灰色的眼睛，神情端肃，面容冷傲。他们轻声交谈，一开始说的是通用语，但有明显的古语特点，然后换成了一种自己的语言。弗罗多听着不禁惊讶起来，他察觉到他们说的是精灵语，或是与精灵语几无差别的语言。他惊奇地望着他们，因为他知道他们一定是南方的杜内丹，是古老的西方之地诸王的后裔。

过了一会儿，弗罗多试着跟他们聊天，但他们说得很慢，也很谨慎。他们俩一个叫玛布隆，一个叫达姆罗德，是刚铎的士兵，隶属伊希利恩突击队。因为他们是沦陷前的伊希利恩人的后代，宰相德内梭尔就选择这些人组成了突击队，派他们秘密渡过安度因河（他们不肯说渡河的方式和地点），袭击在大河与阴影山脉埃斐尔度阿斯之间游荡的奥克和其他敌人。

"从这里到安度囚人河东岸，有将近十里格，"玛布隆说，"我们很少出来到这么远的地方。此行我们还有一个任务，就是伏击哈拉德的人类。该诅咒的他们！"

"对，该诅咒的南蛮佬！"达姆罗德说，"据说，古时候刚铎跟遥远南方的哈拉德诸国有贸易往来，不过素未交好。那时候，我们的边界越过安度因河口以南，而离河口最近的乌姆巴尔也承认我们的统治。但那是很久以前的事了。后来的很多世代，双方不再往来。近来，我们得知大敌的势力已经渗入到他们当中，而他们投靠了他，或者说重新归顺于他。他们历来屈服于他的意志，东方许多地区也都如此。

当然，我也知道，刚铎气数将尽，米那斯提力斯城在劫难逃，他的势力和邪恶难以估量。"

"可即便如此，我们也不能坐视不管，任由他肆意妄为！"玛布隆说，"这些该死的南蛮佬正沿着古道赶去壮大黑暗魔君的力量。而且，他们竟然还走在古代刚铎匠人铺设的道路上。我们听说，他们走起路来无比嚣张，认为新主子的势力十分强大，就连那些山的阴影都能庇佑他们。我们前来就是让他们长长记性。我们几天前获悉，他们的主力大军正在向北挺进。我们推算，中午之前他们的一个军团会从上面那条穿过石沟的路上经过。路可以穿沟而过，他们不行！只要法拉米尔统帅在，绝对不行。现在所有的危险行动都是他统领。不过，他的命挺大，或许命运对他另有安排。"

他们聊着天，渐渐谁也不说话了，都在侧耳静听。似乎一切都静止了，充满警戒。山姆蹲在蕨丛边缘向外窥探。他凭着霍比特人的锐利目光，发现周围又来了许多人类，正悄悄向山坡上潜行，有的是一个人，有的是一排人，始终走在树林或灌木丛的浓荫下，还有一些在草丛和灌木丛中匍匐前进，他们穿着难以被发现的棕色与绿色衣服。所有人都戴着兜帽和面罩，手上戴着护臂手套，装备酷似法拉米尔和他的同伴。他们很快悉数经过，消失不见了。太阳继续升高，接近了正南方向。地上的阴影面积缩小了。

"不知道讨厌的咕噜去哪儿了？"山姆爬回树荫深处时不禁想道，"很有可能被当成奥克宰了，不然就叫大黄脸给烤焦了。不过，我猜他会照顾自己的。"他躺到弗罗多身旁，开始睡觉。

他猛地惊醒过来，以为听见了号角声。他坐起身。现在是正午了。两名护卫笔挺地站在树荫中，充满警戒。突然，高昂的号角声响了起来，毫无疑问是从上方，从山坡顶上发出的。山姆觉得自己还听见了哀号声和狂叫声，十分模糊，似乎是从远处山洞里传出来的。紧接着，附近爆发出一片厮杀声，就在他们藏身点的正上方。他可以清晰地听见钢铁相击的锵锵声，利剑砍铁头盔的叮当声，刀刃劈盾牌的哐噔声；人类的咆哮喊叫声，还有个洪亮的声音在大喊："刚铎！刚铎！"

"简直像一百个铁匠同时打铁！"山姆对弗罗多说，"我不希望他们再靠近了。"

但是厮杀声越来越近。"他们过来了！"达姆罗德大叫道，"快看！有几个南蛮佬冲出包围圈，从大道上逃跑了，往那边逃去了！我们的人在追杀他们，统帅冲在最前头。"

山姆按不住好奇心，不由地走到两名守卫身边。他向上爬了一小段，来到一棵较大的月桂树下。他看见不远处有一些穿红衣服的黝黑人类正奔下山坡，穿着绿衣服的兵士大步在后面追赶，将奔逃的人砍倒在地。空中箭镞密集。突然，有个人在他们藏身的坡岸边沿倒下，压折他们头顶上方的小树。那人最后停在几呎外的蕨丛里，脸向下趴在地上，金色护颈下方脖子上扎着一支绿色的羽箭。猩红的袍子撕烂了，厚厚的黄铜铠甲被砍得凹凸裂开，佩挂金饰的黑色发辫浸透了鲜血，棕色的手里仍然紧攥着断剑的剑柄。

山姆第一次看见人类搏斗的场景，并不太喜欢。他很庆幸自己看不见那张死人的脸孔。不知道他叫什么名字，从哪里来，内心是不是真的很邪恶，是什么样的谎言或威胁让他离开家乡踏上漫长的征途，以及他是否真的不愿意待在家乡过着安宁的日子——他脑子里闪过的一连串疑问，很快就被驱散了。玛布隆正朝那具尸体走去时，又响起了新的嘈杂声。传来巨大的喊叫声。山姆听见其中夹杂着尖锐的吼叫声。接着响起巨大的砰砰声和撞击声，就像巨槌砸击地面的声音。

"小心！小心！"达姆罗德向同伴高声叫道，"愿诸神维拉令它转向！猛犸！猛犸！"

山姆惊惧交加，却又欣喜不已地看见一个庞然大物从树林中蹿出，猛地冲下山坡。那东西大得像一栋房子，山姆觉得比房子还要大得多，是一座会移动的灰色山丘。也许是恐惧和惊奇放大了它在霍比特人眼中的形象。不过，哈拉德的猛犸确实是庞然巨兽，如今中土大地上难以觅见；它那些日后仍然存活的同类，在魁伟与气势上完全不可与之相提并论。它朝着山姆等人直奔过来，最后一刻，在离他们只有几码的地方猛然转向，震得他们脚下的土地猛烈晃动。它的腿像大树一样粗，巨大的耳朵像船帆一样张开，高高卷起的长鼻子像要发动进攻的巨蟒，红红的小眼睛像在喷火。它那像号角一样翘起的长牙套着金箍，上面还滴着血。它身上黄金装饰的猩红饰毯已经扯烂，噼啪作响。它拱起的背上驮着一个像战塔一样的东西，在它疯狂穿过树林时被撞得残破不堪。一个小小的身影——实则是个魁梧的兵士，一个斯乌廷巨人——正死命抱住它那高高的脖子。

这头庞然巨兽咆哮着，胡乱冲过水池和灌木丛向前狂奔。射向它身体两侧的箭矢，纷纷滑落或断裂，完全伤不到它厚厚的皮层。交战双方的人类在它面前溃逃，许多人被它踩踏在地。它很快就消失了，只有远方传来隆隆的踩踏声。山姆没听人说起过它后来的情况：究竟是逃进山野中游荡，最后死在远离家园的异乡，还是落入深坑陷阱，又或者狂怒之下一头扎进大河，被河水吞没了。

山姆深深吸了口气。"这就是毛象！"他说，"这么说真的有毛象！我亲眼见到了一头！太神奇了！但我的家乡没有人会相信我见过。呃，看来恶战结束了，我也该睡一下了。"

"赶快睡吧。"玛布隆说，"不过，如果统帅没受伤，他会回到这里的。等他来了，我们即刻启程。今天的事情很快就会传到大敌耳朵里,用不了多久我们就会遭到追杀。"

"你们必须走的时候,声音轻一点!"山姆说,"不要吵醒我睡觉。我可是赶了一整夜的路。"

玛布隆大声笑起来,说道:"山姆怀斯大人,我想统帅不会把你们留在这里的。不过,你且等等吧。"

第五章
落日飞瀑
THE WINDOW ON THE WEST

———— 我不会因其锋利而嗜爱刀剑，不会因其迅疾而嗜爱箭矢，也不会因其荣耀而矢志成为勇士。

山姆觉得自己似乎不过打了几分钟的盹，醒来却发现天快黑了。法拉米尔早已回来，带回来许多人。事实上，这次突袭中所有幸存的突击队员全都集合在附近山坡上，有两三百人之多。他们围坐成一个大半圆形，法拉米尔坐在半圆中心地上，弗罗多站在他面前。场面看起来怪异，像在审问犯人。

山姆悄悄爬出蕨丛，在队伍的后方找了个地方，能够看清、听清里面的情况。没有人注意到他。他专注地留意着场内的动静，随时准备冲上前去帮助他家少爷。法拉米尔摘除了面罩，山姆可以看清他的脸：面容冷峻威严，审视的目光中透着机警与睿智。灰色的眼眸充满怀疑，紧紧盯着弗罗多。

山姆很快就听明白了，这位统帅对弗罗多关于自身的陈述有好几处不满意：从幽谷出发的远征队中弗罗多担任什么角色？为什么离开波洛米尔？眼下要去哪里？更是多次回到伊希尔杜的克星问题上。他显然知道弗罗多有重要的事情隐瞒他。

"是半身人的到来，才使得伊希尔杜的克星苏醒，那个谜语里是这么说的。"他强调道，"如果你就是谜语中提到的那位半身人，毫无疑问，你把这个东西——不管它到底是什么——带到了你所说的那场会议上。而波洛米尔在那里看到了那个东西。你要否认吗？"

弗罗多没有回答。"因此，"法拉米尔说，"我希望能从你这里多了解一些情况。关系到波洛米尔，也就关系到我。古老的故事里说，

363

伊希尔杜是被一支奥克的箭射死的。但奥克的箭无以计数，刚铎的波洛米尔不会仅凭一支剑就断定那是夺命之征。你带着那个东西吗？你说它'尚未现身'，难道不是因为你的选择，它才未现身的吗？"

"不，不是因为我的选择。"弗罗多答道，"它不属于我，不属于任何生死之人，无论他是伟大还是渺小。不过，如果真有一个人有权宣称拥有它的话，那应该是我之前提过的阿拉松之子阿拉贡。我们的远征队从墨瑞亚到拉乌洛斯大瀑布一路由他带领。"

"为什么是他，而不是埃兰迪尔诸子所建之城的城主之子波洛米尔？"

"因为阿拉贡乃是埃兰迪尔之子伊希尔杜的嫡系后裔。他所佩宝剑正是埃兰迪尔之剑。"

围坐着的人无不震惊，闻言纷纷低语起来。有人高呼："埃兰迪尔之剑！埃兰迪尔之剑要来米那斯提力斯啦！特大消息！"法拉米尔脸上没有任何表情。

"也许吧，"他说，"但假如这位阿拉贡当真来米那斯提力斯，宣称如此重大的事情，必须有明确的证据。我六天前出发的时候，他还没来，远征军的任何一位都还没到。"

"波洛米尔认可他的主张。"弗罗多说，"事实上，如果波洛米尔在此，他会回答你所有的问题。多日前，他已抵达拉乌洛斯大瀑布，决意从那里直接返回米那斯提力斯，所以等你回去，很快就能得到所有的答案。他知道我在远征队中担任的角色，远征队的其他成员也都知道，因为伊姆拉德里斯的老国王埃尔隆德亲自在会议上宣布了这一任命。我奉命来到这片土地，但我无权向远征队以外的任何人透露此事。任何宣称反抗大敌的人，理当不加阻挠才是。"

不管弗罗多内心感受如何，他的语气中充满了骄傲。山姆十分钦佩。然而，法拉米尔显然并不满意。

"看来,"他说,"你是告诫我管好自己的事情,赶紧返回家乡,不要插手你的事。当波洛米尔归来,会把一切说清。你说,当他归来!你真是波洛米尔的朋友吗?"

波洛米尔袭击自己的情景真切地浮现在弗罗多脑海中,他迟疑了片刻。法拉米尔盯着他,眼神变得严厉起来。"波洛米尔是我们远征队的勇士。"弗罗多最终开口说道,"是的,我认为,我是他的朋友。"

法拉米尔冷冷一笑:"如果听说波洛米尔死了,你会悲伤吗?"

"我当然会悲伤。"弗罗多说。捕捉到法拉米尔的眼神,他突然愣住了。"死了?"他问道,"你是说他死了,而你早已知道?你一直在试图用话设计我,耍弄我?还是说,你现在试图用假话来诱我落网?"

"对奥克我都不会用假话设计诱骗。"法拉米尔说。

"他是怎么死的?你又是如何得知的?你刚才还说,你出发的时候,远征队的任何人都还没到!"

"至于他是怎么死的,我原本希望他的朋友和同伴能够告诉我更多情况。"

"我们分开的时候,他还活得好好的,身强力壮。我知道的就是他还活得好好的。当然,这世上凶险无处不在。"

"确实。"法拉米尔说,"而背叛也无处不在。"

山姆越听越不耐烦,越窝火。法拉米尔最后这句话让他忍无可忍,他径直冲到人群中央,大步走到自家少爷身旁。

"弗罗多少爷,我请您原谅。"他说,"可这真是没完没了。他没有权力像这样跟您说话!您为他,为那些了不起的大人物,为所有人,都承受了太多。

"听着,统帅大人!"他大大咧咧地站在法拉米尔面前,两手叉腰,脸上的神情就像在跟一个闯入果园被抓住却声称进去"找果酱"

的霍比特小娃娃说话。围着的士兵中响起一阵低语声，还有一些人脸上浮现出饶有兴味的笑容。他们的统帅坐在地上，面前站着一个怒气冲冲、叉开双腿站着的年轻霍比特人，这场面对他们来说可真是头一遭。"听着！"山姆说道，"你到底想要逼问什么？趁着魔多的奥克还没有赶来把咱们全都干掉，索性把话挑明白！要是你认为我家少爷谋杀了波洛米尔之后潜逃出来，你就大错特错了。不过，你要真这么想，就明着说！然后让我们知道你究竟想拿我们怎么办。可惜啊，那些口口声声说要抗击大敌的人，却总是对别人抗击大敌的事情横加干涉。大敌要是看见你现在的样子，一定会很满意。他会觉得自己又交了个新朋友。"

"不要性急！"法拉米尔说道，却并未着恼，"别抢你家少爷的话头，他可比你更有头脑。不用谁来告诫我目前面临的危险。再有危险，我也得抽出一点时间，公正裁决这件棘手的事情。我要是跟你一样急躁，早就把你们给杀了。我奉命杀掉所有未经刚铎宰相许可擅闯此地的人。不管是人是兽，我从不滥杀无辜，更不以杀戮为乐。我也不会言而无信。所以，少安毋躁。闭上嘴，坐到你家少爷身旁！"

山姆气咻咻地坐下，脸涨得通红。法拉米尔再次转向弗罗多："你问我，是如何知道德内梭尔之子的死讯。死亡的讯息会插上翅膀。常言说，夜深思至亲，更阑笔伺闻。波洛米尔是我的兄长。"

他脸上蒙上了悲伤的阴影："你可记得，波洛米尔大人随身携带着的装备里有什么特别的东西吗？"

弗罗多想了片刻，既担心这中间有什么陷阱，也不知这场谈话到底意图何在。他勉强保住魔戒，使其免于落入自负的波洛米尔手上，如今置身这么多孔武有力的人当中，他不知道自己会有怎样的遭遇。他隐隐觉得，法拉米尔虽然长相酷似他的兄长，却并不那么自负，看上去也更坚定，更英明睿智。"我记得波洛米尔随身带着一支号角。"

他开口说道。

"你记得不错,像一个真正见过他的人。"法拉米尔说,"那么,或许你的脑海中仍记得号角的样子:那是一支巨大的东方野牛角制成的号角,末端镶银,上面刻有古代文字。这支号角世代传给家族的长子。据说在紧要关头,只要在刚铎国境(古时的范围)内吹响这支号角,就一定会有人响应。

"此次行动出发前五天,也就是距今十一天前,我听到有人吹响了那支号角,听起来像是从北方传来,声音十分模糊,仿佛只是我脑海中的回音。父亲和我都认为这是个凶兆,因为自从波洛米尔离开后,我们就不曾听到他的消息,边境上的守卫也不曾看见他经过。而在此之后的第三天夜里,一件更怪异的事情降临到我身上。

"那天夜里,我坐在茫茫的安度因大河边,在朦胧的新月下望着浩浩荡荡的河水,夜色深沉苍茫,萧瑟的芦苇沙沙作响。我们一直这样监视着欧斯吉利亚斯附近的河岸,那里有一部分地方已被敌人占领,作为据点骚扰劫掠我们的领土。那天午夜时分,整个世界都在沉睡。我突然看见,或似乎看见,水面上漂着一艘小船,闪着银光。那是一只很小的船,式样奇特,船首高翘,船上不见有人撑桨或掌舵。

"船身笼罩着光芒,令我不由感到敬畏。我起身走到河岸边,仿佛受到招引一般,开始走向河水中央。小船突然转向,朝着我缓缓漂了过来,在我伸手可及的地方幽然漂过,我不敢碰它。船身吃水很深,仿佛载着重荷。当它从我眼前经过时,我似乎看见船中盛满清水,上头波光荡漾,拍打着水中沉睡的勇士。

"他的膝上放着一柄断剑。我看见他遍体鳞伤。那是波洛米尔,我的兄长,他死了。我认得他的装束,他的剑,他亲爱的面容。只有一样东西我没见到,那就是他的号角。只有一样东西我不认识,是一条漂亮的腰带,如同金叶连缀而成,系在他的腰间。'波洛米尔!'

我失声叫道,'你的号角哪里去了? 你这是要去往何方? 噢,波洛米尔!'但他漂走了。船掉头漂进河中央,漾着微光融进了夜色。就像做梦一样,然而却不是梦,因为我没有入睡。我深信他已经死了,顺着安度因河漂向了大海。"

"唉!"弗罗多叹道,"我认识的波洛米尔正是那身装扮。那条金色的腰带是洛斯罗里恩的加拉德瑞尔夫人赠予他的礼物。你现在所见我们身上的灰色精灵衣饰,也是她赠予的礼物。这枚斗篷别针与腰带是同一种工艺。"他摸了摸自己脖颈下方扣住斗篷的那枚银脉绿叶别针。

法拉米尔仔细地看着。"真漂亮。"他说,"是的,正是同一种工艺。这么说,你们穿过了罗里恩森林? 古时候它的名字叫'劳瑞林多瑞南',那是在超出人类记忆的远古时代。"他轻声补充道,看向弗罗多的眼神里多了一份惊奇,"我现在开始理解你的诸多奇特之处。你愿意再跟我多说一些吗? 想到波洛米尔死在望得见家园的地方,实在令人悲伤。"

"能说的我全都说了。"弗罗多答道,"你讲述的故事令我心中充满了不祥的预感。我想,你看见的就是个幻象,仅此而已,是种曾经发生或即将发生的厄运的投影。其实,也很有可能是大敌的骗人邪术。我曾在死亡沼泽看见水塘底下无数俊美的古代勇士沉睡的容颜,很有可能是他的妖术造成的错觉。"

"不,绝对不是。"法拉米尔说,"他的妖术会使人心里充满憎恨,而我当时心里只有哀痛和遗憾。"

"然而这样的事情怎么可能会真正发生?"弗罗多问道,"船绝没有办法在托尔布兰迪尔山石间通行。而波洛米尔决意要渡过恩特泽河,穿过洛汗平原返回家园。此外,即便船里面装满了水,又怎么可能安然跃下大瀑布的湍流却未覆没在下方翻滚的潭水中?"

"我无法回答。"法拉米尔说,"你们的船是从哪儿来的?"

"从罗里恩来的。"弗罗多说,"我们乘着三只同样的小船,沿安度因河前往大瀑布。那三只船也是精灵的工艺造就。"

"你虽然从隐匿之地穿过,却似乎并不明白它的威力。"法拉米尔说,"人类如果与住在金色森林里的魔法夫人有过交往,奇异的事情将会纷至沓来。因为尘世生死之人踏出这个太阳底下的世界,必会招致凶险。据说,从前那些去过的人,鲜有未遭变故的。

"波洛米尔,噢,波洛米尔!"他失声喊道,"那位永生的夫人,她究竟对你说了什么?她又看见了什么?你那时心中想到了什么?你究竟为何要去劳瑞林多瑞南?为什么不按自己的路,骑着洛汗的骏马在清晨回到家乡?"

他重新转向弗罗多,再一次轻声说道:"德罗格之子弗罗多,我猜你能回答我的这些问题。也许,不必在此时、此地。为了避免你坚持认为我看见的只是幻象,我不妨告诉你:波洛米尔的号角的的确确回来了,不是幻觉。它回来了,却裂成了两半,像是被斧头或剑劈裂。两半号角各自漂到了岸边:一半是在恩特泽河汇入口下方北侧刚铎哨兵藏身的芦苇丛中发现的;另一半在洪流中打漩儿,被一个下水做事的人发现。奇特的机缘巧合。可常言也说,水落终会石出。

"那支裂成两半的长子的号角,此刻正躺在德内梭尔膝头。他正端坐在椅子上,等候着消息。你真不能告诉我一点号角是如何被劈成两半的吗?"

"不,我确实不知道。"弗罗多说,"但是,如果你没记错日子的话,你听到号角吹响的那天,正是我们分开的时间 —— 那天我和我的仆人脱离了远征队。你说的事情令我充满恐惧。倘若波洛米尔那天遇险身亡,我很担心所有的同伴也都遭遇了凶险。他们都是我的族人与朋友。

"你就不能抛开对我的怀疑，放我离开吗？我非常疲惫，心中充满哀恸和恐惧。但我得赶在自己死亡之前，完成一个任务，至少我要去试一试。如果我们的同盟中确实只剩下我们两个半身人，事情就更加刻不容缓。

"英勇的刚铎统帅法拉米尔，回去吧，赶快回去保卫你的城池，让我前往命运指引的地方。"

"我们这场谈话诚然未给我带来什么安慰，"法拉米尔说，"但你却大可不必过度忧虑恐惧。如果不是从罗里恩出发的那些人，谁会整理波洛米尔死后的装束遗容？肯定不是奥克或那个无名大敌的爪牙。我猜，远征队还有其他人活着。

"然而不管你们的北方远征队发生过什么事情，对于你，弗罗多，我不再怀疑。如果艰难岁月使我长于判断人的言语神情，那么，我也算大致了解了半身人！"他说着，露出了微笑，"不过，弗罗多，你身上有种奇异的东西，大概是精灵气质。我们的谈话比我起初料想的更为重大。我得把你带回米那斯提力斯，去向德内梭尔复命。如果我此刻选择的路将会加害于我的城，我终将要付出生命的代价。因此，我不会草率决定要做什么。眼下我们必须动身离开这里，一刻也不能再耽搁。"

他跃身而起，传达了几道命令。聚在周围的兵士立刻分解成若干小队，往各个方向散开，迅速消失在山石树影间。很快，场上只剩下了玛布隆和达姆罗德。

"现在，弗罗多、山姆怀斯，你们两人跟我和我的护卫一起走。"法拉米尔说，"如果你们原计划向南，那条路现在已经不能走了。接下来几天路上会十分危险，经过这次突袭，监视肯定会更加严密。我想，你们都很疲惫了，今天无论如何都走不远。我们也很疲惫了。我们此刻前往一处秘密据点，距此大约不到十哩。奥克和大敌的奸细尚未发现那个地方，就算发现了，我们也能以少敌多防守很长时间。我们可以在那里休息一阵，你们跟我们一起去。明天早晨我再决定怎么做对你我都最有利。"

弗罗多别无选择，只能同意这个请求或命令。无论如何，这似乎是眼下最明智的选择。刚铎士兵的这次突袭，势必会让在伊希利恩的路程更加凶险。

他们立即出发了。玛布隆和达姆罗德走在前头，法拉米尔、弗罗多和山姆跟在后面。他们绕过两个霍比特人洗澡的那方水塘，涉过溪流，爬上一道长堤岸，进入浓荫覆盖的林地，一路向下、向西前进。他们尽量照顾着霍比特人的行走速度，一边走一边低声交谈。

"我之所以中断我们的谈话，"法拉米尔说，"不只是因为山姆怀斯先生提醒我时间紧迫，更是因为我们渐渐谈到了一些不宜在众人面前公开谈论的事情。因此，我才撇开伊希尔杜的克星，把话题转到我的兄长身上。弗罗多，你对我并不完全坦诚。"

"我没有说谎，所言句句属实。"弗罗多说。

"我并非责怪你。"法拉米尔说，"我觉得，你在艰难的处境中，答话有章法、有智慧。但我从你说的话里听出，或猜出了更多的信息。你跟波洛米尔关系并不友好；要么就是你们分开的时候闹了别扭。我猜，你和山姆怀斯先生对他都有些抱怨。我深爱着我的兄长，一定会为他报仇，可我也非常了解他。我斗胆猜测，伊希尔杜的克星是你俩之间的症结，也是你们远征队中发生争吵的缘由。它显然是某种威力无穷的世代相传之物，而我们了解古老传说的人也都知道，这样的东西往往不会增进盟友之间的和睦。我猜的是不是接近了真相？"

"接近了，"弗罗多说，"但不完全正确。我们的远征队中尽管有质疑，但没有争吵。我们质疑的是过了埃敏穆伊丘陵到底该走哪条路。

可即便如此，古老的传说也教导我们，贸然谈论这类——世代相传之物会招致危险。"

"看来，我猜对了：你跟波洛米尔之间有过节。他想把那个东西带到米那斯提力斯去。唉！这可憎的命运啊。你曾在他生前见过他，却偏偏三缄其口，令我无法解开心中的疑惑：在生命最后的时刻，他心里想着什么、念着什么？无论他是否犯了过错，有一点我无比坚定：他死得光荣，成就了某种义举。他的面孔比生前还要俊美。

"但是，弗罗多，请原谅我一开始就盯着伊希尔杜的克星问题不放。在那样的时间与场合，真是十分愚蠢。我当时没有时间细想。我们刚刚结束一场恶仗，有太多事情横亘在心头。但在交谈中，我发现靠近了真相，因此故意引开了话题。你也一定知道，许多古老的学识至今只为白城的执政者所知，对外人秘不可知。尽管我的家族拥有努门诺尔人的血统，但我们并非埃兰迪尔直系后裔。我们这一支的血统可追溯到贤明的王室宰相马迪尔，国王出征打仗之后，由他代为执政监国。当时的国王埃雅努尔，是埃兰迪尔的小儿子阿纳瑞安一脉的最后一位。埃雅努尔没有子嗣，出去征战再未回还。从那时开始，白城就由宰相执政。那是许多世代以前的事了。

"我记得，当波洛米尔还是个孩子的时候，我们一起学习先祖与白城的历史，他一直对自己的父亲不是国王十分介怀。他问：'如果国王一直不归来，宰相要过几百年才能变成国王？'而我父亲会回答：'在其他不那么讲究王权的地方，或许几年就可以；但在刚铎，一万年都不够。'唉！可怜的波洛米尔。我想你从中也能够对他有所了解。"

"是的。"弗罗多说，"然而他一直对阿拉贡谦恭有礼。"

"我毫不怀疑。"法拉米尔说，"如你所言，若是他承认阿拉贡的主张，想必他十分敬重阿拉贡。但紧要时刻尚未到来。他们还没有到达米那斯提力斯，还没有在米那斯提力斯的战争中成为对手。

"我刚才扯远了。我们德内梭尔家族历来熟知悠久传统中的古老学识,我们的宝库中保存了许多物品:书籍,写在羊皮纸上的铭文,没错,还有刻在石板上、錾在金银箔片上的铭文,用各种文字。有些如今已经无人能懂,其余的也很少有人会打开来看。我因为曾经学过,可以读懂其中的一小部分。正是这些铭文吸引了灰袍圣徒来到我们中间。我第一次见到他的时候,还很小,从那之后他又来过两三次。"

"灰袍圣徒?"弗罗多问道,"他可有名字?"

"我们按照精灵的习惯,叫他米斯兰迪尔,"法拉米尔说,"他很高兴我们这么称呼他。'我在各个地方有很多名字,'他说,'精灵叫我米斯兰迪尔,矮人叫我沙库恩。年轻时去往被人遗忘的西方,人们叫我欧罗林,在南方人们叫我因卡努斯,在北方人们叫我甘道夫。至于东方,我没去过。'"

"甘道夫!"弗罗多说,"我猜到了是他。灰袍甘道夫是我们最亲爱的顾问。他是我们远征队的领队,但他在墨瑞亚遇难了。"

"米斯兰迪尔遇难了!"法拉米尔惊道,"厄运似乎紧紧追随着你们这一行人。真不能相信他这样的人竟然会罹难!他是如此英明睿智,如此威武强大,他在我们当中威名赫赫。这世上的很多学识将会随他而去。你确定吗?他难道不是脱离你们,去了自己想去的地方?"

"唉!我确定。"弗罗多说,"我亲眼看见他坠入了深渊。"

"看得出,这必定又包含着惊心动魄的可怕故事,"法拉米尔说,"或许你晚上可以跟我说说。我猜,这位米斯兰迪尔不仅仅是一位伟大的博学之士,更是我们这个时代重大事件的了不起的推动者。要是他当时在这里,能让我们询问梦境中的谜语,一定可以为我们破解,这样我们就不必派出信使。不过,也有可能他不会帮我们解谜,而波洛米尔的旅行是上天注定。米斯兰迪尔从不告诉我们将会发生什么事情,也从不表露自己的真实意图。我不知道他到底用了什么办法使得德内梭尔最终允许他去翻阅我们宝库中的秘密。在他愿意教的时候（这种时候极为少见），我从他那里学到了一些。他最热衷于查找和问询我们刚铎建立之初在达戈拉得平原上的那场大战。无名敌人在达戈拉得之战中被击败。他还格外想了解伊希尔杜的故事，然而对此我们知道得更少，我们谁也不确知伊希尔杜的最后结局。"

说到这里，法拉米尔声音压得更低了："不过，我知道或猜到了一些东西，埋在心里从未跟人说起——伊希尔杜离开刚铎，永远消失之前，曾从那位无名敌人手上拿走了某样东西。我觉得，米斯兰迪尔苦苦寻找的就是这个问题的答案。但在当时看来，只有那些热衷于古代学识的人才会关心这个问题。甚至我们在争论梦境中的那首谜语时，我也完全没想到要把'伊希尔杜的克星'跟这个问题联系在一起。因为，在我们所知道的唯一的传说中，伊希尔杜是遇到伏击，遭奥克箭射而亡。米斯兰迪尔从未跟我们说过其他事情。

"我猜不出这东西究竟是什么，但一定是某种具有无上威力且又无比危险的世代相传之物。很可能是黑暗魔君设计的一种邪恶武器。如果那是一种能够在战争中获得优势的东西，我可以肯定，骄傲无畏而又时常鲁莽热切的波洛米尔很可能会受到诱惑，萌生对它的觊觎之心。他一直都无比渴望米那斯提力斯取得胜利，渴望成就个人功业。唉，他竟然主动要去完成这项任务！父亲和长者们原本要选派我去，但他自告奋勇，力主自己是长子，适应力也更强，这些都是不争的事实，无论如何也劝阻不住。

"请你不要担心！这东西就算躺在大路边，我都不会去捡拾。即便米那斯提力斯危在旦夕，而我是唯一能拯救她的人，我也不会为了她的存续和我个人的荣誉惦记使用黑暗魔君的武器。绝对不会。德罗格之子弗罗多，我从不想要那样的胜利。"

"参加会议的众人，"弗罗多说，"和我本人，都不想要。我真希望自己跟这些事情毫无瓜葛。"

"就我个人而言,"法拉米尔说,"我希望看见圣白树在诸王的庭院中重新绽放花朵,我希望看见王者归来,我希望米那斯提力斯安享太平。我希望米那斯阿诺尔城旧日重现,充满光明,高贵而美好,成为世间最美的女王。我不愿见她变成仆人成群的女主人——不,哪怕是奴隶甘愿追随的善心女主人也不行。我们要以生命抗衡那个想要吞噬一切的毁灭者,战争在所难免。但我不会因其锋利而嗜爱刀剑,不会因其迅疾而嗜爱箭矢,也不会因其荣耀而矢志成为勇士。我只爱他们护卫着的努门诺尔城市。我希望人们爱她往昔的记忆与美丽,爱她今日不世的才智。我不希望人们惧怕她,一如人们对于年迈智者威严的畏惧。

"所以请不要担心! 我不会向你追问更多,我甚至不会问你我此刻所言是否接近真相。但是,你若肯信任我,或许我能为你眼下的追索或困惑提供建议乃至助力。"

弗罗多没有回答。法拉米尔的话听起来如此殷切与睿智,他几乎要把心中的一切和盘托出,说与这位神情严肃的年轻人,寻求他的帮助和建议。但出于某种原因,他放弃了。他心中满是忧惧和悲伤。如果他和山姆当真——似乎非常可能——成了九人护戒队中仅存的两人,那么保守此次任务的秘密,责任就落到了他一个人头上。处处小心总好过贸然交心。而且,当他看着法拉米尔,听着他的声音,脑海里总会真切浮现波洛米尔受到魔戒诱惑后发生的可怕变化——兄弟二人尽管不同,可毕竟是手足情深。

他们默默走了一段路,脚步很轻,就像古树林间一灰一绿两道影子。他们头顶有许多鸟儿在歌唱,阳光闪耀在伊希利恩常青树林墨绿、油亮的华盖之上。

山姆没有参与他们的谈话,但他一直在听,他竖着那双霍比特人的灵敏耳朵,同时留意着林间所有微小的声响。他发现整个谈话过程中咕噜的名字一次也没有出现。他暗自高兴,不过他知道,不再听到这个名字的想法只能是个奢望。他很快察觉到,尽管他们一行单独行动,近旁其实有许多人。不仅玛布隆和达姆罗德时常隐现在前方的树荫中,他们两侧还有其他人,所有人都在快速隐蔽地赶往一个指定地点。

有一次,他突然回头望去,似乎背上有一种芒刺感,提醒他背后有人盯梢。他觉得自己在刹那间瞥见了一个小黑影闪到一棵树后面。他张开嘴要叫,但又闭上了。"我也不确定,"他暗想,"如果大家选择忘掉那个老浑蛋,我为什么要提醒他们?但愿我也能忘掉!"

他们一路向前,后来树林变得稀疏,地势下降得更陡了。他们再一次转向,往右来到一条狭谷里的小河旁。河水源自最上方的那片圆形水塘,汩汩而下,壮大起来成了一泓湍流,在河床底部的砾石上奔腾倾泻。河床幽深,两壁悬垂生长着冬青树和墨绿如黑的大叶黄杨木。他们向西望去,能够看见下方光影笼罩着的低地和开阔草原,还有远方夕阳下熠熠闪光的浩渺安度因大河。

"唉!到了这里,恐怕我要对二位不敬了。"法拉米尔说,"我希望你们能原谅一个截至目前都将礼节置于军规之上,未杀害也未捆绑你们的人。但我们遵奉的命令是,外人一律不能睁开眼看我们的路线,我们的盟友洛希尔人也不例外。因此,我必须蒙上你们的眼睛。"

"悉听尊便。"弗罗多说,"就连精灵族在需要的时候也会这么做。我们经过美丽的洛斯罗里恩边界时,也被蒙上了眼睛。矮人吉姆利觉得受到了侮慢,但我们霍比特人觉得可以忍受。"

"我要带你们去的地方没有那么美丽,"法拉米尔说,"不过我很高兴你们愿意接受这个安排,不需要我们以武力冒犯。"

他轻轻召唤了一声，玛布隆和达姆罗德立刻从林中回到他身边。"蒙上这两位客人的眼睛。"法拉米尔吩咐道，"蒙严实，但别勒得他们不舒服。不要绑缚他们的双手。他们言出必行，不会偷看。我本来可以放任他们自行闭上眼睛走，但万一脚下趔趄，眼睛难免会眨动。牵好他们，别让客人绊倒摔跤。"

两名护卫用绿头巾蒙住霍比特人的眼睛，把他们的兜帽拉到快要罩住嘴的地方。接着，他们俩一人负责一个，牵起霍比特人的手，快速往前走。接下来的一哩路，弗罗多和山姆全靠在黑暗中感知、猜测。走了不一会儿，他们感觉走上一条很陡的下坡道，很快路越来越窄，他们只能单列前进，两边都能擦碰到岩壁。护卫走在他们背后，有力的大手搭在他们的肩膀上，给他们引导方向。不时会碰到崎岖不平的路段，护卫就会从背后把他们抱起来走一阵子，然后再放下。水流的喧闹声始终在他们的右手边，声音越来越近，越来越大。终于，他们停了下来。玛布隆和达姆罗德引着他们原地快速转了几圈，让他们彻底失去对方向的感觉。他们又往上爬了一段路，周围似乎冷了下来，水流的喧闹声也小了。接着，他们被人扛起来，扛着向下方走过许多级阶梯，转了一次弯。突然，他们又听到了水声，声音很大，奔涌喷溅。似乎周围都是水，他们的手上、脸颊上能感到细密的水雾。终于，他们被再次放到地上站稳。他们站在那里，蒙着眼睛，不知道到了什么地方，也没人说话，心里十分忐忑。

突然，身后很近的地方传来法拉米尔的声音："可以让他们睁开眼睛了！"他们的兜帽被拉到后面，蒙眼的头巾被取掉。他们眨着眼睛，深深地吸了口气。

他们站在潮湿、光滑的石头地板上，看起来像是门前的台阶，他们身后是一道砍凿粗糙的石门洞，黑漆漆的。他们面前飞悬着一道薄薄的水帘，很近，弗罗多伸手就能摸到。水帘朝西，沉落的太阳光线

377

从背后平射过来,红色的光芒遇水迸发出千变万化的光束。他们仿佛站在精灵塔的窗前,窗帘上缀满金、银、红宝石、蓝宝石和紫水晶,每一颗珠宝中心都燃着不熄的火光。

"至少我们运气不错,来的时间正好,算是犒劳你们的耐心。"法拉米尔说,"这就是'落日之窗'汉奈斯安努恩,飞泉之乡伊希利恩最美的瀑布。外人很少能够见到。可惜它背后没有与之相匹配的高妙殿堂。进来瞧瞧吧!"

正在他说话的当口,夕阳沉落,水帘上的火光顿时消失不见了。他们转身,穿过一道森然可怕的低矮拱门,来到了一间宽敞的石室中。石室内壁粗糙,上方的岩石凹凸不平。室内点着几支火把,昏暗的火光映射在微微发亮的墙上。室内已经有许多人,还有一些人正三三两两地穿过一道又黑又窄的侧门走进来。两个霍比特人眼睛渐渐适应了昏暗的光线,他们发现这个岩洞比他们猜想的还要大,里面囤放着大量武器和粮食。

"呃,这就是我们的秘密据点。"法拉米尔说,"不是什么特别舒适的地方,但你们可以在这里放心地过夜。至少这里很干爽,还有食物,不过没有火。从前,那条河流经这个洞穴,从拱门流出去,但古代的工匠在狭谷上方改了河道,让水流从岩石上方两倍高的地方倾泻下来形成瀑布。后来,除了一个入口,所有通往洞穴的路都被封死,阻隔住水和其他一切生物。这里只有两条路可以通往外面,一条是那边你们被蒙上眼睛带来的路,另一条就是穿过水帘之窗,坠入一口幽深的井洞,里面遍布尖刀一样的岩石。现在先休息一会儿,等候吃晚餐。"

两个霍比特人被带到一个角落,那里有一张矮床,可以躺下休息。这时,人们在岩洞里快速忙活起来,安静而井然有序。他们从墙上取下轻便桌子支架起来，摆上餐具。大部分餐具简单而朴素，但做工精良，有圆形大托盘，有釉陶烧制或黄杨木削制的碗碟，全都光滑、洁净。桌上还摆了些锃亮的铜杯和铜盆。统帅的座位安排在最里面那张桌子的中间，面前摆放了一只纯银高脚酒杯。

法拉米尔在人群中穿梭，轻声询问着每一个进来的人。有几个是追击完南蛮佬回来的，余下的是那些留在大道附近侦察情况的人，他们最后进来。所有南蛮佬悉数被歼灭，只有那头巨大的猛犸逃掉了，下场不得而知。未见敌方有任何举动，甚至连一个奥克细作都不曾派出。

"安博恩，你没看见也没听见任何动静吗？"法拉米尔问最后进来的那个人。

"报告统帅，没有。"那人答道，"至少没有奥克。但是，我看见，或者我觉得自己看见了一样可疑的生物。外面天色有些黑了，容易看花眼。因此有可能就是只松鼠。"听见这句话，山姆立刻竖起耳朵，"如果真是只松鼠，应该是黑松鼠，我没看见尾巴。它在地上像个影子，我刚一走近它就蹿到树干后面，像松鼠一样飞快地爬上树。您不准我们随意猎杀野兽，因为它看起来像只松鼠，我就没搭箭射了。再者，天太黑了，我没有把握能射中，那个生物一眨眼就闪进树叶的阴影中了。我总觉得有些蹊跷，就在那儿站了一会儿，才匆匆赶过来。我一转身，觉得好像听见那个生物在树上对我发出嘶嘶声。可能就是只大松鼠。也可能在无名大敌的阴影下，幽暗森林的野兽游荡到我们这儿的树林里了。据说，他们那里有黑松鼠。"

"也许吧，"法拉米尔说，"如果真是那样，不是个好兆头。我们不希望有什么生物从幽暗森林逃到伊希利恩来。"山姆感觉法拉米尔说这话时快速往霍比特人方向扫了一眼。山姆没说话。他和弗罗多躺了一阵子，看着火把和室内走来走去低声说话的人。后来，弗罗多突然就睡着了。

山姆在心里跟自己做着斗争。"他这个人也许还不错，"他暗想道，"可能也未必。口蜜腹剑也未可知。"他打个呵欠，"要是能睡，我真想睡上一个星期。我最好还是睡一下。这么撑着不睡，到处都是高大的人类，我一个人能干啥？山姆·甘姆吉，你啥也干不了。但还是尽量撑着别睡。"他竭力支撑着不让自己睡着。岩洞外面的光暗下来了，倾泻的灰色水帘变得模模糊糊，消失在越来越浓的暗影中。流水倾泻有声，不舍昼夜。呢喃的水声很有催眠的功效。山姆用指关节摁压眼周提神。

此刻，更多火把点起来了。开了一大桶酒，又开了很多小储藏桶里的酒。人们从瀑布打了水进来，一些人在盆里洗手。有人给法拉米尔端来一只大铜盆和一条白巾，他洗了洗。

"叫醒我们的客人，"他说，"给他们端上水洗漱。该吃饭了。"

弗罗多坐起身，打着呵欠，伸了伸懒腰。山姆不习惯有人在旁伺候，惊讶地望着一个高大的人类端着一盆水弯腰站在自己面前。

"大人，请把它放在地上吧！"山姆说，"这样对你我都方便些。"接着，他一头扎进冷水里，把水淋到脖子和耳朵上。众人惊奇地望着，被逗乐了。

那个候在一旁的人问道："你们那个地方有吃晚饭前洗头的风俗吗？"

"不，我们的风俗是早餐前洗头。"山姆说，"但如果缺觉，用冷水淋脖子，效果跟雨水淋上干莴笋叶一样。好啦！现在我能保持清醒，去吃点东西了。"

他们随即被引到法拉米尔旁边的座位上——两只木桶上盖着皮毛，比人类坐着的板凳高出不少，方便他们俩就座。开饭前，法拉米尔和他的部下全都转身面向西方默立。法拉米尔示意弗罗多和山姆也照着做。

"我们一直都这么做。"众人坐下时,他解释道,"我们望向努门诺尔曾经的地方,望向更远处如今的'精灵家园',望向比如今的'精灵家园'更远的地方。你们用餐前没有这样的习俗吗?"

"没有。"弗罗多说,说完莫名觉得有欠礼仪,"不过,如果我们去做客,会向主人鞠躬,用餐完毕会起身答谢。"

"我们也这么做。"法拉米尔说。

这么多日子以来,他们都是在荒凉的野外风餐露宿,这顿晚饭对两个霍比特人而言简直是盛宴:饮着清爽、芬芳的浅黄色酒,吃着抹上黄油的面包,还有腌肉、干果、上好的红乳酪,用干净的双手和洁净的刀盘吃。弗罗多和山姆把面前的东西全吃掉了,第二份,甚至第三份,也都吃掉了。美酒潜入他们的血液,顺着血管流向疲惫的四肢。离开罗里恩之后,他们从未像现在这样感到舒畅而又轻松。

吃喝完毕,法拉米尔把他们领到岩洞后方一个用帘子遮开的凹室,里面放着一张椅子和两张板凳。壁龛里点着一盏小陶灯。

"你们很快就会想睡觉了,"法拉米尔说道,"特别是山姆怀斯小伙子,吃饭前坚决不肯闭眼睛休息,不知道究竟是怕我,还是怕坏了自己的饕餮胃口。不过,吃了这么多肉食立刻睡觉不好,尤其是你们之前还饿了那么久。我们聊聊天吧。你们从幽谷一路过来,肯定有不少可说的东西。而你们也可能想要多了解一下我们,了解一下你们此刻置身的这片土地。跟我讲讲我的兄长波洛米尔、老米斯兰迪尔,以及洛斯罗里恩的美丽居民吧。"

弗罗多已经不困了,也愿意聊天。不过,尽管美酒佳肴令他放松,他也没有丧失警惕。山姆悠然自得地哼着小曲儿,可当弗罗多一开始讲,他就立刻津津有味地听了起来,偶尔发出一两句赞同的感叹。

弗罗多讲了许多故事,但他总会谨慎地绕开跟远征队的任务以及魔戒有关的话题,不吝烦琐、极力渲染着波洛米尔在他们所有危险行动中的英勇作为,描述他面对荒野中的狼群,描述他在卡拉兹拉斯隘口遭遇暴雪,以及在甘道夫坠入深渊的墨瑞亚矿坑之战中他的英勇表现。桥上作战那一段最令法拉米尔震动。

"从奥克面前逃跑,哪怕是从你所说的邪恶怪物炎魔面前逃跑,"他说,"一定会令波洛米尔感到愤怒——哪怕他是最后一个撤离的。"

"他的确是最后一个,"弗罗多说,"阿拉贡带领我们先离开也是迫不得已。甘道夫坠落后,只有他一个人认识路。如果不是因为要照顾我们这些小人物,我认为阿拉贡和波洛米尔都不会撤逃。"

"或许,"法拉米尔说,"波洛米尔在那里与米斯兰迪尔一同坠落,要好过前去迎接等候在拉乌洛斯大瀑布上方的命运。"

"也许吧。现在请跟我说说你自己的命运吧,"弗罗多顺利把话题转过来,"我想多了解了解米那斯伊希尔和欧斯吉利亚斯,还有悠久、坚忍的米那斯提力斯。在漫长的征战中,你们抱着什么样的希望?"

"抱着什么样的希望?"法拉米尔说,"我们早就不抱任何希望了。如果埃兰迪尔之剑当真归来,也许能够重燃希望,但我想那也只不过是拖延一些时日而已,除非能够有精灵或人类的意外加盟。大敌势力日益强大,我们却在逐步衰弱。我们是一个式微的民族,已如临秋之寒蝉。

"努门诺尔人的后裔曾广布这片大陆的沿海和近海地区,但他们绝大多数堕落了,变得邪恶而又愚昧。许多人耽于黑暗和妖术,有些人彻底贪图安逸享乐,有些则发生内斗,自相残杀,势力渐弱乃至被野蛮人征服。

"在刚铎,从未听说有人染指邪术,无名大敌也从未获得尊崇。在英俊的埃兰迪尔诸子建立的王国中,从西方带出来的古老智慧与美丽得以恒久存续。然而，即便如此，刚铎也在消耗着强大的国力，日趋羸弱，以为大敌已经沉睡，实则他只是被驱逐而非被毁灭。

"覆灭最终降临，因为努门诺尔人自王国时代起就渴望永生，虽然因此导致失去故土也并未有所改变。国王们建造的寝陵比活着时候的殿宇还要富丽堂皇，倚重族谱卷宗上那些古老的名字更胜过关切儿孙的声名。断了子嗣的王公整日坐在年深日久的殿堂中冥思纹章术，形容枯槁的人在密室里炼制强效的不老丹药，或在高绝的寒塔之上占卜星象。而阿纳瑞安一脉最后一位国王又没有子嗣。

"宰相家族比较英明，也比较幸运。英明是因为他们从海岸地区与埃瑞德尼姆拉伊斯[1]山区招募了强壮、坚忍的民众，充实了力量。他们与常常侵扰我们的北方傲慢民族签署休战协定，那些人英勇善战，是我们的远亲，跟东地蛮人和南方凶残的哈拉德人不同。

"后来，在第十二任执政宰相奇瑞安（我父亲是第二十六任）的时代，北方的人类骑马赶来援助我们，在凯勒布兰特大平原击溃了那些夺取我们北方诸省的敌人。来自北方的人类就是洛希尔人，我们称他们'驭马者'。我们将历来人烟稀少的行省卡伦纳松平原割让给了他们，从此更名为洛汗草原。他们成了我们的盟友，事实证明他们对我们十分真诚，守护着我们北方的边界与洛汗豁口，在我们需要的时候驰援相助。

"他们汲取了我们的一些学识和风俗，必要的时候他们的王公贵族也说我们的语言。但他们主要还是遵循本民族的记忆与传统，他们之间用本族的北方语言交流。我们喜爱他们：男人高大，女人美丽，不论男女都同样英勇，金色的头发、明亮的眼睛，意志坚强。他们让

---

[1] 埃瑞德尼姆拉伊斯山（Ered Nimrais），即白色山脉，迷雾山脉以南、由东向西延伸的大片山地。

我们想起人类年轻时的模样,让我们想起了远古时代。事实上,我们的博学之士也说,他们在远古跟我们有亲缘关系,他们跟最早的努门诺尔人一样都来自人类远祖的三大家族——也许不是来自跟精灵关系友好的金发哈多家族,应当是来自那些拒绝了召唤,没有渡海前往西方的人类。

"我们的学识传统中将人类划分为三种:那些西方来的种族,也就是努门诺尔人,是高等人;那些来自暮光之地的种族,比如洛希尔人和他们居住在更遥远北方的亲族,是中等人;那些皮肤黝黑的种族,是野蛮人。

"如今,洛希尔人在某些方面变得更像我们,在技艺和礼仪上都有很大提高,也可以说我们变得更像他们,几乎不能再自称高等人了。我们变成了暮光之地的中等人,只是在远古的记忆上有所不同。跟洛希尔人一样,如今我们的骨子里也崇尚战争与英武,既是体育竞技,也是生存手段。尽管我们仍然坚持勇士不能只会舞刀弄枪和上阵杀敌,还应学习技艺和知识,但我们崇敬勇士远胜于拥有其他技艺的人。我们的时代需要勇士。就连我的兄长波洛米尔也有同样的认识:他勇武非凡,被视为刚铎最杰出的男儿。他确实英勇无敌,米那斯提力斯长久以来不曾有哪位继承人如他一般坚忍不拔,像他那样勇往直前,也没有谁能把号角吹得如此嘹亮。"法拉米尔叹了口气,半晌不再言语。

"大人,您所有的故事中都没太谈及精灵。"山姆突然鼓起勇气说。他注意到法拉米尔提到精灵时似乎带着敬意,而这一点比他的彬彬有礼、美酒和佳肴都更能赢得山姆的尊敬,减轻他的怀疑。

"确实没有,山姆怀斯先生,"法拉米尔说,"因为我并不熟知精灵的传说。不过,你的问题涉及我们从努门诺尔人到中土人类的蜕变。如果你们曾与米斯兰迪尔为伴,又曾与埃尔隆德有过直接交谈,你们可能就会知道：努门诺尔人的先祖伊甸人，曾在远古最早的征战中坚定地站在精灵一边，并因此获赠了一处位于大海之中、望得见精灵家园的疆土。但在中土世界的黑暗年代里，受大敌妖术的蛊惑，人类和精灵变得疏远起来，在此后漫长的时光流转中，本已分道扬镳的两个种族渐行渐远。人类如今害怕精灵，怀疑精灵，却也几乎不了解他们。而我们刚铎人也变得像其他人类，比如洛汗的人类一样，视黑暗魔君如仇寇，对精灵也是避之唯恐不及，提及金色森林人人色变。

"我们当中仍有一些人出于需要会与精灵往来，不时会有人秘密前往罗里恩，但鲜少有人回来。我没去过。我认为，生死之人一厢情愿地去寻找年长子民[1]会招致凶险。不过，我很羡慕你们曾与白衣夫人交谈。"

"罗里恩的夫人！加拉德瑞尔！"山姆大声说道，"您真该见见她，大人，真该见见。我只是个霍比特人，在家乡干着园丁的活儿，大人，您能明白我的意思吗？我对诗歌不拿手——不会写诗，也许偶尔能胡诌几句打油诗，要知道，那可算不上真正的诗歌——所以我没法准确告诉您我想要说的。得唱出来才行。要是找神行客，就是阿拉贡，或者老比尔博先生，他俩准能行。但我真希望能写首歌来颂扬她。她真美丽，大人！美丽又迷人！有时像繁花盛开的大树，有时候像娇小纤弱的白水仙。像钻石一样刚强，像月光一样柔美，像阳光一样温暖，像星霜一样清寒。骄傲疏离，看起来好似雪山，天真烂漫，又像春日里簪花的野姑娘。我说了一堆废话，好像也没能说清她的模样。"

"听起来一定非常迷人。"法拉米尔说，"惊艳中带着危险。"

"我倒不觉得带着危险。"山姆说，"我觉得，人们自身携带危险

---

[1] 年长子民（the Elder People），也即前文提到的"首生儿女"，指的都是精灵一族。

进了罗里恩,之所以会觉得那里危险,正因为他们自己带着危险。不过,你或许可以说她带着危险,因为她自身非常强大。就拿你来说吧,你要是撞上她,不是像船只撞上礁石那样粉身碎骨,就是像掉进河里的霍比特人那样淹死。但你总不能责怪礁石或河水。可波洛……"他突然打住,涨红了脸。

"呃?你是要说'可波洛米尔'是吗?"法拉米尔问道,"你想要说什么?想说他自身携带着危险?"

"是的,大人,我请您原谅。应该说,您的兄长是个杰出的人。既然您一直抓住这个话题穷追不放。从幽谷出发,一路上我都注意着波洛米尔的言行举止——我想您能明白,只是为了照顾我家少爷,而非想要加害于波洛米尔。我觉得,在罗里恩他第一次看清楚自己想要什么,而这一点我早有所料。从他看见它的那一刻,他就想要大敌的魔戒!"

"山姆!"弗罗多大惊失色地喊道。他刚才陷入了沉思,待他回过神来,已经为时太晚。

"天哪!"山姆脸色变得煞白,接着又变成了绛红的猪肝色,"我又犯浑了!'老头子'常对我说:'只要想张嘴,就拿只鞋堵上。'果真给他说着了。天啊,天啊!

"大人,您听着!"他鼓起全部的勇气,转身来对着法拉米尔,"您不要因为我家少爷的仆人是个十足的蠢蛋,就想打我家少爷的主意。您一直谈吐漂亮,又谈精灵,又谈啥的,让我放松了警惕。但我们说,行事漂亮才算真正漂亮。证明您品格的机会到了。"

"看起来似乎如此。"法拉米尔轻声说道。他说得很慢,脸上带着一抹奇异的微笑,"原来这就是所有谜语的答案!那枚被认为已消失于世的至尊戒!波洛米尔试图强行夺走它,对吗?你们逃脱了?逃了这么远的路——竟然撞到我手上!在这荒野之中,我掌握着你们两个半身人、一支任我差遣的军队，还有众戒之首。真是千载难逢的机会！一个给刚铎统帅法拉米尔证明品格的机会！哈哈！"他站起身，高大而又威严，灰色的眼眸神采灼灼。

弗罗多和山姆从凳子上跳起身，并肩站立，背抵着墙，慌乱地伸手去抓剑柄。室内突然安静下来。整个岩洞中的人都停止了谈话，惊奇地望着他们。法拉米尔坐回椅子上，轻轻笑了起来。突然，他的表情再次变得凝重。

"唉，可怜的波洛米尔！这个考验对他来说太过残酷了！"他说，"你们这两个陌生的过路人让我陡增悲伤！你们来自遥远的异乡，身携人类最大的危险！你们对人类的判断远不及我对半身人的评判。我们刚铎的人类从不口是心非。我们很少自吹自擂，但我们言出必行，死而无憾。我说过，这东西就算躺在大路边，我都不会去捡拾。纵使我真的贪恋此物，纵使我说的时候并不清楚此物为何物，我仍将那番话当作誓言，甘愿受其约束。

"事实上，我并非那样的人。或者说，我深知世间有些危险需要避开。安心坐下吧！尽管放心，山姆怀斯。如果你说漏了嘴，那就把它当作是命运的安排吧。你的内心忠诚且洞明，用心看事情，比眼睛看得更清楚。尽管这似乎很奇怪，但你将此事告诉我不会有危险，甚至还能帮到你敬爱的少爷。如果在我权限之内，我会为他做好筹划。所以，放心吧。不过，切勿再大声说出那东西的名字。一次就够了。"

两个霍比特人坐回凳子上，谁也没说话。其余的人又回去畅饮闲聊了，认为他们的统帅大概跟两个小客人开了个玩笑之类的，这会儿已经没事了。

"好了，弗罗多，现在我们终于了解了彼此。"法拉米尔说，"如果你携带此物，非心之所愿，而为承托之事，我同情你，也敬重你。你令我十分震撼，藏之于自身，却分毫不动心。对我而言，你来自新

387

的种族,新的世界。你的同族全都像你这样吗? 你们的国度必定充满了和平与富足,园丁一定是备受尊崇的职业。"

"并非样样都好。"弗罗多说,"不过,园丁确实备受尊崇。"

"那里的人们一定也会感觉疲惫,即便是在自家的花园里。这世上,生死皆累。你们此番远离家乡,旅途劳顿。今晚就到这里吧。睡吧,你们俩都安安心心地睡吧。不用害怕! 我不想见到它,不想碰触它,也不想知道更多(目前所知已经太多),以免危险的考验遽然降临,证明我确实不如德罗格之子弗罗多那般坚忍。现在去休息吧 —— 不过,要是你们愿意,请先告诉我你们打算去哪里,要做什么? 因为我还需要去守哨,值守的时候可以思考。时间不等人。等到了早晨,我们就得各自疾赴命定的道路。"

弗罗多从最初的惊吓中回过神来,感觉浑身颤抖。极度的疲倦像乌云一样将他罩住。他再也无力抗拒或掩饰。

"我打算找到一条进入魔多的路。"他虚弱地说,"我要去高格洛斯平原。我要找到火焰之山,把那东西丢进末日之隙中。甘道夫这么要求我的。我想我永远都到不了那里。"

法拉米尔久久地望着他,无比震惊。突然,他扶住了摇摇欲坠的弗罗多,将他轻轻抱起,抱到床上放下,给他盖暖和。弗罗多立刻昏昏睡去。

旁边那张床显然是给他的仆人准备的。山姆迟疑了一下,深深鞠了一躬。"晚安,统帅大人。"他说,"您没错过机会,大人。"

"是吗?"法拉米尔问道。

"是的,大人,您证明了自己的品格:至高无上的品格。"

法拉米尔露出微笑:"山姆怀斯先生,你可真是个快言快语的仆人。值得称赞的人给予的称赞,也属于至高无上。不过,我却没什么值得称赞的。我只是没有让自己去面对诱惑和欲望。"

"啊对了,统帅大人,"山姆说,"您说我家少爷有种精灵气质,这一点绝对没错。可在我看来,大人,您也有一种气质,一种让人想起巫师甘道夫的气质。"

"也许吧。"法拉米尔说,"也许你一眼看出了努门诺尔人的气质。晚安!"

第六章
禁忌之潭

THE FORBIDDEN POOL

——————— 弗罗多,我以本人所承担职责的名义宣布,你可以在刚铎全境自由通行。

弗罗多醒来时,发现法拉米尔正俯身望着他。他瞬间被之前的恐惧攫住了,本能地坐起身向后缩。

"不用害怕。"法拉米尔说。

"已经早上了吗?"弗罗多打着呵欠问。

"还没有。不过,夜晚即将结束,月亮开始偏西了。想不想出去看看满月?此外,有一件事情我想听听你的建议。很抱歉吵醒你睡觉,你愿意出去吗?"

"好的。"弗罗多说着起身下了床。离开暖和的皮毛毯,他不禁打了个寒战。岩洞里没有火,似乎很冷。寂静中水声显得格外喧闹。他披上斗篷,跟在法拉米尔身后。

山姆出于警惕的本能突然醒过来,一眼发现他家少爷的床铺上没有人,顿时跳下床。他看见洒着一片银白色光芒的拱门处有两个黑色的身影,是弗罗多和另外一个人。山姆越过一排排沿着墙睡在垫子上的人,急忙追出去。经过洞口时,他发现那道水帘此时变幻成一层由丝绢、珍珠和银线缀成的晶莹面纱,酷似消融的月光冰柱。但他并未驻足欣赏,而是拐向一侧,穿过洞壁上的狭窄门道追赶少爷去了。

他们先是走过一条漆黑的通道,继而走上许多级潮湿的台阶,来到一处岩石上凿出来的小平台。透过狭长的石壁罅隙能够看到上方灰白色的天空。从这里延伸出两道阶梯:一道似乎继续向上通往高处的河岸;另一道则拐向左侧。他们向左走上像角楼一样盘旋而上的阶梯。

他们终于走出黑乎乎的石阶,来到一片四周没有遮挡的地方。脚下站立的光滑大石板没有围栏,也没有护墙。在他们右侧朝东的方向,河水奔涌而下,冲过若干缓坡,陡然泻入平滑的渠道,漆黑的河水打着漩、冒着泡沫,转而从他们脚下奔腾流过,径直冲下他们左侧的宽崖壁。有一个人影站在崖边,一声不响地盯视着下方。

弗罗多转身看看曲折而下的细长河道,抬眼凝视着远方。周围的世界寒冷寂静,仿佛黎明前的时刻。西方天际低垂着一轮又圆又亮的满月。下方辽阔的谷地中,薄雾隐隐地闪着光,像海湾一样的银白色水雾下方奔涌着漆黑、冰冷的安度因大河。更远处耸现着一大片漆黑的暗影,零星散射着冰冷、尖锐、遥远的白光,犹如幽灵的利齿,那是刚铎境内白色山脉埃瑞德尼姆拉伊斯群峰顶终年不化的积雪。

弗罗多久久伫立在高处的岩石上,一股战栗传遍全身。他不知道,在这广袤苍茫的夜色中,他曾经的伙伴如今行迹何处,夜宿何处,抑或薄雾裹尸何处。为什么要把他从无忧的梦中扰醒带到这里?

山姆也有着同样的疑问,忍不住低声嘀咕起来,以为只有他家少爷能听见:"弗罗多少爷,这里风景固然好,可却冷透心底,冷入骨髓。为什么要来这里啊?"

法拉米尔也听见了,于是答道:"来看刚铎落月。俊美的月之子伊希尔离开中土世界前,凝望明多路因峰顶积雪。如此美景,再冷都值得。但我带你来此处并非为了看风景。至于你,山姆怀斯,我并未带你过来,彻骨的寒冷是你为自己过度疑心所受的惩罚。喝点酒就能好。快,现在注意看!"

他走上前,来到黑崖边的哨兵身旁,弗罗多跟了过去。山姆留在后面。站在这块又高又湿的平台上就已经让他觉得很不安全。法拉米尔和弗罗多向下望去,只见白色的水流注入下方的水潭,椭圆形的潭口涌动着一片浮沫,漆黑的潭水打着漩,流向一处狭窄的出口,沿着

394

更为和缓的水道哗哗向下流去。月光斜照在水潭上，映着潭面的粼粼波光。弗罗多这才注意到，在水潭靠近他们这一边的岸上，有个小小的黑色东西，就在他注视的当口跃入了翻滚奔涌的水中，像一支箭或砾石瓦片那样利落地切入水面，消失不见了。

法拉米尔转向身旁的人："安博恩，你现在觉得那个生物是什么？松鼠，还是翠鸟？幽暗森林的黑水湖里面有黑翠鸟吗？"

"无论如何都不像是鸟。"安博恩答道，"它有四肢，跃入水中的姿势像人，看样子水性很好。它想要干什么？想到潭里找路穿过水帘到我们隐藏的地方吗？似乎我们还是被发现了。我带着弓箭，水潭两岸也安排了其他弓箭手，他们的箭法都跟我差不多准。统帅，我们只等您一声令下。"

"我们要放箭吗？"法拉米尔快速转过身问弗罗多。

弗罗多没有回答。过了一会儿，他开口道："不要放箭！别放箭！我恳请您。"要是山姆胆子够大，他一定会更快、更大声地说"快放箭"。他虽然看不到下面，但从他们的对话里，他完全猜到他们看到了什么。

"这么说，你知道那是个什么生物？"法拉米尔问，"好了，如你所见，告诉我为什么要饶他命。在我们的交谈中，你一次也没提起过这个流浪伙伴，我也就留着没问。本来想等到他被抓获，带到我面前时再说。我派最机敏的猎手搜捕他，竟然被他甩脱了，不见踪影。只有在这里守哨的安博恩昨天傍晚见到他一次。可他现在犯下的罪行可比在山林里违禁猎杀野兔恶劣得多，他竟然侵入汉奈斯安努恩，这是死罪。我很好奇，这个鬼鬼祟祟的狡猾东西，为什么要跑到正对着落日之窗的水潭里来嬉戏。难道他认为人类都睡大觉不守哨吗？他这么做的目的何在？"

"我想，答案有两种。"弗罗多说，"一种是，尽管他很狡猾，对

395

人类却知之甚少,你们的据点十分隐蔽,他也许不知道这里隐藏着人类。第二种是,我想他是被一股无法克制的欲望诱惑着来到这里,那欲望让他丧失了警惕。"

"你说他是被诱惑着来到这里?"法拉米尔低声问道,"他可不可能,或者知道了,你身负的重担?"

"他确实知道。他曾经持有过很多年。"

"他持有它?"法拉米尔惊得吸了一口冷气,"这件事情真是越来越扑朔迷离了。这么说,他是来找它的?"

"很有可能。这东西对他来说是宝贝。但我没有当他面说过。"

"那个生物此刻在找什么?"

"找鱼,"弗罗多说,"你瞧!"

他们望向漆黑的水潭。水潭另一端,岩石阴影边缘的水面上冒出一颗黑乎乎的小脑袋。只见一道银光闪过,潭面上漾起一圈圈波纹。它游向岸边,紧接着一个青蛙形状的东西无比敏捷地爬出水面上了岸。它立刻坐下来大嚼那些闪着鳞光的小东西。最后一缕月光沉落到水潭尽头的岩壁后面去了。

法拉米尔轻声笑起来。"鱼!"他说,"这种欲望倒不是那么危险。不过,也不尽然,汉奈斯安努恩水潭中的鱼也很可能会要了他的命。"

"我已经瞄准他了。"安博恩说,"统帅,真不要放箭吗?按照我国律法,擅闯此地是死罪。"

"再等等,安博恩。"法拉米尔说,"这件事比表面看上去更棘手。弗罗多,你现在有什么话要说?为什么我们该饶了他?"

"这个东西又饿又可怜,"弗罗多说,"并没意识到自己的危险。而甘道夫,也就是你说的米斯兰迪尔,一定也会因为那个原因,还有其他一些原因,请你不要杀他。他曾阻止精灵杀了他,具体原因我不清楚,而我大致猜到的原因也不便在这里说。但是,从某种意义而言,这个生物和我的任务相关。在你发现并带走我们之前,他是我的向导。"

"你的向导!"法拉米尔惊叫道,"这事情变得更离奇了。弗罗多,我可以答应你很多事情,唯独这一件不行,我不能任由这个狡猾的流浪汉随心所欲到处窜,等着他心血来潮去跟你会合,或者等到他被奥克抓去受点拷打就把知道的一切都供出去。我们必须把他杀了或抓了。如果不能迅速抓住,就只能杀了。但除了放箭,还能有什么办法抓住这个滑头滑脑、变幻多端的东西?"

"让我悄悄下去找他。"弗罗多说,"你们可以继续拉着弓,万一失手,你们至少可以向我射箭。我不会逃跑。"

"那就去吧,动作要快!"法拉米尔说,"如果能侥幸活着,他余生都该老老实实做你的仆人。安博恩,领弗罗多到水潭边去,脚步要轻。那东西的鼻子和耳朵都很灵敏。把你的弓给我。"

安博恩瓮声答应了,带着弗罗多走下曲折的阶梯来到小平台,然后走上另一道阶梯,最后来到一个挡在浓密灌木丛后的狭窄出口。他们悄悄穿过出口,弗罗多发现已经来到水潭南岸的上方。四周漆黑,西边天际最后一缕月光映在灰白色的瀑布上。他没看见咕噜,于是往前走了几步,安博恩轻轻跟在他身后。

"继续走!"他在弗罗多耳边压低声音说,"当心右边。如果掉到水潭里,只有你那位抓鱼的朋友能救你。虽然你可能看不见,但别忘了周围埋伏着弓箭手。"

弗罗多像咕噜那样用手探路,稳住身体向前爬。大多数岩石都很平坦,但也十分溜滑。他停下来仔细听。起初,只能听到身后瀑布的冲刷声,听不到任何别的声音。突然,他听见前面不远处,有个嘶嘘低语声:

"鱼鱼，好鱼鱼。大白亮不见了，我的宝贝。终于不见了，是的。现在我们能安心吃鱼了。不，不安心，宝贝。因为宝贝丢了，是的，丢了。可耻的霍比特人，可恨的霍比特人。走了。丢下我们，咕噜。宝贝也走了。只剩下可怜的斯密戈，一个人。不，宝贝。可恨的人类，他们总要拿走它，偷走我的宝贝。是贼。我们恨他们。鱼鱼，好鱼鱼。能让我们强壮。能让眼睛明亮，能让手指有劲，是的。掐死他们，宝贝。把他们都掐死，是的，等我们找着机会。好鱼鱼。好鱼鱼！"

他絮絮叨叨，跟瀑布声一样没完没了，偶尔夹杂着口水声和咕嘟吞咽声。弗罗多听得浑身打寒战，心里充满怜悯和厌恶。他希望这个声音能够停下来，永远不要再听到。安博恩就在背后不远处。他可以爬回去请他让猎手放箭。趁着咕噜这会儿正在狼吞虎咽，全无防备，弓箭手可以靠得很近。一箭射下去，弗罗多就能永远摆脱这个折磨人的声音。但是不行，他对咕噜负有责任——即便他是怀着恐惧效力，只要他效力，主人便对他负有责任。要是没有咕噜，他们早就葬身死亡沼泽了。而且，弗罗多没来由地相信，甘道夫不希望他这么做。

"斯密戈！"他轻声叫道。

"鱼鱼，好鱼鱼。"那声音说。

"斯密戈！"他又叫，声音稍微大了一点。那个声音停了下来。

"斯密戈，主人来找你了。主人在这里。快过来，斯密戈！"没有回答，只有轻轻的嘶声，仿佛吸了一口气。

"快来，斯密戈！"弗罗多说，"我们在这里有危险。如果人类发现你在这里，会杀掉你。如果不想死，就快点过来。到主人这里来！"

"不！"那个声音说，"不是好心的主人。丢下可怜的斯密戈跟新朋友走了。主人得等着。斯密戈还没吃完。"

"没时间了，"弗罗多说，"把鱼带上，快过来！"

"不！要把鱼吃完。"

"斯密戈！"弗罗多再也没了耐心，说道，"宝贝要生气了。我要拿出宝贝，对着宝贝说：让他把刺吞下去，卡住喉咙，永远不能再吃鱼。快过来，宝贝在等着！"

暗中传来尖锐的嘶嘶声。咕噜手脚并用，很快就从黑暗里爬了出来，像只犯错的狗被喝令着来到主人脚边。他嘴里叼着一条吃了半截的鱼，手里还攥着一条。他来到弗罗多跟前，拱来拱去，对着弗罗多一通猛嗅，灰白的眼睛里闪着光。他掏出嘴里的鱼，站了起来。

"好心的主人！"他低声说，"好心的霍比特人，回来找可怜的斯密戈。斯密戈听话来了。我们走吧，快点走，是的。从树林里走，趁着大白亮、大黄脸都黑了。是的，快走。我们走吧！"

"是的，我们很快就走。"弗罗多说，"但不是现在就走。我会像之前保证过的那样跟你走。我再向你保证一次。但不是现在就走。你现在不安全。我会救你的，你一定要信任我。"

"我们一定要信任主人？"咕噜大感不解地问，"为什么？为什么不马上走？另外一个，粗鲁的坏霍比特人在哪儿？他在哪里？"

"在那个上面。"弗罗多指着瀑布的方向说，"我不能不带他走。我们得回去找他。"他的心向下沉。这实在太像设计欺骗了。他并不担心法拉米尔会下令让人杀掉咕噜，但他很可能会囚禁咕噜，绑住他。弗罗多的行为在这可怜的骗子看来肯定就是欺骗。大概永远也不可能让咕噜理解或相信，弗罗多是用自己唯一能够做到的方式来救他的命。弗罗多还能有什么选择呢？只能尽量对双方都忠实。"快走！"他说，"不然宝贝要生气了。我们现在回去，回到小溪上面去。快走，快走，你在前头走！"

咕噜紧贴水潭边缘向前爬了一段，到处嗅着，十分警惕。突然，他停下来，抬起头。"那里有东西！"他说，"不是霍比特人。"他猛然转过身来，突出的双眼中闪着绿光。"主人人，主人人！"他嘶嘶叫着,"坏蛋!骗子!骗子!"他吐着口水,伸出长长的手臂,惨白的手指咯咯作响。

安博恩高大的黑影突然从背后向他扑了过去。一只有力的大手扣住他的后颈,把他按在地上。咕噜闪电一般扭过身,浑身又湿又滑腻,像泥鳅一样扭动,像猫一样又咬又抓。又有两个人从黑影中跳了出来。

"别动!"一个人喝道,"不然就给你全身钉满钉子,像刺猬一样。别动!"

咕噜瘫软下来,开始呜咽哀号。他们把他牢牢捆住,动作粗暴。

"轻一点,轻一点!"弗罗多说,"他力气不及你们。请尽量轻一点,别弄痛他。如果不弄痛他,他会安静一些。斯密戈!他们不会伤害你。我会跟着你,你不会受到伤害的。除非他们把我也杀了。要信任主人!"

咕噜转过身,冲他吐口水。那些人把他拎起来,用头罩蒙住眼睛,把他扛走了。

弗罗多跟着他们,心里非常难受。他们穿过灌木丛后面的出入口往回走,走下台阶和通道,回到岩洞里。洞里已经点燃了两三支火把,人们正在纷纷起来。山姆在洞里,看到扛进来的那团东西,露出古怪的表情。"抓到他了?"他问弗罗多。

"对。唉,不是。我没抓到他,是他自动走过来的,恐怕是因为他当时信任我吧。我不希望把他绑成这样。我希望会没事,我痛恨这整件事情。"

"我也是。"山姆说,"只要那个可怜的东西在,就不会没事。"

一个人走过来,朝两个霍比特人示意,带他们到岩洞后方那个隐蔽的凹室去。法拉米尔坐在里面的椅子上,上方壁龛里的灯重又点亮了。他示意两人坐在他旁边的凳子上。"给客人拿酒来。"他说,"把犯人带上来。"

酒拿来了。安博恩随后把咕噜扛了进来。他扯下咕噜脑袋上的头罩,把他放到地上站着,自己站在后面扶稳他。咕噜眨了眨眼睛,用厚重苍白的眼皮遮住眼中的怨恨。他看起来十分凄惨,浑身湿漉漉的,滴着水,散发出一股鱼腥味(他手里还紧紧攥着一条鱼)。稀疏的头发像杂乱的野草耷拉在瘦骨嶙峋的脑门上,鼻子不停呲溜着。

"放开我们! 放开我们!"他叫道,"绳子弄痛我们,是的弄痛,它弄痛我们,我们什么都没干。"

"什么都没干?"法拉米尔问道。他快速扫了这个可怜的东西一眼,目光犀利,脸上没有任何表情,看不出生气、同情或者惊奇,"什么都没干? 没干过任何该被捆起来严厉惩罚的事情吗? 不过,好在那些事情不需要我来裁决。但你今天夜里去了一个难逃死罪的地方。那个水潭里的鱼需要付出昂贵的代价。"

咕噜赶紧把手里的鱼丢到地上。"不要鱼了。"他说。

"代价并不在那些鱼身上。"法拉米尔说,"仅仅来到此地,看见过那个水潭,就是死罪。我之所以饶你一死,完全是因为弗罗多求情,他说你理应得到他的感谢。但你也应当让我信服才行。你叫什么名字? 从哪里来? 要到哪里去? 要去干什么?"

"我们迷路了,迷路了,"咕噜说,"没有名字,不干什么,没有宝贝,什么都没有。只有空肚子。只有饿。是的,我们很饿。几条小鱼,几条都是刺的破鱼,给可怜的小东西吃,他们就要死罪。他们太智慧,太公正,简直太公正。"

"算不上多智慧。"法拉米尔说,"但很公正,没错,在我们有限的范围内,给了你最大公正。弗罗多,给他松绑!"法拉米尔从腰带上抽出一把小锥刀,递给弗罗多。咕噜误解了这个动作,尖叫着跌到地上。

"听着,斯密戈!"弗罗多说,"你一定要信任我。我不会丢下你不管。尽你所能，诚实回答问话。这不会害你，会对你有好处。"他割断绑在咕噜手腕和脚踝上的绳子，扶他站起来。

"走过来！"法拉米尔说，"看着我！你知道这个地方的名字吗？以前来过这里吗？"

咕噜慢慢抬起眼来，不情愿地看着法拉米尔的眼睛。咕噜眼中的光顿时消失了，空洞无神的眼睛望着刚铎人清澈、坚定的眼眸好长时间。室内十分安静。咕噜垂下脑袋，蜷缩成一团蹲在地上，浑身不停哆嗦。"我们不知道，我们不想知道。"他呜咽着，"以前从没来过，以后不来了。"

"你心中有许多紧紧锁闭的门窗，后面隐藏着漆黑的房间。"法拉米尔说，"但就你刚才那句话而言，我相信你没撒谎。这对你有好处。你得保证永远不再回来，永远不带任何其他生物来这里，即便告诉他们或用标识指点他们也不行，你发个什么誓言？"

"主人知道。"咕噜说着，向旁边瞥了弗罗多一眼，"是的，他知道。我们会向主人保证，如果他救了我们。我们会向它保证，是的。"他爬到弗罗多脚前，"救救我们，好心的主人！"他哭咧咧地说，"斯密戈向宝贝保证，真心诚意保证。永远不再回来，永远不说，永远不！不，宝贝，绝不！"

"你信吗？"法拉米尔问道。

"我信。"弗罗多说，"你只能要么接受这项保证，要么执行你们的律法。你得不到其他的保证。可我刚才向他保证过，保证他跟我过来不会受到伤害。我不想成为言而无信的人。"

法拉米尔坐着想了一阵子。"很好。"他最后开口道，"我把你交给你的主人，交给德罗格之子弗罗多。让他来宣布如何处置你吧！"

"但是，法拉米尔统帅，"弗罗多鞠躬说，"关于您提到的这个弗罗多，您还没有宣布要如何处置他。在您公布处置决定之前，他无法为自己或同伴做任何计划。您的判决原定要等到早晨再下，而现在已经是早晨了。"

"那么，我就宣布我的判决。"法拉米尔说，"关于你，弗罗多，我以本人所承担职责的名义宣布，你可以在刚铎全境自由通行，但你以及与你同行的任何人，未获批准不得擅入此地。本判决有效期为一年，期满次日终止。判决有效期满前，若你前往米那斯提力斯，谒见刚铎宰相、白城城主，我将恳请他确认我的判决，并将之延长为终身有效。此外，任何被你纳入保护的人，也将受到我的保护，并保有在刚铎境内受庇护的权利。这个裁定你可满意？"

弗罗多深深鞠了一躬。"非常满意，"他说，"如果能对您这么尊贵而高尚的人有价值，我愿意为您效劳。"

"我接受你的效劳。"法拉米尔说，"现在，你愿意将这个生物，这个斯密戈，纳入你的保护之下吗？"

"我愿意将斯密戈纳入我的保护之下。"弗罗多说道。山姆大声叹了口气，当然不是对这些礼节有什么不满。他像所有霍比特人一样，对这些礼节完全赞同。事实上，这样的事情要是在夏尔，需要说更多的话，鞠更多的躬。

"现在，轮到你了，"法拉米尔转向咕噜，"你被判了死罪。但只要你跟弗罗多在一起，我们就不追究你。然而，任何时候，刚铎的任何人发现你离开弗罗多独自游荡在外，死罪判决就会生效。如果你不好好效力于他，无论在刚铎境内还是境外，你的死期很快就会到。现在，回答我：你要到哪里去？他说你曾经是他的向导。你要领着他去哪里？"咕噜不说话。

"必须据实相告。"法拉米尔说，"快回答，否则我将收回判决！"咕噜仍旧没有答话。

"我来替他回答吧。"弗罗多说,"应我的要求,他带我去了黑门。但那里无法进入。"

"那片无名之地没有大门可以进入。"法拉米尔说。

"鉴于此,我们于是转向,往南走。"弗罗多接着说,"因为,他说靠近米那斯伊希尔有一条或可能有一条小路。"

"米那斯魔窟。"法拉米尔惊道。

"我知道得不是很清楚,"弗罗多说,"但我想,那条小路一直向上,通往那座古城所在山谷北侧的山脉中。到达一条很高的裂缝,然后下去——下到古城以外的地方。"

"你知道顶上那个隘口的名字吗?"法拉米尔说。

"不知道。"弗罗多说。

"它叫奇立斯温格尔。"咕噜闻言发出尖锐的嘶嘶声,嘴里嘟嘟囔囔。法拉米尔转身问他,"难道不是叫这个名字?"

"不是!"咕噜说着就开始哀号,似乎被什么东西戳痛了,"是的,是的,我们听过那名字一次。那名字跟我们有什么关系?主人说他一定要进去。所以我们一定要找条路试试。没有别的路可试,没有。"

"没有别的路?"法拉米尔问道,"你是如何知道的?有谁曾经走遍那片黑暗之地?"他意味深长地盯着咕噜。过了很久,他才又开口,"安博恩,把这个生物带走。对他客气些,但是要盯牢他。而你,斯密戈,别试图跳进瀑布里。瀑布底下的岩石长着利齿,会让你立刻断命。赶紧离开,带上你的鱼!"

安博恩走了出去,咕噜抖抖索索地走在他前面。凹室的帘子随即拉上了。

"弗罗多,我认为你此事做得非常不明智。"法拉米尔说,"我认为你不该带着它。那东西很邪恶。"

"不,并不完全邪恶。"弗罗多说。

"也许并未完全邪恶。"法拉米尔说,"但怨恨会像痈疽恶疮一样,邪恶正在滋长。他绝不会领你走向好的结果。如果你愿意跟他分开,我会准许他安全通行,把他带到刚铎边界上他指定的任何地方。"

"他不会接受的。"弗罗多说,"他会像长久以来那样尾随我、跟踪我。我已多次承诺要将他纳入我的保护之下,让他给我带路。您不会要求我违背对他的承诺吧?"

"不会。"法拉米尔说,"但我心里很想要这样要求。劝别人违背誓言似乎不及自己打破誓言那样罪恶,尤其是在见到朋友陷入伤害却不自知的时候。嗨,算了——如果他非要跟着你,你也只能忍受。但我认为你不该前往奇立斯温格尔,他并未把所知实情悉数告诉你。他的心思我看得清清楚楚。别去奇立斯温格尔!"

"那我该去哪里?"弗罗多问道,"回到黑门守卫处,自投罗网吗? 对那个让人闻之色变的地方,您知道一些什么事情吗?"

"也都是道听途说。"法拉米尔说,"如今我们刚铎人不再去大道以东的地方,我们这些年轻一辈的从未去过,也从未有人踏足阴影山脉。关于那里,我们知道的就是一些古老的记录和传说。米那斯魔窟上方的隘口里,住着某种黑暗的恐怖。只要 提到奇立斯温格尔,老一辈的人和博学之士都会面色发白,顿时噤声。

"很久以前,米那斯魔古尔山谷就已堕入邪恶。那时,遭到驱逐的大敌还在很远的地方,伊希利恩大部分疆土仍在我们手中,山谷却已变得危险、邪恶,你也知道,米那斯伊希尔曾经是我们的孪生姊妹城,强大、骄傲而又美丽,后来被大敌初兴时期掌控的凶残人类占据了。那些人在大敌败走后,曾四处游荡,无处可去,无主可依。据说他们的首领是堕入妖邪的努门诺尔人。大敌把力量之戒给了他们,据此吞噬他们,将他们变成活着的鬼魂,恐怖而又邪恶。人敌遭驱逐离开后,那些人夺取了米那斯伊希尔,从此霸占了那里,让整个山谷充斥着腐朽破败。山谷里看似什么都没有,实则不然,倾颓的围墙内盘踞着无形的恐怖。他们一共有九个首领,当他们暗中帮助的主人归来后,他们也再度发展壮大起来。后来,九骑士从恐怖之门出动,我们完全无力抵挡。千万不要靠近他们的城堡!你们随时会被发现。那里充斥着无休止的邪恶,长满无睑之眼。千万别走那路!"

"可你又能指引我走上哪条路?"弗罗多问,"你说过,自己没有办法带我前往山脉,更别说翻越山脉。可我肩负着那场会议赋予我的庄严使命,必须翻过山脉,要么找到出路,要么中途殒故。如果我掉头,逃避路途的艰难险阻,在人类和精灵的世界我又能去往何处?难道你希望我带着这个逼得你兄长因为欲念发狂的东西前往刚铎?它会给米那斯提力斯施加什么样的魔咒? 难道要出现两座米那斯魔窟,隔着一大片腐朽死寂之地狞笑相望?"

"我不希望这样。"法拉米尔说。

"那你到底要我怎么做?"

"我不知道。我只是不希望你遭遇死亡或折磨。我认为米斯兰迪尔不会选择走这条路。"

"然而,自他离去之后,我就必须走上自己能找到的路。没有太多时间让我们去长久地探寻。"弗罗多说。

"这是一个艰险残酷的运数,也是一项毫无希望的任务。"法拉米尔说,"但无论如何,切切记住我的警告:当心你的向导斯密戈。他曾犯过谋杀的罪恶。我在他身上看出了邪恶。"他叹了口气。

"好吧,德罗格之子弗罗多,我们就此别过。你不必温言劝慰,我并不奢望他日还能在这太阳底下再相见。你将带着我和我所有同胞的祝福离去。在我们为你准备食物的时候,稍事休息吧。

"我原本十分想要听你说说卑鄙的斯密戈如何得到我们提及的那

样东西，又是如何把它弄丢的，可我此刻不忍心继续打扰你了。倘若你劫后余生意外回到这生者之地，我们晒着太阳倚坐在墙角，笑谈沧桑往事之时，你再告诉我吧。到那时，或到努门诺尔真知晶石无法预料的时刻，我们再见！"

他起身，向弗罗多深深鞠了一躬，拉开隔帘去了外间的岩洞。

第七章
前往十字路口
Journey to the Cross-roads

石像的眼窝空洞，雕刻的胡须断裂，但在他刚毅饱满的额头上，戴着一顶金银缠绕的花冠。花蔓中点缀着的花朵宛若无数璀璨的小星星环绕在石像的额前，仿佛在向这位倒下的国王致敬。

弗罗多和山姆回到床上，静静地躺着，凹室外间的人们已经起床开始了忙碌的一天。过了一会儿，有人端水进来给他们洗漱，接着把他们引到摆放着三人份食物的餐桌旁。法拉米尔陪他们共进早餐。从昨天的战斗之后，他就没合过眼，不过看上去并不显得疲倦。

他们吃完早餐站起身。"希望你们路上不会饿着！"法拉米尔说，"你们的干粮不多了，我命人备了一些方便路途上吃的小袋食物放到你们的背包里。在伊希利恩境内你们不会缺水喝，但千万不要喝从'活死人山谷'伊姆拉德魔古尔[1]流过来的溪水。还有一件事我必须告诉你：我手下负责侦察的兵士，还有一些潜到能看见魔栏农周边地方的兵士，全部回来了。他们全都发现了一件怪事——到处空荡荡的，大道上没有任何东西，也没听到任何地方有脚步声、号角声或弓箭发射的声音。那片无名之地上充斥着诡异的寂静。我不知道这预兆着什么，但显然很快就会知道结果。暴风雨要来了。必须抓紧时间！如果准备好了，我们就走吧。太阳很快就会升到阴影上方了。"

人们把两个霍比特人的背包拿来交还他们（比之前要重不少），同时还拿来两根光滑结实的手杖，上面包着铁皮，精心雕刻的杖头穿着编织皮绳。

---

[1] 伊姆拉德魔古尔（Imlad Morgul），即上一章提及的充斥着腐朽破败气息的魔古尔山谷，故法拉米尔此处有"活死人山谷"之说。

"离别之际，我没有什么合适的礼物，"法拉米尔说，"就请带上这两根手杖吧。在野外行走攀爬，或许能够用得上。白色山脉的人都用它们。这两根手杖已经按照你们的身高截短，新包上了铁皮。是用刚铎的木工匠人钟爱的莱贝斯隆树木制成的，莱贝斯隆非常漂亮，享有寻获与归返的美誉。愿它的美誉在你们将要前往的阴影下也不会完全褪色！"

两个霍比特人深深地鞠了一躬。"最仁慈宽厚的主人啊，"弗罗多说，"半精灵埃尔隆德曾对我说，我将在途中获得不期而遇的神秘友谊。您给予的情谊当真不期而遇。得到您的友谊是我此行最大的收获。"

他们收拾妥当，准备出发了。咕噜被人从某个角落或密洞中带了出来，他看起来比之前情绪好多了。他紧紧挨着弗罗多，不敢看法拉米尔的眼睛。

"你们的向导必须蒙上眼睛，"法拉米尔说，"不过，你和你的仆人山姆怀斯如果不愿意，我准许不必蒙上。"

他们过来给咕噜蒙上眼睛时，他不停地尖叫、扭动，紧紧抓着弗罗多。弗罗多说："把我们三个人的眼睛全都蒙上吧，先蒙我的，这样他或许能明白这不是在伤害。"三个人的眼睛蒙上后，被人领着走出了汉奈斯安努恩岩洞。他们走过通道和台阶后，感觉到周围清冽、芬芳的空气。他们继续蒙着眼睛走了一阵子，先向上，再缓缓向下。最后传来法拉米尔让人给他们解开蒙眼布的声音。

他们再次置身树林的枝叶下方。哗哗的水流声听不见了，他们和溪水流经的深谷之间，隔着一道由北向南倾斜的长长的山坡。他们的西侧，能够透过树林看见光亮，仿佛世界突然在此终结，此地看出去只见一方天空。

"只能送这最后一程了。"法拉米尔说，"我建议，先不要向东转，笔直向南走，这样还有许多哩路可以依靠树林的遮掩。你们的西边是临着辽阔山谷的地质断层，有的地方突兀陡峭，有的地方是漫长山坡。一直靠近这道断层和森林外沿向前走。我想，你们前面这段旅程白天走也无妨。大地还在宁静的梦中，邪恶的东西暂时不会出现。一路多珍重！"

法拉米尔按照刚铎人的礼仪拥抱了两个霍比特人，将双手搭在他们肩上，俯身亲吻他们的额头，说道："祝你们一切如愿！"

他们深深地近乎一百八十度大鞠躬。法拉米尔转过身，头也不回地离开了，走向站在不远处等候他的两名护卫。这些绿衣人的速度令两个霍比特人大为惊奇，一眨眼的工夫就消失得无影无踪。法拉米尔刚刚站立过的森林，看上去空旷而阴郁，仿佛刚才只是一场梦。

弗罗多叹了口气，转向南方。似乎要表明对这些烦琐礼节的蔑视，咕噜在翻刨着树底下的腐叶堆。"已经又饿了吧？"山姆想，"唉，真是阴魂不散！"

"他们终于走了吗？"咕噜问，"可恨的邪恶人类！斯密戈的脖子还痛着呢，是的痛着。走吧！"

"好，我们走吧。"弗罗多说，"你要是开口就诋毁那些宽恕过你的人，那就闭嘴吧！"

"好心的主人！"咕噜说，"斯密戈只是开玩笑。总是原谅人，他原谅，是的，是的，也原谅好心的主人欺骗。噢是的，好心的主人，斯密戈听话！"

弗罗多和山姆没接话。他们背起包，拿着手杖，走进了伊希利恩的树林。

那一天，他们休息了两次，吃了些法拉米尔给他们准备的食物。干果和腌肉够吃上很多天，面包够他们赶着新鲜吃掉。咕噜什么也没吃。

太阳升起来，移到头顶上方，继而开始偏西。这时他们才看见光线透过树林，将西边染成了金黄色。他们一直走在清凉的绿荫中，周围一丝声音也没有。鸟儿似乎全都飞走了，要不就是全都变哑巴了。

寂静的森林里，天色暗得早。天完全黑下来之前，他们停了下来，不再继续向前，三人都非常疲惫。从汉奈斯安努恩到这儿，他们走了七里格多的路。弗罗多躺在一棵古树下，在厚厚的落叶上睡了一整夜。山姆躺在他旁边，睡得一点也不踏实，夜里醒过来很多次，始终没看见咕噜的踪影。他们一安顿好歇下，咕噜就一溜烟不见了。他没说自己是独自睡在附近哪个洞里，还是通宵四处游荡。天刚刚破晓的时候，他回来了，叫醒了同伴。

"必须起来了，是的，他们必须！"他说，"还有很长的路要走，往南，往东。霍比特人得抓紧！"

那天跟前一天的情形相仿，不过寂静变得更静，空气变得更沉闷。走在树底下开始有一种让人要窒息的感觉，仿佛暴风雨即将来临。咕噜经常停下来，嗅着空气，然后自言自语地嘀咕一阵子，继而催促他们再走快一些。

他们走到当天的第三段旅程时，日头开始西移，森林变得空旷起来，树木更粗大，也更稀疏了。开阔的空地上生长着枝叶茂盛、树干粗壮的灰黑色大叶冬青树，其间零星散布着灰白色的榉树和刚刚长出棕绿色芽苞的高大橡树。他们四周是长条形状的绿色草地，草地上点缀着黄色的白屈菜和蓝、白相杂的银莲花。这些花都已闭合进入睡眠。大片茂盛的森林蓝铃，挺立着纤美的花茎。他们没看见任何鸟兽之类的动物。在这些开阔的地方，咕噜变得十分紧张。他们非常小心地向前走，疾奔穿行在这些长条形状的树荫之间。

三人来到树林尽头时，天快黑了。他们坐到一棵虬结的老橡树下，树根像一条条蛇，扭曲着伸向陡峭坍塌的坡岸下方。前面是一道昏暗的深谷。对岸的树木再次密集起来，暮光中的树林向南伸展成一片蓝灰色。西边的远天一片绯红，把红色的光芒洒在他们右侧远方的白色山脉上。他们的左侧盘踞着黑暗、高耸的魔多山障。黑暗中延伸出一道长长的山谷，陡然降入安度因河畔大片开阔、低平的谷地。面前的深谷底水流湍急，寂静中，弗罗多可以听见水拍击岩石的声音。溪谷对岸有一条蜿蜒曲折的道路，像一条浅灰色的丝带，延伸到落日的光辉无法融入的灰色冷雾中。弗罗多似乎觉得在遥远的灰色冷雾中看见了几座荒凉、黑暗的古老高塔，残破、黯淡的塔尖仿佛漂浮在茫茫的大海上。

他转向咕噜，问道："你知道我们现在的位置吗？"

"知道，主人。在危险的地方。主人，这条路从月亮之塔通往大河边那座破败城市。破败城市，是的，非常可怕的地方，全是敌人。我们不该听那些人类的意见。霍比特人已经绕大远路了。现在一定要向东，到那边去。"他挥舞着枯瘦的手臂，指着黑黢黢的山脉，"我们不能走这条路。不能！残酷的人类走这条路，从塔上下来。"

弗罗多向下望着那条路。至少现在并没有任何东西在上头移动。整条路看起来荒凉废弃，路上什么东西也没有，一直延伸到雾中。然而，空气中弥散着瘆人、邪恶的感觉，仿佛路上真有肉眼看不见的东西在来来往往。弗罗多再次看向远处渐渐隐入夜色的塔尖，不由得打着寒战。水流的声音似乎变得冷硬、残酷——那是从戒灵山谷流出来的肮脏溪流魔古尔都因河的声音。

"接下来怎么办？"他问，"我们已经走了很长时间的路。是不是在身后的树林里找个可以藏身的地方休息？"

"夜里藏身休息不好。"咕噜说，"现在开始，霍比特人必须白天藏身，是的，白天藏身。"

"噢不行！"山姆说，"我们必须休息一下，哪怕半夜里再起来也行。到时候还有好几个钟头的黑夜，要是你认路的话，足够你带我们走上好长一段路。"

咕噜百般不情愿地接受了这个安排，扭身走进树林，向东沿着蔓草丛生的树林边缘走了好一阵子。他不愿意在那条可怕的道路近处的地面上休息。最后大家达成一致，全都爬上一棵大圣栎树的树杈，粗大稠密的树枝从树干上伸出去，不仅便于藏身，还格外舒适。天黑了下来，在树冠的遮盖下，树里面显得更黑。弗罗多和山姆喝了一点水，吃了些面包和干果，但咕噜立刻蜷缩起来睡了。两个霍比特人始终没合眼。

咕噜醒来的时候，估计时间刚过午夜。他们猛地发现他睁开那双苍白的眼睛，发出幽光望着他们。他四处听了听，又嗅了嗅，他们注意到，这似乎是他夜里判断时间的惯用方法。

"我们都休息了吗？我们睡得美吗？"他说，"我们走吧！"

"我们没休息，我们没睡。"山姆没好气地说，"不过，要走就走吧。"

咕噜手脚并用，快速从树枝间攀落，两个霍比特人跟在他后面慢慢爬下树来。

他们一下到地面上，就立刻跟着咕噜上路了，向东爬上那片漆黑的坡地。天特别黑，他们几乎看不见路，好几次都是险些撞上树干才意识到。地面越来越不平，越来越难走，咕噜似乎丝毫不受影响。他领着他们穿过茂密的灌木丛和荆棘荒地，一会儿绕过深沟或黑坑的口子，一会儿钻进漆黑的灌木丛洼地里又钻出来。他们每次往下走一点，接着就要爬更长、更陡的坡。他们不断往高处走。第一次停下来向后看的时候，他们隐约能够看见身后层层叠叠的树冠，像铺展着的一大片浓密的阴影，仿佛漆黑苍茫的夜幕下一层更黑、更暗的夜。似乎有一股庞大的黑影正缓缓从东方耸现，吞噬了散发着微弱光芒的群星。西沉的月亮虽然逃离了席卷追赶着的乌云，周围却染上一圈令人恶心的黄光。

咕噜终于回过身，对着霍比特人。"天快亮了，"他说，"霍比特人必须赶快。这些地方白天不安全。赶快点！"

他加快了速度，弗罗多和山姆疲惫不堪地跟在后头。三个人很快爬上一大片陡峭的山地。山地上几乎长满浓密的荆豆和越橘，也有一些胡乱生长的低矮荆棘丛。不时露出的零星空地，是新近烧火留下的残疤。越往顶上走，荆豆树丛越密匝。这些树十分古老、高大，底部瘦削盘曲，上部繁盛茂密，有的已经开出了黄色的花朵，在黑暗中摇曳，散发出淡淡的芬芳。这些多刺灌木长得很高，能容霍比特人直着腰在树下行走，穿行在灌木丛间铺着厚厚落叶的狭长通道上。

到了这片宽阔山地的尽头，他们停下来不再向前，爬到盘根错节的荆棘下藏身。扭曲的荆棘枝条垂到地上，上面又攀爬着一层纠结缠绕的老荆棘。荆棘丛中央形成一个中空的厅堂，以枯枝与荆棘交叠为椽架，以春天初发的新枝和嫩芽为篷。他们在那里躺了一会儿，累得不想吃东西。他们透过树丛的缝隙望着外面，等着天空一点点亮起来。

但白天并没到来，始终是一片暗褐色的微光。东方天空云层低垂，底下闪着一簇暗红色的光——并非黎明时天际的绯红色。埃斐尔度阿斯山隔着中间的大片洼地睥睨着他们。夜色低垂，仍未褪去，群山横陈在天幕之下，凹凸不平的顶峰在暗红色光亮的映衬下，充满危险与邪恶。一道巨大的山肩在他们右边不远处向西刺出，在暗影中显得格外漆黑、幽暗。

"我们接下来走哪条路？"弗罗多问，"那边黑乎乎的地方更远处有个缺口，是魔古尔山谷吗？"

"现在就得想这个问题了吗？"山姆说，"我们今天肯定不会再往前走了。如果现在能算白天的话。"

"也许不算，也许不算。"咕噜说，"但我们得快点走，前往十字路口。是的，前往十字路口。那边那条路，是的，主人。"

魔多上空的红光渐渐消失了。大团水雾从东方腾起，向他们头顶上方席卷过来，光线变得更暗了。弗罗多和山姆吃了一点东西躺下了，然而咕噜变得焦躁不安起来。他不肯吃他们给的任何食物，喝了一点水，在灌木丛下爬来爬去，到处嗅闻，嘴里嘟嘟囔囔。接着，他突然消失不见了。

"我猜，去猎寻吃的东西了。"山姆打着呵欠说。这次轮到他先睡，他很快就坠入了梦乡。他梦到自己回到袋底洞的花园里，在找着什么东西，但背上背着沉重的负担，压得他直不起腰。花园里的野草莫名疯长，荆棘和蕨丛蔓延到树篱底部附近的苗圃。

"看得出，我有活儿干了，可我太累了。"他嘴里念念有词。他突然想起了自己在找什么，"我的烟斗！"他叫出声，接着一下子醒过来。

"傻瓜！"他心里暗暗骂着自己，睁开眼睛，不明白自己为什么躺在树篱底下，"烟斗一直都在你的背包里！"接着，他才回过神来：首先，烟斗也许是在背包里，可他没有烟叶；其次，他离袋底洞有几百、上千哩远。他坐起身，天几乎全黑了。为什么他家少爷一直没叫醒他换岗，任由他睡到天黑？

"弗罗多少爷，您一直都没睡吗？"他问道，"现在几点了？似乎挺晚了！"

"不，不晚。"弗罗多说，"但是，天色没有变亮，反而越来越黑，越来越黑。我估计，现在还没到中午，你不过睡了三个钟头左右。"

"不知道这是怎么一回事。"山姆说，"是暴风雨要来吗？要是下暴雨的话，那就太糟糕了。真希望我们能躲在深洞里，而不是困在大灌木底下。"他凝神听了听,"那是什么声音?雷声还是鼓声?还是其他什么声音?"

"不知道。"弗罗多说,"一直在响,有一阵子了。有时候似乎地面都在抖动,有时候似乎是滞重的空气堵住了耳朵。"

山姆向四周望了望。"咕噜去哪儿了?"他问,"一直都没回来吗?"

"没有。"弗罗多说,"没有声音,没有踪影。"

"唉,我真受不了他。"山姆说,"说实话,带东西出门旅行,顶数把他丢了一点儿都不会心疼。跟着一起跑了那么多哩,可能我们最需要他的时候,他却走了,不见了。这种事情他绝对干得出。不过,我一直不觉得他会对我们有什么用。"

"你忘记了死亡沼泽。"弗罗多说,"我希望他没出什么意外。"

"我希望他别耍诡计。不管怎样,就像您说的,希望他不要掉进别人手里。真要那样,我们很快就会有麻烦了。"

他们又听见了一阵滚动的隆隆声,声音更大,也更沉闷,大地似乎在脚下颤动。"我想,麻烦已经来了。"弗罗多说,"恐怕我们的旅程正在走向终点。"

"也许吧,"山姆说,"但'老头儿'常说,只要活着就有希望,他多半还会加上一句,吃饱才能活好。弗罗多少爷,您吃点东西,然后睡一觉。"

下午——山姆估计只能算是下午——慢慢地过去了。透过树丛空隙望出去,只能看见模糊难辨的暗褐色世界,一点点变成了无色、无形的混沌世界。空气极端窒闷。弗罗多睡得很不安稳,辗转反侧,不时发出呓语。有两次山姆觉得自己听见他在喊着甘道夫的名字。时间一分一秒向前,过得非常慢。山姆猛地听见背后一声嘶嘶响,咕噜四肢着地趴在那里看着他们,眼睛闪露着精光。

419

"起来,快起来!快起来,睡虫!"他低声说,"快起来!没时间耽搁了。我们得走了,是的,我们得马上走。没时间耽搁了!"

山姆满腹狐疑地盯着咕噜——他看上去十分惊恐,也可能是紧张。"现在走?你要什么把戏?还没到时间。现在连下午茶的时间都没到,虽然不是在什么有下午茶的像样地方。"

"傻瓜!"咕噜低声嘶嘶叫道,"我们不在像样地方。时间跑少了,是的,时间跑快了。没时间耽搁了。我们得走。起来,主人,快起来!"他伸手去抓弗罗多。弗罗多从睡梦中惊醒,猛地坐起来,一把抓住咕噜的胳膊。咕噜挣脱身,向后退。

"他们千万不能当傻瓜!"他低声嘶嘶叫着,"我们得走。没时间耽搁了!"他们从他那里什么也问不出。他去了哪里,他觉得要发生什么事情让他如此心急火燎,这些问题他一概不答。山姆丝毫也不掩饰对他的怀疑,但弗罗多没有露出心中的任何想法。他叹了口气,背起行李,准备走进不断聚拢的无边黑暗。

咕噜鬼鬼祟祟地带着他们下了山坡,尽可能走在有遮挡的地方,遇到开阔处,大家就猫着腰贴着地面疾奔过去。光线十分昏暗,就连野外那些目力十分敏锐的野兽都无法听见或看见两个霍比特人。他们裹着灰斗篷,戴着兜帽,走起路来极为轻微、谨慎。他们没有扰动一根树枝、一片树叶,快速经过,消失不见了。

三个人排成单列,悄无声息地向前走了大约一个钟头。周围的昏暗混沌和死寂无声压抑着他们。远处传来的微弱滚雷声或山谷里的鼓点声不时打破空气中的死寂。他们从藏身的地方下来后,向南拐,咕噜尽可能找到一条直路,带着大家爬过漫长、崎岖的山坡,向山脉方向赶去。很快,他们看见前方不远处出现一排树木,像森然矗立着的一堵黑墙。他们走近后发现,这些树十分高大,看上去非常古老,树冠已经颓秃断裂，树身却依旧高高挺立着，仿佛暴风雨和雷电肆虐也无法消灭它们，或撼动它们的稳固根基。

"十字路口，是的。"咕噜低声说道，这是他从藏身的地方出发以来第一次开口说话，"我们得走那边。"他带着他们向东爬上山坡。南大道赫然出现在面前，沿着山脚外围蜿蜒而去，很快就能直接插入那一圈树中间。

"这是唯一的路。"咕噜低声说，"这条路之外没有路。没有路。我们得去十字路口。要赶快！不能出声！"

仿佛秘密潜入敌军阵营的斥候，他们蹑手蹑脚下到大道上，贴着大道西侧石头路基底下偷偷向前进，灰色的身影跟石头融为一体，脚步轻得像捕猎的猫。终于，他们来到大树下，发现自己置身于一个巨大的圆圈内。圆圈没有顶盖，敞向灰暗的天空。大树干之间的空地像坍塌殿堂的巨型黑拱门。四条路在圆圈正中央交汇。他们身后是通往魔栏农的路，经过他们面前继续延伸出去，一直往南；右边那条路从古老的欧斯吉利亚斯延伸上来，经过圆圈向东隐入黑暗，那便是第四条路——他们即将踏上的道路。

弗罗多伫立在那里，心中充满恐惧。他看到有一束光在闪耀，照在他身旁的山姆脸上。他转过身顺着那束光的方向望去，只见树干拱门外，通往欧斯吉利亚斯的路像一条被拉伸的缎带，径直通往西方。远处，阴翳笼罩的刚铎上空，西沉的太阳坠落到缓缓铺卷的巨大云团边缘，犹如一只邪恶不祥的火球，向洁净的海面滚落。短暂的落日余晖洒在一尊巨大的坐像上，石像庄严肃穆，如同刚铎之门阿戈那斯的王者双柱[1]。岁月侵蚀过它，野蛮的手摧残过它。坐像的头不见了，具

---

[1] 阿戈那斯的王者双柱（stone kings of Argonath），阿戈那斯是刚铎的北方大门，由两根巨大的石柱雕成两座巨型雕像，塑造了刚铎最初的统治者伊希尔杜与阿纳瑞安的形象。

有嘲讽意味地放置了一块砍凿粗糙的圆石，上面野蛮粗鲁地涂画着一张狞笑的脸孔，额头正中央有一只巨大的红眼睛。坐像的膝头和巨大座椅上，以及整个雕像的基座四周，全都胡乱涂写着魔多的疯狂族类所用的邪恶符号。

突然，借着夕阳的最后一抹光照，弗罗多发现老国王的头滚落在路旁。"山姆，快看！"他失声叫道，"快看！国王又戴上了王冠！"

石像的眼窝空洞，雕刻的胡须断裂，但在他刚毅饱满的额头上，戴着一顶金银缠绕的花冠。花蔓中点缀着的花朵宛若无数璀璨的小星星环绕在石像的额前，仿佛在向这位倒下的国王致敬。在他那飘散的头发裂缝中，点缀着垂盆草的明媚小黄花。

"他们不可能永远盘踞！"弗罗多叫道。突然，眼前的景象消失了。太阳沉落不见了，似乎灯光突然吹熄，暗夜瞬间降临。

第八章
奇立斯温格尔阶梯
THE STAIRS OF CIRITH UNGOL

——————— 他们也一定会像我们一样,有过很多次回头的机会,只是他们并没有那么去做。要是他们真那么做了,我们也不会知道,因为那样的话,他们早就会被人们遗忘了。

咕噜一个劲地拽着弗罗多的斗篷，恐惧而又急躁，低声催道："我们得走了。我们不能站在这里。赶快走！"

弗罗多不情愿地转过身，背离西方，沿着咕噜的指引，走进东方的黑暗之中。他们离开那一圈树木，沿着路悄悄向山上走去。这条路笔直向上延伸了一小段，很快折向南方，一直到他们在远处曾经望见的那道大山肩底下。黝黑、威严的山肩矗立在他们眼前，比背后漆黑的天幕更黑暗。道路蜿蜒插入山肩的阴影下，绕着山肩盘旋向东，变得陡峭起来。

弗罗多和山姆心情沉重，吃力地向前走着，无暇多想面前的危险。弗罗多低垂着脑袋，胸前的重担又开始向下扯坠。在伊希利恩的时候，他几乎忘掉了它的重量，可是过了那个巨大的十字路口之后，重量骤然增加。他感觉到脚下的路变陡了，疲惫地抬起头，正如咕噜所说的那样，他果然看见了它，看见了戒灵之城。他瑟缩着贴紧了岩壁。

那道倾斜的山谷，深邃的阴暗鸿沟，折入远方的大山之中。山谷尽头两侧山壁之间，远远地隐现着埃斐尔度阿斯的黝黑山腰，上面森然盘踞着米那斯魔窟的城障与塔楼。周围天地俱暗，只有那一处闪着光亮。那光亮并非很久以前月亮之塔米那斯伊希尔的大理石墙面捕捉到的盈盈月光，漫溢散射在群山之间的皎皎清辉。如今的光亮比月偏食的孱弱月光还要黯淡，如同腐烂之物散发的难闻气味一般飘忽不定，像无法映照任何东西的鬼火一般。城障和塔楼上出现的窗户，像无数个幽深的黑窟窿。塔楼最顶端缓缓旋转,从一边转向另一边,仿佛幽灵的硕大脑袋逡巡窥探着暗夜。三个同伴瑟缩着站在那里好一阵子,厌恶地仰望着那里。咕噜第一个恢复过来。他再次焦灼地拉扯着他们的斗篷,但没开口说一个字。他几乎是拖拽着两个人往前走,每一步都走得十分艰难,时间似乎也放慢了脚步,抬脚与落脚之间仿佛隔着可怕的、难挨的若干分钟。

他们就这样一步一步来到了白桥。桥面发着幽光,跨越从峡谷正中流过的溪流上方。过了桥之后,道路曲折向前通往城门——位于外圈北向城墙上的黑暗豁口。溪流两岸宽阔、平缓,幽暗的草地上开满了苍白的花朵。这些花朵全都发着幽光,外形漂亮却让人感到骇怕,宛若梦魇中那些会令人发狂的东西。它们散发着一股淡淡的令人作呕的尸臭味,空气里弥漫着腐烂的气息。幽暗的草地之间架跨着白桥。桥头矗立着的狰狞人类和野兽雕像倾颓破败,面目可憎。桥下的河水静静流淌,河面上蒸腾的水汽,盘旋、扭结着升到桥面上,阴冷至极。弗罗多感到天旋地转,意识渐渐模糊。突然,仿佛受到某种力量的招引,他不由自主地加快了脚步,踉踉跄跄向前奔行。他的双手摸索着向前伸出去,脑袋耷拉着从一侧晃到另一侧。山姆和咕噜跑在后头追赶着他。弗罗多一个趔趄差点跌倒在桥头,山姆赶紧一把抱住了自家少爷。

"不走那条路!不走,不走那条路!"咕噜压低声音说,他齿缝中呼出的气息,像口哨声一样撕裂了沉滞的静寂,吓得他直接瘫坐在地上。"弗罗多少爷,您要撑住!"山姆在弗罗多耳边轻声说道,"快回来!不走那条路。咕噜说不走,我同意他的看法。"

弗罗多抬手遮住额头,强行将目光从山顶的那座城上挪开。那座发着幽光的高塔深深吸引着他,他与那股攫住他、令他想要沿着发着幽光的道路奔向大门的欲望竭力挣扎着。终于,他费力地转过身,在这过程中,他感到魔戒抗拗着他,坠拽着他颈间的链子。他挪开目光的时候，眼睛似乎顿时看不见了，面前是一片无法穿透的黑暗。

咕噜像只被吓坏了的野兽一样快速爬开，闪进了阴暗中。山姆搀扶、牵引着脚步踉跄的少爷，尽可能快步跟上咕噜。离这一侧溪岸不远处，路旁的石墙壁上有一道豁口。他们穿过这道豁口，山姆发现面前是一条狭窄的小路，最初一段跟主道一样发着幽光，爬升到开满死亡花朵的草地上之后，幽光逐渐消失成漆黑一片，崎岖不平的小路曲曲折折地向山谷北面爬升。

两个霍比特人肩并着肩，深一脚浅一脚地走在这条小路上，看不到前面的咕噜，除非他扭过头来给他们示意。他的双眼中闪着一种青白色的光，也许是反射着骇人的魔古尔之光，又或许是被他内心某种可怕的情绪激发出的光。弗罗多和山姆始终能感觉到身后骇人的幽光和深邃的黑窟窿，他们不时紧张地扭过头去看，又不断强行收回目光，盯着脚下漆黑的小路。他们慢慢向前挪动。爬到高处，他们远离了那条散发着恶臭和毒气的小溪，呼吸变得顺畅一些，头脑也更清醒了，但四肢十分疲惫滞重，仿佛背着重担行走了一整夜，又好像逆流游泳经过很长的河段。最后，他们再也走不动了，只好就地休息。

弗罗多停下来，坐到一块石头上。他们已经爬到了一座光秃秃的大石丘顶上。他们前方的山谷边缘有一块突起，小路绕过突起继续向前，从一道突出的宽岩架上经过，岩架右侧是深渊。小路穿过陡峭的南侧山壁向上攀升，消失在上方的黑暗中。

"我必须休息一下，山姆。"弗罗多低声说，"山姆伙计，它压在我身上真重，非常重。真不知道我能带着它走多远？无论如何，我必须歇一歇，才敢继续壮着胆子往那里走。"他指着前面狭窄的小路。

"嘘！嘘！"咕噜急忙回来阻止他们，嘶声道，"嘘！"他用手指压在嘴唇上，拼命摇着头。他使劲拉扯着弗罗多的衣袖，指着那条小路，但弗罗多不愿意动。

"还不行,"他说,"还不行。"疲惫以及远胜疲惫的某样东西压迫着他,似乎给他的心灵和肉体都施加了沉重的魔咒。"我必须歇一歇。"他喃喃道。

咕噜变得惊恐、焦躁,再一次压低声音开口道:"不在这里,不在。不在这里歇。笨蛋!眼睛能看见我们。他们上桥的时候能看见我们。快离开!快爬,快爬!爬走!"他用手遮住嘴巴,似乎想要挡住声音,不让空气里隐藏着的什么东西听见。

"走吧,弗罗多少爷。"山姆说,"他说得对。我们不能待在这里。"

"好吧。"弗罗多的声音十分飘忽,就像一个快睡着的人在呓语,"我努力吧。"他疲惫地站起身。

然而,太迟了。他们脚下的岩石突然颤抖起来。巨大的隆隆响声在地底滚动,在群山中回荡。天际猝然闪过一道炽烈的红光,从东边的远山中喷薄而出,径直刺向天空,将低垂的云层溅染成一片猩红。映衬着充满阴影和阴冷幽光的山谷,红光显得无比残暴与疯狂。在高格洛斯冲天的火光中,锯齿利刃一般的黝黑山峰与山脊赫然闪现,令人触目惊心。紧接着,传来一声巨大的雷电霹雳声。

米那斯魔窟回应了。青色的闪电光焰冲天而起:一股股蓝色的火舌从高塔和周围的山岭中升起,冲入阴沉的云层。大地呻吟起来,城中传来一声长嚎。那是撕碎一切、令人不寒而栗的叫声,夹杂着类似猛禽的高亢嘶哑的尖啸声和马匹惊惧发狂的嘶鸣声,声音迅疾飙升,震耳欲聋。两个霍比特人骤然转向声音传来的地方,快速扑倒在地,两手紧紧捂住耳朵。

嚎叫声结束后,令人毛骨悚然的回声拖了很长时间才最终沉寂下来。弗罗多慢慢抬起头来。狭窄的山谷对面,几乎与他视线平齐的地方,耸立着邪恶之城的城墙与洞窟一般的大门。城门洞开,露出满口闪亮的利齿，从里面拥出来一队大军。

整支大军全都是黑色披挂，漆黑如墨。在惨白的城墙与发着幽光的路面映照下，弗罗多能够看见一排排微小的黑色身影，迅疾无声地向前移动，络绎不绝地向城门外喷涌。他们的前面是一大队骑兵，如排列整齐的幽影一般移动，领头的骑士比所有人都要高大，浑身墨黑，只有戴在兜帽外头那顶像王冠一样的头盔闪着危险的光。此刻他正走近下方的桥，弗罗多的眼睛紧紧盯着他，无法眨眼，也挪不开。肯定是九骑士之王回来领着他的恐怖大军去打仗了吧？没错，正是这个可怖的巫王用他那冰冷的魔手持着魔古尔匕首刺伤了持戒人。那处旧伤开始悸痛起来，一股巨大的寒意袭向弗罗多的心口。

这些思绪令他刺痛、惊惧，令他如中咒语一般动弹不得。正要上桥的巫王突然停了下来，他身后的大军随即全部站定。瞬间，周围一片死寂。也许是魔戒召唤了戒灵之王，他似乎十分不安，察觉到自己的山谷中存在着某种别的力量。戴着王冠形头盔的黑色头颅充满恐惧地左右张望，用看不见的无形的眼睛扫视着四周的阴影。弗罗多等候着，仿佛小鸟面对迫近的恶蛇，无法动弹。他在等候的过程中，感受到一种前所未有的胁迫，要求他戴上魔戒。虽然这胁迫十分强烈，他却丝毫不愿意屈服。他知道魔戒只会背叛他，即便他此刻戴上魔戒，也没有足够的力量面对魔古尔的巫王——目前还没有。尽管因为恐惧动摇过，但此刻他内心的意志已不再会对那个命令做出任何回应，他只感觉到一股外来的强大力量威压着他。那力量攫住了他的手，推着他的手一点点伸向颈间的链子。弗罗多意识清醒地望着自己的手，想要阻止它却无能为力（仿佛自己是在旁观一个古老、遥远的故事）。接着，他自身的意志被激发出来，慢慢迫使那只手退回去，让它去找另一样东西，一样贴身藏在胸前的东西。他攥住那个似乎冰冷、坚硬的东西——加拉德瑞尔的水晶瓶。他一直珍藏在胸前，几乎将它遗

429

忘了，此刻才重新想起来。他抚摸着水晶瓶，一时间所有关乎魔戒的念头都被逐出了脑海。他叹息着，垂下了头。

这时，戒灵之王转过身，策马上了桥，黑色的大军悉数跟上。也许是精灵的兜帽阻抗住了他那双看不见的无形的眼睛，而且他那小小的对手意志坚定起来不再受他的思想操控。他要赶时间。时辰已到，他奉自己那位强大主子的命令，必须赶往西方出战。

他迅速出发，沿着弯弯曲曲的道路疾驰而去，宛若一道影子融进了阴影。他身后的黑色大军还没有过完桥。自伊希尔杜力量强盛的时代以来，山谷从未派出过如此声势浩大的队伍，也未曾有过如此凶残强壮的武装前去攻击安度因河渡口。然而，这不过是魔多派出的其中一支大军，并非其最强大的力量。

弗罗多内心十分震动，突然想到了法拉米尔。"风暴终于爆发了，"他想，"这一大队长矛利剑是奔向欧斯吉利亚斯的。法拉米尔能及时渡过大河吗？他猜到了此事，但他估算好时间了吗？九骑士之王领兵出征，谁还能守得住渡口？还会有其他的大军增援。我太迟了。全都毁了。我在路上耽搁太久了。全都毁了。就算我完成了任务，也不会有任何人知道。我也没有任何人可以告诉。这将是一场徒劳。"软弱将他击垮，他忍不住落下泪来。浩浩荡荡的魔古尔大军仍在过桥。

接着，从遥远的地方传来山姆的声音，仿佛来自记忆中的夏尔，在某个阳光灿烂的早晨，清早门刚打开的时候。"弗罗多少爷，醒一醒！醒一醒！"要是这声音接着说，"您的早餐好了"，他也不会惊讶。山姆当然是个急性子。"醒一醒，弗罗多少爷！他们走了。"他说。

传来一声闷响，米那斯魔窟的大门轰然关上。最后一排长矛在道路上消失不见了。山谷对面的塔楼仍然狞笑着，但里面的光黯淡了。整座城重新陷入漆黑沉寂的阴影，却依旧充斥着警戒。

"弗罗多少爷，醒一醒！他们走了，我们也得赶快走。那个地方还有活的东西，某种长着眼睛，或者说，某种脑袋上能看见的东西。我们在一个地方待得越久，就会越快被撞见。走吧，弗罗多少爷！"

弗罗多抬起头，接着站了起来。绝望依然笼罩着他，但他不再软弱。他甚至不易察觉地笑了一下，感觉思维像之前一样清晰，不过态度却截然相反：他必须做的事情，只要能够做到，就必须去做。我做这一切，不是为了让法拉米尔，抑或阿拉贡、埃尔隆德、加拉德瑞尔、甘道夫，还是其他任何人知道。他一手拿起手杖，一手握着水晶瓶。他发现水晶瓶里的星光流溢到手指上，赶紧将它塞回胸前贴身收藏好。魔古尔城此刻变成了漆黑谷地对面的一点微光。弗罗多背过身去，准备继续向上走。

米那斯魔窟大门洞开的时候，咕噜似乎丢下两个霍比特人，独自沿着突出的岩架爬到后头的阴影中去了。此刻他又悄悄爬回来，牙齿打着战，指节抖得咔嚓响。"蠢货！笨蛋！"他嘶声低叫道，"赶快走！他们不能认为危险过去了。危险没过去。赶快走！"

两个人什么话也没说，跟着他爬上了岩架。纵然曾经面对过其他各种危险，两个人打心底里也不愿意爬这样的岩架。好在岩架并不长，很快就有一处圆形拐角，外侧山体宽了一些，路前方岩石上突然出现一道狭窄的入口。他们来到咕噜说过的第一段阶梯。周围几乎漆黑一片，伸手不见五指。咕噜在上方几呎的地方回过头来看着他们，眼睛闪着灰白的光。

"小心！"他悄声说，"台阶。很多很多台阶。必须小心！"

他们确实得小心。弗罗多和山姆起初觉得两边都有墙体，比之前的路好走一些。然而，台阶陡得像直梯，他们越向上爬，越能感觉到背后漆黑的深渊。梯级很窄，高低不一，多处都特别险，边缘磨得溜滑，有些阶面断裂，有些则一踏上脚就碎裂了。两个霍比特人竭力向上爬，一直死死地用手抠住上面的石阶，逼着自己一次次提起疼痛的膝盖、再伸直。随着阶梯插入陡峭的山体，他们头上方的岩壁也越来越高。

最后，就在他们觉得再也撑不住了的时候，看见咕噜的眼睛再一次从上方望下来。"我们上来了。"他低声说，"第一段阶梯爬完了。聪明的霍比特人，能爬这么高，聪明的霍比特人。再向上几个小台阶就上来了，是的。"

弗罗多跟在山姆后头，晕头转向，疲惫不堪地挣扎着爬上最后一级台阶，坐下来揉着腿和膝盖。他们置身在漆黑的通道中，前方似乎一直向上，不过是比较和缓的坡地，不用再爬阶梯。咕噜没让他们休息太久。

"还有一段阶梯。"他说，"更长。等爬到那个阶梯顶就休息。现在不行。"

山姆累得直哼哼。问道："你说更长？"

"是的，嘶嘶，更长。"咕噜说，"但不这么难爬。霍比特人爬上直梯了。接下来是弯梯。"

"弯梯过后呢？"山姆说。

"过后就知道。"咕噜轻声说，"噢是的，我们过后就知道！"

"我记得你说有个隧道。"山姆说，"是不是还得穿过一个隧道之类的？"

"噢是的，有个隧道。"咕噜说，"不过霍比特人过隧道之前可以休息。他们穿过隧道，就快要到顶了。他们穿过隧道就要到顶了。噢是的！"

弗罗多打了个寒战。刚才爬阶梯出了很多汗，漆黑的通道里有一股寒冷的气流从看不见的高处吹下，他感觉浑身潮湿发冷。他站起身，振作精神。"呃，我们走吧！"他说，"这里不是坐的地方。"

通道似乎延续了好几哩，头顶上方总有一股寒冷的气流，随着他们往上走，气流变成了刺骨的寒风。大山似乎想用致命的气息吓退他们，阻止他们发现高处的秘密，或用致命的气息把他们吹入背后的黑暗。他们突然感觉右侧没有石壁了，才明白已经来到通道尽头。眼前的东西看不分明，只见头顶与四周，隐然耸现着巨大的黑影和深灰色的阴影。映衬着下方云层中不时迸射出的暗红色闪光，他们偶尔能察觉到前方与两旁的高峰，像擎起庞大屋顶的无数根柱子。他们似乎向上爬高了几百呎，来到一片宽敞的岩架上。岩架左侧是峭壁，右侧是巨大的深渊。

咕噜带领他们贴着峭壁底下向前走。他们不再向上攀爬，但黑暗中地面更加凹凸不平，更加危险，路上有很多坠落的石头。他们小心翼翼地向前，走得十分缓慢。山姆和弗罗多已经完全估算不出，他们进入魔古尔山谷后过去了多少个钟头。黑夜似乎没有尽头。

终于，他们再一次察觉到石壁隐现，面前再一次出现了阶梯。他们再一次停下休息，接着再一次开始攀爬。阶梯又长又累人，所幸的是这段阶梯不是在山体中开凿的。巨大的悬崖壁向后倾倒，小路像蛇行一样蜿蜒着经过上面。有一处正好转向漆黑的深渊边缘，弗罗多向下望去，只见下方位于魔古尔山谷顶端的峡谷部分像一个巨大无比的深坑。峡谷深处闪烁着一条仿佛粘满萤火虫的带子，从死亡之城通向那片无名之地的隘口。他急忙别过头去。

阶梯继续向上蜿蜒爬升，终于来到最后一段。过了这一段又短又陡的阶梯，他们最终爬出来，到了一处平地。道路转离了大峡谷的主隘口，在埃斐尔度阿斯山顶部，插入一道小裂谷下方，走起来更危险了。霍比特人依稀可以辨出两旁兀立的高大岩柱与尖峰，前方的裂谷一片墨黑，无尽的严冬在此啮咬、蚀刻着太阳照不到的岩石。天际的

433

红光似乎越来越强。他们分辨不出,是可怕的清晨确实来到了这片阴影之地,还是远处索隆残暴蹂躏高格洛斯而升起的火焰。弗罗多抬起头,在很高、很远的地方,果然看见了这条艰苦卓绝道路的顶点。东边殷红色的天幕下,映衬着狭窄裂罅的顶端,深嵌在两座漆黑的山肩中,两侧各立着一块像号角一样的岩石。

他停下来,仔细凝望。左侧的岩石又高又细,里面发出一道红光,也有可能是后方岩壁上的红光穿过孔洞射了出来。他看清那是矗立在尽头隘口上的一座黑塔。他碰碰山姆的胳膊,指着那里。

"我讨厌那座塔!"山姆说,"这么说,你的这条秘道是有把守的。"他转向咕噜,低声咆哮道,"我猜,你心里一直都十分清楚,对吗?"

"所有路都有把守,是的。"咕噜说,"当然有把守。但霍比特人一定要试试哪一条路。这条也许是把守得最不严的。很可能他们全都去参加大战了,很可能!"

"很可能。"山姆不满地嘟囔着,"哼,看起来还很远,我们还得往上走很长一段路才能到那里。还有那条隧道。弗罗多少爷,我觉得您现在该休息一下。不知道现在是白天还是夜晚,也不知道是几点钟,但我们已经连续走了很久很久。"

"是的,我们必须休息一下。"弗罗多说,"我们找个避风口,恢复一下体力,走完最后一程。"他觉得应该是最后一程了。过了那个地方之后要面临的恐惧,要完成的任务,似乎都是十分遥远的事情,现在暂时还想不了那么远。他全副心思都集中在怎么穿过或越过那道无法逾越的高墙和守护。在那个疲惫不堪的黑暗时刻,艰难前行在奇立斯温格尔隘口下方岩石裂谷中的弗罗多,似乎觉得一旦能够做到这件不可思议的事情,他所肩负的任务也就基本完成了。

他们在两根巨大石柱间的漆黑裂罅中坐下,弗罗多和山姆坐在稍微靠里面的地方,咕噜蹲在靠近出口的地上。两个霍比特人在这里吃了些东西,心里想着这可能是他们进入无名之地前的最后一餐,也可能是两个人在一起吃的最后一餐。他们吃了些刚铎人赠送的食物,吃了些精灵赠送的行路干粮,还喝了些水。不过水喝得十分节省,只是略微湿润了一下干燥的口舌。

"不知道我们什么时候才能再找到水?"山姆说,"我猜,他们那边也总要喝水的吧? 奥克需要喝水,对吗?"

"是的,他们也需要喝水。"弗罗多说,"咱们还是别想那事儿了,那种水喝不得。"

"那就更有必要把水壶装满了。"山姆说,"可这里找不到一丁点儿水,我连水滴的声音都没听到过。不管怎么说,法拉米尔提醒过我们不要喝魔古尔的水。"

"他说的是不要喝任何从伊姆拉德魔古尔山谷流出去的水。"弗罗多说,"我们现在已经不在山谷里了,如果我们碰上泉水,那就是流进山谷的水,不是山谷里流出去的水。"

"我即便渴死,"山姆说,"也信不过这里的水。这地方有种邪恶的感觉。"他嗅了嗅,"我觉得还有一股味道。你注意到了吗? 一种很古怪的味道,很污浊。我讨厌这股味道。"

"这里的一切我都十分讨厌。"弗罗多说,"不管是岩石还是阶梯,空气还是山体。从空气、大地,到水,似乎全都被施过诅咒。然而,我们只有这条路可走。"

"可不是吗。"山姆说,"要是我们出发前多了解一点,压根就不会来这里。不过,我想通常都是这样。弗罗多少爷,那些古老传说和歌谣中的勇敢的事情,我以前总把它们当作历险和奇遇。我总觉得,故事里那些了不起的人物,认为生活有点枯燥,想要一种奇遇,于是出门去寻找,寻找一种有趣或冒险的事情。但那些真正重要的故事,或那些被人们铭记的故事,却并不是那样。里面的人物通常似乎突然遭遇了那些事情,就像您刚才说的,他们只有那样的路可走。我想,他们也一定会像我们一样,有过很多次回头的机会,只是他们并没有那么去做。要是他们真那么做了,我们也不会知道,因为那样的话,他们早就会被人们遗忘了。而我们听到的那些坚持走下去的故事中,说真的,可不都是圆满结局。至少对故事里的人来说不像我们外人看到的那样圆满。比如,顺利回到家,发现一切都好,但却跟从前不一样了,就像老比尔博先生那样。尽管掉到那样的故事里结局可能最棒,可那些故事听起来却不是最带劲的。我很好奇,我们算是掉进了哪种故事?"

"我也很好奇,"弗罗多说,"但我不知道。真正的故事就是这样。就拿任何一个你喜欢的故事来说吧。你可能会知道或猜得到那会是个什么样的故事,圆满的结局还是悲伤的结局,但故事里的人不知道啊。而你也不希望他们知道。"

"是的,少爷,绝对不希望。就拿贝伦来说吧,他可能从来都没料到过自己能够摘下桑格罗德里姆铁王冠上的精灵宝钻,可他竟然做到了。那个地方比我们要去的地方更邪恶,他冒的危险也比我们的更可怕。不过,当然啦,那是个很长的故事,中间经历了快乐,也经历了悲伤,还有很多其他的东西 —— 那颗精灵宝钻流传了下来,传到了刚铎第五代国王埃雅伦迪尔手上。天啊,少爷,我居然从来都没想到过,没想到过,我们有 —— 您有一些埃雅伦迪尔精灵宝钻的光,就装在夫人给您的星光水晶瓶里! 天啊,这么一想,我们竟然在同一个故事里! 故事还在继续。伟大的故事永远不会结束吗?"

"是的,伟大的故事永远不会结束。"弗罗多说,"但故事里的人物会来来往往,一旦角色结束就会退场。我们的角色将来会结束 —— 也许很快就会结束。"

"那样的话,我们就可以好好休息,好好睡觉了。"山姆说着,苦笑起来,"弗罗多少爷,那是我真实的想法。我只想着平平常常地休息,平平常常地睡觉,早晨起床到花园里干干活儿。恐怕我希望的一直也就这么多。所有那些宏伟计划并不适合我这种人。不过,我很想知道,我们将来会不会被写进歌谣或传说。我们当然在故事里,不过我的意思是,被人写下来,写进满是红字和黑字的了不起的大书里,很多很多年以后,在火炉边被人讲出来,或者被人大声读出来。人们会说:'我们来听一个弗罗多和魔戒的故事吧!'他们会说:'好啊!那可是我最爱听的故事之一。弗罗多非常勇敢,对不对,爸爸?''是的,儿子,他是最有名的霍比特人,这就充分说明了那一点。'"

"那可充分说明得有点儿多!"弗罗多说着大笑起来,是一种发自内心的爽朗笑声。索隆来到中土世界后,那些地方肯定从未有过这样的笑声。山姆突然觉得,好像所有的石头都在聆听,那些高高的山岩都向他们倾斜过来。弗罗多可没注意那些,他又笑了起来。"嗨,山姆,"他说,"你这么一说,我太开心了,就跟故事真的已经写下来了一样。可你漏掉了一个关键人物——刚勇者山姆怀斯。'爸爸,我要再听听山姆的故事。爸爸,他们为什么没有多多记录他说的那些话呢?我最喜欢听他说话,总能让我哈哈大笑。如果没有山姆,弗罗多肯定走不到这么远,对吧,爸爸?'"

"嘿,弗罗多少爷,"山姆说,"您不该拿这事开玩笑。我刚才是认真的。"

"我刚才也是认真的。"弗罗多说,"我现在也很认真。不过我们俩故事讲得太快啦。山姆,我跟你都还卡在故事中最糟糕的地方呢。听到这个地方,人们很可能会说:'爸爸,把书合上吧,我们不想继续读了。'"

"也许吧,"山姆说,"但我肯定不会说这种话。伟大故事的情节各不相同。唉，故事里的咕噜都可能很好，至少比你的这个咕噜要好一些。而且，照他自己的说法，他从前也很喜欢听故事。不知道他觉得自己是英雄还是恶棍？

"咕噜！"他喊道，"你想当英雄吗——这会儿他又跑到哪里去了？"

无论是在他们藏身处的口子上，还是在附近的阴影中，都看不到咕噜的踪影。他之前拒绝了他们的食物，跟往常一样接受了一点水，似乎接着就蜷起身子睡下了。前一天他失踪很久的时候，他们曾揣测过至少有一种可能是去猎寻他喜欢吃的东西了。在他们谈话的时候，他显然又溜走了。可这次又是为了什么？

"我真讨厌他这种一声不吭偷偷溜走的行为。"山姆说，"眼下就更是如此。他不可能是去找吃的了，除非他喜欢啃某种石头。嗨，这儿连点青苔都没有！"

"现在不必担心他。"弗罗多说，"要是没有他，我们不可能走这么远，可能连隘口都看不到。所以，咱们就容忍一下他的那些做法。如果不忠心，也只能由着他不忠心了。"

"尽管如此，我还是想把他控制在眼皮底下。"山姆说，"如果他不忠心，那就更得盯紧一些。您记得吗？他从来不肯说这隘口是不是有把守。而我们现在看见那里有座塔楼，可能有人把守，也可能没有。您觉得他会是去把他们，把奥克或其他什么东西招来吗？"

"不，我觉得不会，"弗罗多答道，"我想，他确实可能怀着诡计，但即便他真怀有什么诡计，我想也不可能是去把奥克或任何大敌的爪牙招来。他为什么要等到现在，等到他费了那么大的劲爬上来，等到离他惧怕的地方那么近才下手？从我们遇见他之后，他有太多的机会可以把我们出卖给奥克。不，他溜出去要是有什么事，也会是他自己的某种小事，某种他觉得非常秘密的事。"

"嗯，弗罗多少爷，我觉得您说得在理。"山姆说，"不过，我还是不放心。我想得也没错，我相信他会高兴得跟舔自己手指一样把我交给奥克。可我忘了一样东西——他的宝贝。不，我猜他一路上想着的就是可怜的斯密戈要宝贝。他要是有什么诡计，所有诡计里盘算着的也只有这一样。可我猜不到，他把我们带到这么高的地方来，怎么能够助他诡计得逞。"

"很有可能，他自己也猜不到。"弗罗多说，"我猜他那个糨糊脑袋里不会有什么清楚的方案。我想，他确实一方面想要竭尽全力护住宝贝，不让它落入大敌手里。如果大敌得到它，那将会是他最致命的灾难。另一方面，他很可能在等待时机，等待机会。"

"对，就像我以前说过的，滑头鬼和缺德鬼。"山姆说，"不过，越接近大敌的地界，滑头鬼也就变得更像缺德鬼。记住我的话好了——等我们到了隘口，他一定会耍花招，让我们无法把宝贝带过去。"

"我们还没到那里呢。"弗罗多说。

"是还没到，但我们最好还是擦亮眼睛，时刻提防着点儿。要是发现我们掉以轻心，缺德鬼很快就会冒出来占上风。不过，少爷，您现在要是眯一会儿还是安全的。挨近我躺着会安全些。我真希望您能睡一会儿。我会守候着您。总之，您要是躺在我旁边，让我用手臂护住您，无论谁想对您下手，您的山姆都会知道。"

"睡吧！"弗罗多长出了一口气，说道，仿佛看见沙漠中清凉的绿洲，"是的，就算在这里我也能睡着。"

"那就睡吧，少爷！把头枕在我腿上。"

几个钟头后，咕噜偷偷摸摸从前方阴暗的小路上爬回来时，看到的就是这幅景象。山姆背靠岩石坐着，头歪向一侧，发出沉重的呼吸声。弗罗多的头枕在他腿上，睡得香甜深沉。山姆棕褐色的手一只放在弗罗多苍白的额头上，一只轻轻放在他的胸口上。两个人的神态十分安详。

咕噜望着他们，面黄肌瘦的脸上掠过一丝奇怪的表情。他眼中的光芒消退了，眼睛变得灰白黯淡，苍老而疲惫。似乎有痛苦撕扯着他，他扭过身望着上方的隘口，摇了摇头，仿佛内心在进行着斗争。接着，他回过身，慢慢伸出一只颤抖的手，小心翼翼地触摸着弗罗多的膝盖，几乎是在抚摸着他。有一瞬间，熟睡的二人任何一个醒来看见他，都会以为自己看见了一位苍老疲惫的霍比特人，漫长的岁月让他远离了自己的时代，远离了亲友，远离了年青时候的田野和溪流，使他萎缩成了一个食不果腹的可怜老家伙。

他的触碰让弗罗多身体一动，在睡梦中轻轻叫出了声。山姆立刻惊醒过来。他睁开眼就看见了咕噜——"用爪子抓少爷。"他脑子里突然打了个激灵。

"嗐，你！"他粗声喝道，"你在干什么？"

"没干什么，没干什么，"咕噜轻声说，"好心的主人！"

"我谅你也不敢干什么。"山姆说，"你这个老坏蛋，刚才去哪儿了——偷偷摸摸溜走，又偷偷摸摸溜回来？"

咕噜把身子缩回去，沉重的眼皮底下闪烁着绿光。此刻的他看起来像一只大蜘蛛，四肢蜷缩向后仰蹲着，两只眼睛鼓凸出来。刚才那个瞬间消失了，再也回不来了。"偷偷摸摸，偷偷摸摸！"他恨声说道，"霍比特人总是有礼貌，是的。噢，好心的霍比特人！斯密戈带他们爬上谁也找不到的秘道。他很累，他很渴，是的很渴。他给他们带路，给他们找路，他们说'偷偷摸摸，偷偷摸摸'。真是非常好心的朋友，噢是的我的宝贝，非常好心。"

山姆觉得有些过意不去，当然也并没有因此更信任他。"对不起。"他说，"对不起了。可你刚才把我惊醒了，我本来不该睡着的，所以说话有点尖刻了。弗罗多少爷太累了，我让他稍微眯一会儿。嗯，刚才的情况就是这样。对不起。你刚才到哪儿去了？"

"偷偷摸摸去了。"咕噜说，眼中的绿光并未消失。

"噢，好吧，"山姆说，"你这么说也行！我猜离真相也不太远。我们现在最好在一块儿偷偷摸摸。什么时间了？是今天还是明天了？"

"明天了。"咕噜说，"霍比特人开始睡觉的时候，就已经是明天了。非常愚蠢，非常危险——要是可怜的斯密戈没有偷偷摸摸在周围守哨的话。"

"我想咱们很快就会听厌'偷偷摸摸'这个词儿。"山姆说，"不过也没关系。我来把少爷叫醒。"他轻轻拨开弗罗多额前的头发，低头轻声叫他。

"醒一醒，弗罗多少爷！醒一醒！"

弗罗多动了一下，睁开眼睛，看见山姆低头望着他，脸上露出了微笑。"山姆，你这是叫我早起吗？"他问道，"天还黑着呢！"

"是的，这里天一直黑着。"山姆说，"咕噜回来了，弗罗多少爷。他说，现在是明天了。所以我们得继续往前走。最后一程。"

弗罗多深深吸了一口气，坐起身。"最后一程！"他说，"哈啰，斯密戈！找到什么食物了吗？你有没有休息？"

"没有食物，没有休息，斯密戈什么也没有。"咕噜说，"他只有偷偷摸摸。"

山姆咂巴了一下嘴巴，强忍住没开口。

"别给自己乱添恶名，斯密戈。"弗罗多说，"不管是不是真的偷偷摸摸，这么说都不明智。"

"斯密戈只能接受人家给添的恶名。"咕噜答道，"见多识广的霍比特人，仁慈的山姆怀斯大人给他这个恶名。"

弗罗多看看山姆。"是的，少爷，"山姆说，"我突然惊醒过来，看到他在眼前，就用这个词说了他。我已经跟他说过对不起了，不过我看很快就不必说了。"

"嗨，让这事儿过去吧。"弗罗多说，"不过，你，我，还有斯密戈，我们正好可以谈点正事。告诉我，剩下的路我们可以自己找到吗？我们已经看见隘口，看见进隘口的路了，如果我们能找到通往那边的路，我想我们的约定可以终止了。你已经完成了自己的承诺，你自由了——自由地回去找吃的，自由地回去休息。只要不投靠大敌的爪牙，想去哪里就可以去哪里。将来我也许会报答你，我本人或者是那些记得我的人。"

"不能，不能，还不能。"咕噜哀声道，"噢不！他们不能自己找到路，对吧？噢确实不能。前面还有隧道。斯密戈必须继续走。不能休息。不能吃东西。还不能。"

第九章
希洛布*的巢窠
Shelob's Lair

正当他站在黑暗中,心里充满极度绝望和愤怒的时候,他似乎看到了一束光:一束在他脑海中的光,刚开始明亮得简直令人无法忍受,就像长期藏身无窗洞穴中的人看见刺眼的阳光。

* 希洛布（Shelob），其中"She"意指希洛布的雌性性别，而"lob"是英语中对"蜘蛛"的古称，"希洛布"的含义就是"母蜘蛛"，因此书中指涉这个不具名的恶灵时会用大写"She"来代替。

现在确实可能是咕噜所说的白天了，可两个霍比特人看不出有多大区别。也许唯一的变化是头顶低沉的天空没那么漆黑，变得像一只浓烟滚滚的大顶盖。裂罅与洞穴中依然是至深的黑暗，他们周围的岩石世界此时已褪去黑暗，笼罩上一层灰蒙蒙的阴影。一行三人继续向前走，咕噜走在最前面，两个霍比特人并排走在后面，爬上夹在石墩与石柱间的长长沟壑。石墩与石柱残破、风化，像未经雕凿的巨大石像立在两旁。周围一点声音也没有。大约一哩开外的地方，立着一堵巨大的灰色岩壁，是他们此行最后一座异峰突起的岩柱。他们走近后发现，岩柱看上去更加黑暗、高大，矗立在他们面前，遮挡住后方的一切，在岩脚前方投下浓重的暗影。山姆用力吸了吸鼻子。

"呸！臭死了！"他说，"真是越来越臭。"

他们此刻已置身阴影中，能看见正中有个洞口。"就从这里进去。"咕噜轻声说，"这是隧道的入口。"他没有说出隧道的名字：托雷赫乌苟，希洛布的巢窠。洞里散发着一股恶臭，不是魔古尔草地上那种令人作呕的腐朽气息，而是一种浓烈的恶臭，似乎里面的黑暗中囤积了大量无以名状的污秽之物。

"斯密戈，只有这条路可走吗？"弗罗多问道。

"是的，是的，"他答道，"是的，我们现在得走这条路。"

"你是说，你以前钻过这个洞？"山姆问，"呸！不过你也许不在乎这些臭味。"

咕噜眼睛里闪着精光。"他不知道我们在乎什么,对吧,宝贝?不,他不知道。斯密戈能忍受很多东西。是的,他以前钻过。噢是的,钻出去过。只有这条路。"

"我想知道,那臭味是怎么来的?"山姆问,"它闻起来像——呃,我不想说出来。我敢保证,这里是奥克的兽窝,窝里积攒了一百年的污秽。"

"唉,"弗罗多说,"不管是不是奥克的兽窝,如果只有这条路,我们就只能走。"

他们深深吸了口气,走了进去。刚走没几步,他们就陷入了无法穿透的极度黑暗。自暗无天光的墨瑞亚矿坑之后,弗罗多和山姆再也没见过这样的黑暗,甚至可以说这里的黑暗更深重、更浓滞。墨瑞亚矿坑里有空气流动,有声音回响,还有空间的感觉。而在这里,空气凝滞、污浊、沉闷,死寂无声。他们仿佛走在由黑暗淬炼出来的黑色蒸汽中,吸入这样的气雾,不仅眼睛会瞎,就连脑子也会瞎,关于色彩、形状以及光的记忆全部会从脑海中退去。这里过去是黑夜,将来永远是黑夜,长夜绵绵无绝。

有一阵子,他们仍然能够有知觉。事实上,一开始他们的脚和手指似乎感觉到锐痛。他们吃惊地发现,墙壁摸起来很光滑,除了偶尔几个地方有台阶,脚下的地面笔直、平坦,沿着一道斜坡渐渐向上。隧道高大、宽阔。如果两个霍比特人并肩行走,各自向外伸直手臂,才能勉强触碰到隧道侧壁。他们此刻被至深的黑暗隔开了,各自踽踽独行。

咕噜第一个走进去,似乎就在他们前面几步。刚才他们还能感知周围的时候,听到前头传来他嘶嘶的喘息声。过了一会儿,他们的感官变得迟钝起来,触觉和听觉似乎渐渐麻木了。他们摸索着往前走,一直走着，主要靠着他们最初踏进来时的那股意志力，想要穿过隧道，到达高处的城门。

可能还没走出多远，他们就失去了对时间和距离的感觉。山姆用手摸着洞壁走在右边，突然经过洞壁上的一个开口，他察觉到自己瞬间呼吸了一丝没那么滞重的空气。"这里面不止有一条通道。"他小声说，似乎要费很大力气才能把说话声音传出去，"没有比这更像奥克窝的了！"

之后，他们又经过三四个类似的开口。第一处是山姆在右边发现，接着弗罗多在左边也有发现，有的开口宽一些，有的窄一些，但毫无疑问都不是主道。主道笔直向前，没有转弯，一直向上爬升。但它究竟有多长？他们还要忍受多久？或者说，他们还能忍受多久？他们越往上爬，空气中的滞重不畅感就越强。他们在漆黑中似乎不时就会感觉到一股比污浊空气更浓重的阻滞。他们竭力向前走，不时感觉有东西从他们的头上和手上擦过，长长的像触须，也可能是吊生物，具体是什么不得而知。臭味越来越浓烈。他们简直觉得，嗅觉似乎是唯一清晰留下来用以折磨他们的知觉。一个小时，两个小时，三个小时——他们不知道在这不见天光的洞中过了多少个小时，无数个小时——更像无数天，无数个星期。山姆离开洞壁，向弗罗多一侧摸索过去，他们的手碰到了，紧紧握在一起。他们就这样并肩向前走着。

后来，一直沿左边洞壁摸索向前走的弗罗多，突然摸了个空，差点向外栽到空地上。这一处开口比他们之前经过的任何一处都要宽，散发出无比浓烈的臭味，潜藏着无比强烈的恶意，弗罗多感到一阵天旋地转。就在这时，山姆踉跄着摔到地上。

弗罗多强压下恶心和恐惧，紧紧拉住山姆的手。"快起来！"他哑着嗓子喊道，"恶臭和危险全都是从这个地方发出来的。总算发现了！快起来！"

弗罗多聚集起全部的力量和决心,把山姆拽起来,竭力向前挪动。山姆跟跄着跟在他旁边,一步,两步,三步——他们向前走了六步。也许他们已经过了那个看不见的可怕开口,但不管是不是,脚下突然变得好走一些了,仿佛某种敌对的意志暂时放过了他们。他们俩仍然手握着手,挣扎着向前走。

他们几乎马上就遇到了新的难题。隧道分岔了,或似乎出现了分岔。在黑暗中他们无法分辨哪一条路宽一些,或哪一条路靠直道更近一些。他们该走左边的还是右边的?他们找不到任何引导,一旦选错,后果肯定不堪设想。

"咕噜走了哪一条路?"山姆喘着气问,"他为什么不等着我们?"

"斯密戈!"弗罗多费力开口叫道,"斯密戈!"可他的声音嘶哑,声音似乎一离开嘴唇就消失了。没有回答,没有回音,甚至也没有一丝空气颤动。

"我猜他这次真走了。"山姆咕哝道,"我猜,他一直算计着要把我们带来这里。咕噜!要是让我再碰到你,我绝对饶不了你。"

他们在黑暗中摸索向前走了一阵子,很快发现左边的出口被堵上了,要么是那里本来没有开口,要么就是坠落的大石头把通道堵住了。"不会是这条路。"弗罗多低声说,"不管是对是错,我们都必须走另一条路。"

"赶快!"山姆喘着气说,"这附近有比咕噜更可怕的东西。我能感觉到有什么东西在盯着我们。"

他们还没走出几码,就听到背后传来一个声音——一种冒泡泡的汩汩声,一种毒舌吐芯子的嘶嘶声——在一片死寂中听起来无比惊悚。他们猛地转过身,什么也看不见。他们僵立在原地一动不动,瞪大眼睛,等着那不知道是什么的东西出现。

"是个陷阱!"山姆说着,把手按到了剑柄上,他想到了发现这把剑的黑暗古墓,"真希望老汤姆此时在我们近旁!"他暗暗想道。正当他站在黑暗中,心里充满极度绝望和愤怒的时候,他似乎看到了一束光:一束在他脑海中的光,刚开始明亮得简直令人无法忍受,就像长期藏身无窗洞穴中的人看见刺眼的阳光。接着,那光变得五彩缤纷:绿色、金色、银色、白色。远远地,就像在精灵巧手绘就的图画中一样,他看见了加拉德瑞尔夫人,站在罗里恩的草地上,手里拿着礼物。他听见她说:而你,持戒人,我为你准备了这个。声音遥远,但却十分清晰。

冒泡泡似的嘶嘶声越来越近,同时还传来了嘎吱嘎吱的声音,就像某样以关节连接起来的巨大物体在黑暗中缓慢移动。一股恶臭袭来。"少爷,少爷!"山姆急切地大叫,嗓子突然又能发出声音了,"夫人的礼物! 星光水晶瓶! 她说那是给你在黑暗的地方用的光。星光水晶瓶!"

"星光水晶瓶?"弗罗多茫然不解地喃喃道,如同梦呓一般,"对啊! 我怎么忘了? 万光俱灭,唯它独明! 现在确实只有光才能帮助我们了。"

他慢慢把手伸到怀里,慢慢举起加拉德瑞尔的水晶瓶。有一刻,它微弱地闪着光,像一颗刚刚升起的星星,奋力冲破笼罩着地面的浓雾。接着,它的力量增强了,弗罗多心中也随之生起希望。光亮开始燃烧起来,升起银色的光焰,宛若一颗散发着炫目光亮的小心脏,仿佛埃雅伦迪尔头上戴着最后一颗精灵宝钻,循着日落之光亲自到来。黑暗在它面前退却,最后,它化作一颗中央放射出明亮光芒的剔透的水晶球,高举着它的那只手也散发着白亮的火光。

弗罗多惊奇地望着这件奇妙的礼物。他随身携带了这么久,从未料想到它竟然具有如此大的价值和威力。他在路途中很少会想起它,来到魔古尔山谷后想起它却也未曾使用过,生怕它会发出光亮泄露他们的行踪。"最光辉的星辰埃雅伦迪尔在上!"他喊道,并不清楚自己说的是什么,仿佛另一个声音经由他叫出了这句话,清晰而响亮,丝毫没受到洞穴里污秽空气的影响。

然而,中土世界还存在着其他古老又强大的威力——暗夜的力量。在黑暗中潜行的她,在遥远的过往曾经听过精灵的这句呼喊。她当时不以为意,如今依然不会被吓倒。弗罗多呼喊的时候,感到一股铺天盖地的恶意向他压过来,一种要置他于死地的目光正打量着他。在隧道前方不远处,在他们与刚才晕眩跌倒的开口中间浮现出两大排玻璃窗一样的眼睛——迫近的威胁终于露出了真面目。星光水晶瓶发出的光芒撞上那千百个发光立面,被击碎逼退了。而那玻璃窗样的立面后头闪烁着的可怕的苍白火焰渐渐变亮,强烈的火焰映照出坑洞深处的邪恶。那两排眼睛丑陋、可怖、狞厉,邪恶魅笑、神情狰狞地注视着落在陷阱中无处可逃的猎物。

弗罗多和山姆吓得魂飞魄散,慢慢往后退,同时紧紧盯着那些凶残的眼睛。他们一步步向后退,眼睛一步步向前迫近。弗罗多的手颤抖起来,慢慢垂下了水晶瓶。接着,他们突然挣脱了那个禁锢着他们,导致他们跑不动,只能惊慌失措任由那些眼睛消遣的魔咒,两个人快速转身,死命奔逃起来。弗罗多一边奔跑,一边向后看,惊恐地发现那些眼睛在后面上下跃动着追赶过来。臭死人的气味像浓云一般将他围困住。

"快站住!快站住!"他绝望地喊道,"跑也没有用!"

那些眼睛渐渐爬过来。

"加拉德瑞尔!"他高声叫道,集中全身的勇气再次举起水晶瓶。那些眼睛停住了。有一瞬间,它们的凝视放松了,像是被某种疑云遮蔽了。弗罗多的心刹那间燃烧起来，顾不上去想自己在做什么，顾不上去想自己到底是愚蠢是绝望抑或是英勇，他左手擎举着水晶瓶，右手拔出了剑。刺叮剑闪电般地出鞘，锋利的精灵宝剑寒光闪闪，剑刃边缘泛着蓝光。夏尔的霍比特人弗罗多，一手擎举着星光水晶瓶，一手执握着雪亮的宝剑，迎着那些眼睛稳步向前。

那些眼睛明显瑟缩了，随着光芒靠近，蒙上了疑云，一只一只开始变黯，慢慢向后退去。以前从未有如此致命的光亮困扰过它们。它们一直安全地待在见不到日月星辰的地底下。现在却有一颗星星坠入了它们的地盘。星光越靠近，那些眼睛越怯缩，一只一只变暗了。它们转开去，在光亮照不到的后方中央，一团巨大的阴影在起伏拱动。它们离开了。

"少爷，少爷！"山姆喊道。他紧紧跟在弗罗多身后，手中握着剑，准备迎战，"星光和荣耀！精灵们只要听说，一定会为这事写首歌！希望我能活下去，跟他们讲述这个故事，听他们谱唱。少爷，别再向前走了！别去那个野兽窝！这是我们唯一的机会，赶快离开这个臭气洞！"

他们再次转过身，向前走了一会儿，接着开始跑起来。前面的隧道陡峭上升，他们每迈出一步，就离那个看不见的臭气巢穴更高一步，他们全身的力量与勇气也就恢复得更多一些。然而，那个窥伺者的仇恨仍然潜伏在他们背后，或许眼睛暂时看不见了，但却并未被打败，仍然伺机夺取性命。这时，一股稀薄寒冷的气流迎面吹来。终于，隧道尽头的出口要到了。他们气喘吁吁，快速奔向那片没有顶盖的地方。然而，他们惊恐地发现自己跟跄着向后摔倒在地上。出口被某种屏障封堵上了——不是石头，似乎是某种柔软而略有弹性的东西，强韧而密实。有空气从中透进来，但透不过一丝光亮。他们再次向前冲，再次被弹了回来。

弗罗多把水晶瓶举向高处，发现面前是一片灰暗之物，星光水晶瓶的光芒无法穿透，也无法照亮，似乎是一片无光之影，没有光亮可将其驱散。纵横交错封住隧道口的是一张巨大的网，整齐有序，像某种巨型蜘蛛的网，但织得更浓密、更庞大，每一条丝都像绳索那么粗。

山姆冷笑起来。"蜘蛛网！"他说，"竟然是它？蜘蛛网！这蜘蛛得有多大啊！看我拆了它们，砍断它们！"

他狂怒着挥剑就砍，但剑刃下的蛛丝并未断裂，只是微微向下缩了一点，随即就像张开的弓弦重又弹了回去，弹开剑锋，反震着剑和持剑人的手臂。山姆拼尽全力连砍三剑，只砍断了无数蛛丝中的一根，断裂的蛛丝扭曲着，卷扫过空中，尾端甩过山姆的手背，他痛得大叫一声，连连后退，快速把手放到嘴边吹。

"像这样的话，得花好几天时间才能清理出一条路。"他说，"怎么办？那些眼睛回来了吗？"

"没有，还没看见。"弗罗多说，"不过我感觉它们还在盯着我，或者在算计着我——也许是在想其他的招数。如果星光暗了或灭了，它们很快就会再次出现。"

"在出口的地方被困住了！"山姆气呼呼地说，怒火让他忘记了疲惫和绝望，"成了被困在网上的蠓虫。但愿法拉米尔的诅咒应验在咕噜身上，早点应验！"

"可那也解决不了我们现在的问题。"弗罗多说，"瞧着！让我们看看刺叮剑的威力。它可是把精灵宝剑。在铸造刺叮剑的贝烈瑞安德黑暗峡谷中有许多恐怖的蜘蛛网。你来守卫放哨，阻止那些眼睛。来，举着星光水晶瓶。不要怕。举高，当心点！"

弗罗多走到巨大的灰网前，挥起宝剑奋力砍去，锐利的剑锋疾速斩过密密交织的蛛丝，他快速纵身闪开。闪着蓝光的剑锋削过蛛丝，就像镰刀卷过青草，那些蛛丝弹跳着，剧烈扭动着，继而松垂下来。网上砍出了一个大洞。

他一剑剑不停地砍下去，终于把够得着的蛛网全都砍断，上半截残余的蛛网像松垂的遮面罩被灌进来的风吹得飘摇晃动着。陷阱终于被打破了。

"快来！"弗罗多喊道，"快走！快走！"他心中激荡着绝处逢生的狂喜，就像猛地喝了一大口烈酒，脑袋开始醺醺然。他纵身跳出去，呼喊着奔跑起来。

在他那双刚刚经历过漆黑巢穴的眼中，这片黑暗之地似乎都明亮起来。巨大的烟雾升上去，变得稀薄了，晦暗的白昼即将结束。魔多的刺眼红光消失在幽暗中。然而，弗罗多却觉得自己正面对着一个陡然充满希望的早晨。他已经快要到达城墙的顶端了。只要再向上爬一点儿。那个裂口，那个黑暗山脊的灰暗缺口，奇立斯温格尔，就在他面前。两侧像号角一样的漆黑岩柱刺向天空。只要冲刺一小段，他就顺利穿过了！

"隘口，山姆！"他叫道，完全没有意识到自己的声音摆脱了隧道中的阻滞空气，显得多么高亢、响亮，"隘口！冲啊，冲啊，我们要冲过去啦——冲过去！谁也拦不住我们啦！"

山姆撒开腿拼命在后面追赶。山姆虽然也很高兴终于获得自由，却隐隐地感到不安，一边跑一边不断扭头向后望着漆黑的拱形隧道口，生怕看到那些眼睛或某种难以名状的东西跳出来追赶他们。无论是他还是他家少爷，对希洛布的诡计多端都知之甚少。她的巢穴有很多个出口。

希洛布是个蜘蛛形状的妖物。她的一些远古同类曾经住在如今沉没海底的西方精灵之地。很久以前，贝伦曾在多瑞亚斯的恐怖山脉中和那些妖物厮杀过，因此得以在那里长满毒芹的林间草地上，遇见了月光下的露西恩。黑暗年代鲜少有故事流传下来，希洛布如何逃过大地崩毁来到此地，也因此没有任何传说里提到过。索隆到来之前，巴拉督尔尚未建立之前，她就已经来到此地，在此盘踞了漫长的年岁。除了她自己，她不效忠任何势力。她噬饮精灵和人类的鲜血，因暴食无度而膨胀臃肿，日日缩在巢穴里编织着黑暗的蛛网。所有生物都是她的食物，她倾吐的却是黑暗。她与自己的后代交媾后杀死这些可怜的伴侣，所生出来的杂种子孙散布得又远又广，从一处山谷到另一处山谷，从埃斐尔度阿斯山到东边的群山，到妖术之山多古尔都和幽暗森林要塞。但没有哪个能与她作对，她是妖灵希洛布——恶灵乌苟立安特仍在荼毒、祸害这个世界的最后一个子嗣。

窥探所有黑暗洞穴的斯密戈，也就是咕噜，多年以前见过她，此后一直对她躬身膜拜。她那黑暗、邪恶的意志陪伴他走过无数令他疲惫的道路，将他与光明隔绝，使他没有机会遗憾、懊悔。他承诺过给她带来食物。她的贪欲跟他的不同。她几乎不知道，或者也不在乎什么塔楼、魔戒，或心灵手巧的匠人设计出来的任何东西。她只渴望夺走其他生灵的性命，吞噬它们的身体，渴望自己得以饱食终日，臃肿肥大到山脉容纳不下，黑暗也包藏不住。

这样的贪欲如今早已无法得到满足。索隆的力量壮大起来之后，光明和生物纷纷逃离了他的地界，如今她盘踞在自己的窝里饿了很久。山谷中的那座城已经死了，除了那些难吃的奥克，再也没有精灵或人类靠近。这些难吃的东西警惕性很高。但她总得有东西吃，所以，无论他们怎样忙着从隘口和塔楼挖掘新的曲折通道，她总能找出办法逮住他们。但她渴望吃到更美味的肉。于是咕噜把肉给她带来了。

"我们走着瞧，我们走着瞧。"从埃敏穆伊丘陵到魔古尔山谷的危险路途上,每当邪恶的情绪笼罩咕噜时,他就这么自言自语,"我们走着瞧。很有可能,噢是的,等她把骨头和剥下来的衣服扔掉,很有可能,我们就能找到它,我们就能得到它,得到宝贝,是给她带来甜美食物的可怜斯密戈该得的奖赏。我们要救下宝贝,我们保证过的。噢是的。等我们把它弄到手,她就会知道,噢是的,然后我们要报复她,我的宝贝。然后我们要报复所有人!"

他在奸诈内心的某个角落里如此这般地盘算着。即便当他趁着同伴沉睡的时候,再度找上她对她俯首表忠心,他也不会让她知道自己的这些想法。

至于索隆,他早就知道她潜伏的地方。知道她住在那里,饥饿万分却又恶毒万分,让他特别高兴。在这条通向他地界的古道上,他完全想不出任何比她更可靠的看守。至于那些奥克,虽说是有用处的奴隶,可自己手下要多少有多少。如果希洛布时不时抓几个满足自己的胃口,完全没问题,他丝毫不在乎。就像有人时常会给自己的猫(他称她为自己的猫,可她并不领情)打发几口美食,索隆会把一些没有什么价值的犯人送来给她:他会命人将他们赶进她的洞里,然后向他报告她是如何玩弄、食用这些犯人的。

他们就这样各投所好,各得其所,毫不担心任何侵袭、愤怒,或自己这些恶行的终结。连一只苍蝇都不曾逃出过希洛布的罗网,而她此刻更是前所未有的愤怒与饥饿。

可怜的山姆丝毫不知道他们激怒的这股邪恶,他只是感到心里有股越来越强烈的恐惧,一个他看不见的威胁带给他的恐惧。他的心头像压着一副千钧重担,让他的两条腿像灌了铅一般跑不动。

恐惧将他包围了。前方的隘口有敌人把守,而少爷却性情大异,无知无觉地向他们奔过去。他将目光从背后的阴影与左边峭壁下浓重的阴暗中移开，向前望去，发现两件令他更加焦虑恐惧的事情：一件是弗罗多握在手上的利剑闪着蓝光，另一件是尽管后方的天空已经黑了，塔楼窗户里面仍闪着红光。

"奥克！"他咕哝道，"绝不该这么冒冒失失。到处都是奥克，还有比奥克更可怕的东西。"接着，他快速恢复了长期以来养成的保密习惯，用手拢住仍然拿在手上的宝贵水晶瓶。因为血脉流动，他的手被映红了好一阵子。他将这暴露自身的光源塞进贴胸的口袋，裹紧了精灵斗篷。他努力加快脚步。他家少爷把他远远甩在身后，在他前头二十步开外的地方，像影子一样向前飞掠，眼看着就要消失在那片灰暗的世界里。

山姆刚藏好星光水晶瓶，希洛布就出现了。在他左前方不远处，山姆突然发现峭壁下方阴影中的一个黑洞口，钻出一个他从未见过的丑陋、可怖物体，比噩梦中看见的恐怖东西还要恐怖。看起来像只蜘蛛，但残暴贪婪远超大型猎食野兽，残酷的眼中蓄积着恶意，让她看起来也更阴森骇人。他曾经以为已经吓退并击败的那些眼睛又出现了，头上刺出的两排眼睛中再次露着凶光。她长着巨大的角，细短的脖子后头拖着一团硕大臃肿的身躯，像只巨大的充气袋悬垂在她的两排腿中间，摇来晃去。庞大的黑色躯体上点缀着青灰色斑块，下方腹部颜色灰白，散发着幽光和恶臭。她的腿弯曲着，巨大的关节耸得比背还高，腿上的毛像钢刺般竖着，每条腿的末端都长着钩爪。

她将自己软塌塌、吧唧作响的躯体和蜷缩的腿从巢穴上方出口里拽出来后，立刻以惊人的速度挪动起来，时而用咯咯作响的腿脚奔跑，时而纵身一跃，来到了山姆和他家少爷中间的地方。要么是没看见山姆，要么就是因为他带着光她想暂时避开他，此刻，她专注地盯着一个猎物——弗罗多。没有了水晶瓶傍身的弗罗多，正无知无觉地沿着路向前飞奔，丝毫没有察觉自己的危险。他跑得很快，但希洛布行动更快。再跳几步，她就会抓到他了。

山姆紧张得喘不过气，拼命大叫："小心背后！"他高声叫道，"小心，少爷！我……"但他突然叫不出声了。

一只湿黏的长手捂住了他的嘴巴，另一只手扼住了他的脖颈，还有什么东西缠上了他的腿。山姆毫无防备，一下子被偷袭者从身后牢牢抱住。

"抓住他了！"咕噜在他耳边嘶声低叫道，"终于，我的宝贝，我们抓住他了，是的，可恨恨的霍比特人。我们抓住这个。她会抓住另一个。噢是的，希洛布抓住他，不是斯密戈。斯密戈保证过。斯密戈根本不会伤害主人。可斯密戈抓住了你，你这可恨恨、讨厌的小偷偷摸摸人！"他对着山姆的脖子啐了一口。

咕噜一直认为山姆是个慢腾腾、头脑愚笨的霍比特人。然而，对背叛的愤怒，对他家少爷危在旦夕却无法及时赶去相救的绝望，令山姆在刹那间爆发出咕噜始料未及的狂暴力量。就连咕噜的身体也不可能扭动得如此迅速而又猛烈。他捂着山姆嘴巴的手被挣开了，山姆弓着身子向前扑，试图甩开掐在他脖子上的手。他手里握着剑，左臂上挂着法拉米尔送的手杖。他不顾一切想要扭身刺杀他的敌人，但咕噜身手奇快。他快速伸出长长的右臂，一把扣住山姆的手腕，手指像钳子一样，慢慢用力，恶狠狠地将山姆的手向下拗直，痛得山姆惨叫一声松开手，剑掉落在了地上。咕噜的另一只手一直紧紧扼住山姆的喉咙。

接着，山姆使出自己的最后一招。他竭尽全力向前挣，两脚站稳，双腿用力蹬向地面，将自己整个身体狠力向后砸去。

咕噜压根没料到山姆会使出这种简单招数，向后仰摔在地上，山姆整个人都压到他身上。这个敦实的霍比特人全身的重量压在他肚子上。咕噜发出刺耳的嘶嘶尖叫，霎时松开了扼紧山姆喉咙的手，但另一只手仍然紧扣着山姆握剑的那只手腕。山姆向前挣着站了起来,以被咕噜抓住的手腕为轴,迅速向右闪身,左手抓住挂在臂上的手杖,飞起一棍,迅疾向咕噜伸着的手臂上呼的一声砸下去,正砸中他的胳膊肘下方。

咕噜尖叫一声,松了手。山姆欺身向前,等不及将手杖交到右手,再次狠狠挥了出去。咕噜像蛇一样迅速滑向一旁,对准他脑袋的这一杖因此落到了脊背上。手杖咔嚓一声断了。这一下足够他受的。从背后偷袭是他的一贯伎俩,很少有失手的时候。这一次,怨恨蒙住了他的心,还没有用双手勒紧猎物的脖子,他就先自炫耀着喋喋不休,结果酿成大错。自从那片黑暗中意外出现令他恐怖的光亮,他的如意算盘就处处落空。此刻,他面对着一个身量跟自己相仿的暴怒的敌人,打起来他落不到好处。山姆一把抓起地上的剑,举了起来,咕噜尖叫着,四肢着地躲到一旁,像青蛙一样快速蹦走了,赶在山姆追上他之前,以惊人的速度向隧道方向奔去。

山姆握着剑在后面追赶。他忘记了一切,心里燃烧着熊熊怒火,只想着要杀死咕噜。咕噜赶在他前头逃掉了。当他追到漆黑的洞口前,扑鼻而来的臭气犹如一声惊雷炸醒了他,弗罗多和那个怪物顿时回到山姆的脑海中。他猛地转过身,发疯一般沿着道路跑上去,一遍遍高声呼喊着他家少爷的名字。他去得太迟了。咕噜的诡计只怕已经得逞了。

第十章
山姆怀斯的抉择

THE CHOICES OF MASTER SAMWISE

　　他想起了旅程刚开始的时候，自己亲口说过的话，那时他并不知道这些话意味着什么：在任务结束前，我也会有自己的承担。少爷，我想说的是，我一定会坚持到底。

弗罗多仰卧在地上，怪物俯身专注地盯着自己的牺牲品，丝毫没有留意山姆和他的喊叫声，直至他出现在眼前。山姆飞奔着赶过来，却发现弗罗多已被蛛丝从头到脚缠得结结实实，那怪物正准备用粗大的前腿半举半拖地把他拽走。

精灵宝剑从弗罗多手中掉落，毫无用处地躺在地上，在他身旁闪着寒光。山姆来不及细想自己该怎么办，也来不及细想自己这么做是出于勇敢、忠诚，抑或是愤怒。他大叫一声上前，左手抄起少爷的剑使劲砍出去。即便在凶猛的野兽世界，也不曾见过如此凶猛的攻击——一个长着小小牙齿的小动物，竟然会孤身扑向站立在自己倒下的同伴身旁的长着厚皮、尖角像高塔一样的庞然巨兽。

她沾沾自喜的美梦被小小的呼喝声打扰到了，缓缓转过去，将恶毒、凶狠的目光投向山姆。她还未及意识到，向她袭来的是过去无数岁月中不曾见识过的巨大愤怒，雪亮的剑就已砍中了她的脚，削掉了她的一只钩爪。山姆继续欺近，跳入她腿中间拱起的空地上，闪电般把剑换到右手，趁着她低头的空当猛地刺向那两排眼睛。一只前中眼瞎了。

这个可恶的小东西就在她身体下方，她的毒刺和钩爪一时都够不着他。她硕大的肚腹在他上方，发着令人恶心的光，发出的恶臭险些将他熏倒。但愤怒激发着他，就在她压向他，想要压垮他和他那顽固的勇气之前，他又拼命挥出了一剑，雪亮的精灵宝剑从她腹部划过然而希洛布不像恶龙[1]，除了眼睛，她全身没有相对脆弱的地方。她古老的皮囊因积腐而遍布坑洼疙瘩，但也邪恶地增长出一层又一层厚皮。剑锋划开一道可怕的口子。任何人类的力量都无法刺穿那些可怕的层层厚褶皮。纵使是精灵或矮人锻造的利刃，纵使是贝伦或图林挥剑，也都无济于事。这一剑令她浑身一激灵，旋即收紧在山姆头顶上的硕大肚腹，毒液冒着泡沫从剑口汩汩流出。她趴下腿，再一次用自己硕大的身躯挤压他。然而，她的这个谋算太快了。山姆仍然稳稳站着，将自己的剑丢开，双手擎举着精灵宝剑，想挡开她的可怕覆压。在残暴意志的驱使下，希洛布将身体狠狠压向了锐利的剑锋，这一下远超任何勇士臂膀能够挥击出的力量。剑越刺越深，越刺越深，山姆也被慢慢压倒在地上。

在希洛布邪恶、漫长的一生里，她想不到，甚至连做梦也不曾料到过如此剧烈的痛楚。无论是古时刚铎最强悍的战士，还是落入陷阱里最野蛮的奥克，都不曾这样抵抗过她，也不曾以刀剑伤害过她宝贵的肉体。她浑身一阵颤抖，再一次缩紧身躯，想要挣脱刺痛她的东西，她弓起身子底下剧痛的腿脚，奋力向后跃开。

山姆跪倒在弗罗多脑袋旁边，被恶臭熏得头昏眼花，但他双手仍紧紧握着剑柄。透过眼前的雾气，他模糊地辨出了弗罗多的脸，顽强地撑着把身体挪出笼罩着他的恶臭气雾。他慢慢抬起头，看见她就在几步开外的地方，盯着他，口器周围流着毒液，受伤的眼睛垂滴着绿色的稠液。她蹲伏在那里，抽缩抖动的肚腹瘫塌在地上，巨大的腿弓抖动不停。她正在积蓄力气，准备再一次跃起，一举碾压、蜇死对方，绝非仅仅轻蜇一下，注入毒液阻止猎物挣扎。这一次，她要屠杀，她要撕碎。

---

[1] 指的是托尔金笔下的恶龙种族，系魔苟斯用多种邪恶生物混合培育而成。

山姆蜷伏在地上，看着她，从她眼中看到了死亡。脑海中突然闪过一个念头，仿佛有遥远的声音在提醒他。他伸出左手在胸前摸索，找到了要找的东西——在恐怖的幻影世界中，他摸到了一样清凉、坚硬、结实的东西——加拉德瑞尔的水晶瓶。

"加拉德瑞尔！"他虚弱地叫道，突然他听见了遥远却清晰的声音，那是精灵星夜走过夏尔可爱的树影下时唱着的颂歌，是他在埃尔隆德家火焰厅入睡时传来的精灵颂歌。

吉尔松尼尔！啊，埃尔贝瑞丝！

他不由自主地张开嘴，用一种自己也不懂的语言唱了起来：

啊，埃尔贝瑞丝！吉尔松尼尔！
天空中最美丽的女人；
你不能通过暴力控制我；
引领我，晨星！

他一边唱着，一边摇摇晃晃地站起来。汉姆法斯特之子，霍比特人山姆怀斯又回来了！

"来吧，你这卑鄙的东西！"他叫道，"你伤害了我家少爷，你这畜生，你要为此付出代价！我们要赶路，但也得先解决了你再说。来啊，再尝尝它的厉害！"

似乎他不屈不挠的精神激发了它的强大威力，手中的水晶瓶突然迸发出像白炽火炬一样的光亮，宛若一颗从苍穹跃下的明星，以锐不可当的光芒烧灼着黑暗的空气。从未有过这样从天而降的恐怖煎炙着希洛布的脸。光芒径直射入她受伤的脑袋，烤得她疼痛难忍，这可怕的光像会传染似的，从一只眼睛扩散到另一只眼睛。她仰跌在地，前脚疯狂抽动，视力被射入体内的光摧毁，头疼欲裂。她扭开受伤的脑袋，滚到一旁，开始爬走，一点一点慢慢爬向后方黑暗峭壁上的洞口。

山姆逼上去。他头昏眼花，像喝醉酒了一样，但他一步步逼上去。希洛布终于害怕了，向后退缩，缩成一团，抽搐颤抖着，试图从他面前赶紧逃走。她爬到洞口，挤了进去，只留下一道黄绿色的黏液。赶在她溜进洞的当口，山姆对着她的后腿挥出最后一剑，随即瘫倒在地上。

希洛布逃走了。此后她是否会久久蛰伏在巢穴里，怀着怨毒与痛苦，在漫长的黑暗年岁中舔舐着自己的伤口，重新养好她的两排眼睛，直到快被饿死才再次出洞去阴影山脉各个山谷布下可怕的罗网？这个故事未曾提及。

山姆一个人茕茕孑立在那里。无名之地的黄昏降临在这处发生过激战的地方，他精疲力竭地爬回他家少爷身边。

"少爷，亲爱的少爷！"他叫着，但弗罗多没有回答。弗罗多因为获得自由欣喜若狂，热切地向前狂奔之际，希洛布以可怕的速度从后面追上去，快速蜇中了他的脖子。他躺在地上，脸色苍白，听不见任何声音，一动不动。

"少爷，亲爱的少爷！"山姆继续喊着。他静静地等着，等了很久，没有听到任何回应。

他用最快的速度割断绑在弗罗多身上的蛛丝，把头趴到弗罗多的胸口和唇边听，找不到任何生命的迹象，也没感觉到哪怕最轻微的一丝心跳。他不时揉搓少爷的手脚，探摸他的额头，但手脚和额头都已冰冷。

"弗罗多，弗罗多少爷！"他喊叫着，"别把我一个人撇在这里！你的山姆在叫你。别去我无法跟着你的地方！快醒醒，弗罗多少爷！

噢，快醒醒，弗罗多，我的天哪，我的天哪。快醒醒！"

排山倒海的愤怒淹没了他。他愤怒地绕着少爷的身体狂奔，向空中挥舞着剑，劈砍着岩石，嘶喊着叫阵。很快他恢复了神志，俯身凝视着暮色中弗罗多苍白的面容。突然，他发现自己竟然置身罗里恩的加拉德瑞尔在水镜中所展示的场景：面色苍白的弗罗多躺在巨大的黑色峭壁下熟睡。或者，他当时以为是熟睡。"他死了！"他说，"不是熟睡，是死了！"话一出口，仿佛话里带的毒性立刻发作，他觉得那张脸变成了青绿色。

深深的绝望将山姆击垮，他垂下脑袋，拉上灰色的兜帽遮住，心里一片漆黑，一时什么都不知道了。

心头那片漆黑终于过去了，山姆抬起头，发现周围暗了下来。不知道时间到底拖沓着过去了几分钟，还是几个小时。他依旧站在那个地方，他家少爷依旧躺在他旁边，死了。群山并未崩塌，大地也未毁灭。

"我该怎么办？我该怎么办？"他喃喃自语着，"我陪他走了这么远的路，到头来竟然是一场空？"他想起了旅程刚开始的时候，自己亲口说过的话，那时他并不知道这些话意味着什么：在任务结束前，我也会有自己的承担。少爷，我想说的是，我一定会坚持到底。

"可我能做什么？总不能抛下逝去的弗罗多少爷，让他就这样躺在山顶，自己回家去？还是继续向前走？继续向前走？"他一遍遍念叨着。疑虑和恐惧让他动摇了片刻，"继续向前走？我必须这么做吗？把他丢在这里？"

他忍不住哭了起来。他来到弗罗多身旁，把他的身体摆好，将他冰冷的手交叠摆在胸前，用他的斗篷将他裹好。接着，他把自己的剑和法拉米尔赠送的手杖摆在弗罗多身体两旁。

"如果我要继续向前走，"他说，"弗罗多少爷，我请求您允许我带上您的剑。我会把自己这把摆在您身边，就像它在古冢里陪伴老国王一样。老比尔博先生给您的漂亮秘银锁子甲也留下来陪您。弗罗多少爷，您之前曾把星光水晶瓶借给了我，接下来我会一直陷在黑暗中，会很需要它。它对我太有用了，夫人把它送给您，也许她能谅解我。弗罗多少爷，您能谅解我吗？我得继续向前走。"

可他还不能走，现在不能。他跪下来，握着弗罗多的手，无法放开。时间一点点过去了，他始终跪在那里，握着他家少爷的手，内心不断地斗争着。

他试图找到能将自己硬生生拉开，独自踏上复仇之路的力量。如果他能够再度上路，他的愤怒将会陪他踏遍世上所有的路，一路找下去，一定要抓住他，抓住咕噜，让他死在某个角落里。可那不是他当初出发时要做的事情。那样的事情不值得他抛下他家少爷去奔赴。那样做也不会让少爷复生。做什么都无法令他复生。他们最好能死在一块儿。可即便赴死，如今也是他孤零零一个人独行。

他望着闪亮的剑锋。他想到了后面那几处漆黑的悬崖和悬崖下的深渊。可那样做也于事无补。那么做毫无意义，甚至连悲伤哀悼都算不上。那不是他当初出发时要做的事情。"我现在该怎么办？"他失声喊道。现在他似乎确切知道了那个艰难的答案：坚持到底。另一段孤单的旅程，最糟糕的一段。

"什么？我，一个人，前往末日之隙这种地方？"他仍然胆怯，可决心也在一点点增长，"什么？让我从他那里取走魔戒？会议是把魔戒交给他的啊。"

但答案马上就出现了："会议给他派了同伴，确保任务不至于失败。而你是整个远征队中剩下的最后一个队员。任务一定不能失败。"

"真希望我不是那最后一个！"他喃喃道，"我希望老甘道夫在这里！别的其他人也行。为什么要剩下我一个人来做决定？我一定会出差错的。不该由我带着魔戒,不该由我挺身而出。

"你不是挺身而出,你是临危受命。说到不是合适、妥当的人选,唉,你可能要说,弗罗多少爷也不是,比尔博先生也不是。他们都不是自己的选择。

"呃,一定要我下定决心,我会下定决心的。可我一定会出差错的:山姆·甘姆吉一直就差错不断啊。

"让我想想:如果我们在这里被发现了,或者弗罗多少爷被发现了,而那个东西在他身上,大敌就会得到它。那样,我们就全完了——罗里恩,幽谷,还有夏尔,全都完了。现在不能再继续耽误了,要不就全都完了。大战已经开始,很有可能事情全都朝着对大敌有利的方向。没机会把它带回去征求建议或是取得准许了。不,要么坐在这里等他们来把我杀死在少爷身边,抢走它。要么,就带着它上路。"他深深地吸了口气,"那就带上它,好吧!"

他俯下身,轻轻摘掉弗罗多颈上的别针,将手伸进他的外衣里面。他用另一只手托起弗罗多的头,亲吻着他那冰冷的额头,轻柔地将项链从他头上取下来。接着,他将弗罗多的头放好。平静的脸上没有丝毫变化。这一点终于让山姆彻底相信弗罗多真的死了,真的抛下了任务。

"再见,亲爱的少爷!"他喃喃道,"请原谅您的山姆。等事情办完——如果他能设法办完的话,他一定会再回到这个地方。然后,他就再也不会离开您。安息吧,等着我回来。但愿没有可恶的生物靠近您!如果夫人能听见我,并允我一个愿望的话,我希望自己能够再回来,找到您。再见!"

他低头,戴上项链。魔戒的重量立刻把他的脑袋坠扯着垂向地面,似乎他脖子上吊着一块巨石。不过,慢慢地,重量似乎变轻了,也可能是他体内增长出一股新的力量。他抬起头,奋力站起来,发现自己可以背负着这个重担向前走。他将水晶瓶举起来,低头看着他家少爷,瓶里的光轻轻燃烧着,散发出夏夜星辰般的柔和光辉。在星光的映照下,弗罗多面容沉静美好,虽然苍白,却带着精灵气息的美,仿佛一个久已脱离暗影的人。山姆怀着一丝苦涩的慰藉最后看了一眼,转过身,藏起光,踉跄着走进渐深的黑暗之中。

前方要走的路并不远。隧道已在身后一段距离,隘口就在前方几百码的地方,或许还不到几百码。暮色中依稀可见前方的小路,是一条经年累月踩踏出来的深辙痕,沿着一道夹在两侧峭壁间的狭长石槽缓缓向上。石槽迅速变窄。山姆很快来到一段很长的石阶前,台阶又宽又矮。奥克的塔楼在正上方,阴森黑暗,里面一只红眼发着光。他隐蔽在塔楼底下的漆黑暗影中,向台阶顶端爬去,终于来到了隘口。

"我已经下定了决心。"他不停地告诉自己。其实他并没有。尽管他已尽力把各方面的问题都考虑到,可眼下的事情跟他自己的本性不符。"我是不是做错了?"他喃喃自语着,"我到底该怎么做?"

隘口两侧的陡峭岩壁逐渐向他逼近。即将到达真正的山顶,即将看到那条降入无名之地的小路,他转过身,怀着极度的疑虑,一动不动地望着来时的方向。昏暗越来越深,但仍能看得见隧道口,像一小片墨渍。他觉得自己看得见或猜得到弗罗多躺着的地方。当他望向自己人生崩塌的那处岩石高地,他觉得那儿地面上有一团光在闪亮,也可能是眼中的泪光让他造成了错觉。

"要是能够让我达成一个愿望,我唯一的愿望是,"他叹了口气,"回去找到他!"终于,他再次转过身,面对着前方的路,又上了几个台阶——这是令他感到最沉重、最不愿迈步的几个台阶。

只有几个台阶。只要再上几个台阶,他就要开始向下走,就再也看不到那处高地了。突然，他听见叫喊声和说话声。他顿时僵在原地。奥克的声音。他的身前、身后都有。一阵踢踢踏踏的脚步声和粗哑的吼叫声，是奥克从远处，也许是塔楼的某个入口，爬上隘口来。背后也响起沉重的脚步声和呼喝声。他急转过身，看见小小的红色光亮，火把在下方闪动，从隧道里拥出。终于开始追捕了。塔楼里的红眼没有瞎。他被发现了。

后方闪烁的火把越来越近，前方叮当的钢铁撞击声也越来越近。他们转眼就会来到山顶，抓住他。他浪费太长时间去下决心，导致现在这个局面。他该如何逃，如何保全自己，如何保全魔戒？魔戒！他完全没有意识到自己的想法或决定，只是发现自己拉出项链，把魔戒取下来拿在手上。奥克队伍的头目出现在他面前的隘口上。他戴上了魔戒。

世界霎时变了，瞬间他的脑子里涌进千百种思想。他立刻察觉到自己的听觉变得更加灵敏，而视力却变弱了，情形跟在希洛布巢穴里时有所不同。他周围的一切并不黑暗，只是看起来模模糊糊。他独自一人，置身于一片灰蒙蒙的世界，像一块坚硬的小黑石，戴在左手上的沉重魔戒则像灼烫的金箍圈。他丝毫不觉得自己隐形，反而显形得格外可怕。他也清楚地知道，在某个地方，有一只魔眼正在搜寻他。

他听见了岩石裂开的声音，听见了远处魔古尔山谷潺潺的流水声；他还听见了下方岩石深处，希洛布毫不止息的痛苦声，她摸索着消失在黑暗的通道里；还听见了塔楼地牢里的各种声音，以及奥克从隧道中出来发出的呼喝声。面前这些奥克踢踏的脚步声和嘶哑的喧闹声，在他耳中简直成了震耳欲聋的咆哮声。他紧贴着峭壁。他们走上来像一队幽灵，一群扭曲的身影走在迷雾中，他们手中都拿着苍白的火把，尤显得阴森可怕。他们从他身旁过去了。他瑟缩着，想找个裂

469

缝躲起来。

他继续听着。从隧道出来的奥克和向下方去的奥克会面了,双方都加快了脚步,大声叫嚷着。他能清楚地听见双方的声音,而且能听懂他们说的话。也许魔戒让他能够听懂不同的语言,或能够听懂它的制造者索隆手下各类鹰犬使用的语言,这样一来他只要留意到,就能听懂并将其中的思想传达给自己。魔戒接近了它的铸造之地,力量肯定会大大增长。然而,有一样东西它却不会赋予——那就是勇气。山姆此刻一心只想藏起来,只想潜伏到什么地方等一切风平浪静再出来。他紧张地听着。他无法分辨出声音的确切距离,只觉得那些话几乎就在他耳边。

"喂!戈巴格!你来这上面干什么?仗打够啦?"

"奉命巡逻,你这个笨蛋。你在干什么,沙格拉特?你在那边藏腻啦?想下来跟我们一起去打仗?"

"听着!这个隘口归我指挥。说话规矩点。你有什么要报告的?"

"没有。"

"嗨!嗨!呦!"一声大叫打断了两个头目的寒暄。下头那群奥克突然发现了什么。他们开始奔跑,上头的这群也开始跑起来。

"嗨!喂!这里有个东西!躺在路上。奸细,是个奸细!"呜呜的号角声、嘈杂的吼叫声顿时交织在一起。

山姆吃了一惊,顿时从胆怯的情绪里惊醒过来。他们发现他家少爷了!他们会做什么?他曾听过奥克那些令人发指的故事。绝对不能忍受。他跳起身,将任务和他所有的决定抛到脑后,也同时抛掉了恐惧和疑虑。此刻,他清楚地知道自己的位置在哪里——守在他家少爷身旁。尽管并不清楚去那里能做些什么,他奔下石阶,沿小路向弗罗多奔去。

"他们有多少人？"他想着，"塔里至少下去了三四十个，我猜，从下面上来的人数还要多得多。被他们抓住之前，我能杀掉多少个？我只要一拔剑，他们就会看见剑上的光，迟早会抓住我。不知道将来会不会有歌谣提到这件事，提到山姆怀斯如何倒在高隘口下，如何让敌人在他家少爷四周陈尸成山。不，不会有歌谣提到的。当然不会。魔戒会被找到，从此再也没有了歌谣。那也无法可想。我的位置就是在弗罗多少爷身旁。埃尔隆德与会议上那些了不起的领主和夫人——他们一定要谅解。他们的计划出了差错。我不可能是他们的持戒人。没了弗罗多少爷，更不可能。"

奥克们已经走出了他模糊的视线。他一直没时间考虑自己，此刻意识到自己太累、太累了，累到几乎要虚脱——两条腿完全不听指挥。他跑得太慢了。小路似乎有好几哩长。他们到雾中的什么地方去了？

他们又出现了！在前面很远的地方。一大群人影围着一个躺在地上的东西。还有一些人影似乎在东奔西跑，弓着身子像狗一样沿着小道向前跑。他竭力向前冲。

"山姆，快跑！"他说，"不然你又要迟了。"他松动一下剑鞘里的剑。他马上就要拔剑，然后——

那边又传来一阵粗野的哄闹、狂笑声。有个东西从地上抬了起来。"哟嗬！哟哈咦嗬！抬起来！抬起来！"

接着传来一声大叫："现在开始，走！走近路。回密室大口！看来她今晚不会找我们麻烦了。"那一群奥克身影开始移动。中间四个奥克肩膀上高高抬着一具尸体，"呀嗬！"

他们搬走了弗罗多的遗体。他们走了。山姆追不上他们，可他仍然一路在后面追赶。奥克到了隧道口，开始走进去。抬着遗体的四个人先进去，后头的推推搡搡往里拥。山姆追上去。他拔出剑，蓝色光焰随着他的手在颤动，但他们没看见。他气喘吁吁赶到的时候，最后一个奥克消失在黑洞里。

山姆站在那里，捂着胸口不停地喘息。他扯起衣袖抹了把脸，擦掉污渍、汗水和泪水。"这帮该死的浑蛋！"他骂着，追进了黑暗里。

他觉得隧道里看上去不再那么漆黑一片，自己更像是从薄雾走进了浓雾中。他感到身体越来越疲惫，但意志却越来越坚定。他觉得自己能看见前头不远处的火把光，但无论如何却追不上。奥克们很熟悉这条隧道，在里头走得非常快。尽管里头盘踞着希洛布，他们经常被迫走这条隧道，因为这是从死亡之城翻越山脉最快的通道。他们不知道主隧道和希洛布长期盘踞的大圆坑是多么遥远的时间以前挖成的。他们自己在主隧道两侧洞壁上挖掘了很多岔道，以便来来往往替头头们办事的时候能避开那个巢穴。他们今晚不打算往里头走太远，急切地想要找一条岔道绕回峭壁上的监视塔楼。他们多数都很高兴，为找到的这个东西雀跃不已。他们一边跑，一边叽里咕噜吵闹个不停，奥克从来就是这副德行。山姆听见那些嘶哑的嘈杂声，在死寂的空气中粗嘎、刺耳。他能从中分辨出两个离他比较近、比较大的声音。两支队伍的头目似乎走在最后头，一边走一边交谈。

"沙格拉特，你就不能命你那帮喽啰别这么大声嚷嚷吗？"一个声音不满地说道，"可别把希洛布给招惹出来。"

"戈巴格，你得了吧！主要都是你那帮喽啰在嚷嚷。"另一个声音反驳道，"不过，暂且让伙计们乐乐吧！我估计，完全不必担心希洛布。她似乎一屁股坐到大尖钉上去咯，我们总犯不着为她去哭吧。你没看见吗，通往她那个恶坑的一路上都流着恶心可怕的东西？要是我们能做到这事儿，我们早就做一百遍了。就让伙计们闹闹吧。再说，我们也终于撞上好运气了，弄到了鲁格布尔兹要的东西。"

"鲁格布尔兹要的东西，呃？你觉得这是个什么？我看它像精灵一类的，只是块头小了点。那样的东西能有什么危险？"

"等我们看了才知道。"

"啊哈！这么说他们没告诉你要找什么？他们不会跟我们说实话，对吧？连一半实话都不会说。但他们也会出差错，连那些大头头们都会。"

"嘘，戈巴格！"沙格拉特压低了声音。这样一来，听力变敏锐了的山姆也只能勉强听到他的话，"他们可能会出差错。可到处都有他们的耳目，我的那伙人里头就有，肯定有。毫无疑问，他们正烦着什么事儿。据你所说，底下那些那兹古尔烦愁得很，鲁格布尔兹也是。有个东西差一点溜掉了。"

"差一点，真的吗！"戈巴格说。

"是啊，"沙格拉特说，"那件事稍后再跟你说。等咱们进了地道再说。那里有个地方我们可以聊聊，让伙计们在前头先走。"

很快，山姆发现那些火把消失了。接着传来轰隆隆的响声，他刚一加快脚步，就撞上了一样东西。他猜，奥克们肯定转了弯，进了那个他跟弗罗多试图要走却发现行不通的开口。此刻那里依然行不通。

路上似乎挡了块巨大的石头，奥克们不知怎么过去了，他能听见他们的声音从另一边传过来。他们还在向前跑，越来越深入山中，跑回塔楼。山姆十分绝望。他们出于邪恶的目的把他家少爷的尸体搬走了，他却无法跟上去。他对着那块岩石又推又顶，用整个身体去撞，它却纹丝不动。在里面不远处，他估摸着应该不远，他又听见了两个头目的谈话声。他站定听了一阵子，希望能听到一些有用的消息。没准那个看来属于米那斯魔窟的戈巴格会出来，到时他就可以趁机溜进去。

"不,我不知道。"戈巴格的声音说,"通常,消息传递得比飞还快。我可不想知道是怎么传递的。不知道是最安全的。嘎!那些那兹古尔让我毛骨悚然。他们盯你一眼都能把你的皮给扒掉,让你彻骨寒冷。但是他喜欢他们,如今是他跟前最吃香的,所以抱怨也没用。我跟你说,在底下那城里当差,一点都不好玩。"

"你该试试上这儿来跟希洛布做伴。"沙格拉特说。

"我想试试没有这些东西的地方。可现在开战了,等仗打完没准容易筹划一些。"

"他们说,打得很顺利。"

"他们肯定会这么说!"戈巴格发牢骚说,"我们走着瞧。但不管怎么说,如果真打赢了,机会就会更多。你觉得呢?——要是有机会,你我就溜了吧,带上几个靠得住的伙计,找一个安逸、舒适的地方,一个没有人管咱们的地方。"

"啊!"沙格拉特说,"就跟从前一样!"

"对呀。"戈巴格说,"可又觉得没太大希望。我这心里总觉得不踏实。我刚才说,那些大头头,唉,"他压低了声音,简直像在耳语,"唉,甚至连最大那个头头,都有可能出差错。你刚才说,有个东西差点溜掉了。要我说,是有个东西已经溜掉了。我们都得多留神一点。总是我们可怜的乌鲁克人收拾、善后,可也没得到什么感谢。别忘了,敌人痛恨他,也痛恨我们。要是他们把他给抓了,我们也逃不掉。就拿眼前的事儿来说,你们是什么时候接到命令的?"

"大约一个小时前,就是你看到我们之前。有消息传来说:那兹古尔担心。阶梯上恐有敌探。加强警戒。巡逻到顶。我立刻就来了。"

"真是一帮不成事的!"戈巴格说,"你瞧——就我所知,咱们那些沉默的监视者两天以前就开始担心了。然而,通知我这队人巡逻的命令隔了一天才发出来。而且任何消息都没有送到鲁格布尔兹去。

还不是因为都很清楚那个'大信号'——那兹古尔之首外出打仗去了,还能因为什么。我听说,一时半会儿,他们也没法让鲁格布尔兹留心这边。"

"我猜,魔眼忙着监视别的地方。"沙格拉特说,"听说,西边出大事了。"

"大概是吧。"戈巴格愤愤地说着,"可话又说回来,有敌人爬上了阶梯。你干什么去了?收没收到特别命令,你都该守牢警戒的,不是吗?你干什么去了?"

"你得了吧!怎么干活儿,轮不到你来教我。我们一直都在牢牢警戒。发生的那些反常事情,我们样样都知道。"

"那就很难理解了!"

"真的,特别反常。又是光亮又是口号什么的。但希洛布忙乎起来了。我的伙计们看见了她跟她那个滑头。"

"她那个滑头?那是什么?"

"你肯定见过:一个又黑又瘦的小东西,长得像蜘蛛,也许更像饿瘪肚子的青蛙。他以前来过这里。第一回是好几年以前,从鲁格布尔兹出来。上头发话说让我们给他放行。打那之后,他上阶梯来过一两回,不过我们没再搭理他。他跟那位老夫人似乎有某种协议。我估计,一则他不好吃,二则她也不管上头的那些命令。要说,你们在山谷里的警戒守得可真牢啊!咱们这通折腾前一天,他来过这里。昨天傍晚我们看到过他。这么说吧,伙计们来报告说,那位老夫人正在享受乐子,刚开始我都还觉得挺好。直到后来传令让我们巡逻。我当时以为她那个滑头给她带来了玩物,要不就是你们给她送了个礼物,送个战俘之类的。她在享受乐子的时候我犯不着去打扰。希洛布狩猎逗乐的时候,什么东西都无法从她面前过去。"

"什么东西都无法过去,亏你说得出口!刚才在那边你没长眼睛吗？我告诉你，我心里很不踏实。不管爬上阶梯的是什么东西，它已经过去了。砍破了她的蜘蛛网，顺利从这洞里出去了。这个事情得好好想想！"

"啊，好吧，可她最后不还是抓住他了吗？"

"抓住他？抓住谁？这个小东西？要是只有他一个，她老早就把他给拖回窝里了，他这会儿只会在她那里。假如鲁格布尔兹要的是他，你就得去她那儿把他给弄出来。对你来说是个肥差。然而，来的不止这一个。"

听到这里，山姆生怕漏掉任何一点信息，把耳朵使劲贴到岩石上。

"沙格拉特，谁把她缠住他的蛛丝给割断的？跟砍断蜘蛛网的是同一个。你难道就没发现？谁刺了那位老夫人一针？我敢说，也是同一个。而他现在哪儿？沙格拉特，他现在哪儿？"

沙格拉特没回答。

"你要是长着脑子，趁早给我用起来。这可不是开玩笑的事儿。我相信你该十分清楚，没有谁，从没有谁能够在希洛布身上刺一针。虽说她被刺的事儿我们犯不着伤神，可你想想，竟然有人在附近游荡！自从黑暗时代，从巴拉督尔之围后，没有哪个叛贼比这个更凶险。有东西已经溜掉了！"

"溜掉的到底是个什么东西？"沙格拉特闷声问道。

"沙格拉特队长，从所有迹象看来，我得说，溜掉的是个大块头勇士，很有可能是个精灵，至少带着精灵宝剑，也许还带着斧头。而他此刻正在你的地盘上游荡，你却压根没见到过。这真是很难理解啊！"戈巴格吐了口痰。山姆听他这般描述自己，不由地苦笑起来。

"唉，你总爱把事情往坏处想。"沙格拉特说，"那只是你一个人的解释而已，那些迹象也可能别的解释。不管怎么说，我在每个卡点都布了哨，都有人盯着。这些事情我只能一件件处理。等我看完我们已经抓到的这个家伙，再去操心其他事情吧。"

"我猜，你在那个小东西身上找不到什么。"戈巴格说，"他在这个事件中估计没多大用处。反正那个带着利剑的大块头似乎没把他当回事——任由他躺在那里，精灵类的东西惯于干出这种事。"

"我们去看看吧。走吧！咱们也聊够了。瞧瞧那个俘虏去！"

"你打算拿他怎么办？别忘了，是我先看见他的。要是有什么乐子，可不能忘了我跟伙计们。"

"知道了，知道了。"沙格拉特嘟囔着，"我有我的命令。要是违抗命令，我吃不消，你也吃不消。任何守卫抓到入侵者，都要送到塔楼里关押。把囚犯剥干净。衣服、武器、信件、戒指、小玩意儿，样样东西都得详细登记，即刻送往鲁格布尔兹，只能送往鲁格布尔兹。确保囚犯毫发无伤，否则所有的守卫一律处死，要等他派人来或亲自来。说得够清楚了吧，这就是我接到的命令。"

"剥干净，呃？"戈巴格问道，"牙齿、指甲、头发之类，全都拔干净？"

"不，不是那些。我跟你说，他是鲁格布尔兹要的。他得毫发无伤。"

"那可就难啦！"戈巴格笑起来，"他现在不过是具尸体。我猜不出鲁格布尔兹要具尸体做什么。还不如下锅把他给炖了。"

"蠢货！"沙格拉特咆哮道，"你刚才不是说得头头是道，很聪明嘛！几乎尽人皆知的事情，你却不知道。再不小心一点，就该轮着把你下锅炖了或送去喂希洛布。尸体！你竟然还不了解那位老夫人？她用蛛丝把猎物捆住，那是打算留着慢慢享用。她不吃死人的肉，也不喝冷了的血。这家伙没死！"

山姆只觉得一阵天旋地转，紧紧抠住了岩石。他感觉整个漆黑的世界颠倒过来了。巨大的震惊差点让他昏厥过去。即便在他竭力稳住意识的过程中,他仍听得到内心深处的声音:"你这个笨蛋,他没死,你心里知道他没死。山姆怀斯,别相信你的脑瓜子,你那脑瓜子不那么灵光。你最大的问题在于脑瓜子不灵光。现在可怎么办?"眼下,他除了紧贴着纹丝不动的岩石仔细听,听着奥克粗鄙的声音,什么也做不了。

"再说了,"沙格拉特说,"她的毒液可不止一种。她猎捕的时候,只消在猎物脖子上轻轻一叮,他们就会像剔了骨头的鱼一样软瘫,然后她就用自己的法子收拾他们。你还记得老乌夫沙克吗?我们好多天都找不到他。后来,我们在一个旮旯里发现了他,他被吊在那里,神志清醒,大发雷霆。我们快笑死了!她大概把他给忘了,不过我们可没碰他——插手她的事情不会有好果子吃。喏——这个小东西,再过几个小时就会醒过来。他除了会感觉有点晕,什么事都不会有。或者说,如果鲁格布尔兹放过他的话,他就什么事都不会有。当然,他还会感觉到发蒙,不知道自己在哪里,出了什么事。"

"还会想知道,自己接下来会出什么事?"戈巴格大笑,"要是干不了别的,我们总能给他讲几个故事吓唬吓唬他吧。我猜他从来都没去过可爱的鲁格布尔兹,很可能想知道那边有些什么。这比我想象的更好玩了。我们走吧!"

"我可告诉你,没啥好玩的!"沙格拉特提醒道,"得确保他毫发无伤,不然咱俩都死定了。"

"好吧!不过我要是你,就会在给鲁格布尔兹送报告之前,先逮住那个漏网的大块头。要是说你抓到小猫崽却让大猫跑掉了,总归不好听。"

那两个声音走远了。山姆听见脚步声越来越小。他从最初的震惊中恢复过来，对自己大为光火。"我把事情全搞砸了！"他喊道，"我早就知道会这样。现在他们把他抓走了，这帮恶魔！你真浑蛋！永远，永远，永远不要离开你家少爷！这个规矩绝对正确，我心里也绝对记得。希望我能获得饶恕！现在，我得赶紧回到他身边！怎么去？！怎么去？！"

他又拔出剑，用剑柄敲打岩石，却只敲出了沉闷的响声。不过，宝剑发出耀眼的光芒，借着光他能隐约看清周围。他惊讶地发现，这块巨大的石头像一扇大门，不足他的两倍高。门顶和出口的拱洞间有一大块黑乎乎的缝隙。这个门很可能是用来阻止希洛布入内的，里面用她够不着的门闩或插销什么的固定住。山姆竭尽全力向上跳，攀住了门顶，爬到顶上，跳了下去。他立刻开始狂奔，剑在手里闪着寒光。他转过一个弯，奔上一条弯弯曲曲的隧道。

得知他家少爷还活着，激发了他浑身的力气，早已忘记了疲惫。前方什么也看不见，这条新通道不断绕来绕去。他觉得自己快要追上那两个奥克了——他们的声音又开始越来越近了。听起来非常近。

"我只能按照命令办！"沙格拉特气呼呼地说，"把他关到塔楼顶层去。"

"为什么？"戈巴格不满道，"底下没有关押的地方吗？"

"我跟你说，他不能受到任何伤害！"沙格拉特答道，"听明白了吗？他很宝贝。我不相信我的那些伙计，更不相信你的那些手下。你现在满脑子都想找乐子，我也不相信你。你要是不规矩点儿，我只能把他送到你去不了的地方。关到塔楼顶上。他在那里会安全。"

"会吗？"山姆说，"你忘记了那个溜掉的大块头精灵勇士了！"他一边说，一边奔过最后一个拐角，却发现隧道或是魔戒赋予他的听力误导了他，让他估错了距离。

两个奥克的身影还在前面相当远的地方。他现在能看见他们,映着红光又黑又矮。通道终于变直了,倾斜向上,尽头敞开两扇大门,很可能通往那座角塔底下的密室。抬着东西的奥克全都进去了。戈巴格和沙格拉特正朝那扇门走过去。

　　山姆听见一阵粗嘎的歌声,刺耳的号角声和锣声,夹杂着可怕的喧闹声。戈巴格和沙格拉特走到门边了。

　　山姆大喝一声,挥舞着刺叮剑冲过去。然而,他小小的声音被那片喧嚣声盖住了。没有人注意到他。

　　大门嘭地关上了。里面的铁闩哐当一声闩上了。大门紧闭。山姆用力向那扇铜门板撞去,摔倒在地上,失去了知觉。他躺在外面的黑暗中。弗罗多还活着,却落入了大敌之手。